JE TE VEUX !
AVEC MOI...

DU MÊME AUTEUR

Saga « *Je te veux !* »
3/6 tomes

1 - Loin de moi…
1ère édition : Reines-beaux - 2015 / Réédition en 2018 : autoédition

2 - Près de moi…
1ère édition : Reines-beaux - 2016 / Réédition en 2018 : autoédition

3 - Contre moi…
1ère édition : Reines-beaux - 2016 / Réédition en 2018 : autoédition

4 - Avec moi…
Autoédition - 2018

5 - Rien qu'à moi…
Autoédition — à venir

Saga « *À votre service !* »
2 tomes
2018-2020

JORDANE CASSIDY

AUTOÉDITION
1ère édition

Le Code de la propriété intellectuelle interdit les copies ou reproductions destinées à une utilisation collective. Toute représentation ou reproduction intégrale ou partielle faite par quelque procédé que ce soit, sans le consentement de l'Auteur ou de ses ayants cause est illicite et constitue une contrefaçon sanctionnée par les articles L335-2 et suivants du Code de la propriété intellectuelle.

Ce livre est une œuvre de fiction. Les personnages et les situations de ce récit étant purement fictifs, toute ressemblance avec des personnes ou des situations existantes ne saurait être que fortuite et indépendante de la volonté de l'auteur.

L'auteur reconnaît que les marques déposées mentionnées dans la présente œuvre de fiction appartiennent à leurs propriétaires respectifs.

Avertissement sur le contenu : cette œuvre dépeint des scènes d'intimité explicites entre deux personnes et un langage adulte. Elle vise donc un public averti et ne convient pas aux mineurs. L'auteur décline toute responsabilité pour le cas où le texte serait lu par un public trop jeune.

SUIVRE MON ACTUALITÉ :
Inscrivez-vous !

PREMIERE ÉDITION – Disponible en numérique et papier.
ISBN : 978-2-9566003-4-3
Autoédition – DÉCEMBRE 2018 -Tous droits réservés.
Nuance Web, 368 Chemin de la Verchère, 71850 Charnay-lès-Mâcon
© 2018 Jordane Cassidy, pour le texte et l'édition.
© 2018 Nuance Web, pour la couverture.

Après une nuit torride avec Ethan, Kaya a fini par le quitter, ayant toutefois accompli sa mission en obtenant la signature de Laurens. Amer, Ethan tente alors par tous les moyens de la retrouver pour se venger de « l'affront » qu'il a subi, mais en vain. Une semaine s'écoule sans qu'il ne puisse avoir un seul indice.

Mais voilà que son premier rendez-vous avec Laurens arrive pour finaliser le contrat avec Abberline Cosmetics et une lueur d'espoir apparaît à quelques jours de Noël…

1
TÉMÉRAIRE

— Il faut faire quelque chose... N'importe quoi, mais il faut qu'on le sorte de sa mauvaise humeur.

Sam serra son porte-documents, la mine renfrognée, tout regardant une dernière fois la porte du bureau d'Ethan par laquelle ils venaient tous de sortir.

— Laissons-lui le temps d'avaler la pilule, déclara Oliver pour tenter de calmer leur inquiétude. Il lui faut digérer les derniers évènements. Il est clair que son départ l'a affecté.

— Ouais, et bien en attendant, on vient de recevoir une leçon magistrale de despotisme !

Sam passa sa main sur son visage, affecté par la réunion mouvementée à laquelle ils venaient tous d'assister.

— Ça fait une semaine... souffla-t-il, dépité.

Oliver lui tapota l'épaule, bienveillant.

— Il est difficile de savoir jusqu'où est allée leur relation ; Ethan parle peu de sa vie privée. Et le questionner sur les sentiments qu'il éprouve à propos de Kaya serait aussi déplacé qu'idiot. Vu son humeur, il nous enverrait paître et nous sortirait une excuse bidon, avec un air distant, indifférent, voire mauvais.

— En attendant, nous ramassons les pots cassés... constata BB, lasse, elle aussi. Je savais bien que cette fille nous apporterait des ennuis.

— Ne dis pas ça, lui rétorqua gentiment Oliver. Elle a obtenu ce qu'on espérait d'elle : un contrat avec un investisseur.

— C'est bien là, le problème, continua Sam. N'attendions-nous pas plus d'elle ?

— Comme si une femme pouvait changer l'homme que nous connaissons... marmonna BB, résignée, bien qu'agacée. Ne restons pas plantés là. Cela ne résoudra rien. Nous avons du travail pour *Magnificence* et il nous l'a bien fait comprendre. Ne le contrarions pas plus.

— Toujours aussi terre-à-terre, BB ! fit Sam, avec un petit sourire. Je lui laisse encore un peu de répit, mais s'il me gonfle trop, je n'hésiterai pas à lui dire le fond de ma pensée.

À cran. Il n'y avait pas d'autres mots pour exprimer son état. Il le savait. Il savait aussi qu'il retournait sa frustration et sa colère sur ses amis et collègues de travail, mais rien n'y faisait : l'amertume ne le lâchait pas. Il ruminait, ressassant ce qu'il avait pu rater ou mal faire. Il se détestait de culpabiliser ainsi. C'était plus fort que lui. Ce goût d'inachevé dans la bouche depuis une semaine ne le quittait pas. Plus que la fin de quelque chose qui aurait pu le gêner, c'était cette colère d'être finalement le laissé pour compte, sans avoir eu la possibilité de s'expliquer. En même temps, s'il venait à la revoir, que pourrait-il lui dire ? Il ne comptait pas s'appesantir sur leur relation chaotique. Il l'avait dit lui-même qu'il n'y aurait rien de l'ordre du sentiment. Donc, il lui serait malvenu de réclamer quelque chose pouvant laisser sous-entendre une quelconque attente malgré leur nuit sous la couette.

Il n'avait pourtant pas hésité à demander à Eddy de la retrouver, par n'importe quel moyen. Au point qu'au bout de trois jours de disette, son impatience eut raison de lui et il songea à embaucher un détective privé. Aller jusqu'à cette option était le signe que son départ l'avait affecté au-delà de la simple humiliation, au-delà de toute fin logique entre deux parties signataires d'un contrat.

Il était en état de manque. C'était un fait.

Un manque dont jamais il ne se serait douté, mais que la réalité s'amusait à lui rappeler. Les crêpes n'avaient plus le même goût. Il ne pouvait plus supporter d'entendre le mot « sushis ». On l'avait chambré sur l'absence de Kaya au dojo. La gamme « Magnificence » lui rappelait immanquablement son cou qui portait son travail et qu'il avait embrassé encore et encore pendant toute une nuit. Le pire était une fois qu'il rentrait à l'appartement. Vide. Froid. Sans âme. Il posait ses affaires et se couchait sur le canapé, mais pas de télévision allumée, pas de zapping compulsif, pas de parfum d'abricot dans l'air. Le néant. Le silence lui était insupportable. Au-delà de son absence, il n'y avait plus de discussions enflammées, plus de piques, de vacheries, de coups tordus. Il s'ennuyait. Plus ou moins consciemment, il compensait en s'en prenant à ses employés, ses amis, toute personne tombant sous son nez, mais aucune réplique cinglante ne venait le contrer. Au point que même se comporter en connard le lassait et le ramenait toujours au même problème : Kaya.

Il regardait la rue à travers la fenêtre depuis la fin de la réunion, cherchant un moyen de se calmer, de s'oxygéner en s'imaginant la vie des gens. Et pourtant, là encore, il espérait la voir sur le trottoir, au milieu des badauds. Que faisait-elle ? Où était-elle ? Pensait-elle à lui ? Il posa son front contre la vitre. La fraîcheur extérieure venant du froid de décembre contre son front lui faisait un bien fou. Son cerveau turbinait à cent à l'heure. Ça chauffait tellement pour trouver des réponses qui ne venaient pas, qu'il perdait de vue son objectif essentiel.

Ne compter que sur soi pour s'en sortir…
Il devait se ressaisir. Il devait relever la tête et avancer. Encore. Il n'avait pas besoin d'elle. Il n'avait besoin de personne pour vivre. Cela avait toujours été ainsi ; au final, on est seul. Les autres vous abandonnent tôt ou tard, car c'est l'égoïsme qui domine le monde. Il n'y a que l'ambition personnelle qui récompense un être à juste titre.

Il expira un bon coup, formant un halo de buée sur la vitre. Même ses convictions de toujours sonnaient faux. Il imaginait déjà Kaya lui dire : « Comment peux-tu être si égocentrique, ne penser qu'à toi et réfuter ce que tu as, quand on voit toutes les personnes qui sont autour de toi, qui t'aident et t'aiment ! Je n'ai pas cette chance ! Un peu de respect ! Tu n'es pas seul ! » Il se mit à ricaner. À coup sûr, elle lui aurait balancé ce genre de considération à deux balles si elle avait été là. Il posa son index au centre du petit nuage de buée. Il se rappela le doigt qui lui avait fait face dans la galerie des Glaces, à la fête foraine. Aujourd'hui, son index ne trouvait pas celui de Kaya…

Crétin ! Comme si elle pouvait voler jusqu'au troisième étage d'un bâtiment tel Supergirl ou avoir trouvé un boulot de nettoyeur de vitres !

Il ricana une seconde fois en l'imaginant avec son grand sourire lui faire un doigt d'honneur à travers la vitre.

Princesse idiote ! Quand arrêteras-tu de me provoquer ?

Il recula et perdit son sourire. Une semaine qu'elle était partie. Une éternité pourtant si courte et il n'arrivait pas à aller au-delà. On toqua à la porte. Abbigail entra et s'avança. Il la regarda un instant, devinant que son calvaire était loin d'être fini. Kaya allait encore le hanter longtemps.

— Monsieur Laurens est arrivé. Puis-je l'inviter à entrer ?

Ethan soupira et lui fit un signe de tête positif. La cause de toute cette mascarade était là. Il devait serrer les dents sur l'amertume qui le rongeait, pour profiter de ce qu'il avait gagné de sa rencontre avec Kaya. C'était Laurens, la raison de leur cohabitation improbable. Un cadeau dont il appréciait finalement difficilement le plaisir : Richard lui rappelait immanquablement Kaya. Pourtant, il avait dû le rappeler, car beaucoup de gens attendaient son argent pour travailler.

— Bonjour Abberline ! lui dit Richard avec un petit sourire quand il entra.

Il lui tendit une main qu'Ethan serra cordialement. Son cœur se comprima. Il avait été le dernier à l'avoir vue. Que lui avait-elle vraiment dit ? Il n'était hélas pas disposé à lui demander quoi que ce soit. Kaya avait dû lui demander de rester discret sur leur discussion.

— Bonjour. Je vous en prie, asseyez-vous.

Il lui proposa le siège face à son bureau. Laurens accepta volontiers, ses jambes supportant mal la posture debout prolongée.

— Il fait un froid de canard dehors ! On est bien mieux au chaud. J'ai hâte de voir ce que vous allez proposer pour notre contrat.

Ethan ne répondit pas. Il baissa les yeux sur ses dossiers qu'il avait peaufinés pendant trois jours, pensant que travailler l'empêcherait de ressasser. Il semblait que Laurens soit lui aussi dans cette optique « boulot à fond ». Il s'assit alors sur son fauteuil et se saisit du dossier en question. Il regarda la page de garde, l'air absent. C'était ce qu'il voulait : une signature. Un investissement pour ouvrir une nouvelle branche de recherche, permettant la création de nouveaux emplois par la même occasion. La promesse d'un avenir florissant pour Abberline Cosmetics. Il ouvrit machinalement le dossier et attrapa un petit tas de feuilles reliées par une agrafe en leur coin gauche. Il corna instinctivement le coin de quelques-unes sans dire un mot. Laurens le regarda faire, intrigué. Ses yeux semblaient happés par ce rebord tenu par le bout de métal. Il le vit caresser l'agrafe du pouce, avant de lui tendre le dossier sans même regarder celui qui allait être son nouveau partenaire professionnel. Son silence et son air éteint firent sourire Richard.

Pense-t-il à elle en cet instant ?

— Voici tout ce que vous devez savoir sur le projet qui nécessite votre participation. Il va de soi que...

Ethan marqua une pause puis finit sa phrase dans un souffle.

— ... cette expansion de l'entreprise me tient à cœur.

— On ne serait pas là, vous et moi, si ce n'était pas le cas.

La remarque de Laurens obligea Ethan à le regarder droit dans les yeux. Richard lui sourit d'un air complice, lui montrant ainsi qu'il ne lui en voulait pas du mensonge qu'il avait monté pour arriver à ses fins. Malgré tout, Ethan se trouvait gêné devant le vieil homme. Il avait joué avec sa fragilité de vieux bonhomme pour l'amener à lui, en utilisant l'innocence d'une femme. Ils avaient effectivement un point commun autre que ce contrat : Kaya. Ils avaient partagé des moments de vie avec elle. Chacun à leur manière avait été apprivoisé par la jeune femme. Ils avaient tous deux appris à connaître une part d'elle que d'autres ne connaissaient pas. Ce point commun les liait plus qu'Ethan n'avait pu l'imaginer. Et aujourd'hui, ils se trouvaient l'un face à l'autre, comme deux cons abandonnés par l'éclat de son sourire.

Richard feuilleta le dossier furtivement. Ethan fixa le reste du document devant lui sans parvenir à dire quoi que ce soit, tel le chef d'entreprise qu'il devait être. Lui, d'ordinaire si sûr de lui, ne trouvait pas le courage de se tenir droit. Il restait courbé sur son dossier, l'air limite penaud. Richard semblait bien plus confiant que lui. Comme si toute cette histoire avait été balayée devant sa porte depuis. Le vieil homme grimaça et finit par sortir d'une poche intérieure de sa veste sa paire de lunettes. Il sourit quand il concéda qu'avec ses verres sur le nez, il voyait mieux.

— Vous avez vraiment une triste mine… lui déclara alors Richard, tout en gardant les yeux rivés sur le contrat.

Ethan attrapa le coin du reste du dossier sous ses yeux et commença à le corner à nouveau, acceptant en silence que ce constat pût être possible. Il se refusa cependant de s'épancher sur ces soucis.

— Faites une cure de vitamine C. C'est important pour aborder l'hiver sereinement !

Ethan leva un sourcil, perplexe par cette attention aussi surprenante que bizarre, de la part d'un homme avec qui il n'avait finalement jamais été intime.

— J'y… songerai.

Richard lui sourit à nouveau avec bienveillance et replongea sur la page 10 du dossier. Plusieurs minutes s'écoulèrent en silence, Ethan laissant le temps à son nouvel investisseur de prendre connaissance du projet et d'analyser chaque partie. Bizarrement, il ne lui posait aucune question. Tout homme d'affaires qui se respectait était d'emblée sceptique, méfiant, et donc pouvait dresser son réquisitoire pour démonter une thèse. Laurens restait concentré sur ses feuilles et ne bronchait pas. Il était statistiquement impossible que tout lui convienne d'entrée. Il avait forcément des réticences. Attendait-il de tout parcourir avant d'établir sa conclusion ? Il était pourtant bien difficile de reprendre toutes les interrogations qui vous viennent à l'esprit pendant la lecture, sans en perdre en cours de route quand tout a été lu. Malgré tout, Richard posa son dossier et ses lunettes dessus, puis soupira.

— Pourquoi ne me posez-vous pas vos questions ? lui dit alors le vieil homme, visiblement un brin agacé. Vous devez forcément en avoir au moins une qui vous turlupine. Qu'attendez-vous ?

Ethan le contempla de façon hébétée.

— Je vous demande pardon ? Euh... C'est à vous de me poser des questions sur le dossier. Je ne vois pas ce que je peux vous demander sans savoir ce que vous pensez de tout cela.

Laurens s'enfonça dans son siège. Il croisa les bras et le fixa d'un air grave. Ethan se sentit perdu par son attitude.

D'abord inquiet pour ma santé, le voici qui me fait son regard mécontent !

— Parce que vous pensez au dossier actuellement ? lui rétorqua-t-il, l'air prêt à en découdre. Avouez que vous n'êtes pas beaucoup concentré à cela depuis que je suis entré dans votre bureau.

Ethan baissa les yeux. Il continua à corner les feuilles du reste du dossier en accord avec le tic-tac de sa montre.

— Kaya... n'est pas une femme qu'on oublie facilement, commenta alors le vieux monsieur en regardant la fenêtre à quelques mètres. Il n'y a pas de honte à avouer qu'elle vous a marqué, vous aussi, bien plus que vous ne le voudriez. À vrai dire, je me demandais comment vous réagiriez en ma présence. Feriez-vous comme à votre habitude, à rester imperturbable quoiqu'il arrive ? Ou montreriez-vous un signe de faiblesse, une appréhension ou un mouvement d'attente mué par une certaine frustration ? Il est certain que vous êtes un homme très complexe. Malgré cela, j'ai eu ma réponse : vous êtes frustré, tourmenté. C'est ce coin de feuille qui vous trahit.

Ethan lâcha instantanément le dossier des mains et se recula sur son fauteuil. Il tenta de regarder ailleurs, mais ses yeux revinrent vers Richard qui le fixait avec un mélange de sympathie et de colère contenue.

— Vous pouvez tenter de feindre, vous savez, mais je ne suis pas si gâteux que cela. Son... regard aussi a changé.

Richard baissa les yeux, attristé. Ethan tenta d'analyser ses propos.

— Elle semblait si perdue quand elle est venue me voir. Ses larmes tombaient toutes seules. Ça m'a complètement transpercé le cœur. Elle n'éprouvait aucune rancune. Je dirai même qu'elle semblait reconnaissante envers ce que vous lui avez apporté...

Une boule dans la gorge d'Ethan gonfla au point que tout à coup, sa respiration devint difficile. Les mots de Laurens le touchaient bien plus qu'il ne le souhaitait. Cela faisait une semaine qu'il se demandait ce qu'elle avait pu raconter au vieux grigou. Une semaine qu'il était complètement à l'ouest et en un instant, Richard Laurens avait réussi à le recentrer et à le remettre sur orbite. Une vague d'espoir le percuta. Il n'était pas le loser qu'il redoutait d'être. Elle n'éprouvait aucune rancune à son égard. Elle ne le détestait pas. Laurens venait de lui apporter une réponse positive dont il avait pourtant douté en lisant sa lettre.

— Comment pouvais-je l'accabler alors qu'elle était déjà en souffrance avec ses propres sentiments ? Si votre idée de départ pour m'appâter est honteuse, il n'en reste pas moins que c'est grâce à vos plans tordus que j'ai pu la rencontrer.

Ethan grimaça sous l'insulte masquée, mais sentit son cœur se regonfler d'assurance.

— Par ailleurs, l'ayant vu hier, je me demande si son choix fut judicieux et votre mine digne d'un mort-vivant me confirme que cette séparation vous est préjudiciable à tous les deux.

Ethan se leva brusquement, réalisant qu'un mot l'avait fait tilter plus que les autres.

— Hier ? Vous l'avez revue depuis ? s'exclama-t-il tout en se penchant précipitamment au-dessus du bureau avec une certaine impatience devant sa réponse.

D'abord surpris, Laurens l'observa de façon circonspecte, puis sourit.

— Oui, nous avons bu le thé ensemble dans un petit café tout à fait charmant dans le 11e arrondissement.

Ethan laissa tomber sa tête nonchalamment dans un grognement plaintif. Il la releva ensuite subitement pour tenter d'en savoir plus, mais tant de questions lui venaient en tête en même temps qu'il ne savait par où commencer, et il finit par en bafouiller. Richard s'amusa du réveil de son interlocuteur.

— Ça y est ? Vous acceptez de me poser vos questions !?

Ethan eut un moment de flottement, puis se redressa et réajusta son costume pour reprendre sa contenance de PDG. Il venait de donner à Richard de quoi confirmer ses propos sur un plateau d'argent.

Décidément, cette fille aura ma peau et même mes os !

Il devait se ressaisir. Le moindre détail évoqué sur l'état actuel de la jeune femme et il devenait incontrôlable. Ce n'était pas possible d'être si inconstant quand il s'agissait d'elle. Il devait freiner ses ardeurs et réduire son impatience, sa frustration et sa curiosité en une phrase, pour ne pas paraître aux abois. Il se rassit et regarda à nouveau son dossier.

— Va-t-elle... bien ?

Richard grimaça, faisant appel aux souvenirs de la veille.

— Oui. Elle semblait aller mieux. On a mangé un brownie. Elle avait du chocolat partout autour de la bouche d'ailleurs ! Quelle gourmande, je vous jure... Je me demande si elle n'est pas pire que moi parfois !

Ethan sourit devant l'anecdote. Il se rappela leur petit jeu avec la pâte à brownie. Il avait fini par manger du chocolat, alors qu'il détestait ça. Il imaginait très bien son visage, couvert de miettes marron alors qu'elle affichait son air insouciant.

— Nous avons parlé de tout et de rien. Je pense qu'aucun de nous deux ne souhaitait parler de vous pour ne pas plomber la rencontre. Je vois bien qu'elle n'en reste pas moins affectée. Le temps fera les choses. Vous devriez en faire autant, quel que soit l'attachement ou le manque que vous pourriez ressentir à son égard. Elle a fait son choix. Je ne peux que le respecter, vous aussi...

— Bien... dit alors seulement en réponse Ethan, le regard résigné.

Le PDG respira un grand coup, cherchant à s'assurer que cette révélation ne l'avait pas achevé. Il était vivant ; c'était tout ce qui comptait. Il regarda son dossier. Avancer. Il ne pouvait faire que ça. Laurens venait d'être clair...

— Voici un descriptif de l'entreprise. Vous pourrez sans doute mieux cerner l'esprit de l'enseigne et nos objectifs.

Il lui tendit le reste du dossier. Laurens considéra l'objet un instant, puis sourit.

— J'aimerais voir tout cela tranquillement chez moi, avec mes associés. Mes comptables et avocats me tueront avant l'heure si je ne les concerte pas avant toute décision.

Il se leva alors et soupira.

— Comme si je ne pouvais plus choisir en mon âme et conscience. Comme si je ne pouvais pas choisir mon destin et je devais subir sans broncher. Je n'étais pas aussi docile avant. Mon impétuosité et mon insouciance étaient bien plus grandes quand j'avais votre âge... Aaaaah ! Rien ne m'arrêtait ! Je fonçais contre vents et marées, peu importait si ça gênait des personnes, peu importait si ça allait contre la volonté de certains ! Je défonçais des portes, je m'imposais et prouvais ma valeur. Quand je voulais, j'obtenais coûte que coûte ! Par moments, je regrette de ne plus être aussi téméraire et ne pouvoir faire fi de tout !

Il le salua et se dirigea alors vers la sortie, le dossier sous le bras.

— C'est moche, la vieillesse ! Profitez bien de votre jeunesse, Abberline !

Il ouvrit la porte et passa un pied dans le couloir, quand Ethan cria : « Attendez ! ». Laurens se stoppa, surpris. Ethan vint à lui, l'air hésitant. Un silence long suivit, comme si Ethan cherchait son courage pour continuer. Il posa sa main contre la porte et le fixa, à la fois gêné et plein d'espoir.

— Je ne demande qu'à être... téméraire ! Enfin, je crois...

Richard lui sourit, ravi.

— Les doutes n'amènent jamais rien de bon. Seule la détermination apporte des résultats à ses objectifs. Vous le savez plus que quiconque. Quels sont vos objectifs, Abberline ?

Ethan regarda un peu partout, sans trop savoir quelle réponse pourrait lui plaire sans trop en dire. Mais en même temps, Laurens était sa seule opportunité. Il se saisit de son téléphone portable dans la poche intérieure de son costume et commença à pianoter, sous le regard intrigué du vieil homme. Il lui montra au bout de quelques secondes l'écran. Un immense sourire illumina le visage ridé du vieil homme. Il vit alors un tableau. En objectif était écrit en gros « KAYA ». Une autre colonne y était adjointe où il pouvait y lire « Moyens pour y parvenir : tous ! ».

— Aidez-moi à atteindre celui-là, Laurens ! S'il vous plaît...

Sa demande s'éteignit dans un souffle, mais ses yeux plaintifs firent fondre toute résistance à Richard, qui pouvait comprendre la requête muette du PDG. Kaya avait accepté de garder contact avec lui, pour son plus grand bonheur et son plus grand soulagement. Il imaginait très bien la détresse d'Ethan qui n'avait pas eu cette possibilité. Lui-même était aussi un homme, et il avait eu la joie d'épouser une femme du même acabit que Kaya. Devait-il en priver Abberline ? Même si elle refusait de l'admettre, elle avait besoin de lui. Il était un avenir possible... et quelque chose en Ethan le poussait à croire qu'il avait vraiment besoin d'elle aussi.

— Il se pourrait que j'organise un rendez-vous avec une certaine personne prochainement. Disons, demain, mercredi. Dans cette éventualité, j'avais pensé proposer une promenade au zoo de Vincennes. Les nuits arrivant vite, je pensais que profiter du début d'après-midi pourrait être agréable. Qu'en pensez-vous, Abberline ?

— Judicieuse idée ! lui répondit-il, les yeux pétillants de reconnaissance.

Richard hocha la tête et lui fit rapprocher l'oreille du PDG vers sa bouche pour lui murmurer quelque chose.

— Bien évidemment, si nous venions, elle et moi, à faire une rencontre déplaisante, je ne pourrais que déplorer ces grandes voies du destin qui auraient mis sur notre chemin cet enquiquineur. Le hasard fait souvent les choses bizarrement, je trouve. Bonne soirée, Abberline !

Laurens lui tourna le dos, non sans afficher un air malicieux avant. Ethan le regarda entrer dans l'ascenseur, puis celui-ci se refermer sur le vieil homme. Pour la première fois depuis une semaine, il se sentait revivifié. Il frappa du poing l'air et lâcha un « yes ! » de victoire. S'il avait redouté ce rendez-vous depuis le départ de Kaya, s'il avait craint l'amertume de Laurens d'avoir été dupé, s'il avait pu s'attendre à une grande froideur de la part du vieux bourru qu'on le disait être, il devait reconnaître que cette entrevue s'était transformée en salut pour lui. Richard Laurens ne faisait sans doute pas tout cela pour lui. Nul doute qu'il avait bien plus d'estime pour Kaya que pour le simple PDG qu'il était. Et c'était pour elle qu'il avait accepté de lui parler et d'arranger cette opportunité. C'était visiblement parce qu'il jugeait que la revoir serait bénéfique aussi bien pour elle que pour lui. L'entendre parler d'elle, même brièvement l'avait reboosté comme jamais. Il allait enfin la revoir. Après une déprimante semaine sans aucun moyen pour la retrouver, il avait enfin une piste.

Il se tourna alors vers le bureau d'Abbigail et posa lestement les paumes de ses deux mains devant ses dossiers, avec un regard déterminé et un sourire machiavélique.

— Abbigail, annulez-moi tous mes rendez-vous demain après-midi.

— Je crains que cela soit difficile, vous avez deux gros rendez-v…

— Annulez quand même ! la coupa-t-il en balayant cela d'un revers de main. Il me faut cet après-midi libre. Impérativement ! Quitte à bosser jusqu'à minuit ce soir, quitte à caler ces rendez-vous le midi et que je ne mange pas, mais trouvez une solution.

— Dois-je préparer votre plus beau costume pour l'occasion ? demanda-t-elle alors, d'un regard amusé.

Ethan eut un moment de perplexité, puis s'esclaffa.

— Qu'est-ce qui vous fait penser que cela est nécessaire ?

— Vous souriez !

Ethan se trouva idiot, l'espace d'un instant.

— Cela fait une semaine que vous faites une tête d'enterrement. Donc je présume que le rendez-vous de demain, si important pour avoir besoin de votre après-midi, nécessite d'être sur son 31 pour faire bonne impression et avoir la chance de garder ce sourire.

Abbigail posa son menton sur ses mains et le regarda de façon entendue. Ethan s'étonna d'autant de franchise de sa part, mais ne s'en formalisa pas. Il secoua la tête et ne put s'empêcher de sourire davantage devant l'évidence : elle l'avait bien grillé !

— Merci, ça ira. Je pense que le paraître est loin de faire gagner des points avec ce genre de personne.

Il tapa du poing le bureau comme pour conclure par un « adjugé, vendu ! » leur accord, puis s'en retourna vers son bureau.

— Alors, contentez-vous de garder votre sourire. Il vous va très bien ! lui lança-t-elle tout en se levant pour aller ranger des dossiers, comme si de rien n'était.

Ethan pensa un instant qu'elle prenait peut-être trop d'aises avec lui, mais en même temps, il lui était difficile de lui en vouloir. Il était imbuvable avec tout le monde depuis. Il sauta gaiement sur son fauteuil et croisa les mains derrière sa tête tout en regardant le dossier de Laurens avec un grand sourire. Il allait la revoir...

— Maintenant, établissons une vengeance dont elle se souviendra !

Le froid s'était bien installé et Kaya se félicitait d'avoir prévu ses gants, son écharpe et son bonnet pour ne pas finir congelée. Elle était contente de retrouver Richard dans un tel endroit. Il y avait une éternité qu'elle n'était pas allée dans un zoo. Et pourtant, elle adorait ça ! Voir des animaux tous plus exotiques les uns que les autres, se promener au milieu de ces derniers, découvrir leurs habitudes... Autant dire qu'elle avait accepté très vite l'invitation de Richard et s'était déplacée jusqu'au lieu du rendez-vous avec une certaine excitation. Au point d'être arrivée avec vingt minutes d'avance ! Quand le vieil homme arriva vers elle, elle ne put s'empêcher de sourire et de le prendre dans ses bras. Richard avait répondu présent au moment où elle en avait eu le plus besoin et elle lui en serait reconnaissante à vie. Richard rit à son étreinte.

— Bonjour, mon enfant ! dit-il, très heureux également.
— Bonjour Richard ! Comment allez-vous ?
— Fraîchement ! Mais entrons au zoo et marchons ! Nous nous réchaufferons.

Kaya accepta sans peine. Richard paya les places et tous deux commencèrent à arpenter les allées. Très vite, la jeune femme s'émerveilla devant les premiers animaux qu'elle aperçut. Le vieil homme s'amusa des expressions de son visage au fur et à mesure qu'ils avançaient. De l'état de surprise de l'un à l'adoration pour l'autre, Kaya ne masquait pas sa joie, telle une enfant. Richard fut heureux d'avoir choisi un tel lieu de rencontre. Comme d'habitude, ils discutèrent de tout et de rien. Il s'interrogea sur l'hypothétique présence d'Ethan et aux conséquences sur ce sourire qu'elle ne lâchait plus depuis qu'ils étaient entrés. Avait-il bien fait de lui parler de leur rendez-vous ? Comment allait-elle gérer cela ? Il soupira. Cette semaine lui était nécessaire pour prendre du recul. Il l'avait vite compris. Elle se sentait acculée et perdue, mais il avait pu cerner aussi de la peur. Peur de l'inconnu.

— Richard ! cria-t-elle alors, le sortant de ses pensées. Regardez ! Le lion !

L'animal majestueux, dans son enclos, avançait vers eux. Une longue crinière, la démarche assurée, tranquille, et puis ce silence autour. Cette atmosphère de respect qu'imposait naturellement le félin autour de lui. Kaya posa ses mains sur la vitre sécurisée de l'enclos et retint sa respiration un instant, complètement happée par la beauté de l'animal.

— Il est magnifique… souffla-t-elle.

Richard sourit.

— C'est vrai. Il inspire tant de choses : beauté, respect, sécurité, peur, douceur. À la fois si sauvage, mais avec cette impression d'être si accessible. Sa fourrure donne envie de s'y lover et pourtant, en un coup de patte, un bond, il peut vous mettre à terre…

Le sourire de Kaya s'effaça doucement. Son regard se perdit dans le comportement de l'animal. La description qu'en avait faite Richard lui rappela une personne qu'elle préférait oublier, mais qui s'accrochait à ses souvenirs avec hargne. Elle s'était promis de tourner la page sans regret. Elle se racla la gorge pour se redonner une constance et glissa ses mains dans ses poches. Elle sourit poliment à Richard, le regard troublé, puis se dirigea vers le prochain enclos. Richard la suivit en silence, jusqu'à ce qu'il remarque qu'elle avait stoppé son avancée. Il leva les yeux au loin et vit Ethan Abberline, accompagné d'une jeune femme. Kaya semblait pétrifiée tandis qu'Abberline affichait un sourire satisfait.

— Voyez qui nous avons là ! lança Ethan, de façon hautaine.

Kaya déglutit, puis se tourna vers Richard. Celui-ci feint l'étonnement.

— Abberline ! Quelle coïncidence ! Vous aussi, vous profitez de cette belle journée pour vous promener ?

Ethan passa son bras sous celui de la jeune femme rousse avec des taches de rousseur, à ses côtés.

— Effectivement, quoi de mieux pour prendre… du bon temps ! déclara-t-il tout en insistant sur les deux derniers mots. Voici Samantha.

La jeune femme salua d'une main distante Richard et Kaya. Le vieil homme lui sourit poliment en réponse alors que Kaya restait interdite. Un silence de quelques secondes suivit, marquant un malaise évident à cette rencontre. Richard ne savait comment réagir. Il n'avait pas prévu la venue d'Abberline avec de la compagnie. Et l'immobilisme de Kaya n'augurait rien de bon.

— On y va ? demanda Samantha à Ethan, visiblement plus intéressée par un tête-à-tête en amoureux qu'une discussion avec des personnes qu'elle ne connaissait pas.

— Ne sois pas pressée ! lui lança un peu sèchement Ethan. Nous pourrions… faire un bout de balade ensemble ? Qu'en dites-vous ? J'aimerais parler d'un point du contrat avec vous, Richard.

La demande d'Ethan sonnait aussi faux que la couleur vert olive du manteau de Samantha qui accompagnait ses escarpins rouges. Son sourire était tout, sauf désintéressé. Richard s'étonna de la façon dont Abberline avait réussi son tour de force.

Roi de l'entourloupe un jour, roi de l'entourloupe toujours ! Quand il a un objectif en tête, tous les moyens sont bons,

effectivement !
— Ce serait avec…
— Merci, le coupa Kaya, mais nous devons y aller ! Bonne fin de journée.

Elle passa son bras sous celui de Richard et le poussa à avancer le plus loin possible du couple. Ethan s'esclaffa, subjugué par son manque d'égards pour lui. Même pas un bonjour, même pas un mot à part « Bonne fin de journée ! ».

Je t'en mettrais des « bonne fin de journée ! ».

Il la regarda s'éloigner tout en guidant Richard avec force le plus rapidement hors de sa portée.

— On continue ? demanda Samantha qui commençait à s'impatienter.
— Oui ! lui dit-il sévèrement. On les suit !
— Quoi ? Mais pourquoi ?
— Tais-toi et fais ce que je te dis.
— Mais !

Ethan lui attrapa la main et la tira avec force. Ses grandes enjambées pour retrouver Kaya obligeaient Samantha à courir sur ses talons de façon maladroite.

— Ethan ! Doucement ! Je vais me tordre la cheville.
— Tu n'avais qu'à ne pas mettre ces horreurs aux pieds !
— Mais je croyais que tu me trouvais belle quand tu es venu me chercher. C'est ce que tu m'as dit, non ?
— Complaisance pour que tu me suives ! lui déclara-t-il froidement, les yeux rivés vers son objectif.

Samantha s'offusqua, mais n'eut d'autres choix que de suivre.

Kaya voulait fuir, pourvu que ce soit le plus loin possible de Lui. Mais Richard n'avait pas la même fraîcheur physique que la demoiselle et l'obligea à ralentir l'allure.

— Kaya, mon enfant, je risque d'être lourd à porter jusqu'à l'hôpital !

Kaya s'arrêta net et se tourna vers lui.
— L'hôpital ? Pourquoi ? Vous sentez-vous mal ?
— Cela ne saurait tarder si vous continuez à marcher à cette allure !

Kaya soupira, réalisant son égoïsme.
— Pardon. Je… C'est lui ! Qu'est-ce qu'il fait ici ? On ne devait pas… Il…
— Calmez-vous. On est là pour se balader. Nous n'allons pas partir à cause de lui, hum ?
— Oui… Vous avez raison… dit-elle avec un petit sourire navré. Il ne doit pas gâcher cette journée.
— Bien. Allons voir les girafes.

Kaya acquiesça, cherchant à se redonner courage. Pourtant, sa volonté s'effaça aussi vite quand elle vit qu'il les avait suivis. Elle sut alors qu'elle n'y échapperait pas.
— Décidément ! Il faut croire que le hasard tient absolument à ce que l'on se retrouve ! déclara alors Ethan, presque amusé. Au moins, cette fois-ci, tu auras une occasion de te racheter, Kaya ! Tu peux dire bonjour à ma PETITE AMIE et être polie, s'il te plaît.

L'air de défiance qui accompagnait son sourire rappela à la jeune femme à quel point il pouvait être détestable quand il le décidait.
— Surtout que… c'est bien toi qui m'as conseillé de sortir avec elle ! Tu te souviens ? Dans ta lettre d'adieu ! La jolie rousse avec des taches de rousseur dans mon répertoire… Tu vois, je t'ai écoutée.

Le ton plus grave que venait de prendre Ethan lui fit écarquiller les yeux. Ça y était ! Il lançait les hostilités. Sauf que cette fois-ci, il était allé jusqu'à la narguer avec… avec…
— Comment ça, c'est elle qui t'a conseillée de sortir avec moi ? Je ne la connais pas, moi ! s'étonna Samantha, perdue.

Ethan leva les yeux au ciel et Kaya se mordit la lèvre.

— Oui ! Tu peux la remercier, car elle t'a choisie dans mon répertoire téléphonique. Tu as été l'élue. Sois heureuse. Princesse Kaya t'a désignée comme son successeur. Tu devrais te sentir honorée !

— Quoi ? fit Samantha perdue.

— N'importe quoi ! déclara Kaya d'un geste de main. Ne prêtez pas attention à ce qu'il dit. L'essentiel est que vous vous soyez trouvés ! Vous formez un beau couple !

— Tu trouves ? lança sèchement Ethan. C'est vrai. Tu es tellement mieux placée pour savoir ce qu'il me faut !

Ethan croisa les bras sur les hanches, plein de défis.

— Non ! Je... Ce n'était pas dans cette intention. C'était...

Kaya se trouva subitement gênée. Elle pouvait maintenant reconnaître que cette demande avait été maladroite, bien que sur le moment, elle était certaine qu'il s'en contenterait.

— Et si nous allions nous asseoir tous ensemble boire un coup ! coupa alors Richard avec un grand sourire. Je me boirais bien un chocolat chaud. J'ai froid ! Qu'en dites-vous ?

Tous le regardèrent, perplexes. Richard semblait jouer l'ignorance sur le début d'accrochage entre Ethan et Kaya. Ne voyant aucune réaction concrète de refus, il se frotta les mains, satisfait.

— Parfait ! Kaya, mon enfant, allez nous chercher tout ça avec M. Abberline. Quant à moi, je vais nous trouver une table avec cette charmante demoiselle.

Samantha tenta d'émettre une protestation, mais n'en eut le temps : Ethan se saisit volontiers de la main de Kaya pour l'emmener vers la buvette. Kaya ne trouva pas de parades pour se défiler et fut contrainte de le suivre. Il marchait vite. Signe évident de sa colère. Et elle faisait tout son possible pour avancer le plus lentement possible, afin d'éviter l'affrontement : peine perdue. La détermination d'Ethan équivalait à celle d'un bulldozer dans un jeu de quilles. Il passa devant la buvette sous l'œil interrogateur de la jeune femme qui ne comprenait pas pourquoi il ne s'arrêtait pas. Il finit par contourner les distributeurs automatiques de boissons, puis la plaqua alors contre le cabanon de la buvette à l'abri des regards. Il frappa brutalement de sa main gauche le mur de bois servant d'abris aux distributeurs.

— Putain, si tu savais comme je te déteste…

Il lui caressa alors une mèche de cheveux et écrasa ses lèvres sur les siennes.

2
GLACIAL

Sauvage !

C'était le seul mot qui vint à l'esprit de Kaya lorsqu'il déposa ses lèvres sur les siennes. Elle pouvait sentir son impatience, toute son avidité, par la pression qu'il exerçait contre elle. Son souffle était fort, chargé d'adrénaline. Il glissa sa main gauche sur sa joue et lui attrapa sa taille de son bras droit pour la coller un peu plus à lui.

— Ethan… gémit-elle contre sa bouche.

Elle tenta de reculer sa tête légèrement pour parler.

— Tu n'as plus de raison de m'embrasser. Je ne suis plus sous contrat !

— Tu as les lèvres violettes… souffla-t-il en guise d'excuse, avant d'aplatir une nouvelle fois sa bouche contre la sienne.

Les petits baisers se succédèrent avec plus ou moins de douceur, plus ou moins de hargne, plus ou moins de passion. Ethan changeait l'intensité de ses caresses labiales au fur et à mesure des envies qui se bousculaient en lui. Il tempérait tant bien que mal son agonie loin d'elle en scrutant subrepticement les réactions de la jeune femme. Tant qu'elle ne le repoussait pas ardemment, il ne stopperait pas son assaut. Il continuerait. Tout ce qu'il savait, c'est qu'il devait combler ce manque irrépressible qui le prenait jusqu'aux tripes. Un manque si fort que s'éloigner de ses lèvres même une microseconde lui était douloureux à envisager. Retrouver la douceur de Kaya était un soulagement incommensurable, un havre de paix évident, la seule solution à la décadence dont il avait été victime bien malgré lui depuis une semaine. Il avait envisagé la pire vengeance possible, monté les plus horribles scénarii pour qu'elle se souvienne bien du connard qu'il pouvait être quand on le cherchait, pour que leur séparation soit digne du connard qu'il aurait dû rester à son contact, mais toute sa bonne volonté à vouloir égratigner son image de sainte princesse avait été balayée avec un simple « Bonne fin de journée ! ». Juste cela. Un simple mot qui avait sonné comme une ultime provocation et le voici à l'embrasser comme un fou et à adorer ça. Juste une marque de politesse signifiant toute sa condescendance et son peu d'intérêt pour lui, et tout un projet de vengeance longuement réfléchi avait été effacé pour être remplacé par la simple volonté de lui faire payer son affront en lui rappelant ce qu'était pour lui une bonne fin de journée : une journée ensemble. Exit la séparation ! Sa détermination à vouloir la rendre folle de lui n'avait pas attendu longtemps dans sa tête pour qu'il réagisse en conséquence. Il comptait bien lui faire regretter à la fin de cette journée sa phrase. Il s'assurerait qu'elle regrette chaque mot, chaque acte, qu'elle ait eu pour l'éloigner.

Kaya posa pourtant ses mains sur son torse et le repoussa lentement. Encore.

— Arrête !

La poitrine d'Ethan se soulevait et retombait contre ses mains. Il ne recula pas. Il ne l'attrapa pas non plus par les poignets pour retirer ses mains prestement de son torse. Il ne la gronda même pas. Il se contentait de la regarder durement. Elle ne sut si c'était un regard dépréciateur dû à son rejet ou à ses mains bravant l'interdit. Ce ne fut que lorsqu'il s'avança et qu'il colla un peu plus sa veste contre ses mains gantées qu'elle comprit que cette fois-ci, il ne s'arrêterait pas à sa menace physique. Pour la première fois, Ethan s'autorisait à passer outre son règlement. Il acceptait de voir ses mains sur son torse. Il la laissait le toucher là où il refusait toutes caresses auparavant, comme si sa priorité était de ne pas perdre le contact avec elle. Kaya le sonda, surprise, perdue. Il lui attrapa la mèche de cheveux qui sortait de son bonnet et la toucha délicatement du bout des doigts.

— Tu as... coupé tes cheveux. Princesse Raiponce perd ses pouvoirs si on lui coupe les cheveux...

Il annonça cela de façon anodine et pourtant avec une voix éraillée, alors qu'elle gardait toujours ses mains contre lui. Était-ce une question masquée attendant une réponse, un constat, une déception ? Elle put cependant découvrir du trouble dans ses yeux. Elle lui reprit sa mèche d'une de ses mains, l'autre toujours en protection entre eux deux, et la regarda avec un petit sourire.

— Oui ! fit-elle en riant. Mais je n'ai pas de pouvoir, donc rien de grave ! J'ai sauté sur l'occasion... Richard avait sa coiffeuse à domicile qui venait dimanche et je lui ai demandé si elle pouvait me les couper un peu. Cela devenait impossible à gérer et cela me coûtait finalement plus cher en shampooing.

Elle retira son bonnet et les ébouriffa un peu pour que sa chevelure retrouve de sa superbe, laissant tomber pour le même coup sa mise en garde sur son torse.

— Mieux, non ? lui déclara-t-elle dans un sourire.

Ethan l'observa, mais ne broncha pas. Il se contenta de grimacer et de toucher ses pointes à nouveau.

— Si ton shampooing coûte trop cher, je peux te le payer.

Kaya le dévisagea un instant, sciée par sa remarque.

— Euh... je te remercie, mais même si je suis endettée, je n'irai pas jusqu'à me faire payer mon shampooing ! Tu n'aimes vraiment pas ?!

— Je ne sais pas… vu que tu changes beaucoup de choses ces temps-ci, je m'interroge… lui répondit-il froidement. Jusqu'où vas-tu aller pour paraître une autre et te fabriquer une nouvelle vie ? Cheveux longs ou pas, rien ne changera sur ce que tu es et ce qu'il s'est passé…

Kaya se trouva perturbée par sa remarque. Elle regarda à droite et à gauche, ne sachant quoi rétorquer. Pourtant, le regard dur et déterminé d'Ethan ne lui laissa d'autre choix que celui de l'affronter. Elle ancra ses pupilles dans les siennes et soupira.

— Ethan, nous sommes trop différents. Nos vies sont à des kilomètres l'une de l'autre. Même nos caractères sont difficilement compatibles. Il n'y aurait rien eu de bon à continuer cela.

Une certaine tristesse s'échappa dans son regard et Ethan ne pouvait l'accepter. Il serra la mâchoire, incapable de dire un mot. Sa colère le figeait dans un mutisme dont il ne se pensait pas capable.

— Ne me regarde pas comme ça, s'il te plaît… lâcha-t-elle doucement. Allons prendre ces chocolats chauds.

Elle le contourna et se posta devant le distributeur de boissons, le laissant cogiter. Il avait envie de cogner. Une envie irrépressible de lâcher les vannes sur n'importe quoi, pourvu qu'il puisse casser ce qui lui déplaisait tant dans les propos de Kaya. Frapper au point de sentir sa rage sortir de lui, le soulager et laisser place à la douleur.

La gentillesse entraîne la douleur, l'amour mène à la souffrance…

Gentillesse ou amour, là n'était pas le problème. C'était surtout l'envie qui le bouffait de l'intérieur. Le désir. Il était arrivé à un stade où il ne savait plus si c'était de la gentillesse, de l'amour, de la compassion ou de la curiosité. Tout ce dont il était certain, c'est qu'il avait envie d'elle. De toutes les manières possibles. Même un sourire à son égard et il était heureux. Le moindre regard complice et il était satisfait. Il n'y avait rien de pire que le fait d'être ignoré. Il savait qu'elle avait raison, que leur compatibilité était loin d'être prouvée, mais tout son corps lui criait le contraire. Il se contrefichait de ce qui était de la norme, de la logique. Sa peau hurlait son envie d'elle et sa colère amplifiait encore. Comment pouvait-il être si faible ?

L'amour entraîne la souffrance... Putain, pourquoi je suis incapable de faire abstraction ? Ce n'est pas de l'amour ! Hors de question de ressentir un quelconque sentiment pour elle ! Merde ! Merde ! Merde !

Kaya regarda son porte-monnaie et râla.

Évidemment, je n'ai pas assez de monnaie... La poisse !

Ethan la rejoignit sans un mot.

— À défaut de me payer du shampooing, est-ce que tu aurais de la monnaie pour payer les boissons ? lui demanda-t-elle alors avec un petit sourire gêné.

Il sortit son portefeuille de la poche intérieure de sa veste, tout en la regardant d'un air agacé. Il inséra des pièces et pressa avec force la touche des chocolats chauds. Kaya lui sourit gentiment, presque hypocritement, faisant semblant que tout était réglé et que tout allait bien entre eux, maintenant que tout avait été dit. Elle attrapa alors le premier gobelet du bout des doigts, puis le second et partit retrouver Samantha et Richard sans même l'attendre. Il eut juste droit à un « merci ! » tout aussi distant que la façon dont il avait dégainé son portefeuille.

Samantha ne savait quoi faire en attendant. Ce n'était pas dans ses habitudes de faire la conversation aux vieux. Richard ne cessait de lui sourire poliment et en définitive, cela augmentait son agacement à ne pas voir revenir Ethan. Cette rencontre sonnait aussi faux que la relation qu'il avait avec cette fille, sortie de nulle part. Son calvaire prit fin quand elle la vit revenir, suivie au loin par Ethan.

— Désolée ! On a été un peu long, mais il a fallu trouver de la monnaie ! fit Kaya tout en posant rapidement les gobelets brûlants sur la table.

Ethan posa les siens et s'assit à côté de Samantha en silence. Il ne pouvait s'empêcher de ruminer. Il ne trouvait pas les arguments pouvant faire comprendre à Kaya qu'il se fichait de toutes les considérations sur leurs différences, sans se compromettre dans la révélation de sentiments qu'il ne souhaitait pas dire et encore moins ressentir. Samantha se saisit de sa main et lui sourit. Un frisson le parcourut. Il regarda alors Kaya qui se frottait les mains dans ses gants pour se les réchauffer un peu plus. Richard soufflait sur son gobelet tout en louchant et lui, il avait juste envie de tout envoyer promener.

— Tout va bien ? lui demanda Samantha, avec une certaine inquiétude devant son visage fermé.

Ethan s'esclaffa et se tourna alors vers elle. La question à ne surtout pas lui poser, la belle rousse l'avait prononcée.

— Non, ça ne va pas ! Rien que de voir ta tête et j'ai envie de commettre un meurtre. Si tu pouvais rentrer chez toi, ce serait bien mieux en fait !

Samantha et Kaya ouvrirent en même temps leur bouche de stupéfaction.

— Si tu n'as pas encore compris, je vais te faire un topo. Je me suis servi de toi. En gros, tu es un bouche-trou ! Pourquoi ? Pour foutre en rogne cette femme !

Il montra alors du doigt Kaya d'un geste sec.

— Et le problème est qu'elle se fiche éperdument que je me ramène avec la nana qu'elle m'a désignée. Même pas un soupçon de jalousie. Elle s'en tape de toi, elle s'en tape de moi ! Bref ! Non ! Ça ne va pas ! Tu peux te casser, tu ne me sers plus à rien !

— Mais quel connard ! firent en chœur Samantha et Kaya,

avant de se regarder toutes deux, surprises.
Kaya se reprit et se leva tout en tapant les mains sur la table.
— Comment peux-tu lui parler de la sorte ? Elle mérite bien plus de considération.
Ethan se leva à son tour et tapa également les poings sur la table.
— C'est toi qui parles de considération ?! Laisse-moi rire ! Même pas capable de venir m'affronter en face à face. C'est vrai, c'est tellement mieux de m'écrire une lettre et de disparaître.
Kaya regarda autour d'elle, gênée de voir que les gens autour les observaient de façon suspicieuse.
— Ce n'est ni l'endroit, ni le moment... dit-elle plus doucement.
Ethan leva la tête au ciel, sidéré, avant de la laisser retomber et de la regarder droit les yeux.
— Bien sûr ! Avec toi, ce n'est jamais quand il faut, avec qui il faut ! Ça serait Adam, alors là, on aurait toute ton attention !
— Ne mets pas Adam dans l'histoire ! cria-t-elle alors, plus fort qu'elle ne l'aurait voulu.
— Quelqu'un va-t-il m'expliquer ce qu'il se passe entre vous à la fin ? les interrompit encore plus fort Samantha, maintenant très énervée.
— Rien ! rétorquèrent en même temps Ethan et Kaya, tout aussi surpris par leur même réponse identique et simultanée.
Richard se recroquevilla sur lui-même, cherchant à se cacher dans son manteau.
— Vraiment ? répondit Samantha, les mains sur les hanches. Pourtant, j'ai l'impression de voir une dispute de couple !
Kaya s'offusqua. Ethan s'esclaffa.
— Pour qu'il y ait dispute de couple, faudrait-il encore qu'il y ait un couple ! déclara Ethan tout en fusillant Kaya du regard.
— Pour qu'il y ait un couple, il faudrait encore qu'il y ait des

sentiments ! répondit tout aussi méchamment Kaya, tout en se penchant au-dessus de la table. Or Samantha, je déteste ce type ! Difficile d'éprouver de l'affection pour un type qu'on hait !

Ethan se mit à rire et secoua la tête, puis regarda Samantha.

— Ce qu'elle ne dit pas, c'est qu'elle n'a pas tout détesté, surtout durant une certaine nuit !

Ethan planta alors son regard dans celui de Kaya pour qu'elle comprenne où il voulait en venir, et qu'à ce jeu, elle serait perdante. Celle-ci écarquilla les yeux devant son sous-entendu aussi clair que lubrique.

— Elle n'a pas dit « non » tout le temps, même ! rajouta-t-il pour la forme, avec un air sournois.

Kaya passa par-dessus la table bien décidée à le faire taire. Ethan fit un bond en arrière, pensant qu'elle allait le frapper une nouvelle fois, mais elle posa sa main sur sa bouche.

— Mais tu vas la fermer, ta bouche de connard ! lui ordonna-t-elle.

Ce fut ce moment que choisit M. Laurens pour éclater de rire. Un rire qui le prit aux tripes au point de taper lui aussi la table. Samantha, Ethan et Kaya le regardèrent, dubitatifs.

— Oh mon dieu ! Ce que vous êtes drôles ! Franchement, vous séparer serait un délit, tellement vous faites la paire tous les deux. Je ne regrette pas d'avoir organisé cette rencontre ! Excusez-moi, Samantha, je n'avais pas prévu qu'il ferait appel à vous, mais il faut bien admettre que, quand ces deux-là sont ensemble, c'est vraiment n'importe quoi ! Ça part immédiatement de travers, mais qu'est-ce que c'est bon à voir !

Ethan et Kaya se trouvèrent tout à coup idiots. Ils se regardèrent un instant, puis se séparèrent d'une distance suffisante pour infirmer les dires de Richard. Samantha contempla tout ce beau monde, de façon ahurie.

— Vous êtes tous complètement dingues ! Complètement

frappés du cerveau.

Elle attrapa son sac et quitta la table, sans même ajouter un mot de plus. Ils la regardèrent s'éloigner sans vraiment réaliser ce qui pouvait être choquant dans leurs attitudes.

— Vous saviez donc qu'il allait venir, Richard... dit alors Kaya, d'une petite voix déçue. Pourquoi ? J'avais confiance en vous.

Richard se calma instantanément et se leva à son tour.

— Mon enfant, ce n'est pas contre vous que je l'ai fait, mais pour vous. Vous pouvez le détester autant que vous le voulez, cela ne changera pas le fait que vous êtes bien plus vivante en sa compagnie que seule.

Richard arqua son dos pour se remettre des vertèbres en place, puis soupira.

— Je rentre. Nous nous reverrons bientôt. Je pense que vous avez beaucoup de choses à régler tous les deux.

Il alla embrasser la joue de Kaya et lui attrapa les mains.

— La peur n'est pas une bonne amie. Elle nous fait faire aussi des mauvais choix. Laissez-la de côté et vivez.

Il salua de la tête Ethan et les quitta.

Kaya et Ethan se regardèrent un instant, gênés. Celle-ci repensa aux paroles de Richard. Vivre. Un mot qu'elle avait beaucoup de mal à accepter depuis la mort d'Adam. Un mot qui trouvait peu d'écho en elle tant la vie lui avait semblé être jusque-là un cauchemar.

— Écoute Ethan, l'intervention de Richard ne changera rien de mon point de vue. Ma vie est bien trop chaotique pour que j'accepte quelqu'un dans mon quotidien. Et on sait tous les deux que l'on ne sera jamais de grands amis. Je ne sais pas ce que tu espérais en venant ici, mais de toute évidence, cela ne changera rien à notre relation. Rentre chez toi.

Ethan serra les poings, peu convaincu par sa tirade. Voyant

qu'il ne bougeait pas, Kaya accepta de faire demi-tour et de le quitter. Elle avait son cœur qui cognait contre sa poitrine. Elle savait qu'elle signait un adieu définitif et douloureux. Hélas, elle n'avait pas beaucoup de choix. Tout était trop précaire pour qu'elle puisse s'attacher à lui. Pourtant, au bout de quelques mètres, elle s'aperçut qu'Ethan la suivait. Elle s'arrêta alors. Ethan fit semblant de regarder les chimpanzés qui sautaient de branche en branche. Elle soupira et fit quelques mètres avant de constater qu'il avait repris sa filature. Cette fois-ci, elle se retourna et alla le rejoindre.

— Me suivre ne changera rien ! Va voir ailleurs !

— Le zoo est pour tout le monde. J'ai le droit de me balader où je veux.

Soufflée par sa réponse, elle ne sut quoi répondre en contre-attaque et n'eut d'autres choix que de repartir loin de lui. Elle décida d'accélérer le pas. Évidemment, pendant qu'elle faisait deux pas, Ethan n'en faisait qu'un.

Peine perdue.

Elle se stoppa à nouveau et revint vers lui.

— OK, tu as quelque chose à me dire ? Dis-le ! Qu'on n'en parle plus et que chacun aille vaquer à ses occupations !

Ethan se mit à sourire. Sourire qu'elle ne connaissait que trop bien. Un sourire de défi. Le tout accompagné par une lueur taquine dans son regard. Il l'attisait volontairement.

— Je n'ai rien à dire. Serait-ce toi qui a un problème ? feint-il alors innocemment. Tu as oublié de me dire quelque chose peut-être et tu es tellement gênée de me le dire, que tu reportes le problème sur moi ?

— Rhhaaa ! cria-t-elle de désespoir, tout en s'attrapant le bonnet pour se cacher les yeux quelques secondes avant de le remettre en place.

Elle reprit sa route tout en jetant des coups d'œil derrière elle.

Ethan la suivait, comme si de rien n'était, mais toujours avec cette lueur provocatrice dans ses prunelles. Elle arriva à la sortie du zoo et pesta.

Il m'éneeeeeerve ! S'il me cherche, il va me trouver ! Ou pas...
Elle fit demi-tour et s'approcha une dernière fois de lui.

— OK, essaie de me suivre si tu peux maintenant ? lui dit-elle, amusée.

Elle lui fit un clin d'œil et, tout à coup, le salua puis se mit à courir. Ethan, surpris, commença à rire. Il buta son pied contre le sol, le temps de la réflexion, puis regarda droit devant lui, une nouvelle détermination naissant dans sa poitrine.

Défi relevé, Princesse ! Jouons au chat et à la souris ! Parfait !
La course était engagée. Kaya avait pris un peu d'avance. Le jeu pouvait se révéler difficile pour Ethan qui se devait de faire les bons choix de direction pour la retrouver. Une fois qu'il l'eut dans son collimateur, il ne la lâcha plus du regard. La distance entre eux deux se rétrécit au fur et à mesure. Kaya chercha à feinter en passant dans de petites ruelles, sous des porches menant dans de nouvelles rues. Chacun y allait de son dérapage. Ethan se cogna même une fois contre un mur, ce qui fit marrer Kaya. Puis plus rien. Elle s'arrêta alors, le cherchant partout, mais ne le vit plus. Elle se demanda si elle devait faire machine arrière. Serait-ce judicieux ? Autant dire qu'elle l'attendait.

Hors de question !
Elle haussa les épaules et reprit son chemin plus calmement quand, au bout de quelques mètres, elle se sentit soudainement happée sur le côté. Elle poussa un petit cri de surprise et comprit rapidement qu'elle avait perdu. Ethan venait de l'attraper et la serrait fermement dans ses bras.

— Gagné ! lança-t-il, essoufflé. Maintenant, parlons de ton gage !

Kaya put constater un énorme sourire chargé de fierté sur le visage de son connard préféré.

— Il n'a jamais été question de gage ! déclara-t-elle, bougonne, tout en se débattant.

— Vraiment ? fit-il, toujours amusé. Pourtant, j'ai gagné ! J'ai réussi à te suivre. C'est bien ce défi que tu m'as lancé ? Donc, j'ai droit à une récompense...

— Je n'ai rien à t'offrir ! pesta-t-elle, agacée de s'être fait avoir de la sorte.

— OK, on va trouver un arrangement.

— Ose me proposer un contrat et je te tue !

Ethan éclata de rire.

— Non... juste passer quelques heures avec moi. C'est dans tes cordes, ça, non ?

Kaya soupira.

— Je ne vois pas ce que ça changera...

Ethan la relâcha et la fixa intensément.

— Donc, tu ne veux vraiment pas ?

La jeune femme se trouva déconcertée. Elle s'attendait à tout moment à être piégée. Il était très fort pour embrouiller son monde. Pourtant, elle pouvait sentir de la déception dans sa question, au point de passer pour la méchante sans-cœur de l'histoire.

— Je te préviens, si tu pars dans l'idée de continuer quoi que ce soit avec moi, laisse tomber ! lui dit-elle alors comme un avertissement, tout en secouant son index sous le nez d'Ethan d'un air menaçant.

Ethan leva les deux mains pour feindre l'innocence de ses intentions, puis sourit.

— Est-ce un « oui » ? demanda-t-il, un peu nerveux.

— OK... souffla-t-elle, résignée. Que veux-tu faire ?

Ethan sentit sa poitrine se défaire d'un poids énorme. Elle acceptait enfin de passer du temps avec lui. Il était le premier étonné de sa patience. D'ordinaire, il n'aurait jamais pris la peine de courir après une femme.

D'ordinaire, je ne serai même pas allé au zoo pour renouer avec une femme, pauvre con !

Il lui attrapa pourtant sa main, avec la ferme intention de ne plus la lâcher, et la guida à travers les rues. Il ne savait pas trop où l'emmener ni quoi faire. Kaya le suivait sans rien dire, mais avec un scepticisme évident. Il devait vite trouver, sans quoi elle rebrousserait chemin sans même avoir eu le temps de discuter avec lui. Car l'objectif était bien là : en savoir plus sur sa nouvelle vie. Parler d'eux était un risque bien trop grand pour qu'il ne se casse pas la gueule dessus et rentre bredouille. Il avait bien senti que le sujet d'un « eux deux » était trop sensible pour qu'il soit évoqué.

C'est là qu'il vit une affiche publicitaire et sourit. Il venait de trouver un endroit sympa qui lui plairait à coup sûr. Il la poussa alors jusqu'à la première bouche de métro. Ni une ni deux, ils s'engouffrèrent dans une des rames. Kaya l'interrogea du regard, mais ne vit que son sourire figé.

Pas de doutes, il prépare quelque chose de louche.

Au bout d'un quart d'heure, il l'invita à sortir du métro parisien. Kaya comprit qu'ils débouchaient sur le Trocadéro. La Tour Eiffel surplombait leurs deux petits corps.

— Une balade à côté de la Tour Eiffel ? C'est ça, ton idée ?

Ethan inspira un grand coup et regarda la grande Dame de Fer avec bonheur.

— Pas à côté, Kaya… Nous allons y monter !

Kaya le dévisagea. Elle connaissait déjà l'édifice. Il n'y avait donc rien d'extraordinaire en soi. Elle haussa donc les épaules, peu convaincue. Ce lieu lui serrait automatiquement le cœur. Il était le plus beau souvenir de sa vie avec Adam : sa demande en mariage. Bien sûr, Ethan ignorait que cet évènement s'était passé sous cet édifice. Comment pouvait-il se douter qu'elle ne voulait pas le suivre davantage ? Que ses pas devenaient lourds et que quoi qu'il lui proposerait, cela resterait bien moins incroyable que la folie d'Adam ce soir-là ?

— Tu n'y es jamais monté ? lui demanda-t-elle alors, cherchant à comprendre où il voulait en venir et sans doute pour trouver une échappatoire.

— Si, si ! Viens !

Il lui saisit le poignet et tous deux allèrent faire la queue sur un des quatre pieds. La boule dans sa gorge grandit un peu plus en voyant le marchand de souvenirs où Adam lui avait acheté sa bague. Instinctivement, elle fit tourner sa petite fleur violette autour de son doigt. Elle ne devait pas pleurer. Elle devait rester forte. Ethan semblait fier de son initiative et elle ne voulait pas en fin de compte saper son plaisir. Trente minutes plus tard, ils étaient au premier étage et Ethan fut heureux. Kaya se sentait très mal. Pourtant, la surprise fut au rendez-vous, malgré ses réticences : les yeux de la jeune femme s'illuminèrent, puis le regardèrent avec un mélange de soulagement et de reconnaissance. En un instant, le poids de son deuil s'envola. Le contexte du lieu s'effaça.

— C'était ça, ton idée ? lui répéta-t-elle, tout à coup soulagée.

— Ça te va ?

Elle se contenta de secouer la tête pour seule réponse. Ethan alla au comptoir et lui tendit les chaussures de location.

— À nous, la patinoire de la Tour Eiffel ! chantonna-t-il fièrement alors que Kaya était déjà dans les starting-blocks.

Après quelques pas hésitants, Kaya se lâcha rapidement. Ethan put constater qu'elle était très vite à l'aise, ce qui n'était pas du tout son cas. À peine eut-il posé un premier patin sur la glace, qu'il sentit son pied partir pour un grand écart. Heureusement pour lui, il eut le réflexe de s'attraper au bord de la patinoire pour ne pas finir sur les fesses. Quand Kaya s'aperçut qu'Ethan était loin d'avoir son aisance, elle vint le chercher.

— Première fois ? lui demanda-t-elle avec un air légèrement moqueur.

— Ça se voit tant que ça ? lui répondit-il alors que ses patins partaient chacun dans un sens diamétralement opposé et que ses bras le maintenaient au rebord comme si sa vie en dépendait.

Kaya se mit à rire.

— Voudrais-tu un peu d'aide ?

Elle s'approcha de lui et tenta de le redresser. Ethan se précipita dans ses bras, afin de se rassurer le temps de trouver son équilibre.

— Avoue que ça te plaît de me voir si maladroit ! lui dit-il alors que sa jambe droite partait contre son gré.

— J'avoue que j'apprécie ! lui dit-elle, amusée. Pour une fois que Monsieur Connard se ramasse lamentablement, ce n'est pas à ignorer !

— La prochaine fois que j'ai une idée de sortie, tu m'empêches de la mettre en application, s'il te plaît. Je pensais que c'était plus simple que ça !

Son bassin commençait à suivre sa jambe qui partait en arrière.

— Kaya ! Fais quelque chose, bon sang ! Je ne le sens pas du tout !

Kaya éclata de rire en voyant que la situation devenait critique.

— Mais ne rigole pas ! Putain Kaya, retiens-moi, je vais...

Ethan chuta lourdement sur la glace et lâcha un grognement. Kaya se tordit de rire, à en pleurer.

— Très drôle ! finit-il par dire, écœuré.

Il se mit alors à genoux et se frotta les gants.

— Je crois définitivement que la glace et moi, on n'est pas prêt d'être amis. Entre le palais des Glaces à la fête foraine et la patinoire ici, j'ai vraiment un souci.

Kaya lui tendit ses deux mains pour l'aider à se relever. Il les saisit volontiers, même si le premier patin qui toucha la glace vacillait déjà.

— Regarde-moi ! lui dit-elle alors. Ne regarde pas tes pieds.
— Juste tes yeux ?
— Juste mes yeux.
— Facile ! déclara-t-il alors avec un sourire séducteur.
— Fais le malin. Le plus dur est à venir ! lui dit-elle gentiment.

Ethan se releva et posa le second patin sur la glace. Il chercha son équilibre, mais ne la quitta pas du regard. Il se concentra sur les deux prunelles marron-vert de Kaya, au point que même son enthousiasme s'effaça. Kaya se trouva tout à coup gênée par l'intensité qu'il mettait à la fixer. Rapidement, il ne trembla plus sur ses patins et resta debout devant elle sans bouger. Il lui serra un peu plus les mains. Progressivement, c'était pour elle que cela devenait compliqué.

— Très bien ! dit-elle tout en quittant son regard, complètement chamboulée.

Elle le lâcha et se tourna devant lui lentement.

— Accroche-toi à mon épaule ou à ma taille. Je vais te guider. On va jouer au petit train. Je suis la locomotive, tu es mon wagon.

Ethan posa ses mains sur les hanches de Kaya, qui eut contre toute attente un frisson. Elle fit un premier pas qui mit en marche leur petit train. Ethan se laissait volontiers tirer par sa princesse. Il la regardait chercher du regard la direction à prendre, tout en évitant les autres patineurs. Le sentant plus en confiance, elle accéléra. Les choses se compliquèrent un peu plus pour Ethan, partagé entre l'envie de continuer à la contempler à son insu et celui de regarder ses pieds flageolant sur la glace.

— Doucement, doucement ! lui cria-t-il, maintenant inquiet pour son corps qui allait encore ramasser. Je vais tomber, Kaya !

Celle-ci se mit à sourire, mais ne ralentit pas. Ethan sentit que la chute allait venir. Kaya fonça alors contre une rambarde. Ethan lui rentra dedans sans ménagement, à cause de la vitesse, puis s'agrippa à la barrière en bois.

— Et bien, tu vois ! Tu es toujours vivant ! lui dit-elle fièrement.

C'est à ce moment-là qu'elle vit les patins d'Ethan se croiser et celui-ci tomber une seconde fois. Elle pouffa, puis s'agenouilla devant lui.

— Un cas désespéré, j'en ai bien peur…

— Ah ah ! Je suis plié en deux ! lui lança-t-il, mauvais. Tu m'énerves ! Tu prends un plaisir sadique à me voir par terre.

Kaya se pencha un peu plus près de lui, une lueur presque machiavélique dans ses prunelles.

— Je dirai que c'est… jouissif !

Ethan plissa les yeux.

— Toi…

Il l'attrapa alors par le cou et la ramena à lui. Kaya poussa un petit cri et s'étala contre lui. Il commença alors à lui frotter énergiquement le bonnet contre sa tête de princesse désinvolte, tout en la maintenant fermement contre lui pour qu'elle ne lui échappe pas.

— Arrête ! cria-t-elle à moitié énervée, à moitié amusée.

— Vengeance ! lui répondit-il en lui enfonçant le bonnet sur les yeux.

— Ethan ! Je ne vois plus rien !

— C'est fait exprès ! Vilaine princesse ! Tu me cherches, tu me trouves !

— Ce n'est pas de ma faute si tu n'es pas doué pour le patinage !

— Mais vas-y ! Remets-en une couche ! Tu es vraiment une princesse détestable !

Ethan l'agrippa un peu plus entre ses jambes et commença à

lui chatouiller la taille. Kaya se contorsionna sous ses attaques tout en rigolant.

— Stop ! Arrête !

— Vengeance !

— Rhaaa ! Ça suffit ! s'agaça alors la jeune femme tout en se redressant par la force de sa colère.

Elle réajusta son bonnet et le fusilla du regard. Ethan lui répondit par des sourcils froncés également, mais avec une touche de moquerie dans ses yeux.

— Pas contente, la princesse moqueuse ?

— Tu m'énerves ! Pourquoi avec toi, ça finit toujours mal ?

— De quoi te plains-tu ? Des chatouilles et elle hurle… Eh beh… Ça pourrait être laaaargement pire ! lui répondit-il nonchalamment en faisant un grand geste blasé de la main.

— Pire ? Pire ! Tu plaisantes ! Parfois, j'ai l'impression que tu es né juste pour me pourrir la vie ! Tu ne peux pas faire pire, on a déjà atteint le summum de la vacherie !

Ethan se mit à sourire. Kaya tiqua face à ce sourire qui ne présageait rien de bon.

— Tu veux parier que je peux faire pire ?

— Tu n'oserais pas…

Ethan lui saisit le poignet et, de son autre main qu'il posa sur sa nuque, l'obligea à revenir contre lui.

— Déteste bien ce qui arrive, Princesse ! lui dit-il alors doucement tout en la regardant bien droit dans les yeux.

Il posa sans ménagement ses lèvres sur les siennes. Un baiser appuyé, ne laissant aucune échappatoire. Puis, il la relâcha. Il s'essuya ensuite la bouche, fier. Kaya resta figée un instant, incapable d'analyser ce qu'il venait de faire. Partagée entre la rage, l'envie de l'étriper et une toute petite, mais alors toute petite énorme envie de continuer, elle se contenta de déglutir et de le fixer en silence. Devant son immobilisme, Ethan soupira.

— Tu es vraiment chiante. Tu m'obliges à chaque fois à aller dans les extrêmes pour te clouer le bec. Au moins, cette fois-ci, il semblerait que j'ai réussi ! finit-il par dire tout en riant cyniquement.

Kaya continua à le fixer sans vraiment le voir, cherchant quelle réponse serait la plus efficace pour l'achever une bonne fois pour toutes. Ethan tomba rapidement son sourire, se rendant compte qu'elle restait impassible à son humour.

— Écoute, je sais qu'on n'a rien à faire ensemble ! ajouta-t-il dans une grimace navrée, tout en se frottant le genou. Je sais aussi que rien ne nous lie et nous oblige à nous revoir. On est sans nul doute de parfaits opposés, mais... avoue que l'on rigole bien tous les deux quand même. Richard a raison sur un point : ce grand n'importe quoi est vivifiant. Je me fiche qu'on soit compatible ou non. Je ne cherche même pas à définir quel type de relation nous pourrions avoir ensemble. Tout ce que je vois, c'est que je m'amuse moins... sans mon jouet. Joue encore avec moi !

Ethan se mit à sourire, sachant très bien qu'il avait employé un des mots qui agaçaient le plus la jeune femme. Mais en même temps, il voulait qu'elle réagisse. De n'importe quelle manière, mais qu'elle le considère encore et toujours avec cette même passion qui les anime quand ils se défient. Kaya baissa cependant les yeux. Les derniers mots d'Ethan l'avaient visiblement sortie de son mutisme, mais pas de la façon dont il l'espérait. Elle se tritura les gants, puis tapa ses poings sur ses genoux, choisissant malgré tout l'agacement à toute autre considération plus dangereuse pour son salut, car finalement elle ne pouvait lui donner d'autres espoirs. Seule l'attaque pouvait les sauver de leurs envies impossibles.

— Tu vois, tu continues... dit-elle doucement. Je ne suis pas ton jouet ! Je ne suis pas cet objet avec lequel Monsieur Connard s'amuse...

Ethan se mit à sourire et approcha son visage d'elle lentement.

— Bon, OK, je veux bien être ton jouet aussi, mais à une condition !

La surprise et le scepticisme se dessinèrent sur le visage de Kaya.

Mon jouet ? Lui ? Mais qu'est-ce qu'il raconte ?

— Laquelle ? fit-elle instinctivement, alors que finalement elle doutait de vouloir vraiment le savoir.

— De ne pas me casser ! lui dit-il avec un petit sourire alors que Kaya se trouva presque touchée par cette réponse.

D'abord confuse, elle se mit malgré tout debout et soupira.

— Comme si des connards pouvaient se briser... C'est tellement hargneux qu'ils nous auront jusqu'à la moelle !

Ethan sourit amèrement. Il était déjà brisé. Il était déjà un homme rafistolé, recollé avec des bouts de scotch. Un coup de vent en sens contraire et il se savait foutu. Sa demande était loin d'être anodine. Kaya le mettait déjà sens dessus dessous et sa tendance au masochisme avec elle le rendait encore plus craintif pour la suite.

Elle lui tendit à nouveau sa main pour l'aider à se lever. Il l'en remercia d'un signe de tête et se redressa.

— Je ne te briserai pas. Je te l'ai déjà dit... Je suis trop dangereuse pour que je te laisse graviter dans ma vie. Conclusion : pas de jouet ! Ni pour toi, ni pour moi !

Elle s'éloigna alors de lui et alla patiner un peu. Ethan soupira.

Ce qu'elle peut être pénible à être aussi obstinée !

Il regarda ses patins un instant, puis releva la tête.

Mais moi aussi !

Il fit un pas sur la glace. Son équilibre fut à nouveau chamboulé, mais ses bras moulinèrent suffisamment pour qu'il tienne debout. Il avança son second patin devant lui et se lança. Les pas s'enchaînèrent avec un manque de grâce évident, mais

Ethan resta debout. Il se mit à sourire, réalisant qu'enfin il commençait à « piger le truc ». Bientôt, Kaya repassa près de lui sans faire attention à sa présence et il fonça sur elle. Cette dernière fit de gros yeux en le voyant arriver avec une lueur conquérante dans les yeux. Il freina alors devant elle et l'attrapa dans ses bras.

— OK, pas de jouet. Ne prenons pas de risques. Mais…

Il avança ses lèvres près de son oreille.

— Sache que les connards peuvent être brisés et qu'ils aiment bien être consolés ! Réconforte-moi, Kaya ! Cette proposition tient toujours, même sans contrat derrière. Pas de promesses. Pas de demandes de sentiments. On s'amuse bien tous les deux…

— Depuis quand es-tu brisé ? lui demanda-t-elle alors sans réfléchir et sceptique.

Très vite, elle réalisa que sa question était idiote. La mâchoire d'Ethan pulsait de façon typiquement agacée, révélant qu'il y a des choses qui étaient évidentes même s'il était inutile de les énoncer. Elle regarda instinctivement sa veste, cachant ses cicatrices. Ces dernières étaient toujours là, en dessous, avec tous ces secrets autour. Pouvait-elle penser qu'il se disait brisé à cause de leur présence ? Jusqu'à maintenant, elle avait davantage pensé à son malheur qu'à celui d'Ethan. Elle se trouva très égoïste en un sens. Il l'avait consolée à plusieurs reprises, il avait soumis cette idée de consolation mutuelle, mais à aucun moment elle n'avait vraiment senti un besoin chez lui à vouloir être consolé sauf lors de son insistance à vouloir la faire sienne dans la salle de réunion le soir du gala. Ce soir-là, Ethan avait pété les plombs et elle avait jugé en conclusion qu'il la manipulait pour mieux l'amadouer dans son sens. Hormis cette incartade bien étrange, il exprimait plus un désir de la posséder qu'un réel besoin de réconfort. Elle ne l'avait jamais vu déprimer au point de vouloir le serrer dans ses bras pour apaiser ses maux. Elle ne l'avait jamais réellement entendu se plaindre sur une quelconque souffrance. Comment cerner le vrai du faux sur cette excuse de réconfort entre eux ? En quoi pouvait-elle vraiment l'aider ? Il l'avait pourtant fait très efficacement de son côté. Alors pourquoi devait-elle douter qu'elle ne puisse en faire autant ?

Elle le fixa un instant. En voyant ses prunelles marron chocolat fondre sur elle comme si elle allait se faire dévorer dans les secondes qui allaient suivre, elle avait sa réponse. Si elle venait à le consoler, si elle venait à chercher ses ténèbres pour les apaiser, elle le ferait avec son cœur. Un danger bien trop grand qu'elle avait déjà effleuré durant leur nuit ensemble.

— Excuse-moi. Toute personne a connu des souffrances qui peuvent être pansées, c'est vrai. Mais... je n'ai pas cette force en moi, Ethan. Tu y arrives peut-être, mais moi, je... J'ai déjà beaucoup de mal à faire face à mes problèmes, je ne peux affronter ceux des autres. Je suis désolée. Je peux néanmoins te remercier pour cette heure passée ici. C'était une bonne idée. C'était pourtant mal parti, je dois bien l'avouer. Quand j'étais petite, je patinais beaucoup. J'y allais tous les mercredis après-midi. J'ai dû vite abandonner à cause de nos dettes, comme tu peux t'en douter. Finalement, c'est un peu comme le vélo, on reprend vite ses marques et, avec le recul, j'admets que c'est une sensation qui m'avait manquée. Je dois dire que tu es très fort pour faire oublier les souffrances des autres. C'est sous la Tour Eiffel qu'Adam m'a demandé ma main. Autant te dire que revenir ici ne m'emballait pas du tout et qu'à part réveiller en moi une grosse douleur au cœur, tu n'avais pas mes faveurs en m'emmenant ici. Tu as pourtant réussi à me faire oublier ma tristesse et à la transformer en un nouveau moment de plaisir, effaçant au passage l'amertume que je pouvais ressentir à y retourner. Bravo ! Moi, je n'ai pas cette capacité. Je n'ai pas le pouvoir de réussir à proposer de telles choses pour changer les idées déprimantes des gens. Je suis dangereuse, Ethan. Phil et Al sont toujours là pour me rappeler que ma vie, ce n'est pas un tour en patins à glace sous la Tour Eiffel. Ma vie, c'est travailler encore et toujours, c'est se restreindre de toutes sorties extérieures, c'est ne plus se faire plaisir en fringues, nourriture. Ma vie est déprimante. Je pollue même la vie de ceux qui m'aident. C'est un fait vérifié. Personne ne voudrait vivre ce que je vis. Comment pourrais-je t'aider ? Comment ma vie pourrait-elle faciliter la tienne ? Tu ne trouverais aucun plaisir, aucun loisir à être auprès de moi. Ce que tu as pu entrapercevoir jusque-là, c'est de la poudre aux yeux. Ce n'est qu'un jeu superficiel entre deux forts caractères. Je ne peux t'aider ou te soutenir alors que moi-même je coule. Tu me parlais de ténèbres l'autre soir au gala. J'ai également les miens et ils ne cessent de m'attirer plus profondément. Ma vie est un enchaînement de désillusions. Je ne pourrais pas te relever. Pardon.

    Kaya quitta la patinoire, ses dernières paroles les désarmant tous les deux. Que pouvait-on ajouter à cela ?

3
BUTÉS !

Kaya regardait le plafond de sa chambre, l'air songeur. Cette journée avait été, contre toute attente, pleine de surprises. Revoir Ethan l'avait complètement paniquée. Elle ne s'y était pas préparée et pourtant, encore une fois, elle aurait presque pu oublier sa vie en restant dans ses bras, au milieu de cette patinoire. *Ressaisis-toi, Kaya ! Tu as cette impression de bien-être avec lui, simplement parce qu'il t'apporte de la nouveauté dans ta vie si chaotique. C'est tout !*
Elle soupira un grand coup.
— Il est coriace ! Il ne lâche pas l'affaire facilement en tout cas…
Elle se mit à rire légèrement. Elle se sentait vraiment flattée et le trouvait finalement touchant. Elle repensa à son cinéma au zoo, puis à sa surprise à la Tour Eiffel, ses chutes successives, leurs bagarres, leurs rires, son regard et son sourire amusé…
— Rhaaaaa ! lâcha-t-elle tout en tapant des pieds le matelas. Il m'énerve !
Ethan n'avait pas hésité une nouvelle fois à la suivre en silence après leur discussion houleuse à la patinoire. Elle n'avait pas remarqué sa présence. Ni dans la rue ni dans le métro. Ce n'est qu'une fois entrée dans le bâtiment où elle vivait désormais, alors

qu'elle cherchait la clé de son appartement dans son sac à main, qu'elle entendit le bruit distinctif des portes de l'ascenseur s'ouvrir. Ethan en était sorti et lui avait fait face, les mains dans les poches de la veste et le visage fermé. En fait, elle y avait même perçu une tristesse qu'elle s'était refusé d'accepter. Était-ce son imagination ? Il l'avait regardée de la tête aux pieds, puis la porte derrière elle.

— C'est donc là que tu vis ? se rappelait-elle ses paroles. Évidemment… Je n'aurais jamais pensé te trouver dans ce quartier…

Kaya avait attrapé les clés dans son sac qu'elle avait enfin retrouvées et avait souri amèrement.

— Tu m'as suivie… Que dois-je faire pour que tu comprennes ?

Elle avait pris alors un ton volontairement plus dur, mais la gêne n'avait pas donné l'effet voulu à ses paroles. Finalement, cela passait plus pour de la lassitude que de la colère.

Il fallait pourtant qu'il s'éloigne absolument de moi… Je ne peux pas continuer à le fréquenter. Mais en fin de compte, je ne pense pas que je serai un jour suffisamment convaincante avec un homme si entêté. Comment en suis-je arrivée à me débattre autant avec un connard ?

Kaya sentit son cœur se serrer à l'idée de l'avoir mis à nouveau à distance. Elle se tourna sur le lit et se recroquevilla en pensant à la suite. Ethan l'avait dévisagée. Une certaine colère était apparue à travers ses petits vaisseaux qui ressortaient sur ses tempes et qui pulsaient. Son regard s'était également durci.

— Je voulais juste m'assurer que tu ne dormais pas sous les ponts. Mais vu la gueule de l'immeuble et du quartier, je crois que j'ai du mal à comprendre… Certaines choses m'ont très clairement échappé.

— Richard avait un appartement libre, déjà meublé, dans cet

immeuble. Il n'avait pas de locataire. Quand j'ai dû lui expliquer notre contrat et ma situation catastrophique, il m'a proposé cet appartement dans ce quartier chic de Paris. Il ne veut pas de loyer. Le but étant que, sans loyer à régler et grâce à l'argent du contrat gagné et utilisé par tes soins la première semaine pour payer mes factures courantes, je puisse relever un peu la tête. Juste l'affaire de quelques mois le temps de me faire un peu d'argent, donner ma part mensuelle de dettes à Phil et Al et trouver un boulot pouvant me permettre de faire quelques économies... Devant son insistance, j'ai accepté son aide. Ça me permettait aussi de ne pas avoir à m'expliquer avec toi. Je me doutais que tu chercherais des explications à mon départ et je... je ne voulais pas rendre les choses plus difficiles, compliquées... Disparaître me semblait plus simple à ce moment-là...

Elle avait alors baissé la tête, honteuse de sa fuite.

— Donc, tu acceptes son intervention dans ta vie, mais pas la mienne ? Je peux pourtant... te soulager, moi aussi.

Kaya n'avait rien rétorqué. La vérité était qu'elle avait peur de se complaire dans son « aide ». Son silence avait agacé encore plus son interlocuteur. Ethan s'était mis alors à rire amèrement. Il avait secoué la tête et cette fois-ci, Kaya avait pu vraiment y lire une déception sur son visage. Et cela l'avait blessée, malgré elle. Elle s'était alors avancée vers lui et lui avait attrapé la manche de sa veste délicatement.

— Tu m'as déjà beaucoup aidée, Ethan. Ce n'était peut-être pas volontaire au début, mais sans ta présence, je ne serai pas ici aujourd'hui. Richard m'aide beaucoup aussi, mais je sais également que je ne peux le garder dans ma vie non plus. Je vais le décevoir tôt ou tard, mais je n'ai pas le choix... Ma vie est... vénéneuse pour les autres. J'ai l'impression déjà de m'être trop servi de vous sans pouvoir vous le rendre comme je le voudrais...

Elle avait baissé les yeux à ce moment, triste d'arriver à cette conclusion qui ne ressemblait pas à sa façon d'être avec les gens.

— Mon passé m'a déjà prouvé qu'il ne fallait pas que je m'entoure… continua-t-elle, fataliste. Au-delà de ça, toi et moi…, cela ne fonctionnera jamais. Nous voyons la relation homme-femme différemment. J'aime Adam. Toi, ce n'est que du passe-temps. Ça ne collera pas, quoiqu'il arrive. Pardon.

Elle avait ensuite senti les larmes lui monter aux yeux, mais il fallait qu'elle reste forte face à sa solitude. C'était le mieux pour tout le monde.

— Rentre chez toi, Ethan. Je vais bien… Aussi bien que je puisse l'être.

Elle lui avait lancé un petit sourire entendu et s'était retournée vers sa porte pour insérer sa clé dans la serrure. Ethan l'avait regardé faire en silence, puis avait reniflé de façon peu convaincue avant de la bousculer et entrer dans son appartement sans sa permission.

— Qu… Qu'est-ce que tu fabriques ?! lui avait-elle demandé aussi surprise qu'agacée par son comportement enfantin et buté.

Il avait alors balayé le logement du regard puis avait souri. Effectivement, son nouvel appartement semblait plus chaleureux que celui sans électricité ni meubles. Il avait alors paru soulagé. Cela ne l'étonna certainement pas de Laurens et son goût du raffinement. Il ne manquait rien.

— Tu as même la télé !

Kaya avait regardé l'écran plat, gênée.

— Un comble, n'est-ce pas ?

— Comment vas-tu faire ? Tu comptes jouer la souris cachée dans son trou en espérant que le méchant chat ne la trouve jamais ? S'ils voient ton nouvel habitat, ne crois-tu pas que les deux enfoirés vont se poser des questions et vont donc te demander des réponses ? Car tôt ou tard, ils te retrouveront, n'est-ce pas ? Que vas-tu faire ? Il est évident que leur colère ne se sera pas calmée…

Au contraire !

— J'y pense tous les jours... Je pensais prendre un mois, le temps de toucher ma première paie, puis j'irai les voir.

Ethan s'était retourné, interloqué par ses propos.

— Tu n'es pas sérieuse ? Tu ne comptes pas aller voir ces salauds seule, après ce qu'il s'est passé la dernière fois ? Tu es inconsciente, ma parole !

Ethan s'était ensuite attrapé les cheveux, encore plus inquiet d'être mis de côté face à un danger bien présent. Son insouciance l'avait exaspéré sans doute une nouvelle fois.

— Je n'ai pas le choix ! lui avait-elle répondu aussi fort. C'est ma vie, ça ne te regarde pas.

— C'est moi qui les ai frappés ! Ils vont être plus qu'en colère, sans parler de ton retard, car tu n'as pas apporté ta dette et de ta disparition subite... Ces gars ont failli te violer la dernière fois ! Que crois-tu qu'il se passera la prochaine fois ?

Kaya n'avait pas voulu croiser son regard, bien consciente de ce qu'il pouvait se passer, mais les choses pouvaient être bien pires si elle n'y retournait pas.

— Cela ne te regarde pas... lui avait-elle répété cette fois-ci, plus doucement. Ce sont mes problèmes, c'est ma vie.

Ethan avait soupiré. Il s'était ensuite approché d'elle et lui avait saisi le bout des doigts.

— Tu crois franchement que je vais repartir et oublier, sachant ce qui t'attend ? Je ne suis pas ce genre d'homme. Tu... n'as pas récupéré tout ton salaire pour la concrétisation du contrat. On avait signé pour vingt mille euros le mois plus une prime de dix mille euros si signature de Laurens. Tu n'as fait certes qu'une semaine que je t'ai payée en réglant tes factures courantes, mais tu n'as pas eu ta prime.

Kaya sonda ses yeux chocolat, soudainement devenus plus doux.

— Je ne prendrai pas cette prime, Ethan. Par respect pour Richard. J'ai déjà assez abusé de lui et prendre cet argent serait vraiment déplacé. Je suis déjà une personne peu respectable. Je ne veux pas en rajouter une couche. Ce qu'on a fait à Richard était mal.

— Mais cet argent t'aidera à…

Kaya se souvint alors de la douceur de son regard. Elle avait posé son index sur sa bouche pour le faire taire.

— Merci, mais ça ira.

Elle lui avait souri légèrement et avait posé ses lèvres sur sa joue droite pour un petit baiser. Cela avait été plus fort qu'elle. À cet instant, son côté connard était bien loin et sa façon de s'inquiéter pour elle lui avait aussi bien serré le cœur que le forcer à battre encore plus fort.

— Tout ira bien. Merci, Ethan. Je pense que tu devrais rentrer maintenant.

Ethan était reparti quelques minutes plus tard, après une forte insistance de sa part. Et Kaya ne pouvait s'empêcher depuis de s'interroger sur leur discussion. Elle regrettait déjà de l'avoir mis à distance, mais au-delà de son aide, de ses propositions, c'était la chaleur de son regard qui allait indubitablement lui manquer. Elle l'avait vu peu de fois. Pourtant, son regard si doux, si chaud, avait saisi son cœur puis son corps entier toute une nuit. Au point de perturber tous ses sens, toutes ses certitudes et effacer toutes ces fois où il l'avait fusillée des yeux, où il avait été odieux. Elle n'était pas retournée sur la tombe d'Adam depuis le jour de son départ de chez lui.

Elle se sentait mal à l'aise. Une semaine à donner un sens à tout ce qui se bousculait en elle. Elle avait songé pouvoir faire face à Adam, voulant faire disparaître les derniers jours passés avec cet homme si détestable et rendre une certaine normalité à sa vie. Malgré tout, sa vie avait changé. Ses sentiments avaient été perturbés. Il avait même monopolisé ses pensées. Ce qui devait juste être une nuit sans lendemains avait été plus intense qu'elle ne l'aurait imaginée. Elle lui avait offert bien plus d'elle qu'elle ne l'eût souhaité. Ou bien était-ce lui qui en avait pris plus qu'elle ne lui aurait autorisé ? Toujours était-il que sa relation avec Ethan avait pris une dimension bien plus prenante dans sa vie que ce qu'elle avait prévu. Au point même de se trouver honteuse, perdue, devant la tombe le jour où elle avait rompu son contrat avec Ethan. Elle s'était figée devant la stèle et n'avait pas prononcé un mot. Sortir des mots de sa bouche lui avait été trop difficile. Que pouvait-elle dire à Adam pour justifier son acte adultère ? Quel argument pouvait être recevable pour atténuer sa culpabilité ? Adam était resté silencieux, lui aussi. Que dire de leur situation ? Ce matin-là, devant sa tombe, elle avait réalisé une nouvelle fois qu'elle était maintenant la seule à faire vivre leur amour, mais aussi celle qui pouvait le faire disparaître. Une effrayante pensée qui l'obligea à prendre du recul sur ce qu'elle faisait, ce qu'elle ressentait, ce qu'elle devait faire à l'avenir. Et cela passait par ne plus le voir non plus, le temps de remettre les évènements au clair.

Kaya regarda, songeuse, le plafond blanc de sa chambre.

Mon présent est déjà un gros n'importe quoi... alors mon avenir !

Elle attrapa alors son oreiller et se cacha le visage pour ne plus penser à son passé, son présent et son futur.

Ethan tournait en rond derrière son bureau, chez lui. Il n'arrivait pas à se satisfaire du résultat de leur rencontre. Leurs trop grandes différences étaient ce qui la poussait à l'éviter. Elle refusait tout bonnement son implication dans sa vie, de quelque façon que ce soit. Il ne pouvait accepter ce constat, cette résignation. Et c'était d'ailleurs la raison pour laquelle il l'avait suivi en cachette jusqu'à chez elle. Il se trouvait même ridicule de l'espionner ainsi, comme un pervers en manque. Cela en était presque risible. Lui, en manque ?

N'importe quoi ! C'était juste de la curiosité à ce moment-là !

Il ne devait pourtant pas couper ce lien qui le maintenait à elle, même pour une justification qui lui paraissait plus ou moins acceptable. C'était comme un pressentiment, une petite voix dans sa tête qui lui disait de ne rien lâcher. Il n'avait pas eu toutes les réponses à ses questions. Encore beaucoup trop d'incertitudes le taraudaient pour retrouver une sérénité. Cette attirance qu'il éprouvait, toujours plus vive, ce besoin de se sentir utile à ses yeux, ce désir de partager des instants avec elle où il pouvait jouer et être lui-même…

En fin de compte, c'était sans doute l'unique raison pour laquelle il s'accrochait autant à la revoir. Il pouvait jouer franc-jeu, ne pas se cacher derrière un masque. Une sorte de cache-cache entre eux où elle finissait toujours par le démasquer et le déstabiliser. C'était certainement ce jeu qu'il aimait le plus. Elle était la première femme à se moquer de ses stratagèmes ouvertement. Il en créait d'autres et le jeu repartait. Sauf que cette fois-ci, Kaya se refusait à jouer et cela le perturbait. Il se sentait abandonné. Aussi, quand il la vit rire à gorge déployée sous ses chatouilles, il n'avait pu se retenir. Il lui avait donné ce baiser et avait réitéré sa demande…

Comment ai-je pu lui demander de devenir son jouet ? Putain, ça ne va vraiment pas ! Je me suis fait la promesse de ne plus être le jouet de personne et avec elle, je…

Ethan lâcha un grognement et fit voler des dossiers de son bureau d'un geste de la main.

Merde ! Je fais vraiment n'importe quoi quand je suis avec

elle !
 Cela avait été plus fort que lui... Tout ce qu'il voulait, c'était pouvoir encore la voir. Reparler d'un moyen d'être ensemble à la patinoire alors qu'elle était sensiblement sur la défensive n'avait pas été très intelligent, pour lui qui se targuait d'avoir un QI hors-norme. Mais ce moment passé ensemble lui avait fait peut-être un peu trop espérer un retour possible en grâce. Grosse désillusion.

Il avait pourtant senti l'hésitation en elle sur son refus d'être auprès de lui, la joie de patiner avec lui, cette connexion toujours aussi bizarre entre eux entre attraction et répulsion. Il espérait, en forçant son invitation à entrer chez elle, qu'il pourrait avoir plus d'éléments à sa décharge, mais ce ne fut pas plus brillant. Il détestait cette impuissance. Il avait pu se rassurer un peu en voyant où elle habitait. Malgré tout, il savait que cela ne suffirait pas pour la garder dans son périmètre d'action. Il pensait que seul Adam pouvait être un obstacle à ses objectifs. Le problème de ses dettes était aussi une grosse épine dans le pied. En y réfléchissant, c'était le plus gros obstacle. Elle ne lui avait jamais caché ses craintes sur le danger qu'il encourait à la fréquenter, lorsqu'il était intervenu pour la sauver de ces deux hommes de main.

Il leva alors la tête, comme si la lumière venait de traverser son esprit embrumé par toutes ces questions sur sa relation avec Kaya sans réponses. Très vite, il se précipita sur son téléphone portable, posé sur son bureau, et appela Eddy.

— Oui, c'est moi !
— Eh ! Salut, man ! Quoi de vieux ?
— Eddy, as-tu fait les recherches sur ce que je t'avais dit à propos des dettes de Kaya ?

Ethan put entendre soupirer Eddy à travers le combiné.

— Écoute, ne crois-tu pas qu'il serait peut-être bon de passer à autre chose ? Cela fait dix jours qu'elle t'a planté et elle a volontairement effacé ses traces. Je ne l'ai pas retrouvée et j'en suis sincèrement désolé. Mais il faut que tu te fasses une raison : cette fille ne veut pas de toi. Et ce n'est pas en remuant les vieux dossiers pleins de pus que cela arrangera les choses. Elle le prendra très mal, je pense.

— Je ne t'ai pas demandé de me faire la morale ! lui répondit-il sèchement. Je veux juste que tu répondes à ma question ! Je l'ai revue pour ta gouverne et je compte bien tout savoir pour mieux gérer ses réactions. Donc as-tu du nouveau pour moi ?

— Sérieux, tu l'as revue ?! s'étonna Eddy de l'autre bout de la ligne. Comment l'as-tu retrouvé ?! Comment va ma poulette ? Elle t'a dit quoi ?

— Elle va bien… lui répondit-il, presque abattu. J'ai pu discuter un peu, mais elle se braque très vite sur n'importe quelle intervention de ma part dans sa vie.

— Ethan, bourreau des cœurs insensible, qui court après le lapin d'Alice au Pays des Merveilles ! Qui l'aurait cru !

— Ah ah ! Ça va ? Tu prends ton pied, là ? Pauvre con !

— Ne sois pas amer. Kaya est une fille atypique, je reconnais. On rigole bien avec elle.

Ethan ne répondit rien à cette constatation. Eddy sentit à travers le téléphone le trouble de son ami face à son silence éloquent.

— Et donc, tu voudrais savoir qui est son créancier alors que, justement, elle te met à distance ? reprit-il plus vivement pour ne pas déstabiliser davantage Ethan. Ne serais-tu pas un peu idiot ou suicidaire, vu son tempérament ?

— Je me fiche que ça lui plaise ou non, à vrai dire. Je cherche des solutions pour qu'elle ne me mette pas à l'écart, donc sois pour une fois compatissant et dis-moi que tu as quelque chose.

Ethan put l'entendre rire légèrement.

— Toi, tu es accro ! Putain, c'est bon, ça ! Enfin !

— Je ne suis pas accro ! Ne dis pas de conneries ! Je veux juste comprendre... Arrête de me chercher sur ce terrain-là !

— Comprendre quoi ? Pourquoi elle te protège de sa vie morose ? Il n'y a rien de compliqué. Elle a du cœur, c'est tout.

— Je me fiche qu'elle ait du cœur ! Je me fiche qu'on me protège. Je veux juste... Je veux savoir ce qu'elle fait, avec qui, où... Ce n'est pas une question d'être accro, je veux juste me rassurer.

Ethan lâcha un grognement désespéré et s'assit sur le fauteuil de son bureau, puis posa sa main sur son front, son coude contre un dossier ouvert.

— En fait, je ne sais pas ce que je désire... finit-il par dire, dépité... En temps normal, je me ficherai royalement du devenir d'une femme avec qui j'ai...

Pendant quelques secondes, Ethan se tut, gêné, puis il toussota, se rendant compte qu'il y avait des détails qu'il devait garder pour lui pour l'instant. Son attitude était déjà bien trop anormale pour en rajouter une couche.

— Depuis que tu l'as rencontrée, j'ai l'impression de voir un lion en cage... souffla alors Eddy, compatissant et compréhensif. Les brides qui te retiennent, celles que tu t'es mises volontairement pendant ces vingt dernières années pour ne pas blesser et être blessé, sont finalement les entraves qui t'empêchent d'avancer avec elle. Ethan, si je te dis ce que j'ai trouvé, que vas-tu faire ? Avancer ? Si tu lâches tes brides, tu sais que tu pars à découvert. Es-tu prêt à surmonter cela sans y laisser des plumes à nouveau ? Crois-tu avoir évolué depuis ?

— Je ne sais pas. Je me pose plein de questions pour être franc. Tout ce que je sais, c'est que je n'arrive pas à faire l'impasse. Ça me bouffe. Je ne suis pas satisfait de la place du recalé.

Eddy se mit à rire.

— C'est sûr que cela faisait bien longtemps qu'on ne t'avait pas pris pour un bleu, le Bleu !

Ethan bougonna.

— Très drôle. Fous-toi de ma gueule.

— Tu sais, Kaya a de gros problèmes. Ne prends pas ses intentions à la légère. Même si elle t'en fait voir de toutes les couleurs, même si entre vous c'est le feu et la glace, elle tient suffisamment à toi pour te tenir à l'écart de ses soucis, donc estime-toi déjà heureux.

Elle tient à moi ?

Ethan repensa à sa lettre. Outre le fait de vouloir le protéger de ses dettes, elle lui reprochait aussi d'être trop heureuse de sa situation auprès de lui. Elle se sentait en danger et elle y mettait volontairement une distance. Il ne pouvait l'accepter. Il avait l'impression d'être loin d'en avoir fait assez pour pouvoir creuser un peu plus leur relation. Pouvait-il vraiment croire qu'elle tenait à lui ? Même un peu ? Que cette nuit avait une signification plus intime qu'un simple tête-à-tête sous la couette entre deux adultes consentants ?

Impossible ! Ce n'est pas du sentiment, juste de la bienveillance. Elle ne tient pas particulièrement à moi... C'est juste le côté matériel que j'ai amélioré qui...

Ethan s'agita sur son fauteuil et se gratta le haut du crâne. Une boule de stress se forma instantanément en lui à l'idée qu'elle puisse éprouver un sentiment amoureux à son égard. Que ferait-il ? Comment réagirait-il ? Il se pencha et cogna alors son front contre son bureau pour se remettre les idées en place.

— Tout va bien ? s'interrogea Eddy, surpris par le bruit qu'il avait entendu à travers le combiné.

— Ouais ouais... lui répondit-il las, sans bouger d'un poil sa tête contre le dossier ouvert.

Il se frotta alors la poitrine pour calmer ce picotement et dénouer cet instant de stress.

Elle ne peut m'aimer ! Alors pourquoi j'ai le sentiment que ça me fait chier !

— Dis-moi ce que tu as trouvé ? lui demanda-t-il alors, pour effacer ses suspicions.

— Son père était un joueur invétéré, connu dans le milieu du jeu. Ma petite enquête m'a permis de découvrir qu'il avait fait le tour de tous les casinos et qu'il a été au fur et à mesure une *persona non grata*. Ses mauvaises habitudes ont vite poussé les gérants de casinos à ne plus l'accepter. Seul un a continué à lui faire des crédits pour l'aider à retrouver sa chance. Il lui prêta de l'argent. Encore et encore. Puis quand la somme devint suffisamment astronomique, il arrêta net et ordonna le remboursement. Le problème, c'est que pour éponger, on l'invita à faire le boulot de basse besogne.

— Qu'a-t-il fait pour lui ?

Eddy soupira.

— Je doute que Kaya le sache… Il a dealé de la drogue.

Ethan bougea sur le fauteuil de son bureau et se passa la main sur le visage. Elle ne lui avait pas mentionné ce détail et il venait à penser comme Eddy qu'elle devait ignorer ce fait. À moins qu'elle lui ait caché volontairement…

Putain, Kaya ! Ne me dis pas que tu as repris son trafic !

— OK, continue.

— Une partie des ventes devait servir à éponger ses dettes, soi-disant. Mais son père était, d'après ce que j'ai entendu, plus fourbe que cela et a tenté de doubler le patron du casino. Était-ce parce qu'il voulait rendre sa fille plus heureuse en profitant de cet argent ? Qui sait ? Le patron a donc commencé à effrayer M. Lévy en proférant des menaces sur sa fille, donc Kaya. J'ignore ce qu'il s'est réellement passé entre son père et elle. Mais si elle a hérité de tous ces problèmes, c'est bien parce que son père a déconné grave !

— Son nom ! demanda froidement Ethan, maintenant vraiment

inquiet pour Kaya.

— Tu feras quoi si je te le dis ? Ce n'est pas n'importe qui dans le milieu. Moi-même, avec Tito, nous avons dû la jouer fine pour ne pas éveiller les soupçons lors de notre enquête.

— Je m'en fous ! Son nom ! lui cria-t-il maintenant.

— Gianni Barratero, patron du casino L'Excelsior. Ethan, que vas-tu faire ?

— Je ne sais pas.

— Ne va pas te foutre dans la merde à cause d'elle. Ce ne sont pas des rigolos, je suis sérieux !

— Elle leur doit cent cinquante mille euros…

— C'est une sacrée somme… Merde ! lança Eddy, presque défaitiste.

— Tu crois qu'on peut les faire plonger ? tenta d'espérer toutefois Ethan, sans trop y croire.

— Tu sais, je pense qu'il serait difficile de faire quoi que ce soit dans ce sens. Barratero est rusé. S'il ne s'est pas fait coffrer au bout de tant d'années, c'est qu'il sait mener sa barque et que la police n'a pas assez de billes pour le mettre au trou. Et je doute que l'histoire d'une fille paumée et endettée vienne à résoudre tous leurs manques sur ce dossier. Si Kaya n'est pas allée trouver la police avant, ou si elle l'a déjà fait, de toute évidence le résultat montre que le problème est loin d'être simple. À part payer ses dettes, il y a peu de solutions…

— Ok Eddy, merci.

Ethan raccrocha sans même lui dire un « au revoir » ni même attendre une réponse. Il se dirigea dans le salon et se laissa tomber sur son canapé, tête la première dans les coussins. Il était assommé par ce qu'il venait d'entendre. Plus il tentait de trouver des solutions, moins il voyait le bout du tunnel. Réduire leurs différences semblait impossible. Il pouvait mettre un pansement à ses plaies, mais ne pouvait les guérir définitivement. Il ne pouvait que reconnaître qu'elle avait raison. Il se retourna et regarda son plafond.

À part payer ses dettes, il y a peu de solutions...

Cent cinquante mille euros... Il les avait sur son compte. Il le savait. Mais retirer cent cinquante mille euros, c'était comme dire adieu à un avenir radieux avant un moment. Était-il prêt à foutre en l'air cent cinquante mille euros pour une femme qui le détestait, pour une relation qui s'annonçait comme la plus grosse supercherie de sa vie ?

Cent cinquante mille euros...

Il révisa dans sa tête tous ses projets à venir qu'il ne pourrait réaliser s'il venait à éponger cette dette. Ce serait le plus gros pari de sa vie s'il venait à le faire. En même temps, il ne doutait pas que Kaya ferait tout pour le rembourser. Un moyen qui lui permettrait, sans nul doute, de la garder près de lui, dans son champ d'action…

Ethan respira un grand coup. Il leva la main, prêt à frapper à sa porte. Il avait peu dormi. Il avait réfléchi à leur situation durant des heures, en vain. Le seul constat évident qui en découlait était qu'il avait besoin de ses bras. Une envie irrépressible de se lover contre elle. Un signe alarmant, complètement insensé, mais de plus en plus envahissant et qui le rendait dingue depuis leur fameuse nuit ensemble. Il savait qu'elle refuserait cette demande. Malgré tout, il s'était pointé devant chez elle à huit heures, ce jeudi matin, à quelques jours de Noël juste pour apaiser ce mal.

Allez, petit père ! Frappe ! Tu peux le faire !

Trois coups, un bruit de fond derrière la porte et enfin la délivrance. Ses yeux s'écarquillèrent quand elle le vit. Instinct féminin sans doute, elle se regarda de la tête au pied, puis rougit.

Sa tenue ne devait pas être présentable à ses yeux, d'après son jugement. Ethan se mit à sourire. Ce n'est pas son pyjama avec des petits nounours qui le rendait heureux. C'était surtout de retrouver cette fameuse paire de chaussons à têtes de vache. Un petit détail qui avait toute son importance à ses yeux. Il se sentait d'un coup et malgré lui en territoire familier, même si elle se refusait à admettre la réalité de leur semaine de cohabitation.

— Salut… lui dit-il doucement.
— Salut.

Kaya afficha un air perplexe à sa venue si tôt.

— Puis-je entrer ? demanda-t-il, hésitant.
— Je n'ai pas beaucoup de temps. J'ai ma première journée d'essai en tant que caissière dans un supermarché aujourd'hui. Ils m'ont appelée hier soir. J'ai décroché un boulot.

Elle le laissa cependant entrer, à son grand soulagement. Elle s'affaira alors. Elle fonça dans sa chambre au bout de l'appartement et en revint habillée deux minutes plus tard, prête à enfiler ses chaussures d'un pas pressé.

— Je suis venu te rendre ça…

Kaya jeta un œil sur l'objet qu'il déposa sur le petit comptoir séparant sa kitchenette de son micro salon. Elle stoppa son mouvement, interloquée.

— Ce n'est pas à moi. Je n'en ai pas besoin.

Ethan regarda le téléphone portable, nostalgique.

— J'aimerais que tu le gardes… au cas où. Si tu as besoin d'aide ou si tu veux juste parler. L'abonnement est payé et…
— Ethan ! l'interrompit-elle sèchement. Je n'en ai pas besoin.

Elle enfila son manteau, attrapa son sac à main et l'invita à sortir.

— Garde-le. Je ne t'appellerai pas avec.

Ethan la fixa, agacé.

— Tu le garderas. Je ne te laisse pas le choix !

— Pardon ? lui fit-elle répéter.

— Tu as très bien compris !

Il attrapa l'objet du conflit hargneusement et le déposa dans la poche du manteau de la jeune femme. Kaya fronça les sourcils et le poussa vers la sortie. Elle ferma sa porte à clé tandis qu'Ethan se trouvait fier de son insistance qui payait enfin. C'est alors qu'il la vit retirer le téléphone de sa poche et son bonheur s'effaça en une fraction de seconde.

— Je n'en veux pas !

Elle tenta de lui attraper sa main pour rendre l'objet à son véritable propriétaire, mais Ethan comprit rapidement l'initiative et esquiva.

— Ne fais pas l'imbécile ! Je vais être en retard ! Donne-moi ta foutue main ! s'agaça-t-elle à vouloir saisir en vain une des mains de l'homme buté.

Ethan s'amusa à bouger ses bras dans tous les sens pour l'empêcher de gagner ce nouveau duel. La voir s'activer autour de lui lui plaisait et il ne put que constater qu'elle retenait elle aussi un sourire.

Oui... Joue avec moi, Kaya...

Son adversaire fut toujours à la hauteur de ses espoirs. Il leva un de ses bras, pensant à esquiver une de ses attaques, et se retrouva idiot quand il réalisa qu'elle venait de glisser le téléphone dans sa poche de veste. Elle lui fit un salut militaire furtif avant de s'empresser d'aller appuyer sur le bouton d'appel de l'ascenseur, telle une voleuse à deux doigts de se faire pincer par les forces de l'ordre.

Peste !

Il regarda un instant le sol du couloir, heureux de retrouver cette dose de défi entre eux, puis soudainement se précipita pour la rejoindre. Kaya leva alors sa main en défense.

— Même pas en rêve ! Je ne veux pas de ton téléphone ! lui

dit-elle, mi-menaçante, mi-amusée.

— Tu le garderas ! fit-il avec un grand sourire. Tant pis s'il faut que tu sois en retard pour ton nouveau boulot. Je m'en fiche, j'ai tout mon temps !

Il posa ses mains sur ses hanches pour montrer que sa patience demeurerait infaillible.

— Quel sérieux, M. le PDG ! pouffa-t-elle. Pauvres employés qui ignorent l'être futile qu'est leur patron ! Désolée, je n'ai pas le temps, je suis une employée sérieuse, moi !

Elle lui tourna le dos et entra dans l'ascenseur… et il n'hésita pas à la suivre. Les portes se refermèrent et il appuya sur la touche « RDC ». Il s'approcha ensuite d'elle avec son petit sourire provocant qu'elle connaissait maintenant parfaitement. À chaque pas avancé, elle reculait, jusqu'à ce que son dos heurte une des parois de l'ascenseur.

— Si tu crois qu'en m'acculant dans un coin de l'ascenseur, je vais changer d'avis, tu te trompes !

— Vraiment ? lui dit-il, séducteur.

Leurs corps étaient presque collés l'un à l'autre. Instinctivement, Kaya glissa ses mains dans ses poches pour contrer toute action avec son téléphone. Elle pouvait sentir son souffle s'écraser contre son visage. Ses prunelles s'étaient foncées à cause d'un plaisir évident à être contre elle. Cette situation lui rappela celle de l'ascenseur du bâtiment où vit Ethan et où elle lui avait donné un baiser contre une sortie sportive. Kaya déglutit sur l'instant, n'osant imaginer comment elle réagirait si la scène devait se répéter. Devant l'insistance d'Ethan à se plaquer contre son corps au point presque de la prendre dans ses bras, elle se sentit obligée de retirer ses mains de son manteau et de les poser sur son torse pour le repousser. Mais encore une fois, il ne broncha pas à ce contact.

C'est quoi son problème ? Pourquoi ne m'engueules-tu pas

pour avoir bravé l'interdit ?

Ethan comprit sa perplexité affichée sur son visage et appuya un peu plus son torse contre ses mains. S'il pouvait lui-même s'étonner de cet exploit renouvelé, il comprit aussi que finalement n'importe quel contact avec elle ferait l'affaire, pourvu qu'elle craque. Il se pencha un peu plus au-dessus d'elle, l'obligeant presque à plier les genoux pour lui échapper un minimum.

— Kaya, je peux glisser ce fichu téléphone dans ton soutien-gorge si je le veux… lui souffla-t-il volontairement à l'oreille. Tu ne m'empêcheras pas d'arriver à mon objectif.

L'effet escompté ne tarda pas. Kaya se mit à rougir en imaginant les moyens qu'il pourrait mettre en place pour arriver à ce résultat. Elle paniqua immédiatement, sachant très bien que rien ne l'arrêtait quand il partait en conquête. Les portes de l'ascenseur s'ouvrirent alors, offrant une porte de sortie à ce moment suspendu où elle sentit à nouveau son cœur s'affoler. Elle se faufila prestement loin de son emprise et quitta l'espace exigu. Ethan la regarda s'éloigner quelques secondes, le sourire heureux aux lèvres. Elle se braquait, mais elle n'était pas insensible. Un sentiment de plénitude le gagnait. Ces petits jeux, c'était eux et rien n'était perdu. Il fallait juste qu'elle retrouve son connard pour qu'elle réagisse.

Il continua à la suivre jusqu'à l'arrivée du métro. À cette heure de la journée, les Parisiens s'amassaient dans les rames et très vite Ethan en profita pour plaquer Kaya dans un coin du wagon, prétextant le mouvement de foule. La jeune femme leva les yeux de consternation devant son sourire fier.

— Laisse-moi deviner… Tu es content, car je suis à nouveau coincée !

— Assez oui ! C'est… jouissif !

Kaya le fixa, surprise de ses paroles, mais devant son air taquin, elle ne put s'empêcher de s'esclaffer. Ethan la rejoignit rapidement.

— Il... t'en faut peu ! lui dit-elle, visiblement touchée par sa boutade.

— Arf ! Je me contente de ce que tu veux bien me donner... pour le moment !

Kaya se mit à rougir une nouvelle fois. Ethan posa ses mains de part et d'autre de la tête de la jeune femme pour faire bouclier aux gens à côté trop pressants à leurs égards, n'hésitant pas à les écraser pour se faire leur place. Il la fixa ensuite de façon douce, mais déterminée.

— Mais je ne te cache pas que j'ai envie d'un câlin tout doux dans tes bras. Je suis assez fatigué de te courir après et on ne peut pas dire que tu sois sympa avec moi.

— Seulement un câlin ? Depuis quand te contentes-tu d'un câlin ? Je croyais que tu n'étais pas du genre à faire des câlins !

— C'est vrai. Je te prendrai bien là, maintenant, de suite, sauvagement, mais ça risque d'être compliqué de retenir les gens et de te tenir les hanches en même temps.

Un coup de poing sur le bras fut la réponse immédiate de la jeune femme, honteuse de l'entendre dire de tels mots dans un lieu public, au milieu de tous. Ethan se mit à rire. Il se frotta son bras endolori quelques instants.

La rame de métro freina à ce moment-là. Les personnes du wagon se déportèrent vers l'avant, obligeant involontairement Ethan à s'écraser sur Kaya. Il tenta de se retirer, mais la masse contre lui l'en empêcha. Kaya se trouva plus que gênée de le sentir ainsi, tout contre elle. Elle tourna la tête pour éviter tout contact possible entre leurs lèvres. Elle ne devait pas flancher. Même si son cœur s'emballait de manière inquiétante, elle ne devait pas lui donner d'espoir. Ethan l'observa et comprit qu'elle tentait de refroidir la tension entre eux.

Silence gêné, regard fuyant...

Il se mit à sourire amèrement. Ses joues étaient rouges. Il pouvait lire en elle comme dans un livre ouvert. Il ne la laissait pas indifférente. Il posa alors son front contre son épaule et enlaça sa taille. Il avait besoin de cette étreinte. Comme pour garder courage dans sa quête pour la faire fléchir. Kaya se figea, sentant que ses bras la serraient toujours un peu plus, son souffle s'évaporant contre son cou, leurs cœurs battant l'un contre l'autre. Et cette chaleur. Elle avait les joues en feu. Il fallait qu'elle sorte. Elle était en train de fondre sur place tout cela parce qu'elle n'osait pas lui faire un esclandre devant tout le monde, car malgré tout, il ne méritait pas autant de méchanceté de sa part. L'annonce de la prochaine station la soulagea. Les secondes contre lui lui parurent une éternité de souffrance. Ses bras voulaient l'enlacer aussi. Sa bouche rencontrer la sienne. Sa peau caresser son visage.

Kaya, ne tombe pas dans la facilité ! Ne t'abandonne pas à lui !

Elle ferma les yeux un instant, pour faire le vide. Elle entendit les portes du wagon s'ouvrir et les gens commencer à descendre de la rame du métro. Pourtant, aucun des deux ne s'empressait à rompre ce contact. Elle n'entendait que son souffle de plus en plus fort, de plus en plus difficile. Il savait qu'il devait la lâcher. Il savait qu'elle attendait la fin de cette étreinte alors qu'il rêvait de la prolonger encore un peu. Elle pouvait sentir arriver l'annonce de la déchirure de se séparer. C'était tellement étrange. Elle voulait que cela cesse et à la fois que ça continue, juste un petit peu.

— Ethan, je dois sortir ici… lui dit-elle doucement, avec la crainte de le blesser en le lui annonçant.

— Oui ! dit-il en s'écartant tout en tentant de reprendre son flegme. Désolé. Je crois que je ne suis pas encore assez musclé pour retenir tout ce monde…

Il se frotta le nez, gêné, et lui proposa la sortie. Kaya le regarda avec tendresse pendant qu'il observait les travailleurs du matin monter l'escalier, affairés à ce qui les attendait pendant la journée. Elle s'étonna un instant de sa nonchalance.

Il l'accompagna en silence jusqu'au supermarché où elle avait rendez-vous.

— Bon… dit-elle calmement, comme une annonce de leur séparation.

Tous deux étaient troublés. Ethan ne savait plus quoi dire pour la convaincre, et elle, ignorait maintenant si elle voulait vraiment le repousser.

— Bonne chance pour ton boulot ! lui dit-il gentiment.

Kaya s'étonna que le connard qui l'avait fait virer deux fois l'encourage dans son nouveau travail.

— Je suis paniquée à l'idée de me planter… lui avoua-t-elle alors.

Ethan s'étonna de cet aveu.

— Tu y arriveras.

Une simple phrase et Kaya se trouva complètement bouleversée. Elle le regarda, abasourdie. Un encouragement qu'elle n'aurait jamais cru possible de sa bouche.

— Ah ! Au fait ! déclara-t-il, plus enjoué. J'ai glissé le téléphone dans la poche de ton manteau pendant notre petit câlin ! lui déclara-t-il alors, tout en lui faisant un clin d'œil.

Kaya précipita alors sa main dans sa poche gauche et en sortit le téléphone. Il lui sourit tout en amorçant son départ.

— Je t'avais dit que je gagnerais ! ajouta-t-il tout en s'éloignant d'elle et la saluant. Je gagne toujours !

Elle l'observa s'éloigner quelques instants, désespérée par son obstination…

— Tu m'énerves ! cria-t-elle. Je ne l'allumerai pas !

Elle regarda la machine de la discorde avec attention et pesta.

Il a fini par m'avoir…

Elle alluma le téléphone instinctivement, puis sourit.
Connard !

4
ORPHELIN

Kaya sortit, épuisée, de sa première journée de travail. Elle était toutefois assez fière d'elle. Tout s'était bien passé, malgré le stress de mal faire qui ne l'avait pas quitté durant toutes ces heures. Elle se sentait donc heureuse. L'avenir se profilait plutôt bien pour une fois. Elle ferma les yeux quelques instants, tandis que son voisin dans le métro lisait *Phèdre*. La tragédie repasserait plus tard pour elle. Il était hors de question de gâcher sa journée avec des tristesses. Elle avait trouvé un job pas trop mal et c'était déjà un bonheur en soi. Et devant toutes ces considérations, elle finit par repenser à Ethan, son persécuteur notoire, qui l'avait même encouragée pour une fois. Un acte aussi improbable que bienfaiteur pour son moral, malgré son insistance à vouloir s'ingérer dans sa vie. Elle attrapa le téléphone dans la poche de son manteau. L'objet de conflit à l'origine de ce résultat inattendu avait finalement fini par lui revenir à l'esprit : il avait encore une fois obtenu sa reddition. Elle appuya sur le bouton latéral pour illuminer l'écran. À sa grande surprise, elle avait un message. Après réflexion, il ne pouvait y avoir qu'un seul expéditeur s'intéressant à sa pauvre vie et cela ne pouvait être que lui. Elle ouvrit le SMS pour le lire.

Jeu. 18 Déc. 2014 20:37, Ethan
Alors ? Cette première journée ?

Kaya se mit à sourire de cette prévenance dont elle ne le pensait pas capable. Cela contrastait vraiment avec leur début si chaotique. Elle grimaça pourtant. Elle ne devait pas se laisser attendrir par cet homme. Était-ce ce qu'il cherchait ? Pourquoi être si gentil tout à coup ? Pourquoi insistait-il autant ? Quelle conclusion avait-il pu déduire de leur nuit ? Son entêtement à vouloir rester en contact avec elle lui laissait penser qu'il voulait continuer, nul doute, mais pour aller où ? Dans son deal de consolation mutuelle ? Et après ?

N'importe quoi ! On a dit persécuteur ! Ne te laisse pas avoir par ses magouilles pour t'endormir !

Elle éteignit totalement le téléphone. Cet objet était la tentation du diable. Elle ne devait pas lui répondre…

Rhaaaaaa ! Il m'énerve !

Pourtant, au bout de quelques secondes, elle ralluma le téléphone et commença à pianoter un message. Le connaissant, il ne lui ficherait pas la paix tant qu'elle ne lui répondrait pas.

Jeu. 18 déc. 2014 20:41, Kaya
Bien. Je ne suis pas virée ! J'ai même le luxe d'y retourner demain !

Et toc ! Prends ça dans tes dents !

Elle ricana devant sa boutade. À vouloir la chercher, il allait la trouver ! Elle scruta l'horizon un moment. Il faisait nuit. Seules les lumières des fenêtres des immeubles étaient visibles puis disparaissaient de sa vue avec la vitesse du métro. Son téléphone se mit alors à vibrer entre ses mains.

Jeu. 18 Déc. 2014 20:45, Ethan
C'est parce qu'il n'y a que moi qui puisse te faire virer !
Je serais curieux de voir comment tu te débrouilles...

Jeu. 18Déc. 2014 20:47, Kaya
Il n'y a rien à voir ! Trace ta route loin de moi ! Tu n'as pas intérêt à venir sinon je te massacre !

Jeu. 18 Déc. 2014 20:49, Ethan
Grrr ! Princesse Mulan sort ses couteaux pour m'embrocher ! Excitant, tout ça !

Jeu. 18 Déc. 2014 20:50, Kaya
Je ne plaisante pas, Ethan !

Jeu. 18 Déc. 2014 20:51, Ethan
Hâte de voir comment tu vas me torturer ! Tu me consoleras après ?

Kaya se mit à rougir en lisant son message. Consoler... Encore et toujours la même finalité. Instinctivement, revinrent en mémoires ses mains sur ses seins et ses lèvres, sur sa nuque. Sa douce chaleur contre son dos. Elle frissonna alors, puis se secoua la tête pour sortir ces vilaines images de son cerveau.

Jeu. 18 Déc. 2014 20:53, Kaya
Trouve-toi un autre jouet ! Bonne soirée !

Assis derrière son bureau, Ethan rigola en lisant ce dernier message. Il savait qu'il l'avait énervée, mais quel pied ! C'était tout eux et ça lui plaisait toutes ces chamailleries. Elle avait répondu à son SMS pour son plus grand bonheur. Il pouvait rentrer du bureau d'Abberline Cosmetics serein et gonflé à bloc. Le lien n'était pas rompu. Il regarda autour de lui, avec un enthousiasme qui lui faisait grand bien tout à coup. Il était toujours au travail et seul. Abbigail était déjà rentrée. Il avait eu du retard à rattraper et il savait que demain, il perdrait encore du temps pour Kaya. Car s'il y avait une chose dont il était sûr, c'est qu'il allait devenir son client !

Ne crois pas que tes menaces m'impressionnent, Princesse ! Au contraire, tu me stimules !

Il se mit à sourire en signant l'accord passé avec Laurens. Tout allait pour le mieux. Il allait pouvoir passer à l'étape suivante de son plan…

— Merci ! Passez une bonne journée, Madame !

Kaya tendit le ticket de caisse à sa cliente avec un petit sourire. Le travail n'était pas extraordinaire, mais il lui assurait un salaire. Elle ne devait pas se décourager, ce n'était que le deuxième jour. Le temps lui permettrait d'être plus à l'aise. Il y avait tant à penser : bien accueillir le client, passer correctement les articles, bien rendre la monnaie, et toujours avoir le sourire aussi ! Tout un programme fait d'automatismes.

Tu as un salaire, Kaya ! Tu as un salaire à la fin du mois !

La période de Noël avait été une aubaine finalement pour elle, car tous les commerces recrutaient pour pallier l'affluence des clients plus présents pour acheter leurs cadeaux et repas de fêtes. Elle accueillit la prochaine cliente comme une éternelle ritournelle. Une habituée qui lui présenta ses sacs cabas et sa carte de fidélité du magasin tel un rituel incontournable. Elle entama son passage en caisse en tentant de lui rendre le change et amorça une conversation de routine, sur les préparatifs de Noël. Évidemment, il était aisé de lancer une pièce à la dame, ravie qu'on s'intéresse un peu à sa personne. Plus ou moins absorbée par leur conversation, elle ne remarqua pas le prochain client immédiatement. Ce ne fut qu'au moment du paiement, qu'elle tourna la tête et que son visage se décomposa. Son foutu sourire était le pire affront qu'on pouvait lui faire. Il se gratta le nez non sans cacher une certaine joie de la retrouver et de se moquer de ses menaces. Elle se retourna aussitôt vers sa cliente qui retirait sa carte bancaire et respira un bon coup.

Ce n'est qu'un client comme les autres ! Ne te laisse pas perturber ! Il le fait exprès. Sois plus intelligente que son QI bouseux !

Elle remercia sa cliente et se tourna vers le nouveau venu avec un sourire crispé.

— Bonjour Monsieur ! lui dit-elle en tentant de garder de sa prestance et paraître professionnelle.

— Bonjour Mademoiselle ! lui dit-il de façon douce, mais grave.

Kaya regarda ses articles, puis le dévisagea. Il haussa un sourcil, innocent. De la glace vanille, des préservatifs et... des fraises ! Il s'appuya contre le plexiglas où les clients pouvaient poser leur monnaie et lire les recommandations générales du magasin, puis se délecta de sa gêne.

— Les fraises avec de la glace, sur le corps d'une femme, c'est délicieux ! lui déclara-t-il pour faire la conversation de façon pas si anodine que ça.

Une petite dame très âgée, juste derrière lui, poussa un gloussement en entendant ses paroles lubriques. Kaya se mit à rougir outrageusement : elle avait honte. Il lui faisait clairement rappel à leur discussion lors du cocktail d'Agnès B. et ne se gênait pas pour se faire remarquer le plus possible. Autant lui dire qu'il l'invitait à vérifier cette affirmation devant tout le monde ! On ne pouvait pas faire pire dans le genre « rentre-dedans ». Et lui, il continuait à sourire, les yeux brillants d'excitation à la voir aussi mal à l'aise.

Connard !

Kaya passa ses articles en vitesse alors qu'il se retenait de rire en voyant ses gestes tendus et un peu trop mécaniques à son goût. Elle lui annonça le montant à la hâte, bien déterminée à en finir rapidement avec lui. Il se redressa et sortit son portefeuille. Elle se rappela alors qu'elle avait oublié une procédure. Elle pesta, ferma les yeux une seconde et regarda les caméras au-dessus d'elle. Il ne fallait pas rire avec les règles du supermarché : elle était toujours à l'essai.

— Avez-vous... avez-vous la carte de fidélité du magasin ? lui demanda-t-elle alors en bredouillant, le regard fuyant.

Ethan écarquilla les yeux et pouffa. Il se pencha à nouveau au-dessus du plexiglas, l'air interrogateur.

— D'après vous, croyez-vous que je sois fidèle ? En quoi consiste votre fidélité ?

Kaya se passa la main sur le visage, sentant des sueurs froides la saisir. Il allait l'assassiner ! Ce n'était pas possible d'être aussi vicieux dans ses manigances !

Il ne peut pas juste me dire : « Non. Merci. ». Il m'éneeerve !

— Vous gagnez des points lors de vos achats, lui répondit-elle de façon lasse, et vous pourrez ainsi prétendre à des réductions. Il... vous faut remplir ce questionnaire et je vous la donne.

Elle lui montra la petite fiche à remplir. Ethan s'en saisit et la regarda rapidement.

— Et j'ai le droit aussi au service personnalisé de la caissière ? fit-il cette fois-ci de façon plus franche.

La vieille dame derrière gloussa une nouvelle fois. Ethan se tourna vers elle.

— Je trouve que c'est le plus intéressant dans le magasin ! Elle est toute mimi derrière sa caisse !

La vieille dame se mit à rire, visiblement charmée par son aplomb et son côté séducteur.

— Si j'avais quelques années en moins, je serais ravie de vous servir, jeune homme !

Ethan se trouva surpris par les paroles directes de la vieille dame, mais sourit. Il se tourna à nouveau vers Kaya, heureux.

— Bah voilà, même cette dame est d'accord avec moi sur le fait que le plus intéressant est le service après-vente de la caissière !

Kaya serra les dents. Elle s'efforçait de sourire, mais elle avait surtout des envies de meurtre.

Tout ça parce que j'ai eu le droit à son service après-vente, il me le renvoie, tel un boomerang ! Sale crétin vicieux, pervers et manipulateur !

— Désolée, je n'ai pas ce rôle et je suis fiancée.

Ethan expira bruyamment, ne cachant pas sa déception.

Et c'est reparti avec son fiancé ! Elle m'énerve !

Il plissa les yeux, agacé.

— Alors ? lui demanda-t-elle visiblement pressée d'en finir avec ses caprices. Vous remplissez la fiche ou pas ?

Il lui attrapa sèchement son stylo, posé devant elle et commença à remplir sa fiche. Il mettait une certaine hargne à la remplir, appuyant bien à certains moments, masquant difficilement son agacement devant la mention de son fiancé, puis la lui rendit prestement. Kaya l'analysa et se sentit mal en voyant le contenu différent de celui qu'elle attendait. Ethan se mit à sourire en contemplant l'effet de sa réponse sur le visage de sa belle. Il pouvait maintenant se satisfaire de son teint qui blêmissait à vue d'œil.

Vengeance ! Voilà ce que j'en fais de ton fiancé !

Elle le regarda alors, inquiète.

— Tu ne ferais pas ça, hein ? lui dit-elle doucement.

— J'ai envie de jouer, et toi ? lui demanda-t-il, plein de défis.

Elle regarda à nouveau la fiche. À la place de son nom et adresse, les cases remplies indiquaient un tout autre message : « Sois ma cavalière demain soir ou je te fais virer sur-le-champ ! Je veux mon service après-vente ! ».

— Ethan, s'il te plaît… lui supplia-t-elle presque.

— Ma fidélité commence par ce que j'ai l'habitude de faire avec les personnes ! Reste à savoir ce que toi, tu préfères ? Quelle fidélité préfères-tu chez moi ?

Kaya froissa le papier. C'était soit l'habitude de la faire virer, soit celle de continuer ses manigances et la voir accéder à ses requêtes… encore.

— Je te déteste… lui souffla-t-elle.

Elle serra les poings, sentant sa rage d'être si impuissante monter en elle à nouveau. Elle le regarda alors droit dans les yeux.

— Tu es le pire connard au monde !

Ethan se redressa, fier de lui. La vieille dame le regarda, intriguée. Elle n'avait pas tout suivi, bien occupée à décharger son caddy et ne comprenait pas la vulgarité soudaine de la jeune femme.

— Vous avez entendu ! dit-il alors à la vieille dame. Elle m'a traité de connard ! C'est quoi cette femme impolie !

Ethan prit volontairement un ton offusqué et un peu plus fort pour que le scandale prenne son ampleur. Kaya se leva soudainement, voyant déjà comment il allait réussir son coup…

— Non ! cria-t-elle. Je… C'est lui !

La vieille dame secoua la tête négativement. Sa culpabilité ne faisait aucun doute, elle l'avait entendue. Ethan jubilait intérieurement. Le jeu commençait.

— C'est une honte ! Est-ce ainsi que vous considérez vos

clients ! continua-t-il vindicatif, malgré un sourire en coin qu'elle lui aurait bien fait bouffer par les narines.

— Mais c'est toi qui me…

— Et en plus maintenant elle me tutoie ! la coupa-t-il pour en rajouter une couche.

Kaya sentit les larmes lui monter aux yeux. Les gens autour les observaient maintenant, interloqués par leur conversation mouvementée. Il était en train de tout faire pour la faire virer. Il n'avait pas le droit. Comment osait-il après tout ce qu'il savait sur ses difficultés ? Son égoïsme l'horrifiait. Malgré tout, elle n'avait pas vraiment le choix. Sa colère envers lui devait rester en elle. Son salaire était le plus important, bien au-delà de sa fierté.

— Pardon… lança-t-elle alors, à bout de nerfs et défaitiste devant son impuissance. C'est d'accord. Arrêête…

Sa voix tremblait. La tonalité de ses mots marquait son abdication. Elle lui accordait sa requête et lui demandait grâce. Ethan soupira, triste de devoir en arriver à cela pour obtenir ses faveurs. Les agents de sécurité arrivèrent devant sa caisse et Kaya paniqua.

— Un problème, Monsieur ? demanda un des deux agents.

Ethan regarda la jeune femme, les yeux baissés et au bord des larmes.

— Non ! Je la taquine parce que je la trouve mignonne ! déclara-t-il tout sourire.

Kaya redressa la tête et l'observa. Il attrapa un nouveau formulaire et le remplit docilement, sous le regard des agents. La vieille dame le regarda faire et sourit.

— Je veux bien de votre carte de fidélité, Mademoiselle. J'ai hâte de voir mes récompenses !

Il lui tendit le nouveau formulaire et sourit. Kaya s'essuya le coin des yeux et lui prit des mains. Elle comptabilisa les points gagnés en passant la carte devant son scanner et la lui donna.

— Chouette ! fit-il innocemment, tout en tendant bien sa carte devant ses yeux. J'ai signé un contrat de fidélité avec ma caissière ! Whouaou ! Une première !

Kaya bloqua devant sa remarque. Elle ne savait plus quoi penser de toute cette histoire. Il lui tendit alors un billet pour payer. Elle s'en saisit, hésitante et tremblante. Il l'avait troublée une nouvelle fois. Elle ouvrit sa caisse pour se saisir de la monnaie à rendre, dans un état second.

— Ne vous trompez pas ! lui dit-il doucement.

Il lui fit alors un clin d'œil comme pour jouer tout à coup les parfaits complices à sa réussite. Elle posa ses pièces avec peine dans la paume de sa main. Il scruta son contenu, surpris par l'émoi évident dans lequel elle restait, puis sourit. Il rangea sa monnaie dans son portefeuille et prit ses trois affaires.

— Merci, jolie caissière ! Bonne journée ! lui dit-il alors, tout en passant entre les deux agents de sécurité.

Kaya n'eut même pas la force de lui répondre. Elle le regarda s'éloigner avec un gros sentiment de fatigue et de confusion. La vieille dame vint se poster à sa hauteur pour son passage. Elle lui sourit en lui tendant sa carte de fidélité.

— Ne vous inquiétez pas, je n'exigerai pas un service après-vente !

Elle lui fit un clin d'œil et toutes deux se mirent à rire, ce qui finit par soulager un peu la lourdeur de son cœur mis à rude épreuve.

Kaya se regarda devant la glace, sceptique. Elle appréhendait cette nouvelle soirée avec Ethan comme jamais. Elle n'avait eu qu'un SMS de lui depuis leur rencontre de la veille, au supermarché.

Sam. 20 Déc. 2014 17:14, Ethan
Je passe te prendre à 19 heures. Sois sur ton 31, mais rien de trop sophistiqué non plus.

Kaya avait bloqué sur son message quelques secondes. Même pas un bonjour, même pas un soupçon de regret et de douceur ni une excuse de sa part sur son comportement. M. Abberline avait parlé, son jouet devait s'exécuter ! Aucune objection possible !

— Connard, connard, connaaard ! Je vais me le faire ! Il me sort par les yeux ! Je vais le fatiguer, l'éreinter, l'user, l'exténuer par tous les moyens possibles jusqu'à ce qu'il me supplie de l'épargner (je ne le violerai pas, ça lui ferait trop plaisir !). Là, je le torturerai, le martyriserai, le défigurerai, puis je le décapiterai, mutilerai son sale sourire sournois, je le tailladerai de partout pour rendre son corps plus harmonieux. Enfin, je le découperai en rondelles, je le charcuterai tel un bout de viande, je le tuerai, je l'exterminerai une bonne fois pour toutes, je l'anéantirai, je l'éradiquerai de la surface de la planète, je le supprimerai définitivement. Je le ruinerai afin que plus personne ne se souvienne de son nom !

Essoufflée après ce monologue aux allures de promesses, Kaya se sentit remotivée devant son miroir. Cette idée lui faisait un bien fou !

Ouep, je vais le massacrer ! Tu es un homme mort, Abberline ! Mon plan est infaillible !

Elle avait encore beaucoup de mal à avaler la pilule de la veille. Son stratagème diabolique lui restait en travers de la gorge. Il se moquait bien d'elle. Seuls ses connards d'objectifs prévalaient. Peu importaient ses difficultés tant que lui trouvait satisfaction.

— C'est la dernière soirée que je passe avec toi ! déclara-t-elle à son reflet comme pour répéter sa tirade devant lui et se persuader

de ses propres objectifs. Tu m'as eue une fois, tu ne m'auras pas deux fois.
Comment ai-je pu coucher avec un type pareil ?!
Après un moment de vaillance, elle laissa pourtant retomber ses épaules de lassitude. Elle se trouvait démunie devant cet homme. Il n'y avait pas plus déconcertant. Elle savait pourquoi elle avait craqué. Ses mains sur ses hanches, sa langue mêlée à la sienne, ses coups de reins...
— Raaaaahhh ! Je te déteste !
La sonnette retentit alors. Elle souffla, voyant que sa venue était loin d'être reportée.
Courage...
Quand elle ouvrit sa porte d'entrée, il se trouvait bien là, pantalon noir et chemise blanche, petit pull gris par-dessus et son manteau. Bien habillé, mais pas non plus aussi classe que s'il portait un costume. Elle regarda sa petite robe noire et compara son look au sien.
Ça ira...
— Très mignon tout ça ! fit-il avec un petit sourire séducteur. Bonsoir !
Elle prit sa pochette de soirée et son manteau dans un silence d'outre-tombe, froid, glacial même, sans l'ébauche d'un moindre sourire sur ses lèvres, puis elle ferma la porte d'entrée. Ils prirent l'ascenseur dans cette ambiance hostile. Ethan la fixa du coin de l'œil avec un petit sourire crispé. Il redoutait un peu sa venue. Il savait qu'elle serait d'humeur exécrable après sa prestation au supermarché digne d'un Oscar. Il n'avait pas eu beaucoup de temps pour s'expliquer avec elle. Le boulot l'avait rattrapé et il devait tout remettre en ordre avant les vacances de Noël avec les premiers résultats de Magnificence. Et son SMS expéditif n'avait pas dû arranger les choses. En même temps, il se voyait mal s'excuser aussi impersonnellement avec un SMS.

Ni même m'excuser tout court, en fait.
C'était aussi à cause d'elle s'il était obligé d'en arriver à de telles extrêmes. Il savait très bien qu'une simple demande aurait fini à la poubelle. Et il voulait absolument saisir l'opportunité de cette soirée pour passer du temps en sa compagnie. Très vite, ils sortirent de l'immeuble et se retrouvèrent dans la Corvette C7 d'Ethan. Kaya attacha sa ceinture mécaniquement et regarda droit devant elle. Elle était tendue. Pire, elle bouillonnait intérieurement. Il devait désamorcer la pression avant que cela dégénère en public. Il se coucha sur son volant et la regarda, la tempe contre ses mains. Il décida de ne pas la quitter des yeux tout en conservant son silence, jusqu'à ce qu'elle s'intéresse à lui.

Kaya commença à agiter sa jambe dans un mouvement de va-et-vient tonique, puis finalement craqua et répondit à son attente. Elle tourna la tête vers lui et ne cacha pas sa colère. Son regard aurait pu le transpercer si ses yeux avaient été des épées !

— Tu comptes tirer ta tronche de Princesse en colère toute la soirée ? lui fit-il alors, presque amusé.

— Va te faire foutre !

Ça, c'est dit ! Passons à la suite...

— OK, je vais y songer ! Ensuite ?

— Comment as-tu pu me traiter ainsi ? Tu es horrible ! Je ne veux plus te voir ! J'en ai marre de tes chantages, tes manipulations, tes sourires sournois. C'est la dernière fois que je passe du temps avec toi !

— C'est bon ? Fini ? demanda-t-il en se redressant. Je n'avais pas le choix ! Tu trouves tous les prétextes possibles pour m'éviter.

— C'est de ma faute en plus !? s'offusqua la jeune femme. C'est vrai que tu ne sais pas demander normalement... bougonna-t-elle en y repensant.

— Ne me fais pas croire que tu m'aurais dit oui, si je te l'avais demandé normalement ! s'agaça-t-il maintenant. Tu fais tout pour que j'en arrive là ! Depuis le zoo, tu me mets volontairement à distance. À croire que tu ne me remarques que lorsque je me comporte comme un vrai connard avec toi !

Folle de rage, Kaya serra le tissu de sa jupe au point que ses doigts en devinrent blancs. Sa volontaire distance devenait prétexte au comportement de son persécuteur.

On aura tout entendu !

Ethan tourna sa tête à l'opposé de Kaya, cherchant une solution à leur désaccord. Vu comme c'était parti, ils allaient droit dans le mur.

— Pourquoi insistes-tu de cette façon ? lui demanda-t-elle alors, au bout de quelques secondes, affectée après tous ces reproches qu'elle n'estimait pas mériter et où chacun tentait de comprendre l'attitude de l'autre. Je ne peux rien t'apporter.

Ethan soupira. Il posa à nouveau ses mains sur le volant et se pencha dessus. Il regarda au loin comme s'il cherchait lui-même la réponse.

— Cette soirée… te fera du bien, comme à moi.

Il se redressa à nouveau sans plus d'explications et démarra la voiture. Kaya l'observa faire, peu satisfaite de sa réponse pour le moins succincte et énigmatique. Elle avait envie de lui répondre qu'elle n'avait pas besoin de lui pour se faire du bien, mais elle se retint, sachant pertinemment que leur nuit ensemble pouvait être une preuve du contraire. Et s'il y avait bien une chose dont elle voulait éviter de parler, c'était bien de leur câlin nocturne avant son départ. Ethan ne semblait pas vouloir non plus s'étaler davantage sur les raisons de son insistance. C'était étrangement ce qui l'agaçait. Malgré sa ferme intention de l'écarter de sa vie, elle se trouvait curieuse du comportement qu'il adoptait avec elle, si engagé, si provocateur, si déroutant. Parfois, elle s'imaginait qu'il éprouvait des sentiments pour elle. Mais très vite, elle

effaçait cette possibilité.
On ne fait pas des misères à la femme qu'on aime !
Admettre de quelconques sentiments entre eux serait problématique. Elle ne saurait comment réagir. Voilà où était la vérité...
Si ! Tu sais ! Tu dirais non !
Kaya soupira alors, même plus convaincue de ce qu'elle ferait si vraiment cela se produisait. Elle espérait pouvoir un jour le comprendre, rien qu'en le regardant. Une vision un peu idyllique de leur relation sans doute, mais de temps en temps, les non-dits sont bien préférables.
Tu es tellement insaisissable, Ethan...
Elle baissa les yeux sur ses mains qui avaient relâché sa robe. Se faire du bien. Le deal qu'il lui avait proposé plusieurs fois. Juste se faire du bien mutuellement pour apaiser leurs manques et leurs craintes... Il n'avait que cela en tête ? Quel bien recherchait-il, lui ?

— Où va-t-on ? demanda-t-elle pour radoucir la tension.
— Ce n'est pas un gala ou un cocktail. C'est... différent.

Ethan put sentir son air interrogateur et grommela à devoir s'expliquer.

— Nous allons fêter Noël...

Kaya écarquilla les yeux, ne s'attendant pas à ça.

— Je ne fête pas Noël. Il me semble te l'avoir déjà dit, non ?!
— C'est... pour des orphelins... lui répondit-il, visiblement gêné.
— Pardon ?

Ethan tapota nerveusement le volant tout en conduisant. Il n'osait pas la regarder. Il sentait déjà son scepticisme et sa surprise envahir le véhicule.

— Chaque année, je vais fêter Noël avec les gamins de l'orphelinat. C'est un endroit qui m'est cher. Mes parents – les

Abberline – y ont travaillé en étroite collaboration pendant plusieurs années. Je suis venu souvent avec eux plus jeune pour y passer la journée. Et depuis, j'y retourne de temps en temps. Ce n'est pas tant l'ambiance des fêtes que je cherche, mais juste les voir, eux.

Un long silence s'en suivit, après cette révélation pour le moins surprenante de la part du connard qui avait encore tenté de la faire virer plus tôt.

— Ne me regarde pas comme ça ! C'est très gênant ! lui déclara-t-il alors, bougon et extrêmement gêné par le regard insistant et incrédule de Kaya.

Kaya sortit alors de sa torpeur et se mit à rire.

— Et maintenant, il veut me faire croire que M. Connard ne l'est qu'avec moi en se déculpabilisant avec des enfants !

— Quoi ! dit alors Ethan, désarçonné.

La voiture fit un écart, matérialisant le désappointement d'Ethan devant le jugement erroné et peu flatteur que la jeune femme faisait de lui et de ses intentions, puis la redressa aussitôt d'un coup de volant. Kaya s'accrocha à la voiture, surprise et effrayée par sa réaction.

— Ça va ! Je rigole ! cria-t-elle tout en restant crispée sur le tableau de bord.

— Je ne cherche pas à me faire déculpabiliser. Tu n'as que ce que tu mérites. Si tu ne m'agaçais pas autant parfois, je pourrais être…

Il arrêta net sa phrase, réalisant qu'il s'apprêtait à lui dire qu'il pourrait être gentil avec elle.

Encore une fois, faut que j'en revienne à ce constat avec elle ! Putain, mais arrête avec ça, mec ! La gentillesse… mène à la douleur…

Il serra son volant, fâché de devoir se reprendre constamment sur ses évidences depuis qu'il la connaissait. Toutes ses craintes

deviendraient presque anodines en sa présence.
— Tu pourrais être quoi ? répéta-t-elle alors pour connaître la suite.
Il jeta un œil vers elle, troublé, puis regarda à nouveau l'horizon.
— Plus conciliant.
Voilà, c'est mieux ! Pas gentil ! Conciliant, c'est déjà pas mal ! Bien rattrapé !
Kaya loucha presque, en entendant la grandeur de sa prétention, comme si Monseigneur Connard lui faisait déjà grâce de son comportement rebelle, comme si son propre changement d'attitude avec lui pouvait nuancer légèrement sa noble indulgence.
Comme s'il connaissait le sens du mot conciliant...
Ils arrivèrent bientôt devant le bâtiment. Ethan tourna dans le quartier pour trouver une place où se garer.
— Ce sont des orphelins de la police ? s'étonna Kaya en lisant la plaque de présentation du lieu, une fois arrivés devant.
Ethan lui attrapa la main et la conduisit vers l'entrée.
— Oui. Tous ont eu leurs parents décédés dans l'exercice de leur fonction ou en dehors et n'ont pas eu la possibilité d'être recasés dans leur famille... Il y a aussi des enfants de militaires...
Tous deux entrèrent dans le bâtiment et arrivèrent dans une grande salle décorée de guirlandes et d'un grand sapin. Kaya se cacha derrière Ethan, incertaine du comportement à adopter. Des enfants de tous âges étaient en train de jouer partout, pendant que plusieurs personnes s'activaient autour des buffets. L'arrivée d'Ethan ne passa pas inaperçue.
— Ethan ! cria un petit garçon d'environ huit ans. Eh ! Ethan est arrivé ! hurla-t-il à ses amis avec joie.
Un mini raz de marée humain ponctué de petits cris foncèrent sur le PDG qui se mit à rire et à accueillir comme il put le

déferlement de bonnes intentions. Trois garçons lui sautèrent dessus, alors que deux petites filles s'accrochèrent à chacune de ses jambes, manquant de le faire tomber.

— Salut les mioches ! lança-t-il en portant un garçon d'environ cinq ans sur son dos, pendant qu'il avait les deux autres sous chaque bras.

Les enfants à côté sautèrent de partout et crièrent leur joie de le voir, au grand étonnement de Kaya, abasourdie par tant d'élans affectifs envers lui.

— Tu vas jouer avec nous, hein ? lui demanda celui qui s'accrochait à son cou de toutes ses forces.

— Ouiii, je passe la soirée avec vous ! répondit-il tout en riant.

— Bonjour Ethan ! Ravie de te voir.

Une femme d'une soixantaine d'années vint vers eux et sourit à Ethan.

— Bonjour Michèle. Comment allez-vous ? répondit Ethan en essayant de se débarrasser des avortons « pots de colle ».

— Très bien, je te remercie.

Elle lui sourit poliment et nota la présence de Kaya derrière lui, mal à l'aise.

— Bonjour ! lui fit la vieille femme d'un air bienveillant. Je ne pense pas avoir eu le plaisir de vous avoir déjà rencontrée…

Ethan tourna la tête vers Kaya et souffla. Il avait presque oublié qu'il n'était pas venu seul.

— C'est qui la Madame, Ethan ? demanda une petite de six ans, avec des couettes, qui tenait son pantalon comme si sa vie en dépendait.

Ethan se dégagea, attrapa alors la main de Kaya et plaça la jeune femme devant lui, pour que tous puissent bien la voir.

— Voici Kaya !

— C'est ta chérie ? s'inquiéta visiblement une fille d'une dizaine d'années.

Ethan et Kaya se regardèrent un instant.

— Pas moyen ! firent tous deux en chœur.

Devant le regard incrédule des enfants et de Michèle, Ethan se sentit obligé de s'expliquer.

— C'est… une enfant perdue que j'ai ramassée devant l'entrée ! rétorqua-t-il nonchalamment.

Tous fixèrent Kaya de la tête aux pieds avec une grosse touche d'incrédulité. Kaya, elle, se contenta de frapper Ethan à l'épaule pour répondre à l'énormité qu'il venait encore de sortir.

— Je ne suis pas perdue ! Je suis… Qu'importe ! Enchantée…

— Juste un peu paumée… Il faut la remettre sur le droit chemin, les mioches ! fit Ethan, d'un air dramatique exagéré. Je vous la confie pour juger ses torts. Elle est infecte avec moi !

Un clin d'œil séducteur à son auditoire et l'affaire était réglée. Les gamins s'agglutinèrent autour de Kaya, devant le sourire sournois d'Ethan.

— Qu'est-ce que tu as fait de mal ? demanda une petite de quatre ans. Il faut la punir ? s'interrogea-t-elle auprès de ses aînés.

— Noon ! J'ai rien fait ! commença à se défendre la jeune femme, paniquée.

— Je propose un jugement ! déclara Sophie, une gamine de neuf ans. On verra en fonction !

— Ne dis pas de bêtise, Sophie. Ça ne doit pas mériter un jugement au tribunal des enfants ! relativisa un gamin d'une douzaine d'années comme s'il en avait fait bon nombre.

Inquiète de ce qu'on lui réservait, Kaya appela Ethan à l'aide silencieusement.

— Elle a été trèèès méchante avec moi ! ajouta-t-il pour enfoncer le clou à sa sentence. Je pense que ça se justifie !

— Quoi !? fit Kaya, qui cette fois-ci s'agaça.

Connaaaard ! Qu'est-ce que tu racontes encore !

— On l'embarque ! déclara alors un petit de sept ans.

— Ouaiiiis ! crièrent les gamins en chœur.
— Parler est libérateur. Accepter ses erreurs est le début du pardon ! fit une gamine avec un regard dur, comme si elle répétait le sermon des adultes qui l'éduquaient.

Les enfants poussèrent sans ménagement vers l'intérieur de la salle Kaya qui souffla alors un « je te déteste ! » à son persécuteur et n'en mena pas large devant cette horde de gamins.

— C'est bien la première fois que je te vois venir ici avec quelqu'un ! déclara Michèle tout en voyant des chaises se poser autour de l'accusée.

Ethan baissa les yeux, visiblement conscient que cela ne lui ressemblait guère.

— Qui est-ce ? osa alors demander Michèle, consciente que le terrain demeurait glissant pour quiconque s'y aventurait.

— C'est… une princesse ! lui répondit-il avec un petit sourire tendre.

Michèle n'insista pas. Elle connaissait Ethan depuis suffisamment longtemps pour savoir qu'il n'était pas du genre à montrer facilement une affection envers quelqu'un. Pourtant, elle pouvait deviner que cette femme avait une réelle importance à ses yeux pour qu'il l'amène jusqu'ici et la nomme de cette façon. Son attitude énigmatique lui paraissait claire : il cherchait lui-même des réponses.

— Ils vont la dévorer toute crue si vous la laissez avec eux ! lui dit-elle alors, tout en voyant Kaya en train de se défendre devant tous ces enfants assis autour d'elle.

Ethan se mit à sourire en voyant la scène. Une étrange familiarité lui sauta aux yeux.

— C'est elle qui va les dévorer tout cru ! Regarde !

Michèle observa plus attentivement. Kaya semblait effectivement leur raconter quelque chose qui captait son auditoire au fur et à mesure. La vieille femme regarda ensuite

Ethan, toujours en train de l'épier de loin avec un sourire fier qui la surprit un peu. Son regard était brillant, vif, mais aussi chargé d'une admiration et d'une tendresse à peine masquée. Elle sourit de le voir ainsi. Il semblait heureux. Un homme d'une cinquantaine d'années vint vers eux.

— Bonjour Ethan.

— Bonjour mon Père. La soirée s'annonce plutôt bien.

— Oui, c'est toujours un stress pour moi, mais je suis heureux de voir leurs sourires. C'est aussi grâce à toi.

— Ce n'est rien, répondit Ethan, une lueur légèrement affectée dans les yeux en regardant ces enfants perdus. Je n'étais pas un orphelin, mais ma vie était tout comme. Je ne peux que comprendre le bonheur d'avoir un cadeau sans devoir un retour…

Michèle et le Père Clément ne répondirent rien à ce constat. Ils savaient que certaines blessures pouvaient rester gravées à vie dans le cœur d'un enfant. Celles d'Ethan étaient profondes. Pourtant, aujourd'hui, ils étaient heureux de voir ses progrès et les bienfaits de la famille Abberline sur lui.

— Et bien ! Je vois qu'il y a de l'ambiance ici !

Tous se retournèrent vers l'entrée pour regarder qui venait de les interrompre.

— Oliver ! s'exclama Michèle, sensiblement ravie.

Elle le prit dans ses bras et l'embrassa sur la joue.

— Bonjour tout le monde. Oh ! Tu es déjà là, Ethan !

— Oui, comme tu vois…

Oliver grimaça devant sa réponse, lui faisant noter l'absurdité de sa remarque.

— Et il n'est pas venu seul ! fit constater Michèle d'un signe de tête vers les enfants tous assis.

— Tu es venu avec Kaya ? s'étonna-t-il alors en remarquant qu'elle était l'objet de leur attention.

Ethan se frotta la tête, gêné. Il ne lui avait pas mentionné sa venue plus tôt dans la journée, car il avait douté jusqu'à la dernière minute qu'elle accepte de le suivre, sachant la façon dont il avait obtenu son accord.

— Oui… lui répondit-il sans plus s'étendre sur le sujet.
— Tu la connais aussi ? s'étonna une nouvelle fois Michèle.
— Oui, répondit Oliver d'un air un peu amusé. Kaya est… comment dire… le nouvel objet de torture d'Ethan !

Ethan le regarda un instant en réfléchissant à ses propos.
Un objet de torture… pour elle ou pour moi ?
— Comment vas-tu, Oliver ? demanda le Père Clément.
— Bien. Ethan est toujours un tyran, mais je survis !
— Espèce de…, lança Ethan, peu amène d'accepter cette critique. Je ne fais que diriger le bateau pour arriver à bon port.
— De toute évidence, si vous êtes encore amis aujourd'hui, c'est bien parce que vous savez accepter les qualités et les défauts de l'autre ! rétorqua le prêtre.
— Et dire que ces deux-là se battaient tout le temps au début…

Michèle s'attrapa l'arête du nez, fatiguée rien qu'en repensant aux mauvais tours auxquels elle avait eu droit à cause de leur fichu caractère de bagarreurs. Ethan et Oliver se regardèrent et sourirent, en se remémorant leur passé commun. Une sorte d'espièglerie ressortit de cette silencieuse connivence.

— C'était de sa faute ! lança Oliver, catégorique, mais amusé à l'idée de mettre le feu aux poudres. Il m'énervait avec son mutisme à deux balles !
— Quoi ! fit Ethan sidéré, mais rentrant toutefois dans son jeu. C'est toi qui me gonflais à te donner un genre avec ton joint et ton caractère de chiotte !
— Tu peux parler, Monsieur Taciturne qui détestait la terre entière !
— Vous étiez deux catastrophes ensemble ! lança Michèle, exaspérée, mais sévère. Et vous n'êtes toujours que de sales

garnements ! Est-ce clair ?!

Ethan et Oliver se lancèrent simultanément un juron et sourirent, tels deux gamins venant de prendre un soufflon par la maîtresse d'école. Cette parodie grotesque fit rire le Père Clément qui trouva leur prestation remarquable. Il devait bien admettre que le temps avait passé, mais qu'il était heureux de pouvoir suivre encore leur évolution malgré les changements opérés en eux.

— Je vais saluer Kaya ! bougonna Oliver, avec un petit sourire de défi à son meilleur ennemi, histoire d'alimenter encore leur petit jeu.

Ethan voulut y répondre, mais se retint. Oliver lui fit un signe d'adieu provocateur, qui fit presque pester Ethan devant le Père Clément et Michèle, surpris du sujet du nouvel affront. Toutefois, partir sur le terrain « Kaya » signifiait jouer lui-même avec le danger de révéler ce qui ne devrait même pas être pensé ; la jalousie. Il jeta un coup d'œil à ses deux spectateurs presque amusés, et finalement le laissa faire, à contrecœur.

5
COUPABLE

Kaya était en pleine séance de récit. Elle avait réussi à transformer l'accusation de sorcière à mettre au bûcher d'Ethan en une plaidoirie en sa faveur. L'histoire d'une pauvre princesse victime d'un prince charmant, pas si charmant que ça. Tout à son entrain devant ces billes brillantes d'envie de connaître la suite, elle ne vit pas Oliver se positionner derrière elle. Ses gestes amples et ses grandes intonations firent sourire ce dernier, amusé par son pouvoir d'attirer l'attention des plus jeunes aux plus vieux.

— Et là, le vilain prince charmant enferma la gentille princesse dans le coffre de son carrosse ! Vlan ! Sans même un regret !

Les enfants eurent un soupir d'effroi en imaginant la scène. Certains se regardèrent, pour sonder les avis sur l'histoire.

— Il n'a pas le droit ! lança une petite de quatre-cinq ans.

— Il a bien fait ! scanda fièrement et de façon très machiste un garçon prépubère.

— Tu rigoles, j'espère, Nathan ! lui rétorqua une petite de huit ans. Ce n'est pas poli.

— On voit que tu n'as pas passé une heure dans un coffre… marmonna Kaya entre ses dents.

— C'est un trèèès vilain garçon, dis-moi ! lança alors Oliver, avec un sourire amusé, derrière elle. On se demande où tu vas chercher toutes ces incroyables histoires !

Kaya se retourna aussitôt, surprise. Les enfants vinrent alors lui dire bonjour.

— Oliver ?! Que fais-tu ici ? lança-t-elle, stupéfaite.

— Je peux te retourner la question !

— Et bien, en fait, c'est…

— Un méchant prince charmant qui t'a kidnappée, c'est ça ? s'amusa-t-il à continuer.

Oliver afficha un air complice et un peu moqueur.

— Pas loin, oui…, souffla-t-elle, lasse. Et toi ? C'est quoi ton excuse ?

— On s'en fiche ! déclara un des enfants. On veut la suite !

Kaya se retourna vers son auditoire et sourit.

— Entracte ! annonça-t-elle comme si elle était la directrice du spectacle.

— Quoi ? fit l'un.

— Oh non ! fit l'autre.

Kaya se leva de sa chaise et frotta la tête d'un des enfants.

— Le conteur a besoin de boire et manger ! La suite tout à l'heure ! Promis !

Malgré les esprits râleurs, Kaya et Oliver les laissèrent et se rendirent au buffet pour se servir un verre.

— Je dois bien avouer que je ne m'attendais pas à ce qu'Ethan t'amène ici.

— Je ne m'y attendais pas non plus, si ça peut te rassurer…

Oliver remarqua un certain trouble sur le visage de Kaya.

— Ethan est difficile à cerner. Il est très discret sur lui-même. On n'en a pas l'impression au premier abord, mais il n'est pas un homme très démonstratif sur ce qui le touche personnellement. T'emmener ici est un très grand pas pour lui. Il n'est pas comme ça avec les autres femmes, je t'assure. Il est plus froid, bien moins enjoué.

Kaya considéra ses propos un instant. Elle était effectivement surprise par la nature du lieu et le lien affectif qu'il avait avec ces enfants. Elle ne l'aurait jamais deviné. S'il était froid, arrogant avec elle au début, elle commençait aussi à entrevoir une facette plus tendre de lui. Facette qu'il s'efforce indubitablement à cacher, mais qu'il partage contre toute attente quand même avec elle.

— Je n'aurais jamais pensé le voir dans un tel endroit, c'est vrai. Je ne comprends pas tout et je ne suis pas sûre de vouloir savoir… Je n'ai pas demandé à avoir cette place privilégiée de confidente involontaire. Je n'ai rien d'une super amie. Au contraire ! Je ne me considère pas avoir un statut particulier. Donc, je préfère ne rien espérer ou conclure.

Oliver se mit à sourire et regarda Ethan discutant avec le Père Clément et deux autres personnes.

— C'est un lieu qui lui est cher, car il y venait souvent il y a quelques années.

— Oui, il m'a dit que ses parents venaient travailler ici… Mais il ne s'est pas plus étendu sur le sujet.

Kaya montra une mine un peu déçue, malgré son incertitude à vouloir entrer dans son cercle intime. Oliver fit claquer son verre contre le sien pour lui montrer que rien n'était grave en soi. Au contraire…

— Trinquons plutôt ! Il t'a dévoilé un élément sur lui que même ses amis ignorent. BB, Sam, Simon et Barney ne savent rien au sujet de ce lieu et de l'implication d'Ethan ici. Donc, considère cela comme un cadeau qu'il te fait en te présentant l'orphelinat.

— Si Monseigneur me fait un cadeau alors…

Elle claqua également son verre contre celui d'Oliver et but une gorgée de son jus d'orange de bon cœur. Son sarcasme fit rire ce dernier. Kaya prenait le même air distant que son ami. Ethan jouait le rôle du mec détaché avec elle pour ne pas dire qu'il voulait qu'elle en sache plus sur lui, pour ne pas trop se dévoiler sans être sûr de savoir dans quoi il s'aventurait et elle, quelle était son excuse pour refuser d'accepter une réelle attirance ?

— Et toi ? Pourquoi es-tu dans la confidence ? Pourquoi te l'a-t-il dit, et pas aux autres ?

Oliver se mit à rire.

— Oh ! Il ne m'a rien dit ! Il n'en a pas eu besoin… C'est ici que nous nous sommes rencontrés !

— Vraiment ? fit Kaya, confuse. Tu travaillais ici ?

— Non, non ! Je vivais ici.

Vivre ici… comme tous ces enfants ?

Kaya écarquilla les yeux, comprenant alors qu'Oliver devait être un de ces enfants avant. Oliver lui sourit, mais Kaya se sentit affreusement maladroite tout à coup. Le genre de situation où l'on se dit « Oups ! J'ai encore mis les deux pieds dans le plat ! ». Elle se mordit la lèvre, consciente du malaise qu'elle venait d'entraîner.

— Je… je suis désolée… Tes parents… Ils…

— Mes parents biologiques sont morts dans un accident de voiture, en dehors de leur service… C'est comme ça… Mais je me porte très bien et suis très heureux de ma vie quand même !

Oliver lui fit un clin d'œil, lui indiquant qu'il n'était nullement froissé.

— J'ai connu Ethan, j'avais quatorze ans, il en avait seize. J'étais un rebelle, un voyou au sein de l'orphelinat.

Il se mit à rire en voyant les yeux comme des soucoupes de la jeune femme.

— Dur à croire, hein ?!

— Je n'aurais pas parié dessus, oui…

— Je fumais le joint, faisais les quatre cents coups et l'école buissonnière. Une vraie catastrophe ! Michèle m'a maudit plus d'une fois !

Il montra d'un geste de bras Michèle en train de sermonner deux enfants faisant trop les fous.

— Ethan, lui… c'était pareil, mais d'une autre façon. Il était rebelle, mais genre ténébreux et mélancolique.

Oliver singea Ethan, tel un sorcier machiavélique, jetant des sorts lugubres avec ses yeux et entraînant une ambiance morbide dans son sillon. Kaya s'esclaffa en voyant l'ironie qu'il mettait dans la description de son ami.

— Il y avait un grand vide en lui. Il fumait aussi et se fichait de tout le monde. Un vrai solitaire bourru ! Autant te dire qu'entre nous ça a vite dégénéré !

— Ah bon ? Pourtant…

— Oui, je ne supportais pas son côté bad boy suicidaire et lui mon côté bad boy anarchiste !

Kaya commença à les imaginer avec leurs caractères respectifs, se cherchant des noises. Cela paraissait tellement difficile en les détaillant aujourd'hui.

— On s'est battu plusieurs fois. Je peux te dire qu'on ramassait autant l'un que l'autre.

— J'ai cru comprendre au Sanctuaire que tu étais l'arme ultime pour le faire plier en cas de bagarre. C'était donc parce que vous vous bagarriez souvent autrefois.

— Oui ! fit-il en riant. Je suis nerveux. On ne dirait pas comme ça, je sais. Je parais assez calme, mais quand je démarre, je castagne dur. Je suis méthodique dans mes coups et assez hermétique à la douleur… comme Ethan d'ailleurs !

— Ça ne devait pas être beau à voir.

— Ouais ! répondit-il, amusé. On a eu de sacrés cocards ! Il m'a même pété le nez, cet enfoiré ! Du coup, je lui ai cassé deux doigts !

Il lui montra le petit doigt et l'annulaire avec un grand sourire sadique comme si ce souvenir lui était cher. Kaya siffla entre ses dents, identifiant aisément la douleur qu'Ethan avait dû ressentir à ce moment-là et sa colère... Sa colère. Elle repensa aux bagarres auxquelles elle avait assisté et les qualificatifs décrivant Ethan plus jeune.

Ténébreux, mélancolique, tendance suicidaire... comme ces fois-là ?

— Avait-il cette... même hargne quand il se battait que celle qui émanait de lui au Sanctuaire l'autre jour face à ce dragueur lourdaud ? lui demanda-t-elle alors, s'interrogeant toujours sur sa noirceur et son plaisir à frapper.

Elle trouvait peut-être un début de réponse, mais ne parvenait toujours pas à comprendre ce vide qu'elle avait pu constater dans ses yeux, elle aussi, quand il se battait. Oliver regarda au loin Ethan avec tristesse.

— Kaya, comprends bien une chose. Sa prépondérance au combat n'est qu'une réponse à une rage qui le bouffe. Il est meurtri et ces combats sont juste un prétexte à l'autodestruction. Ethan a eu un passé très difficile, antérieur à notre rencontre, qui lui a fait perdre tous ses repères et l'a obligé à se composer une façade. Cette façade se craquelle quand il lâche les vannes et qu'il finit par se battre. Ce n'est pas à moi de t'en parler, mais à lui s'il le souhaite. Il est clair qu'il se punit en se battant, en recevant des coups. C'est un moyen qu'il a trouvé pour exorciser ses démons. Sa colère rythme son existence. Elle est devenue partie intégrante de son mode de fonctionnement. Et elle ne disparaîtra pas tant qu'il ne se sera pardonné de ses erreurs.

Se pardonner de ses erreurs ?

Kaya regarda aussitôt Ethan et tenta d'analyser les propos d'Oliver en fonction de ce qu'elle savait de lui. Autant dire pas grand-chose, à part son sale caractère de connard et ses fameuses cicatrices sur son torse. Oliver, connaissait-il leurs existences ? Étaient-elles à l'origine de ses souffrances ? Étaient-elles la source de « ses erreurs » ? Elle fixa son verre un instant, ne voulant penser au pire en visualisant à travers les vêtements d'Ethan la manière dont elles avaient pu apparaître sur lui. Ethan était un mystère toujours plus grand, malgré le nombre d'heures qu'elle passait en sa présence.

De l'autodestruction ? Être blessé au point de repousser toute forme d'humanité quand il se bat ? Au point de sourire quand il frappe et reçoit des coups ? Au point de trouver une délectation incommensurable à continuer, jusqu'à s'étaler au sol ? Qu'a-t-il pu bien vivre pour s'infliger autant de douleur, pour être si peu confiant de la vie ?

Kaya resta perplexe. Tant de choses étranges en Ethan la rendaient curieuse. Pourtant, elle devait rester à distance. Pour son bien et le sien. Lui-même lui avait bien fait comprendre que ses cicatrices devaient rester un secret entre eux, et qu'elle ne devait jamais lui en reparler.

Ses yeux si noirs à ce moment-là... Cette force contre moi...

Elle repensa à cette scène dans la salle de bain. Il lui avait fait mal. Il avait serré ses doigts contre sa peau, l'obligeant à fléchir, à promettre d'oublier. Il l'avait menacé sans scrupule, ni regret.

— Il ne paraît pas si meurtri quand on le voit agir au quotidien... déclara-t-elle en songeant à son enthousiasme à la mettre au défi, le reste du temps. Son côté connard sur les bords, est-ce aussi un réflexe de défense, en passant sa colère comme une forme de despotisme.

Oliver soupira et but une gorgée de muscat.

— Il ne faut jamais sous-estimer la douleur d'une personne. Tout le monde vit des difficultés. Certains sont seulement meilleurs pour les cacher que les autres. Ethan a construit son identité sur les bases de cette douleur. Toute sa vie n'a été guidée que par celle-ci. Son comportement avec ses amis, sa famille, les femmes qu'il fréquente..., même le choix de son métier, sont directement en lien avec son passé. Elle est devenue une partie de lui-même, indissociable de son être. Tous les objectifs qu'il s'est fixés et qu'il a atteints, dépendent de ce qu'il a vécu plus jeune et de cette colère.

Kaya bloqua sur le mot « objectifs » comme si c'était devenu un mot clé à l'énigme « Ethan », comme si cette sonorité lui était devenue si familière qu'elle pouvait presque le prendre comme un mantra, une devise, un précepte pour Ethan.

Moi aussi, je suis un objectif... qu'il s'est déterminé en fonction de son passé ?

Oliver constata à nouveau le trouble et le silence songeur de Kaya à l'évocation du comportement d'Ethan. Il savait qu'elle avait une place particulière aux yeux de son ami, même s'il n'arrivait pas encore à en définir les contours. Aiguiller Kaya sur la vraie personnalité de ce dernier n'était donc pas si grave que cela, si la finalité était d'aider Ethan à trouver des réponses et la paix de son esprit. Ses interrogations lors de leur discussion au gala de Magnificence lui avaient prouvé que ses convictions vacillaient. Même si sa douleur et son manque de confiance en lui et envers les autres étaient toujours vifs, il s'ouvrait plus facilement à Kaya qu'avec nulle autre personne. Même ses amis depuis des années n'avaient pas ce pouvoir. Sa présence, ce soir, à l'orphelinat, le lui confirmait. Elle le forçait involontairement à agir autrement et à s'investir intimement pour obtenir gain de cause. Oliver posa sa main sur l'épaule de Kaya dans un geste amical.

— Je sais qu'il est difficile à vivre et à comprendre, conclut-il, mais Ethan n'a pas un mauvais fond. Il a juste peur d'être blessé. La confiance, c'est comme un château de cartes. Si dur à construire, mais si facile à détruire. Or, tout son être a perdu confiance. Donne-lui du temps pour trouver ses marques avec toi. Tu ne le laisses pas indifférent et c'est déjà énorme pour un homme comme lui de s'intéresser autant à une femme. Tu le perturbes autant que tu l'intrigues, au point de se sentir obligé à revoir tout son comportement avec toi. S'il t'a fait venir ici ce soir, c'est parce qu'il voulait que tu le découvres, malgré ses craintes, et j'en suis heureux. Quand tu commenceras à comprendre son fonctionnement, tu verras que l'image détestable qu'il renvoie n'est qu'une armure pour ne pas se dévoiler. Ethan est une personne avec beaucoup de cœur, même si lui-même le nie.

Oliver lui sourit avec bienveillance. Ses mots se voulaient rassurants, pourtant Kaya se trouvait mal à l'aise.

— Je ne suis pas sûre de vouloir en savoir plus… se confia-t-elle doucement. Ma vie n'est pas rose non plus et je doute de pouvoir l'aider en quoi que ce soit. J'ai tellement de soucis de mon côté que je me vois mal régler ceux des autres. Je risque même de l'enfoncer dans ma déchéance. J'ai conscience de mon égoïsme. Je dois même te décevoir en te l'avouant, mais c'est ma façon peut-être aussi de le protéger. Et ce que tu me révèles sur ses maux et sa peur de faire confiance ne font que confirmer que je ne ferai que le blesser si je continue à le voir. Ce soir sera ma dernière soirée avec lui. C'est mieux pour tout le monde. Je ne suis pas prête à sauver les autres de leurs peines si moi-même je ne peux supporter les miennes.

Oliver resta silencieux devant cet aveu surprenant. Il ne savait quoi lui répondre. Il n'aurait pas cru qu'elle rejette si catégoriquement Ethan de sa vie devant lui. Pourtant, il pouvait y lire une forme de résignation dans son regard qui l'attrista. Leur relation était loin de devenir simple dans un tel contexte et il commençait aussi à comprendre pourquoi Ethan était autant en perdition avec elle. Comment pouvaient-ils donner un sens à leur attirance s'ils rejetaient toute forme de bonheur possible entre eux ?

— Je suis désolée, Oliver. Je dois y aller. Les enfants m'attendent.

Kaya le laissa sans rien ajouter de plus. Elle se trouvait abrupte, presque impolie alors qu'Oliver se voulait être aimable et complice. Elle savait pourtant que c'était la meilleure solution : étouffer toute forme d'espoir pour ne pas être triste encore une fois, ne plus croire pour ne plus souffrir. Car s'il y avait une chose dont elle était certaine, c'est qu'aujourd'hui, malgré tout le bonheur qu'elle ait pu avoir au côté d'Adam, elle était aussi profondément blessée par cet amour qu'elle avait perdu. Sans parler de ses quelques amis qui ont disparu les uns après les autres, ses dettes. Sa souffrance était un fardeau qu'elle ne voulait infliger aux autres, ni aggraver.

Les enfants l'accueillirent à bras ouverts pour la suite de son récit. Elle retrouva sa chaise et son auditoire. Son entrain du début n'était plus aussi marqué. Elle se trouvait horrible de paraître si froide et détachée. Elle n'osait même plus regarder ce que faisait Ethan. Tout ce qui comptait, c'était que les heures défilent rapidement maintenant pour ne plus avoir ce nœud au ventre, à se détester de décevoir autant de monde. Elle observa ces enfants dans l'attente de ses premiers mots et se retint de pleurer. Même eux fondaient des espoirs en elle qu'elle doutait de pouvoir réaliser : ils allaient être eux aussi un passage éphémère dans sa vie alors qu'en cet instant, ils étaient tous suspendus à ses lèvres. Une larme coula sur sa joue. Sans crier gare. Elle posa machinalement ses doigts sur la trace humide et contempla, interdite, le résultat.

— Pourquoi pleures-tu ? demanda un des enfants. On t'a fait du mal ?

Kaya fixa la larme sur le bout de ses doigts sans réellement percuter qu'on s'inquiétait pour elle. Qui le faisait en temps normal ?

— Ethan, il a été méchant avec toi ? Ce n'est plus ton chéri ? lui demanda une autre fille.

— Ce n'est pas son chéri ! cria Chloé, agacée. Il se mariera avec moi quand je serai une femme ! Pas avec elle !

— Faut pas pleurer ! lui dit un garçon. Quand on est grand, on ne pleure pas !

— Tu dis n'importe quoi, Nicolas ! lui répondit Anaïs.

— Bien sûr que non ! se révolta Nicolas. Michèle n'arrête pas de nous le dire !

Kaya renifla et s'essuya le visage, puis sourit. Sa tristesse ne devait pas inquiéter ces enfants qui fêtaient Noël. Elle devait se ressaisir pour ne pas gâcher ce moment magique pour eux.

— Merci, les enfants, ça va aller. Juste un coup de blues.

— C'est quoi un coup de blues ? demanda Emily. On t'a frappée !?

— C'est quand tu es triste ! déclara Nathan.

— Tu veux que je le dise à Ethan, que tu es triste ? demanda Anaïs, contrariée.

— Non ! s'écria Kaya, alarmée rien qu'à l'idée qu'il rapplique. Je vais bien. C'est juste que… enfin, bref ! Ce n'est pas à cause d'une dispute avec lui. Tout va bien.

— Tu es amoureuse de lui et il ne le sait pas, c'est ça ? demanda Emily, bien trop précoce pour ce qui concernait les histoires amoureuses. Chloé, elle, eh ben, elle est très amoureuse d'Ethan !

Emily montra du doigt Chloé qui se mit à rougir.

— C'est vrai, Chloé ? demanda alors gentiment Kaya.

La demoiselle hocha de la tête.

— Je veux quatre enfants avec lui. On aura une grande maison avec piscine et c'est pour ça qu'il travaille dur et qu'il ne vient pas souvent ici.

— Les filles, ça tombe amoureuses tout le temps ! bougonna Nathan, visiblement fâché de cette discussion. Et le pire, c'est qu'elle y croit vraiment. Ethan, il a plein de petites amies ! Il ne t'attend pas !

— Tu ne sais rien, alors tais-toi ! lui asséna Chloé, contrariée.

— Tout ce que je sais, c'est qu'Ethan, il ne tombera jamais amoureux de toi !

— Mêle-toi de tes affaires ! Tu m'énerves !

— Je fais ce que je veux ! Cherche ailleurs, tu perds ton temps ! Tu es vraiment trop crédule, tsss !

Tous deux commencèrent à se tirer la langue et se faire des grimaces pour montrer qui serait le plus fort dans cette bataille d'arguments. Cette scène eut des airs familiers aux yeux de Kaya, qui se retourna pour regarder instinctivement Ethan au loin.

Fabriquerais-tu, dans cet orphelinat, des petits diables comme héritiers de ton caractère conflictuel ?

Kaya pouffa, en l'imaginant donner des cours de provocation. Celui-ci la remarqua et haussa un sourcil, surpris qu'elle lui sourit comme ça. Il coupa net sa discussion avec ses interlocuteurs et s'excusa, avant d'aller la rejoindre. Kaya paniqua et reprit sa position initiale sur sa chaise, dans l'espoir de repousser toute la bonne volonté d'Ethan en lui montrant son dos. Il ne devait pas se faire de film, ni même remarquer son émoi. Ses yeux et son nez devaient être légèrement rouges. Pire ! Les enfants pourraient tout lui révéler.

Non ! Pas ça ! Ne viens pas !

— Coucou ! Tout va bien ? demanda Ethan, innocemment, dans son dos.

Kaya ferma les yeux un instant, pestant d'être si idiote de donner de la viande au loup. Elle respira un bon coup et pria tous les Dieux réunis pour son salut.

— Je survis ! lui lança-t-elle, sarcastique, sans le regarder.

La contre-attaque pour masquer la faiblesse. Il n'y a rien de mieux !

— Oui ! déclara Anaïs. On parlait amour !

Ethan regarda Kaya avec surprise. Celle-ci ne savait plus où se mettre et se recroquevilla finalement, cachant bien son visage à, son bourreau à qui on offrait une victime toute prête à être torturée. Elle devait vite trouver une diversion pour qu'Ethan ne découvre pas sa tristesse ou ne pose plus de questions sur le débat en cours.

— Allons danser ! annonça-t-elle alors en faisant un bond de sa chaise. Chloé, tu danses avec Ethan, moi avec Nathan ! Les autres, aussi ! Go ! On va tous danser !

Chloé, Nathan et Ethan ne purent défendre leur opinion sur sa proposition, que déjà Kaya avait attrapé la main du garçon de treize ans.

— Mais qu'est-ce que tu fais ? vociféra Nathan, peu ravi de se prendre la honte à se trémousser. Je ne sais pas faire ça. En plus, Chloé va danser avec Ethan et va encore se faire des idées ! T'es bête ou quoi ?!

Kaya se saisit de ses mains, les positionna, une contre sa taille, l'autre dans sa main, et commença à bouger. N'étant pas elle-même une danseuse hors pair, le duo qu'ils formaient n'était pas des plus convaincants. Pourtant, cela n'empêcha pas Nathan de rougir, affreusement gêné par cette situation. C'était une première pour lui de danser un slow avec une femme !

— Tu es amoureux de Chloé, pas vrai ? lui dit-elle alors avec un sourire complice.

— Non ! marmonna-t-il, penaud.

— Veux-tu que je t'aide à la séduire ? ajouta-t-elle avec un clin d'œil.

Nathan sonda son regard un instant, sceptique.
— Pourquoi ferais-tu ça ? Tu veux Ethan pour toi toute seule, c'est ça ? Tu es jalouse !
Kaya pouffa, mais concéda.
— Oui ! C'est moi qui l'épouserai ! déclara-t-elle, amusée. Allons briser leur couple ! Qu'en penses-tu ? Menons le combat ensemble, vu qu'on a des intérêts communs ! Je pense que tu es bien plus approprié au bonheur de Chloé qu'Ethan ! En plus, je vois bien que ça te mine !
— Mais non ! s'insurgea Nathan, les joues rouges de honte. Bon, OK… Un peu.
Kaya se mit à rire.
— Comment comptes-tu t'y prendre ?
— S'il y a une chose dont je suis certaine, c'est qu'Ethan ne se mariera pas avec elle ! Je suis d'accord avec toi à ce sujet. Sinon, fais-moi confiance ! Tu vas voir !

Ethan serrait les dents. Comment avait-il pu finir par danser avec une mioche groupie ?
C'est évident ! Tu t'es encore fait embobiner ! Elle te regarde de loin et toi, tu accours ! Pathétique au possible !
Il regarda la petite Chloé qui semblait fière de valser avec lui. Du haut de ses douze ans, elle faisait sa séductrice pour lui plaire. Des grands sourires, puis des câlins contre son bras. Il ne s'en formalisa pas, ne voyant pas un danger immédiat à son geste. Elle n'était après tout qu'une enfant. Il regarda alors Kaya, se disant qu'il aurait plutôt préféré que ce soit elle qui tente de le séduire.
Elle me fait ça, je ne donne pas cher de ma peau !
Il observa à nouveau Chloé et soupira.
Je suis vraiment mal barré ! Je n'ai vraiment plus aucun contrôle dès qu'il s'agit de Kaya. Ça devient vraiment grave de penser craquer dans la seconde si elle venait à me faire du

charme.

Chloé lui sourit. Son corps fut pris d'un frisson en voyant la gamine avec une grosse monture de lunettes sur le nez et son appareil dentaire.

Pitié ! Sauvez-moi ! Je veux un échange !

Il visa à nouveau Kaya du coin de l'œil.

Tentation, quand tu me tiens ! Et merde !

— Hop ! cria-t-il alors. C'est le quart d'heure américain ! On change de partenaire !

Kaya se retint de rire.

Aussi prévisible, il n'y a pas ! Je savais bien qu'il me ressortirait son quart d'heure américain !

— Oooh ! Quelle bonne idée ! déclara-t-elle exagérément tandis que Chloé paniquait à l'idée de perdre son prétendant. Chloé, on échange ? Invite Nathan à danser !

Nathan devint rouge de honte, ne s'attendant pas à ce plan aussi pourri qu'énoncé en finesse. Ethan poussa Chloé dans ses bras sans plus de ménagement et attrapa Kaya rapidement par le poignet pour la ramener contre lui. D'abord un brin pataud, Nathan tendit les bras à la jeune fille sans trop oser la regarder. Chloé, voyant qu'elle n'avait guère le choix, accepta, rouge de honte. Kaya pouffa alors dans l'oreille d'Ethan, afin de ne pas être grillée par le nouveau couple en formation.

— Ils sont trop mignons ! Regarde-les !

Ethan regarda les deux enfants, peu amusé ou attendri.

— Ne me dis pas que tu as fait tout ce cirque pour arriver à ce résultat !

— Évidemment ! Nathan est amoureux de Chloé. Je lui ai créé une ouverture.

Ethan ferma les yeux un instant et souffla.

— C'est plus fort que toi ! Il faut toujours que tu te mêles des relations des autres et imposes tes idées !

— Quoi ! Chloé sera plus heureuse avec lui qu'avec un homme aussi manipulateur que toi ! Je ne comprends déjà pas ce qu'elle te trouve ! Tu es bien trop vieux, de toute façon !

Ethan plissa les yeux à ces mots peu flatteurs.

— Merci. Je ne suis peut-être pas le fiancé idéal pour elle, je te l'accorde, mais n'en profite pas pour en rajouter une couche.

Kaya lui tira la langue, amusée par sa boutade.

Putain, Kaya ! Ne me montre pas ta langue comme ça ! Je vais la dévorer !

Ethan sentait déjà son cœur cogner contre sa poitrine en imaginant comment il pourrait apaiser toutes les envies qui l'assaillaient depuis des jours et des jours. Cette nouvelle proximité qu'il espérait tant ne l'aidait pas à calmer ses pulsions.

— Quand on est enfant, on s'amourache toujours d'un adulte, plus vieux, plus mature, plus sécurisant. Cela rassure, c'est vrai… déclara Ethan, d'un air fataliste. L'amour n'est jamais impossible, même malgré la différence d'âge. Il peut arriver que cela marche… Ne la juge pas !

Kaya le dévisagea, perplexe.

— Ne me dis pas que tu espères faire des choses avec elle dans dix ans ?!

— Hein ? Tu m'as bien vu ?! lui rétorqua Ethan, blasé par ses suggestions affligeantes. D'abord, tu me vois jouer avec des cougars parce que j'ai des invitations de vieilles peaux, maintenant je prépare l'avenir avec des lolitas : tu n'en as pas marre de me tacler ?

Kaya lui sourit de façon taquine. Ses prunelles marron-vert brillaient de bonheur à instrumentaliser, tel un cupidon, la réussite de ces deux gosses dansant comme deux piquets à cause de leur gêne mutuelle qui les figeait dans un immobilisme affligeant. Ethan observa les gamins, puis Kaya toujours dans son rôle de spectatrice attendrie.

— Tu es… désespérante… Cependant, pour que ton plan fonctionne, il faut que Chloé me déteste pour de bon. C'est simple comme bonjour. Pour casser le complexe œdipien, il faut que je devienne un méchant garçon ! Quelqu'un de vraiment détestable !

Ethan fit une grimace sadique. Kaya contempla d'un œil plus critique la situation loin d'être acquise. Aucun des deux enfants ne parlait. Leur timidité respective faisait obstacle à toute discussion. Plus clairement, Chloé s'ennuyait et Nathan restait planté dans son mutisme, n'osant faire le geste de travers. Chloé était d'ailleurs bien plus absorbée par le couple que Kaya formait avec Ethan que par sa danse.

Effectivement, on est loin de la passion... Mais j'ai peur de ce que M. Connard est capable de faire pour devenir détestable. Il est si doué dans sa discipline...

— Et que proposes-tu ? lui demanda-t-elle alors, considérant plus attentivement sa remarque, mais sceptique à la réponse qu'il allait lui donner.

Ethan lui afficha son sourire rusé, calculateur, qu'elle voyait arriver à des kilomètres.

— Embrassons-nous ! Comme ça, elle verra que c'est foutu de chez foutu pour elle et Nathan pourra la consoler.

Kaya le dévisagea, abasourdie. Ses yeux s'écarquillèrent devant l'énormité qu'il venait d'avancer. Pourtant, il restait logique. Il répondait à ses habitudes de connard fini. Ethan haussa les épaules, comme pour lui signifier qu'il ne voyait pas mieux pour casser l'adoration que Chloé éprouvait pour lui. Elle évalua une nouvelle fois la situation au niveau du minicouple qui s'agitait sous ses yeux. Elle devait bien admettre que l'idée était bonne. Cruelle, abrupte pour Chloé, mais indubitablement efficace. Le désintérêt pouvait être une cruelle arme de rejet pour quelqu'un en adoration.

Est-ce que cela vaut la peine malgré tout de la torturer ainsi ?

Elle regarda Nathan, le visage de plus en plus défaitiste, alors que la fin de la musique arrivait. Il n'y avait guère d'autres solutions… hormis celui de donner encore de sa personne ! Kaya tira une grimace peu enthousiaste.

— On va croire qu'on est vraiment ensemble ! Or, ce n'est pas le cas…

Ethan tourna la tête vers Nathan, d'un air compatissant. Il secoua négativement la tête, marquant son affliction, histoire d'enfoncer un peu plus le clou sur l'impossible histoire d'amour qui aurait pu naître si seulement Kaya acceptait le sacrifice.

— Désolé, man, mais Chloé est à moi pour toujours ! murmura-t-il victorieux, de loin, en secret, à son adversaire ne se doutant pas de se qu'il se jouait.

Kaya lui marcha sur le pied, maintenant pleine de regrets de l'avoir impliqué dans sa combine. Il jouait sur les émotions de tout le monde avec un sadisme éloquent. Ethan fixa son pied écrasé un instant et rit : il avait encore fait mouche. Les sourcils de Kaya froncés confirmaient son intuition.

— Kaya, embrasse-moi… La danse va finir et tu devras tout recommencer pour créer une situation propice pour Nathan. En même temps, tu peux aussi les laisser se débrouiller, c'est vrai, et par conséquent programmer l'échec d'un amour incroyable entre eux. Imagine… Cela aurait pu mener à un mariage, un vrai conte de fées ! Tsss… Pauvres gosses ! Leur destin est scellé… à cause d'une méchante princesse !

Kaya le fusilla du regard. Sa perversion était si agaçante qu'elle se retenait de ne pas l'étrangler.

— On risque d'aller effectivement à un enterrement à la place, tellement tu m'énerves ! rétorqua-t-elle, pleine de colère par son projet machiavélique.

Ethan se mit à rire et cogna son front doucement contre celui de sa princesse.

— Si je dois mourir de ta main, ça me va. Ce sera un bel honneur, ma très chère ennemie.

Kaya se mit à rougir. Son cœur rata un battement. Son attitude tout à coup très séductrice la terrifiait, autant qu'elle se sentait déjà succomber. Elle ne savait pas pourquoi, mais sa voix s'était faite soudain plus grave, plus sensuelle et son corps avait immédiatement réagi : pouls plus rapide, coup de chaud, tremblement donnant la chair de poule.

Très... chère ?

Il cala alors son visage dans son cou. Kaya se trouva piégée par son étreinte et mal à l'aise. Ses tentatives à vouloir le garder à distance demeuraient difficiles lorsque le sort semblait s'acharner contre ses bonnes intentions. Elle soupira et jeta un œil vers Nathan et Chloé.

— OK, mais juste un baiser sur les lèvres. C'est tout ! déclarat-elle timidement dans son oreille.

Un, mais pas plus ! Sois raisonnable, Kaya !

Ethan se redressa. Il ne chercha pas à éclaircir ses doutes sur ce qu'il avait entendu ou même une seconde approbation de la part de Kaya. Sa bouche alla s'écraser contre celle de la jeune femme qui ne s'attendait pas à une réaction si immédiate. La poitrine d'Ethan se gonflait d'enthousiasme. Une brûlure vivace à la fois douloureuse, mais salvatrice, envahissait son cœur. Il retrouvait enfin son corps contre le sien, la douceur des lèvres de Kaya contre lui. Il avait cette sensation bizarre de soulagement, comme si sa vie dépendait de l'énergie qu'ils créaient ensemble et qu'il absorbait quand elle l'embrassait.

Kaya se détacha de lui, troublée par sa fougue. Il plongea alors son regard déjà enfiévré sur elle et posa une seconde fois ses lèvres sur les siennes avec le même empressement, n'attendant pas un nouvel accord. Il la serra un peu plus dans ses bras, répondant à cet état d'urgence dans lequel il se sentait. Sa main alla trouver la joue de la jeune femme pour asseoir un peu plus son emprise sur sa bouche, pour s'assurer qu'il n'en raterait pas le moindre millimètre, qu'elle resterait contre lui quoiqu'il arrive. Il renouvela un troisième baiser, appuyant toujours un peu plus son besoin d'être contre elle.

Kaya recula la tête, acculée par le flot d'émotions qui se mélangeaient en elle. Entre l'envie, l'appréhension, le doute, la soif, l'incompréhension, l'emportement d'Ethan, elle ne sut comment réagir. Son envie de continuer luttait avec celle d'arrêter vite cette dérive. Se rendant compte qu'il n'avait pas tenu son engagement d'un seul baiser et qu'il était trop pressant avec elle, Ethan posa finalement son front contre le sien. Il était contraint de céder, mais se refusait pour autant de couper l'intimité légèrement retrouvée entre eux. Il ferma un peu les yeux pour calmer la passion qui l'animait au plus profond de lui. Il avait du mal à contrôler l'ardeur toujours plus intense qui l'attisait dès qu'il l'embrassait. Il était maintenant convaincu que ce qu'il ressentait était loin d'être un simple béguin, une attirance hasardeuse, ou une curiosité malsaine. C'était plus fort, plus vertigineux, plus déroutant. Cette ardeur était à la fois dérangeante et si agréable. Cela ne ressemblait en rien à ce qu'il avait déjà vécu, pas même avec sa mère. Malgré tout, il aimait cette sensation, ce feu qui l'enflammait quand ils se retrouvaient l'un contre l'autre. Un danger dont il éprouvait du mal à s'écarter de plus en plus, il le savait. Un envoûtement qui trouvait écho à son avidité de tendresse et de douceur si souvent refoulée.

Il se balança un peu avec elle pour récupérer un semblant de sérénité entre eux à travers cette danse. Il pensa même un instant que danser était devenu pour eux un moyen de regagner systématiquement leur bulle, leur jardin secret, tel un moment d'éternité dans lequel il pouvait l'enfermer et la garder pour lui tout seul. Il se mit à sourire. Il aimait cette proximité, cette familiarité, ces petites habitudes qui naissaient entre eux et qui lui servaient d'ancre pour ne pas s'écarter du bien-être qu'il ressentait à la tenir dans ses bras. Il ne voulait même pas mettre un mot à ce qui se passait entre eux dans ces instants. C'était juste comme ça, indescriptible. C'était bien. C'était eux.

Kaya ne sut trop quoi faire, face à cette impression de tendresse tant désirée de la part d'Ethan. Elle craignait maintenant cette intimité à chacune de leurs rencontres. Elle appréhendait le relâchement qu'il pouvait insuffler une nouvelle fois en elle lorsqu'il devenait doux et attentionné. L'autoriser à ouvrir une brèche dans ses certitudes sur sa vie, ses choix, son amour pour Adam, c'était comme jouer avec le feu et s'y brûler. Elle ne pouvait rester près de lui.

Se consoler mutuellement...

Les paroles d'Ethan lui revinrent en écho. Ses bras l'encerclaient et elle pouvait déjà sentir cette osmose étrange entre eux où l'hostilité faisait place à une tension corporelle, exacerbant leurs sens et contractant leurs muscles. Tout cela causé par cette attirance évidente, ce fichu désir toujours plus fort de ne faire qu'un avec l'autre. Elle avait craqué une fois. Une seule fois, elle avait accepté de faire le saut dans le vide avec lui, en se libérant de ses devoirs, de son sens éthique. Une plongée en apnée qui avait fini par libérer en elle un flot de sensations perdues, mais pas seulement. Leur nuit ensemble lui avait révélé qu'elle pouvait être attirée par un autre homme qu'Adam, que l'on ne pouvait avoir fait le tour de tous les sentiments, de toutes les sensations, du plaisir avec un seul homme. Aussi cruelle soit la vérité, Ethan était différent en tout point d'Adam, mais elle aimait ça. Elle avait pu le constater durant cette nuit complètement dingue où son approche des caresses, sa façon de la regarder, la manière dont il explorait ses montées de plaisir, étaient abordés avec une simplicité affolante, mais complètement à l'opposé des habitudes d'Adam. Elle s'y était adaptée sans grandes difficultés. Son être tout entier avait répondu à ses faveurs avec une facilité si déconcertante qu'elle s'en trouvait encore aujourd'hui affreusement déstabilisée. Ethan était un souffle de fraîcheur, une nouveauté teintée de mystère, d'appréhension, mais si séduisante. Il avait tenu ses promesses. Elle avait tout oublié durant une nuit, comme il s'y était engagé. Il était très fort. Son pouvoir de persuasion allait au-delà des paroles. Il était le vice auquel on s'abandonnerait volontiers. Et cet abandon de soi l'attisait encore maintenant autant qu'il l'effrayait. Le temps n'effaçait pas cette douloureuse envie. L'alchimie de la découverte de l'autre ne s'était pas tarie après avoir étanché leur soif sexuelle réciproque le temps d'une nuit, comme elle le pensait. Pire ! Dans ses bras, elle avait une impression de manque, comme si cela n'avait pas encore été assez pour calmer son désir. Cet appel à se lover contre son corps et retrouver ce refuge où plus rien ne comptait était toujours présent et de plus en plus vivace et insoutenable. Et elle était certaine qu'Ethan ressentait aussi cela. Son habileté à la conduire tôt ou tard dans ses bras n'était pas une simple provocation de plus. Son étreinte et son impatience ce soir lui prouvaient qu'ils étaient tous les deux dans un état de détresse qu'ils devaient absolument étouffer, elle en gardant ses distances, lui en y répondant pour combler cette distance.

Un jeu obsolète...

Kaya décolla son front. Même s'il cherchait à réduire l'écart qu'elle mettait volontairement entre eux, elle ne devait pas perdre ses propres objectifs. Elle en rirait si cela ne lui paraissait pas si pathétique. Monsieur " Objectifs " se faisant rembarrer par Mademoiselle " Objectifs bis " ! Il l'avait contaminée avec ses objectifs à la noix !

Connard !

Kaya pouffa contre son front. Ethan l'interrogea du regard,

surpris par ce petit rire dans un moment si intense entre eux. Elle le regarda alors à son grand regret et ne put s'empêcher de sourire. Un sourire bienfaiteur aux yeux d'Ethan qui s'esclaffa aussi. Cet instant d'insouciance dédramatisait leur emportement. Ethan se sentit soulagé et instinctivement toucha à nouveau ses lèvres des siennes. Doux, léger, telle une bise. Seuls leurs souffles effleurant leurs visages existaient et les rendaient conscients de ce qui se cachait sous chacun de leurs gestes.

Kaya sentit sa respiration s'alourdir et devenir de plus en plus chaotique. Était-ce à cause de la culpabilité d'être une récidiviste refoulée ? La tristesse de ne pas pouvoir répondre comme elle le voudrait à ses invitations ? Le désir trop pressant la paniquant complètement au point d'être perdue ? Les battements anarchiques dans sa poitrine la troublèrent au point qu'elle prit à nouveau du recul. Son corps entier était en train de bouillir. Ethan ne devait rien voir. Son regard passif, dans l'attente d'un geste de sa part, lui confirma qu'il espérait un véritable consentement de sa part. Elle jeta alors un œil vers Nathan et Chloé, se refusant de sombrer.

Je ne dois pas lui donner d'espoir. Je dois le quitter ce soir définitivement.

Son regard se bloqua sur le visage dévasté de Chloé. Sa gorge se noua en voyant la petite de douze ans, les larmes aux yeux.

Elle avait cessé de danser avec Nathan et se contentait de la regarder s'occuper avec Ethan. Kaya comprit vite que son attitude triste, avec une colère prête à exploser, était due à leurs baisers, à l'enthousiasme qu'ils avaient pu afficher, à cette complicité évidente entre eux aussi, malgré leurs besoins de le cacher.

— Je te déteste ! lui cria alors Chloé. Tu n'avais pas le droit !

Elle les quitta ensuite précipitamment, sans que Kaya puisse réagir à ses mots. Nathan resta figé sur place, ne sachant quoi faire et voyant bien que ses chances étaient proches du néant pour sympathiser plus avec Chloé.

— Tu attends quoi ? lui vociféra alors Ethan. Va la consoler ! Tu n'auras pas d'autres occasions ! Cours !

Nathan sursauta et suivit les pas de Chloé d'un mouvement mécanique, sans trop savoir quelle suite donner à son initiative. Kaya les observa s'éloigner en silence, mais blessée par les mots de la jeune fille.

— Je vous jure, les gosses ! marmonna Ethan, las.

Il s'attarda un peu plus sur la réaction de Kaya et sourit. Il pouvait aisément comprendre sa tristesse. Son geste, partant d'une bonne volonté, venait d'être sévèrement critiqué.

— Elle ne t'en tiendra pas compte longtemps.

— Je ne voulais pas qu'elle en vienne à me détester. Pourquoi moi, et pas toi ?

Kaya sentit sa boule dans la gorge monter. Ses yeux devinrent humides. Ethan soupira, amusé, par sa façon de prendre tout tellement à cœur et la serra dans ses bras. Il colla alors sa tête contre sa poitrine instinctivement et la câlina un peu.

— Les amoureux sont toujours parfaits et innocents ! lui souffla-t-il à l'oreille. Tu es mon héroïne ! Tu as fait un beau sacrifice. Tu mérites un câlin !

Kaya se laissa bercer par ses bras et ferma un instant les yeux, puis les rouvrit soudain.

Câlin... Câlin ! Non !

Un mot et le déclic s'opéra.

La consolation ! Surtout pas !

Elle le repoussa cette fois-ci fermement, les mains sur son torse, les bras tendus.

— Non ! C'est bon ! Ça ira !

Ethan regarda ses mains sur lui et se mit à rire. Cela devenait presque un réflexe entre eux dès qu'elle se sentait partir loin dans ses bras. Une fois encore, elle faisait passer sa guerre des nerfs sur lui avant le réconfort lié à sa déception d'avoir été rejetée par Chloé.

Princesse forte et entêtée ! Tu finiras bien par craquer un jour !

— Allons manger ! ajouta-t-elle sèchement pour reprendre de la distance avec le bourreau de son cœur.

6
ÉGOÏSTE

La soirée battait son plein. Tout le monde avait bien mangé. Le repas avait été copieux et Kaya ne se fit pas prier pour se remplir la panse, sachant que son frigo restait désespérément vide. Ethan s'était assis à côté d'elle et Oliver s'était installé en face d'eux. La bataille fut rude parmi les enfants pour être celui qui resterait assis à côté d'Ethan ou Kaya. Tous voulaient attirer leur attention. Ce fut Ethan qui trancha, à la grande déception des perdants. Le dessert étant servi depuis dix minutes, le Père Noël distribua alors les cadeaux. Il appela chaque enfant au fur et à mesure, puis repartit en Harley Davidson trente minutes plus tard. Le Papa Noël était rock'n'roll cette année ! Le Père Clément décida ensuite de faire son petit discours. Tous se tournèrent vers lui pour l'écouter.

— Bonsoir à tous ! Comme chaque année, le repas de Noël permet à tout le monde de passer un moment de joie et d'amour. Un moment de partage et de communion. Noël est un message d'espoir, un message encourageant tout le monde à ne jamais s'effondrer, mais plutôt à se relever et à tenir bon malgré les embûches. Cette année encore, tous mes enfants, tous les enfants de Dieu ont été forts. De vrais costauds avec un cœur énorme ! Je voulais tous vous remercier de ne pas baisser les bras et de conserver la foi. Foi en vous, foi envers les autres.

Kaya s'efforça de sourire devant le sermon du prêtre, mais le cœur n'y était pas. Parler de cette fête, de foi et d'espoir la laissait amère sur les malheurs qu'elle avait vécus. Il lui était difficile de croire en un Dieu si celui-ci infligeait autant de souffrance à certains plus qu'à d'autres. La souffrance qu'elle avait connue n'avait sans doute pas le même impact que celle de ces enfants sans parents ou famille. Pourtant, rétrospectivement, elle ne doutait pas que la vie ne l'eût jamais vraiment gâtée non plus. Tous les êtres chers à ses yeux l'avaient quitté. Quant à sa vie à laquelle elle se raccrochait en vain, souvent elle s'était demandé : « à quoi bon ? ». Elle repensa à Adam. Elle n'était pas allée sur sa tombe depuis son déménagement. Lui rendre visite était pour l'instant trop risqué ; Phil et Al pouvaient la retrouver. Elle devait gagner du temps et se résoudre à ne pas s'y recueillir. Elle regarda la bague de fiançailles en forme de fleur à son doigt, son seul réconfort malgré la culpabilité de son absence auprès de lui. Si sa vie n'avait pas été aussi compliquée, elle serait devant sa tombe à lui parler... Si sa vie n'avait pas été aussi compliquée, elle serait sans doute encore avec lui aujourd'hui, à rire et l'embrasser, à profiter de ses bras et de ses yeux bleus. Elle ne serait pas ici avec ces gens.

Les larmes lui montèrent aux yeux sans prévenir. Dans quelques jours, ce serait l'anniversaire de sa mort et quel bilan pouvait-elle dresser depuis un an, à part une impression de vide immense ? Elle se hâta de faire disparaître ce début de larmes et respira un grand coup pour ne pas flancher devant tout le monde. Elle devait rester forte. Encore quelques heures et elle pourrait lâcher les vannes.

— Je voulais remercier aussi ceux qui nous aident à garder la foi. Michèle, merci pour ton dévouement hors norme ici et merci à toutes ces petites mains qui font un travail merveilleux en ce lieu avec les enfants, mais aussi les collectivités locales, les administrations pour leur soutien afin de faciliter l'insertion des enfants dans leurs nouvelles familles et dans leurs études. Et je voudrais enfin remercier Ethan…

Le Père Clément montra alors Ethan de la main. Ce dernier se mit à sourire discrètement.

— Voilà la deuxième année que tu permets aux enfants de rêver. Sans ton aide, ils n'auraient pas droit à de si beaux cadeaux. Merci du fond du cœur. Je suis fier de toi, de ton parcours et de tes efforts. Tu es un battant et tu as gagné déjà tant de belles victoires…

Ethan fit un signe de tête approbatif et respectueux, mais resta discret malgré l'éloge. Kaya le contempla alors, indécise de ce qu'elle devait comprendre.

— Ai-je bien compris ? lui souffla-t-elle dès que les regards furent tournés ailleurs. C'est toi qui as payé les cadeaux ?

Ethan lui sourit timidement, puis regarda les enfants.

— Cela fait deux ans que je mets cinq mille euros de côté avec l'aide d'Oliver, pour qu'Abberline Cosmetics soutienne l'orphelinat. Cet argent leur permet donc de payer les cadeaux, oui. Ce n'est pas grand-chose comparé à leurs manques réels, mais ils ont au moins un beau cadeau, celui dont ils rêvaient, et ça me va. Il est si difficile de voir ses rêves se réaliser quand on est comme eux… C'est déjà un acquis qu'on ne leur enlèvera pas.

Kaya se trouva tout à coup idiote. Elle ne pouvait qu'être admirative devant la générosité d'Ethan, mais surtout devant sa compassion et son engagement à vouloir donner espoir à ces enfants. Il était à l'origine de nombreux sourires et ne s'en vantait pas pour autant. Elle tourna la tête vers Oliver, occupé à regarder le Père Clément calmer les chenapans trop excités depuis qu'ils avaient découvert leurs cadeaux. Elle repensa à ses mots…

« Ethan a un bon fond… Il faut juste apprendre à le

comprendre... »

Kaya réalisa que même avec elle, il avait été généreux. Elle avait pu manger à sa faim, rêver d'être une Cendrillon le temps d'un soir et puis il y avait sa tendresse si particulière par moments. Ethan put remarquer un mélange de fierté et de reconnaissance dans les yeux de la jeune femme qui le troubla un instant. Cela le mettait presque mal à l'aise tant cela était inhabituel de sa part. Il se pencha alors vers elle, les coudes sur les genoux, l'air présomptueux.

— Quoi ? Tu n'en crois pas tes mirettes ? Ça t'épate, n'est-ce pas, que ton connard soit si mignon avec les autres !

Il fit sursauter ses sourcils, lançant à nouveau la taquinerie entre eux sous le ton de l'ironie. Faire arracher un mot gentil ou un compliment à celle qui prétendait le détester était le plus beau des challenges et il aimait ce regard admiratif qu'elle venait de lui donner.

— Toi aussi, tu veux ton cadeau ? continua-t-il doucement. Avoue que tu es jalouse !

Kaya loucha sur lui, partagée entre la façon arrogante de jouer avec son animosité habituelle envers lui et celle, vexée, d'être effectivement hors-jeu. Mais plus que tout, elle voyait bien qu'il essayait de lui faire dire des mots et avoir des réactions montrant son attirance pour lui et il était hors de question qu'elle lui laisse entrevoir le moindre soupçon, aussi minime soit-il, d'affection ou de jalousie.

— Pas du tout ! rétorqua-t-elle, un peu pincée au vif. Tu peux offrir des cadeaux à qui tu veux. Cela ne me regarde pas. Tant mieux pour les autres !

Ethan sonda ses mots quelques secondes. Il afficha un air renfrogné, peu convaincu, puis sourit. Il sortit alors de la poche de son pantalon une petite bourse en velours bleu, resserrée par un fil de couleur or. Kaya visualisa l'objet, impossible. Elle se

demanda tout simplement ce qu'il fabriquait.
— Tiens ! Le voilà, ton cadeau ! lui annonça-t-il, amusé.
Il ouvrit le petit sachet et en fit tomber dans la paume de sa main un bracelet argenté avec des étoiles. Il le laissa pendre, avec fierté et le balança ensuite du bout de ses doigts devant les yeux de Kaya, attendant l'effet qu'il espérait tant voir au fond des yeux de la demoiselle. Kaya resta médusée devant le bijou. Comme si cet objet venait d'un autre monde et qu'elle en voyait un pour de vrai pour la première fois.
— C'est encore un de tes bijoux-maquillages dont je dois être le mannequin ? demanda-t-elle sur la défensive. Autant me le dire franchement...
Ethan sourit de plus belle, amusé par son incrédulité et sa méfiance à toute épreuve.
— Non, non... ça n'a rien à voir. C'est un vrai bijou, venant d'une bijouterie et vendu par un vrai bijoutier !
La surprise et le scepticisme de Kaya s'amplifièrent. Ethan se mit à rire, constatant que sa surprise était au-delà du résultat espéré. Elle se contentait de déglutir, fixant toujours le bracelet valsant de droite à gauche sous ses yeux.
— Respire ! lui déclara-t-il, taquin. Tu es pire que ces enfants ! Si tu voyais ta tête !
Kaya sortit alors de sa torpeur et le fixa, intriguée.
— Tu... C'est vraiment pour moi ? lui demanda-t-elle, dubitative et méfiante. Pourquoi ?
— Oui, c'est pour toi. Comme je l'ai dit lors de ta présentation aux autres en début de soirée, tu es aussi une enfant perdue !
Kaya grimaça, mais ne quitta pas l'objet des yeux.
Enfant perdue ? Pas du tout ! N'importe quoi ! Dis-moi plutôt ce que tu mijotes ! Où est le piège ? Pourquoi me fais-tu plaisir ? Quel est ton but ?
— Veux-tu que je t'aide à le mettre ? lui demanda-t-il avec un

regard séducteur.

Devant son silence et sans un consentement venant d'elle, Ethan lui attrapa le poignet lentement et l'encercla du bracelet, puis chercha le fermoir. Kaya fixa l'objet, indécise, pendant qu'il manipulait délicatement le bracelet. Elle ne s'estimait pas digne de porter un tel cadeau. Il était bien trop beau pour elle et sans doute bien trop onéreux pour oser le porter. Si le collier du gala était un emprunt, elle ne pouvait prétendre le contraire pour celui-là. C'était un véritable cadeau. Elle ne méritait pas sa générosité. Ethan attendait d'elle beaucoup plus que ce qu'elle pouvait donner. Leur nuit ensemble avait dû le bouleverser, lui aussi, et il devenait demandeur de plus. Ce cadeau était une preuve de son envie de garder leur relation, voire de l'approfondir. Cela n'était pas bon pour l'un comme pour l'autre de s'accorder ce genre d'espoir teinté de bonnes intentions. Ils étaient différents et cela leur convenait jusque-là. Elle ne comptait pas passer plus de temps avec lui. Elle l'avait même affirmé à Oliver plus tôt.

Je ne peux pas...

Elle retira alors brusquement son poignet du bracelet, sous le regard surpris de son bienfaiteur.

— Je ne peux l'accepter. Je te remercie, lui dit-elle, la respiration lourde et la voix tremblante, le visage complètement désarmé. C'est un très beau geste de ta part, mais je n'ai aucune légitimité à l'accepter et à le porter.

Elle se leva de sa chaise et serra les poings.

— Je suis désolée... Des ennemis ne se font pas de cadeaux... ajouta-t-elle doucement, d'une voix presque éteinte.

Elle savait qu'elle le blessait. Elle savait qu'il venait de faire un effort considérable pour le lui offrir, mettant de côté toute la difficulté de leur relation. Mais c'était plus fort qu'elle, elle ne se trouvait pas digne d'autant de gentillesse, elle qui s'apprêtait à lui dire adieu une bonne fois pour toutes, le soir même, quitte à devenir méchante dans l'histoire. Il était un véritable connard qui avait encore failli la faire virer pour qu'elle vienne ici ce soir et le détestait pour toutes ses manigances. Cela lui convenait. Mais en cet instant, comment le détester alors qu'il tentait d'enterrer la hache de guerre, de pactiser un cessez-le-feu et se montrer comme un ange ?

Elle retrouvait le danger qu'elle avait ressenti le lendemain matin de leur nuit ensemble, dans le lit d'Ethan, quand elle se réveilla avec l'impression de manque et de bonheur simple en sa compagnie. Cette envie de dire oui à cette proposition si bizarre et si attirante pourtant de consolation mutuelle. S'accorder du temps pour se réconforter, se sécuriser dans les bras de l'autre. Juste être là pour l'autre dans les moments de besoin ou de détresse. Juste se faire du bien au corps et au cœur en cherchant un peu de tendresse dans ce monde si difficile. Ce bijou, c'était un peu le symbole de cet arrangement qu'ils pourraient mettre en action si elle l'acceptait. Un peu comme un pacte, une promesse…

Un bijou… une promesse… encore. Comme cette bague à mon doigt…

Ethan lui apportait du rêve, comme à ces enfants. Il pouvait devenir tendre, romantique, adorable s'il le voulait… Il l'avait été durant une nuit entière. Ce comportement était selon elle encore pire que celui du connard qu'elle connaissait. Comment lutter contre un homme gentil, bon, prévenant ? Quels arguments pouvait-elle donner pour refuser d'être avec lui ? Elle perdait toute légitimité à le repousser.

Non, j'ai un argument… j'en ai même deux ! Mes dettes… et Adam. Je ne t'aime pas Ethan. C'est une raison suffisante.

Elle le quitta précipitamment, effrayée par le danger que ressentait son cœur, mais aussi sa colère contre lui, contre elle, contre ce « eux deux » qui ne demandait qu'à évoluer et qui devait pourtant vite être étouffé dans l'œuf. Ce fichu organe qui faisait vibrer tout son corps d'ordinaire, la faisait avancer, lui donnait cette raison d'être sur cette Terre, battait si fort dans sa poitrine, brûlait ses tissus autour, criait son désarroi, imprégnait tout son être de ce sentiment de péril, de perdition quand elle était avec Ethan. Elle devait s'éloigner pour ne pas qu'il explose et qu'elle soit bonne à être ramassée à la petite cuillère.

Elle se trouvait ignoble, la pire des bonnes femmes. Son comportement la révulsait. Elle avait l'impression de tromper tout le monde : Adam, car elle se sentait attirée par les bras d'un autre ; Ethan, car elle lui donnait des espoirs vains et le blessait alors qu'il faisait des efforts pour que les choses s'adoucissent entre eux ; elle-même, car son indécision, ses peurs, ses problèmes la rendaient pathétique, pitoyable, malveillante. Elle n'aimait pas blesser les gens, encore moins lorsqu'ils se trouvaient bons avec elle. Et sa position avec Ethan l'agaçait fortement. Plus il se rapprochait d'elle, plus ils devenaient intimes et plus elle se montrait détestable. Bien plus que lors de leur rencontre. Ce dernier refus était le pire affront qu'elle pouvait lui faire et pourtant, si elle devait revivre ce moment, elle agirait de la même manière.

Je ne fais que nous protéger !

Elle alla retrouver Michèle en train de ranger les tables du buffet. Elle éprouvait le besoin de s'occuper l'esprit pour ne pas finir par haïr tout son être.

— Je vais vous aider ! lâcha-t-elle avec précipitation devant Michèle, surprise par cette intervention impromptue.

— Merci, c'est gentil, mais je pense que vous devriez profiter de la soirée.

— Oh, mais j'en profite ! lui répondit Kaya, animée par une joie qui sonnait faux. Ça ne me gêne pas d'aider ! On finira plus vite à deux !

Kaya lui sourit et s'attela à regrouper les verres vides posés ça et là. Michèle cessa un instant son rangement et la contempla.

— Vous êtes pâle. Quelque chose ne va pas ? lui demanda-t-elle alors, à la fois intriguée et inquiète.

Kaya ralentit instantanément ses gestes, fébrile.

— Non... dit-elle, hésitante, sans réellement la regarder. Tout va bien.

Michèle soupira. Elle chercha du regard Ethan qui était resté assis à sa table. Son visage était fermé. Elle observa une nouvelle fois Kaya, de manière affligée.

— Ethan est une personne difficile à cerner, pas vrai ? Je dois bien avouer que j'ai été très surprise de le voir venir ici avec quelqu'un, mais je suis contente parce qu'il s'ouvre enfin.

Kaya continua en silence à amasser dans un sac-poubelle tout ce qu'elle pouvait trouver. Elle n'osait la regarder de peur de devoir entamer la conversation. Elle s'imaginait déjà ce qui en découlerait : le même discours qu'Oliver. Elle ne voulait pas revivre ce moment où elle montrerait à une nouvelle personne le caractère ferme, dur qu'elle avait dû montrer à Oliver pour effacer tout espoir, toute considération. Michèle remarqua rapidement l'attitude distante de la jeune femme qui ne renchérissait pas ses propos. Elle groupa dans un coin les plats et n'insista pas sur le comportement parfois abusif de son poulain.

— Les enfants semblent très heureux de leurs cadeaux. Cela fait plaisir à voir ! déclara la vieille femme alors, pour apaiser l'ambiance.

Kaya lui sourit cette fois-ci, plus sincèrement.

— Ils sont tous très adorables. Cette soirée est superbe. Ils ont beaucoup de chance de vous avoir.

— Merci. Oui, ils sont tous très mignons. Nous avons beaucoup de soutiens divers qui aident à leur bien-être. Et nous mettons toujours un point d'honneur à cette soirée. Nous la fêtons toujours quelques jours plus tôt pour que les enfants qui ont encore une famille, comme des oncles et tantes, mais qui n'ont pu les adopter, puissent passer le réveillon et Noël avec eux.

— C'est une bonne idée, oui. Et pour ceux qui restent ? Que font-ils le soir du réveillon ?

— Nous organisons une soirée entre nous. On fait… une boum !

Kaya se mit à rire, surprise par l'intonation de Michèle, telle une aristocrate qui voulait se la jouer femme des banlieues jeune et branchée, mais avec vingt ans de retard.

— Ces enfants ont besoin de rêves. Tous ont vu leurs espoirs, leur avenir s'assombrir. Ce que nous faisons pour eux n'est pas énorme, mais si ça les aide à garder espoir, alors nous avons réussi notre mission.

Kaya lui frotta l'épaule en signe de compassion.

— Je suis sûre qu'ils vous en sont reconnaissants, qu'ils ont de tendres souvenirs grâce à vous tous ici.

— Oh, oui. Je le pense aussi. Ethan et Oliver en sont l'exemple. Ils ont tellement évolué depuis leur adolescence. Chacun à leur manière, mais ils ont réussi. Ils étaient de vraies terreurs. Ethan fut le plus difficile à cerner, car il est peu expressif sur ses propres sentiments, envies ou attentes. Il est cependant un homme de ressource. Il avait toutes les raisons de sombrer. Et pourtant, son fort caractère l'a toujours poussé vers un avenir meilleur, vers l'avenir qu'il voulait pour lui. Cindy, sa mère adoptive, a eu souvent des sueurs froides avec lui. Les premières années ont été très dures. Il parlait peu, ne se confiait pas, n'avait confiance en personne et refusait toute forme de gentillesse. Charles et Cindy ont dû être très patients avec lui et pourtant il a, contre toute attente, demandé à être adopté. Ce fut une grande surprise pour tout le monde. Il était si sauvage. Saviez-vous que, pour son tout premier Noël avec eux, il a refusé son cadeau et s'est

enfermé dans sa chambre pendant deux jours ? Ce n'était pas un enfant facile à amadouer ou à corrompre, c'était certain !
Michèle se mit à rire, alors que Kaya fut troublée par cet aveu.
— Cindy était démoralisée. Cependant, elle a mis son cadeau de Noël de côté. Le second Noël, il a accepté de dîner avec eux, mais a une nouvelle fois refusé son cadeau. Ce ne fut que la troisième année qu'il comprit que son cadeau de Noël n'impliquait pas forcément une contrepartie de sa part. Sa confiance en eux avait évolué et il avait relâché ses craintes. Du coup, sous le coup de l'émotion, Cindy lui offrit les cadeaux des deux années précédentes avec celui qu'il acceptait enfin. Ethan fut tellement ébahi par ce trop-plein de cadeaux qu'il ne sut comment interpréter cela et fonça s'enfermer dans sa chambre. Il ouvrit ses deux autres cadeaux le lendemain et le surlendemain. Il resta une semaine à les regarder sans les toucher. Il était content de ses présents, mais n'osait les abîmer. Quelque part, il doutait d'avoir vraiment le droit de les utiliser. Puis, il se décida de s'en servir un matin. Cindy, ce matin-là, avait pleuré pour la première fois devant lui. Les années après leur retour des États-Unis, il accepta de venir ici pour le Noël des enfants. Aujourd'hui, c'est lui qui leur offre des cadeaux. Autant dire qu'il a fait un gros travail sur lui encore depuis.

Michèle lui sourit avec ce regard de fierté et d'amour qu'elle avait pour un de ses orphelins. Ethan n'était qu'un enfant de passage de l'orphelinat, un invité qui venait par la force des choses ici à cause du travail de ses parents adoptifs, pourtant elle pouvait voir de la tendresse dans les yeux de la vieille femme. Son cœur se mit à nouveau à battre très fort. Toujours cette sensation de lourdeur, associée à ce malaise d'avoir mal agi. Elle repensa à la façon dont elle avait refusé son cadeau de Noël, la souffrance qu'elle avait dû infliger à sa fierté, à sa gentillesse et sa confiance. Elle posa tout à coup le sac-poubelle au sol et chercha Ethan du regard. Il n'était plus assis à la table. Elle paniqua et quitta Michèle, sans même lui dire un mot de plus. Elle chercha sur la piste de danse, près du sapin, aux autres tables. Rien. Puis elle l'aperçut dans un coin reculé de la salle, non éclairé. Il était debout, l'épaule appuyée contre le mur de l'entrée. Il regardait les enfants danser d'un air absent. Elle traversa alors la salle et se dépêcha de le rejoindre. Ethan finit par la remarquer, arrivant rapidement vers lui. L'inquiétude et l'empressement dont elle faisait preuve pour le retrouver l'intriguèrent. Elle se posta devant lui et l'invita à s'éloigner de la salle en l'attrapant par le bras et à venir dans le couloir, loin de la cohue de la fête.

— Je… je te demande pardon, lui dit-elle alors, sans vraiment oser le regarder et triturant ses doigts. J'ai manqué de tact. Je… Je ne voulais pas gâcher ta soirée.

Ethan resta silencieux, cherchant à comprendre ce revirement de situation soudain et analysant aussi quel comportement avoir face à elle. Devant son manque de réaction, Kaya leva les yeux vers lui. Il gardait un regard ferme qui la troubla un peu plus et la fit se sentir encore plus minable.

— Je comprendrais que tu ne veuilles pas me pardonner, je sais que je suis changeante et que je suis difficile à suivre, mais… tout ça… ça me dépasse.

Sa voix se chargea d'une émotion qu'elle avait de plus en plus de mal à contenir.

— Je t'avais dit que je n'étais pas fan de Noël et je me retrouve à la célébration d'un Noël. Et… l'anniversaire de la mort d'Adam arrive dans quelques jours, comment veux-tu que je me sente bien ? Et c'est sans parler du Père Clément qui demande de garder espoir… Je n'ai pas autant de courage que vous… je n'ai pas cette force à faire semblant, ni à oublier le temps d'un soir ce qui me manque.

Les trémolos dans la voix apparurent à l'évocation de son

fiancé. Ses gestes devenaient de plus en plus expansifs. Ethan tenta de réagir devant les reproches, mais elle s'y opposa de son index devant sa bouche, de façon sévère.

— Je ne peux pas faire l'impasse et arriver « à me faire du bien », comme tu me l'as dit dans la voiture, avec une soirée comme celle-là. Jouer avec ces enfants a été un plaisir, mais mon cœur, lui, n'y est pas. Et quand tu es arrivé avec ce cadeau pour moi, moi je… je me suis sentie tellement nulle. Ce soir, après cette fête, je comptais te dire adieu. C'est la dernière soirée que l'on devait passer ensemble. C'était mon plan, bien avant que tu ne viennes me chercher. Je ne peux pas continuer avec des faux-semblants. Je ne peux pas répondre à tes demandes, même en essayant ! J'ai essayé de prendre du plaisir toute la soirée, d'oublier un instant ma vie pourrie. J'ai tenté de sourire. La vérité, c'est que même un bijou ne me rendra pas ce qui m'est cher, n'allégera pas ma souffrance, ne comblera pas mes manques, ne résoudra pas mes problèmes. Tu ne peux pas m'aider, Ethan. Personne ne le peut. Je ne mérite ni ton cadeau, ni ton attention.

Kaya fondit en sanglots. Ethan fit un pas vers elle pour lui caresser l'épaule ou la serrer dans ses bras, mais elle recula d'un pas, elle aussi. Elle tenta d'essuyer ses larmes, en vain.

— Je ne voulais pas te blesser, continua-t-elle. Je voulais juste te garder à distance, parce que cela me semblait être la meilleure chose à faire pour notre bien à nous deux. Blesser ta fierté en refusant ce cadeau, tu aurais pu le surmonter ; tu as du caractère et tu as un peu l'habitude avec moi maintenant. On se vanne constamment, on a toujours été durs l'un envers l'autre.

Kaya s'esclaffa malgré elle, en repensant à toutes les fois où ils s'étaient lancés des piques dans leur petite guerre des nerfs. Puis son visage s'assombrit à nouveau.

— Et pourtant, quand Michèle m'a raconté tes premiers Noëls avec tes parents adoptifs, je me suis sentie tellement idiote. Je suis désolée…

Ethan tiqua et leva les yeux de dépit, en voyant que Michèle avait été trop loquace. Kaya continua, le nez reniflant et les yeux rougis.

— Je me rends compte que je suis égoïste. La pire de toutes même, à croire que mon malheur ne peut être comparable aux autres et surtout au tien. Je ne sais rien de toi, et ce soir, j'ai découvert que je n'avais jamais essayé de te comprendre. Tes cicatrices sur ton torse pour commencer. Je t'ai écouté docilement, sans même m'interroger plus que cela quand tu m'as demandé de ne pas en reparler. Pourtant, je me suis aperçue ce soir que tu avais un passé visiblement tout aussi douloureux que le mien et que jamais tu ne t'étais plaint. Jamais, tu ne m'as raconté quoi que ce soit qui te rongeait. Et je sais malgré tout que tu es meurtri. Par ton enfance que j'ignore, mais aussi par moi qui ai pu briser le peu d'espoir que tu as réussi à créer sur ce jour de Noël. Je suis ignoble. Je me sens si nulle d'avoir cru que mes tentatives pour te tenir loin de moi ne te blesseraient pas, comme si tu pouvais rester hermétique à tout ce que je t'inflige. Tu sembles si fort, si sûr de toi, si obstiné qu'inconsciemment, j'ai pensé que tout te glisserait dessus et que tu pourrais continuer à avancer. Je n'ai réalisé seulement ce soir, que tu portais une carapace, que toi aussi tu pouvais être vulnérable. Je suis sincèrement désolée…

Les sanglots de Kaya prirent de l'ampleur et Ethan, cette fois-ci, ne la laissa pas prendre de la distance et la serra dans ses bras. Il soupira, réalisant que tout était très difficile avec elle, mais en même temps, il y avait toujours ce lien entre eux si bizarre qui les raccrochait l'un à l'autre. Ils avançaient doucement, mais ils avançaient quand même. Il ignorait quelle destination ils visaient ensemble, mais ce chemin avec elle lui semblait presque normal, logique. La voir inquiète et démunie, à cause de sa façon d'agir avec lui, lui faisait un bien fou. Elle le remarquait enfin un peu. C'était à la fois effrayant, car il laissait apparaître involontairement des bribes de sa vie qu'il voulait absolument cacher pour ne pas être justement blessé, et en même temps il se trouvait heureux qu'elle s'aperçoive de l'existence de ses peurs, qu'elle creuse en lui. Un paradoxe qui ne cessait de grandir en lui. Il ferma les yeux un instant, se refusant de se prendre la tête avec tant de questionnements. Il se contenta juste de savourer ce moment de grâce où elle acceptait de revenir vers lui.

Il lui caressa les cheveux, tandis qu'elle pleurait, la tête contre son torse. C'était la seconde fois qu'il se permettait ce geste, la première étant au gala de Magnificence. Il ne se formalisait même plus. Le réflexe de défense instinctif au contact de son torse ne le gênait plus si c'était pour elle. Son cœur lui criait juste de la garder contre lui, comme s'il était évident qu'à eux deux, ils trouveraient une solution à leurs pires craintes.

— Viens… lui dit-il doucement à l'oreille. Suis-moi.

Kaya se détacha de lui et le regarda, intriguée. Il lui prit la main et la conduisit dans une salle d'attente aménagée d'un canapé et de deux fauteuils, à quelques pas de la salle de réception. Le bureau de Michèle était juste à côté. C'était sans doute ici qu'ils accueillaient d'éventuels parents, candidats à l'adoption. Il l'invita sur le canapé à s'asseoir sur ses genoux, avec un petit sourire amusé, en tapotant sur ses cuisses. Kaya fit une mine consternée, malgré ses yeux bouffis.

Il ne va pas remettre ça, comme dans le vestiaire du… Non ! Je ne me ferai pas avoir !

— Allez ! ordonna-t-il devant son hésitation.

— Je ne me mettrai pas à califourchon ! Même pas en rêve ! Ne vois pas des habitudes où il n'y en a pas !

Ethan s'esclaffa.

— Princesse perverse a parlé ! Maintenant, peut-on imaginer que tu puisses seulement t'asseoir sur mes genoux, normalement, sans arrières pensées ?

Kaya rougit tout à coup, se rendant compte qu'elle avait sans doute interprété trop vite la nature de son invitation. Elle s'exécuta en silence, ne cherchant pas à être plus vilaine qu'elle ne l'était déjà, mais resta vigilante. Elle s'assit sur ses genoux, mais pas à califourchon comme elle avait pu le penser. Juste comme ça, son dos légèrement tourné vers lui. Ethan la fit pivoter un peu pour qu'elle lui fasse face, puis lui remit une mèche de cheveux derrière l'oreille et essuya les traces de larmes avec son pouce.

— Michèle t'a fait pleurer… Tsss ! Elle n'est vraiment pas sympa. Te raconter des histoires comme ça, ce n'est pas ainsi qu'on redonne espoir à une enfant perdue. Je l'engueulerai !

Le ton badin d'Ethan la fit sourire, ce qui soulagea celui-ci et détendit un peu l'atmosphère et la posture défensive de Kaya.

— Non ! Ne lui dis rien ! Elle me l'a dit sous le ton de l'anecdote ! Ce n'était pas dans un but de dramatiser ni pour qu'elle soit sanctionnée derrière. Et il n'y a pas qu'elle qui m'a parlé de toi, Oliver aussi ! Et ce n'était pas pour te vendre ou être médisant. Ne le prends pas mal, s'il te plaît.

Ethan sonda son regard avec bienveillance.

— En attendant, regarde-toi ! lui répondit-il doucement tout en continuant à lui caresser les cheveux. Tu t'es mise dans un sale état pour pas grand-chose.

Kaya le considéra un instant, abasourdie.

Lui, par contre, il est fort pour dédramatiser à chaque fois ! Il plaisante ? Comment peut-il rester aussi léger ?

— Pas grand-chose ? J'ai été odieuse ! Refuser ton cadeau alors que toi aussi, tu as visiblement eu du mal à apporter ta confiance plus jeune, que le principe d'offrir et recevoir des cadeaux te semble délicat, c'est... Mon ressentiment sur Noël ne doit pas induire d'être méchante avec ceux qui veulent y croire.

Ethan posa sa main sur sa bouche pour la faire taire.

— C'est bon ! J'ai compris ! s'agaça-t-il, n'aimant pas parler de son passé. Ne t'inquiète pas, je n'ai jamais cru au Père Noël en plus, alors arrête !

Il laissa retomber sa main après s'être assuré qu'elle ne parlerait plus de ça et ferma les yeux quelques instants. Il soupira, las. Le visage coupable que lui montrait Kaya l'obligea cependant à faire le point pour pouvoir mettre un terme à cette histoire.

— Bon, on récapitule. Tu n'as pas le cœur à la fête, je t'offre un cadeau, tu t'agaces, car tu ne t'estimes pas en droit de l'avoir pour plein de raisons - soit dit en passant ridicules -, donc tu le refuses, tout ça pour ensuite me demander pardon de l'avoir refusé parce que finalement, tu penses que je suis blessé, car ça touche mon passé et qu'il ne faut pas que je doute à nouveau et que je sois malheureux... Eh bien ! Tu es bien une femme ! Tu es vraiment compliquée !

Kaya resta circonspecte. Dit ainsi, pas de doute qu'elle paraissait vraiment ridicule, si on ne connaissait pas l'histoire et qu'on restait superficiel.

— Et après, on s'étonne que je n'aime pas les femmes, que je ne leur fasse pas confiance ! marmonna-t-il. Tu serais un beau spécimen pour Cindy, mon parfait contre-exemple de son discours si merveilleux sur la gent féminine !

La jeune femme ne sut quoi répondre face à cette remarque si désarçonnante. Même ses larmes s'étaient taries d'un coup. Elle venait de pleurer, elle pensait qu'il allait la consoler et au final, il la brimait un peu plus sur son statut de femme avec ses humeurs, ses complications et états d'âme. C'était ainsi qu'il analysait le problème. Un état d'âme de sa part sans réelle gravité. Beaucoup de bruit et d'histoires pour « pas grand-chose ». Elle se torturait l'esprit, s'inquiétait, et lui ne voyait qu'une manifestation hormonale ou un cas de divagation proprement féminin.

Pincez-moi, je rêve ! Il le fait exprès ? Je vais le tuer !

Ethan se frotta la joue avec l'index nonchalamment.

— Tu sais, pour arriver à la conclusion du « J'ai refusé ton cadeau. Je suis méchante. Désolée. », autant te dire que ça ne change pas de nos habitudes ! « Le patin à glace, c'était bien sympa, mais je ne peux pas t'accorder plus, je suis désolée », « Je veux bien faire croire que je suis ta petite amie, mais je ne t'embrasserai pas, je suis désolée. », « J'ai pris mon pied avec toi cette nuit, mais c'est trop pour moi. Je suis désolée ». Rhhaaaa ! C'est bien pour ça que tu m'énerves ! Tu es toujours là à me repousser, à me faire tourner comme une girouette, tout ça pour finalement…

Ethan esquissa un sourire et la fixa droit dans les yeux.

— … revenir dans mes bras ! Avoue simplement que ça te plaît d'être avec moi ! Il n'y a pas de mal à dire que je suis un bon réconfort !

Non ! Pas du tout ! Ce n'était pas ma finalité !

Kaya sentit une vague de chaleur embraser ses joues. Outre le regard charmeur d'Ethan et sa désinvolture, elle ne voulait pas reconnaître qu'il avait raison malgré tout. Y consentir serait accepter son attirance pour lui de plus en plus évidente, malgré son arrogance, son plaisir de vouloir la faire renvoyer dès que possible, sa prétention à réussir tous ses objectifs, son plaisir à la rendre chèvre en la défiant constamment.

— N'imp… n'importe quoi ! s'offusqua Kaya. C'est toi qui me cours toujours après !

— Je n'ai pas le choix, tu ne veux rien entendre ! déclara-t-il, agacé. Plus têtue que toi, tu meurs !

— Têtue ? Têtue ! Non, mais tu peux parler ! s'énerva Kaya. Monsieur est prêt à me faire virer pour obtenir gain de cause ! Pas une ni deux, mais trois fois ! Ce n'est plus de l'obstination à ce stade, mais bien du sadisme !

— Mon sadisme s'arrête là où tu deviens conciliante ! Tu n'as qu'à arrêter d'en faire qu'à ta tête et on n'en serait pas à se quereller pour tout et n'importe quoi ! Donc, pour une fois dans ta misérable vie, tu vas prendre ce fichu bijou et la boucler une bonne fois pour toutes ! Tu me dis « Merci, connard ! », ça suffira amplement et tout le monde sera content !

Il attrapa d'un geste sec le poignet de Kaya et sortit le bracelet de la poche de son pantalon. Kaya resta bouche bée face à la scène qui se jouait. Elle le regarda fermer l'accroche du bijou tandis que lentement se dessinait un sourire sur son visage de connard. Ils en arrivaient toujours au même constat : les querelles amorçaient systématiquement des réconciliations masquées adorables. Il avait eu gain de cause et avait zappé d'un coup de gomme toutes les élucubrations qui lui barraient la route depuis le début de soirée. Kaya regarda son bracelet, puis Ethan à nouveau.

— Alors ? lui dit-il. J'attends !

Kaya regarda la porte du bureau de Michèle, maugréant un « Il m'énerve ! Je le déteste ! », tant son insolence et son orgueil l'agaçaient, même si c'était pour faire la paix.

— Merci..., connard ! lâcha-t-elle entre ses dents.

Ethan sourit, amusé.

— Super... maintenant, câlin !

Il l'attrapa et la serra fort dans ses bras. Kaya poussa un petit cri de surprise et perdit l'équilibre sur le canapé. Ethan la regarda droit dans les yeux, heureux, alors qu'elle tentait en vain de ne pas s'étaler sur son assaillant qui ne la lâchait pas.

— Lâche-moi, idiot ! lui cria-t-elle.

— Non, c'est toi qui m'as dit que les câlins, c'était bien aussi pour réconforter. Donc, je câline !

Il commença à se balancer avec elle dans ses bras. Kaya tenta de se défaire de son emprise, mais son kidnappeur ne le voyait pas ainsi et se mit à rire.

— Ethan, arrête ! C'est ridicule ! Je ne suis pas un bébé !

— Non, tu es la pire princesse au monde ! Une vraie catastrophe ! Un fléau qu'il faut contenir pour ne pas voir notre si belle planète dévastée par la nana la plus déprimée et déprimante au monde !

Kaya cessa de gigoter et le fixa, désabusée.

— Heureusement que je suis là pour sauver notre monde ! lui souffla-t-il, ironique, avant de lui voler ses lèvres par un petit baiser.

Kaya rougit à nouveau. Lutter semblait difficile avec un tel sens de la répartie contre elle. Il était fort. Il était malin. Le pire connard au monde pour aller jusqu'à lui voler un baiser et pourtant, son insouciance lui faisait du bien. Il l'accablait d'une façon si attendrissante, qu'elle n'arrivait même plus à réfléchir et trouver des réponses logiques à leurs comportements respectifs. Il ne lui reprochait rien et se contentait de rendre les choses plus agréables entre eux. Elle ferma les yeux et cala contre toute attente son visage dans le cou de son bourreau. Ethan se contenta de sourire, heureux de gagner enfin contre elle, heureux de la retrouver après tout ce temps.

— Il va même falloir ériger une statue pour le merveilleux héros connard que je suis, à mon

7
EMPRESSÉ

Ils restèrent ainsi, quasiment allongés sur le canapé, en silence, durant plusieurs minutes. Ethan continua à caresser de manière mécanique la tête de Kaya, toujours nichée dans son cou, tandis que celle-ci se laissait porter par le soulèvement régulier de la poitrine d'Ethan. Elle garda les yeux fermés un moment, savourant cette douce chaleur. Elle avait honte de profiter encore de lui, mais elle ne se sentait pas la force de prendre du recul et s'éloigner. Il avait encore réussi à la faire changer d'avis, à retourner la situation en sa faveur. Une nouvelle fois, elle s'était sentie séduite par sa prévenance au-delà de leurs petites querelles. Elle n'avait pu trouver de parades pour réellement le repousser.

Elle ouvrit à nouveau les yeux et regarda du coin de l'œil son bracelet au poignet. En argent, la chaîne assez fine était reliée à intervalles réguliers par une petite étoile argentée. En son centre, deux grosses étoiles s'entremêlaient et venaient équilibrer l'ensemble. L'une était composée de strass tandis que l'autre gardait la sobriété de ses voisines. Le bijou était simple, mais classe. Kaya aimait beaucoup les deux étoiles qui s'entremêlaient comme si elles s'enlaçaient. Devait-elle y voir une interprétation ? Qu'importe ! La simplicité que ce bijou dégageait lui plaisait. Elle se redressa tout à coup, sous le regard interrogateur d'Ethan qui

la rejoignit en se relevant également contre le dossier du canapé. Elle caressa ensuite son bracelet avec timidité du bout de son index.
— Il est très joli... murmura-t-elle avec admiration.
— Naturellement ! lui répondit Ethan d'un air convaincu. Je ne suis pas mesquin au point de t'offrir un truc moche !
Kaya grimaça.
Monsieur Parfait vient de parler !
— Bon, OK ! souffla Ethan. C'est vrai, j'en serai capable... Mais là, ce n'était pas le but. Je l'ai vu en passant devant une bijouterie et je ne sais pas... sans doute les étoiles...
Ethan se mit à sourire en regardant les deux étoiles qui se câlinaient. Kaya chercha à comprendre son visage songeur, mais doutait de vouloir vraiment connaître la vérité sur cette lubie qui lui avait traversé l'esprit.
Parfois, ne pas savoir assure le repos de l'âme !
Elle fit tourner le bracelet autour de son poignet et son léger sourire s'effaça au fur et à mesure pour laisser apparaître une expression de déception sur son visage.
— Je... Je n'ai pas de cadeau à t'offrir, moi... Pardon...
Ethan soupira en voyant la mine abattue de Kaya. Il releva son menton pour qu'elle le regarde bien droit dans les yeux.
— Je n'attends pas après les cadeaux. J'ai vécu des années sans et s'il y a bien une chose que j'ai apprise, c'est que les cadeaux ne sont acceptables que lorsqu'ils sont sincères. Si tu te forces à le faire dans le seul but de faire disparaître cette culpabilité d'être redevable, laisse tomber.
Il lui caressa alors la joue pour appuyer ses mots.
— Je préfère encore te voir culpabiliser... c'est plus mignon ! ajouta-t-il plus doucement, son regard brillant de sadisme. J'ai l'impression d'être bien plus important à tes yeux quand tu râles après moi.

Kaya grimaça une nouvelle fois.

Ben voyons ! Monsieur Connard n'est jamais bien loin !

Il souriait fièrement et se délectait de la voir si démunie face à ses brimades. Tous les moyens étaient bons pour la pourrir et l'inciter à la riposte.

— Je peux te donner un coup de poing en cadeau, si tu veux ! proposa Kaya, avec défi et malice. Ils sont toujours sincères, eux ! Et crois-moi, je peux être très généreuse de ce côté-là !

Ethan pouffa à sa proposition et Kaya se mit à rire.

— Évidemment ! Ça m'aurait étonné que cela ne finisse pas en bagarre !

Il cogna alors son front contre celui de Kaya qui se mit à rougir instantanément.

— Vilaine princesse ! lui murmura-t-il.

— Bah quoi ! marmonna-t-elle. Je n'y peux rien si tu m'énerves au point de ressentir ce besoin insatiable de te frapper !

— Je suis pourtant hyper cool, là ! Tu exagères !

Ethan frotta son nez contre celui de Kaya, le regard tendre et charmeur.

— Justement ! fit-elle sur un ton bougon. Ça m'énerve encore plus parce que tu fais tout pour que je ne me fâche pas ! Je fais comment si je n'ai plus de quoi m'énerver ? Du coup, tu m'énerves encore plus !

Ethan se détacha d'elle et la contempla un instant, perplexe.

— Tu es en train de me dire que ça t'énerve que j'agisse moins comme le pire enfoiré sur Terre ? Tu es vraiment, mais alors vraiment compliquée ! conclut-il, exaspéré. En gros, rien ne te va ?

Kaya se mit à réfléchir et finalement lui répondit par un sourire désolé.

— Tu ne crois quand même pas que je vais te dire que tu es trooop cool ? lui déclara-t-elle en haussant les épaules. Tu es tout de même mon pire ennemi ! Tu m'as fait virer…

— OK, OK… la coupa-t-il, connaissant la suite. Je vais me contenter d'être le pire, le plus terrible, le plus agaçant, le plus consternant des connards ! Ça te va ?

— Parfaitement ! lui répondit-elle rapidement, un énorme sourire sur les lèvres. Ça m'arrangerait ! Ce sera bien plus simple pour te détester, oui ! J'aurais moins de regrets !

— Très bien ! fit-il, résolu. Dans ce cas…

Ethan la bascula sur le canapé et fonça sur ses lèvres. Kaya écarquilla les yeux et tenta de comprendre le pourquoi du comment, mais la fougue de ce dernier la déstabilisa trop pour pouvoir analyser quoi que ce soit. Son cœur montra instantanément des signes de détresse. Battements désordonnés, panique qui lui compressait la poitrine, souffle court, fébrilité de tout son corps qui se traduisit par la chair de poule sur sa nuque et sa hanche au contact des mains d'Ethan, et puis ses lèvres qui ne demandaient qu'à rester collées sur les siennes. Elle se sentait déjà foutue.

— Ethan, qu'est-ce que tu fais ?! bredouilla-t-elle contre sa bouche.

Celui-ci se mit à sourire, mais ne décolla pas ses lèvres des siennes.

— Je me comporte comme tu le souhaites. Je suis en train d'agacer toute ta personne très consciencieusement !

Il l'embrassa une nouvelle fois, avec cette envie encore plus prononcée de la faire chavirer vers le côté obscur qu'il incarnait à ses yeux. Kaya recula sa tête pour confirmer dans son regard la réponse qu'elle venait d'entendre. Il posa alors ses lèvres sur le bout de son nez, puis sa joue et la commissure de ses lèvres tout en ricanant de son affront et de la réaction désorientée de sa princesse.

— Je rêve où tu es en train de te moquer de moi ? lui demanda

la jeune femme, sidérée par sa facilité à retourner ses propos contre elle. Tu m'allumes pour que je me fâche, c'est ça ?
— Du touuut ! exagéra-t-il en réponse, avec une mauvaise foi évidente, ponctuée par une dose d'amusement et d'excitation qu'il manifestait volontiers par son sourire énorme, des yeux chargés d'une combativité à toute épreuve et par sa façon de se serrer un peu plus fort contre elle pour l'empêcher de riposter.
Kaya sentit sa colère poindre et craqua. Elle leva son poing qui termina sa course contre l'épaule d'Ethan. Celui-ci grogna sous la douleur causée par l'impact assez brutal, mais ricana malgré tout en s'assurant de cacher son visage dans son cou pour tenter de ne pas envenimer son accès de rage si elle voyait la façon dont il se jouait d'elle.
— Franchement, je préfère tes lèvres. C'est quand même un cadeau plus agréable que ton poing en y réfléchissant ! déclara Ethan en riant.
— M'en fiche ! Tu m'énerves ! Tu n'as eu que ce que tu méritais !
Ethan se mit à sourire dans son cou. L'embêter avait un goût tellement exquis de « reviens-y » qu'il en savourait chaque instant. Il se savait capable d'accepter toutes sortes de cadeaux de sa part, même les plus douloureux. Tous deux consentirent à mettre fin à leur bagarre, avec un sentiment d'insatisfaction évident entraînant un long silence amer. Kaya était d'humeur contrariée et Ethan éprouvait encore ce besoin d'être toujours plus important à ses yeux, de ne pas être ignoré ou mis de côté. Il la retrouvait enfin dans ses bras, mais se savait sur un terrain glissant ; rien n'était gagné. Lui-même ne savait pas trop ce qu'il attendait de cette relation. Pourtant, il aimait ces petites discussions taquines où ils se cherchaient encore et toujours. Pouvait-il dire qu'il flirtait avec elle ? Sans doute. À tant vouloir la comprendre, il en était complètement à sa merci. Il s'en rendait

compte depuis quelque temps. Cela l'agaçait au plus haut point, mais en même temps, c'était plus fort que lui. Et il savait que chaque bataille gagnée était signe aussi de belles récompenses et ce soir, il désirait ardemment gagner cette bataille. Un désir bien trop pressant pour lâcher l'affaire, malgré les réticences qu'elle mettait entre eux. Il ne comptait pas être rejeté une nouvelle fois. Il ne la laisserait pas mettre un terme à ce qu'il estimait inachevé, non abouti, non éclairci.

— Embrasse-moi, Kaya… prononça-t-il doucement.

Sur le coup, il crut que cette phrase venait de quelqu'un d'autre. Tel un murmure. Presque inaudible, mais une grande attente semblait être exprimée au bout. Il ne s'était même pas rendu compte qu'il en était l'auteur. Elle était sortie de sa bouche, comme ça, alors qu'il respirait contre son cou avec cette douce sensation de bien-être. Comme une déclaration évidente que tout son corps avait voulu exprimer indépendamment de sa raison et de sa volonté. Il se surprit à réaliser que son désir relevait maintenant du besoin inconscient. Le contrôle de ses plus profondes tentations lui échappait. Il paniqua un instant. Le rythme de son cœur s'accéléra. Au-delà de la demande, il se sentait troublé par cette facilité avec laquelle il lâchait encore une fois les brides. Il ne maîtrisait même plus ce qui lui restait de raison pour ne pas chuter de trop haut. C'était devenu bien plus grave, plus alarmant, plus déraisonnable. Une addiction était en train de croître et il se devait de la contrôler pour son salut. Kaya était en train de devenir une accoutumance dangereuse. Pire, il sentait qu'il développait des sentiments pour elle qu'il ne devait absolument pas avoir.

Il releva la tête pour vérifier si sa demande avait eu le luxe d'aboutir aux oreilles de Kaya. Cette dernière fronçait ses sourcils, signe éloquent que ce souhait maladroit avait été entendu et ne trouverait pas un écho favorable. Bizarrement, sa panique diminua et le soulagement le regagna. Tant qu'elle ne serait pas réceptive à ses besoins, il n'avait pas à s'inquiéter de cette tendance à mal gérer ce qu'il ressentait. Pourtant, il plongea à nouveau rapidement la tête dans son cou et se renfrogna. Juste observer un instant le visage agacé de Kaya et il avait envie de l'allumer encore un peu plus. Juste jouer avec elle et il se sentait comme un ado ne sachant gérer son trop-plein de libido. Il voulait vraiment être embrassé par cette femme.

Merde, j'ai vraiment envie de flirter ! Je suis vraiment con ou quoi ! Avoir autant envie de l'embrasser, ça devient grave !

Son désir ne cessait d'augmenter. Sa panique n'était rien en fin de compte face à son avidité. Il devait se résoudre à l'inéluctable : il voulait la faire sienne une nouvelle fois. Coûte que coûte. Il s'insulta mentalement l'espace de quelques secondes d'être si nul, si faible, si malléable, puis ferma les yeux et souffla dans son cou, assommé par l'évidence.

— S'il te plaît…

Sa voix s'était faite presque suppliante. Il constata à nouveau que tout son être était aux abois. Même en tentant d'atténuer ses demandes, sa voix finissait par le trahir et montrer le degré élevé de son désir. Il se maudit à présent d'être incapable de gérer ce qu'il ressentait. C'était pathétique, mais en même temps, il ne rêvait que de la chance d'être exaucé. Il releva sa tête une seconde fois, impatient de découvrir la réaction de Kaya. Celle-ci se montra gênée, troublée, perdue. Il lui sourit légèrement alors et approcha son visage du sien. Cette dernière ne bougea pas, laissant une douce atmosphère se charger en électricité. Lentement, il lui mordit la lèvre inférieure en signe d'ultime supplique, impatient de retrouver un peu d'elle. Il s'amusa posément à la défier en jouant aussi avec la douleur qu'il pouvait lui infliger par la pression de ses dents contre sa lèvre. Comme un enfant, il tortura ses lèvres : mordre, tirer, caresser. Ça l'amusait de voir Kaya se démener avec les sensations qu'il lui distillait sadiquement sans qu'elle ne le repousse. Elle l'acceptait, lui et ses frasques. Il en rit jusqu'à ce qu'il morde un peu trop fort et qu'elle gémisse.

— Rhhaa ! Mais tu vas arrêter ! cria-t-elle soudain, agacée de passer pour la proie devant son prédateur plus aussi implorant. Je n'ai pas envie de t'embrasser !

Elle se frotta la lèvre endolorie alors qu'Ethan ricanait, heureux de ces merveilleux instants où il rassasiait son appétit.

— Ça se voit ! lui répondit-il furtivement.
— Crétin ! Idiot ! Abruti !

Ethan se réfugia une nouvelle fois dans son cou pour glousser pendant que sa princesse râlait. Kaya savait bien qu'elle était peu convaincante. L'ambiance tout à coup plus romantique mettait à mal ses sentiments et elle sentait toute cette tension lui monter aux joues au point de se trouver honteuse. Elle tenta de prendre une plus grande inspiration pour calmer ses émois, mais Ethan voulait toujours plus d'elle et ne put résister : il déposa ses lèvres sur sa jugulaire, avide. Kaya râla à nouveau, sentant qu'un nouvel assaut stratégique était en train de se produire alors qu'elle soignait son armure et essayait de ne pas sombrer.

Ce n'est pas vrai ! Mais quel entêté !

Elle posa ses paumes sur le front de son assaillant et le repoussa de toutes ses forces. Ethan se mit à rire, forçant malgré tout le barrage de ses mains avec plus ou moins de facilité, plus obstiné que jamais à dévorer son cou.

— Abberline, je vais me fâcher ! l'avertit Kaya qui sentait son sang-froid lui faire faux bond.

— Princesse, embrasse-moi où ça va mal finir ! lui répondit-il, aux abois.

La pression des mains de Kaya sur le front d'Ethan se faisait de plus en plus forte jusqu'à ce que celle-ci se résolve à abandonner son rempart, suite à une attaque des mains d'Ethan sur ses fesses. Elle poussa alors un cri et se tordit dans ses bras. Ethan rigola de plus belle et fonça sur ses lèvres, ne lui laissant que peu de marge de contre-attaque. Chacun louchait sur l'autre avec cette farouche envie de rire, sans pour autant s'avouer vaincu. Leurs souffles étaient courts, saccadés. Finalement, Ethan décolla sa bouche de celle de Kaya et la fixa droit dans les yeux.

— Embrasse-moi, je t'en prie… Je veux tes baisers ! On s'en fiche du prétexte de Noël, de sa symbolique et ce que ça implique dans nos vies. On en pense la même chose de toute façon… Donc, dis-toi que c'est juste une soirée qu'on passe ensemble !

Très vite, Ethan se rendit compte que ses propos étaient peu convaincants au visage pas dupe de Kaya.

— On n'est pas seuls, il y a aussi des enfants ! tenta d'argumenter la jeune femme pour argumenter son refus. Ne vois pas un rendez-vous là où il n'y en a pas. En plus, ce n'est pas un endroit pour s'embrasser ! On est dans un orphelinat !

Ethan fit une moue boudeuse, mais ne se dégonfla pas.

— C'est vrai, mais… peu importent les soucis ! On s'en fiche de notre passé, présent ou avenir… Des autres et de nous. De ce qui devrait être ou pas, de ce qu'on devrait faire ou pas… Ne réfléchis pas, bordel !

Kaya tourna sa tête et soupira.

— Créer une bulle pour tout oublier ne fait pas tout, Ethan…

— Si, justement ! C'est tout l'intérêt ! Créer cette parenthèse pour… rester debout, vivre différemment !

Kaya le poussa avec force et se leva du canapé, cette discussion la rendant de plus en plus nerveuse. Elle ressentait le besoin de mettre un terme à ses élucubrations une nouvelle fois. Sa proposition n'avait aucun sens. Cela ne menait à rien.

— C'est… n'importe quoi !

Ethan se leva aussi dans un bond alors qu'elle amorçait déjà son départ vers la salle où se tenait la fête.

— Kaya, n'aie pas peur, merde ! Affronte ! Ne reste pas sur tes acquis négatifs ! Ne fuis pas !

Cette dernière revint vers lui, cette fois-ci franchement agacée. Elle se dressa à quelques centimètres de lui, le regard sévère.

— Je ne fuis pas ! Je suis juste réaliste ! Sois-le, toi aussi ! Regarde-toi ! Regarde-moi ! On n'a rien qui pourrait marcher ! Il n'y a rien qui marchera !

— Parce que cette nuit-là, pour toi, rien n'a marché ?! lui répondit alors Ethan, véhément et agacé par la mauvaise foi dont elle faisait preuve. Ose me dire droit dans les yeux que tu n'as pas aimé, que tu n'as pas souri, que tu n'as pas oublié tout ce qui fait ta vie une fois dans mes bras ! Ose me dire que c'était tellement nul, alors qu'on a recommencé une seconde fois ! Ose me dire, bon sang, que si tu as dormi dans mes bras toute cette foutue nuit, c'était parce que ça ne te plaisait pas, Kaya !

La respiration d'Ethan était devenue sifflante. Sa poitrine se gonflait et s'affaissait dans un rythme soutenu alors que tout son corps était légitimement tendu. Le regard noir, assassin qu'il lui lançait ne faisait pas de doutes sur la rancœur qu'il éprouvait en cet instant à la voir ne pas reconnaître la vérité sur ce qu'il y avait entre eux. Lui-même avait beaucoup de mal à l'admettre, mais il en était conscient au point de tenter de trouver des solutions. Kaya se contentait d'ignorer le problème, le fuir pour croire qu'il ne puisse vraiment exister. Il ne voulait pas réellement parler de leur nuit ensemble, mais elle était la seule preuve en soi que leur relation avait un potentiel autre que celui de se balancer les pires vacheries dans la figure.

Kaya avait ses yeux qui brillaient. Elle trépignait sur place, cherchant une réponse pouvant le faire taire une bonne fois pour toutes, mais ne trouvait rien à redire à ce constat. Elle ne pouvait mentir sur ses actes. Elle était majeure et consentante, ce soir-là.

Elle lui avait dit « oui » et on ne l'avait forcée à rien. Elle ne l'avait pas repoussé, même la seconde fois. Elle s'attrapa les cheveux et fit un demi-tour pour lui cacher sa peur de la vérité. Il avait raison. Elle niait volontairement par peur. Richard lui avait déjà dit de ne pas avoir peur. Cela transpirait donc sur son visage ? Ce n'était pas tant le caractère stupide de cet arrangement de « réconfort » qui la chagrinait, mais bien le plaisir régulier et de plus en plus grand qu'elle pourrait éprouver si elle y cédait. Autant lui avouer que son amour pour Adam n'était pas suffisamment fort pour faire la part des choses, autant lui dire qu'elle était séduite par l'homme qu'Ethan était, aussi bien en mal qu'en bien. Ethan soupira et lui attrapa la main pour qu'elle lui fasse face.

— Ce n'est pas une demande en mariage, alors relax ! lui déclara-t-il plus posément, pour atténuer la tension entre eux. Je ne te demande pas de signer un contrat, ni même de se promettre tout et n'importe quoi. Testons seulement… Si ça ne marche vraiment pas, chacun repartira dans son coin et basta !

Kaya soupira, évitant son regard pour ne pas montrer davantage son désarroi à lui donner une réponse positive à sa demande.

— Toutes batailles impliquent des moments de pause pour soigner les blessures. Tu le sais ! ajouta-t-il avec un petit sourire tandis qu'il lui caressait le bout des doigts dans un élan de paix pour lui montrer qu'il pouvait être un terrain familier. La vie est faite de dures batailles, mais c'est aussi cool d'avoir un docteur ou une infirmière pour nous requinquer parfois. Tu as déjà été une fois mon infirmière, en plus ! Je ne te réclamerai pas tout le temps. Juste de temps en temps et après, tu pourras me détester à loisir et te bagarrer avec moi tout le reste de la journée !

Ethan lui sourit alors, le regard à nouveau espiègle, ce qui fit sourire instinctivement Kaya. Elle secoua la tête, cherchant à peser le pour et le contre, puis geignit. Le sourire d'Ethan s'agrandit en voyant qu'elle ne réfutait plus autant en bloc la situation. Il passa alors sa main autour de sa taille et la colla à lui.

— Kaya, embrasse-moi, s'il te plaît. J'ai eu une dure journée et j'ai très envie de douceur. De ta douceur… Fais le test avec moi, bon sang !

Les yeux d'Ethan avaient repris leur teinte chocolat, mais cette fois, un chocolat au lait très fondant qui fit tomber les dernières réticences de Kaya.

— Tu m'énerves ! Je te déteste… lui souffla-t-elle alors qu'elle se hissa sur la pointe des pieds pour toucher légèrement les lèvres de ce dernier.

Celui-ci ferma les yeux et relâcha instantanément toute la pression qu'il avait accumulée depuis quelque temps. Sa seconde main alla rejoindre l'autre derrière son dos pour la serrer contre lui un peu plus, puis la soulever légèrement. Kaya glissa ses deux bras par-dessus ses épaules et tous deux esquissèrent alors un sourire, bouche contre bouche, avant d'approfondir un peu plus leur baiser. Doux, chaud, tendre même. Impliqué, mais respectueux. À la fois serein et mué d'une certaine excitation. Leurs langues se retrouvaient à nouveau. Le désir — cette alchimie qui les faisait flotter dans du coton quand ils étaient ainsi l'un contre l'autre à s'embrasser — s'affirmait une nouvelle fois. Kaya éprouva le besoin de le toucher et lui caressa les cheveux tandis qu'Ethan se montrait gourmand. Il ne voulait pas quitter ses lèvres, mais ne pouvait s'empêcher de s'en écarter pour y revenir encore et toujours, comme si le nombre de baisers pouvait combler son manque. Chacun tentait de satisfaire ce qui lui avait fait défaut. Ethan se mit à gémir, impatient. Ses mains commencèrent à parcourir son dos jusqu'à descendre sur ses fesses et les serrer si fort que ce fut Kaya qui lâcha un grognement. Ethan en sourit à nouveau. Son cœur était sur le point d'exploser une nouvelle fois, mais il s'en fichait ; tout ce qui comptait était de retrouver le contact de Kaya contre lui. Leurs langues ne se quittaient plus. Chacun exauçait le caprice de dompter l'autre, de calmer l'ardeur qui le consumait. Bientôt, les lèvres de sa belle ne lui suffirent plus et Ethan attaqua de petits baisers son visage. Bout du nez, contour des yeux, le long de sa mâchoire, son menton, son cou… La descente avait des allures d'exquises tentations toujours plus franches et Kaya ne se fit pas prier pour lui donner accès à tout ce qu'il souhaitait quand tout à coup, il s'écarta d'elle, le souffle court.

La surprise que lui exprima Kaya était à la hauteur de son indisposition à le voir loin d'elle. Il leva sa main en défense, paume tendue face à elle, et reprit sa respiration. Kaya sentit l'offense la percuter de plein fouet en constatant cette main braquée tel un mur entre eux.

— Pause ! lui ordonna Ethan, avec son regard déterminé. Je… Ne bouge surtout pas ! Garde en tête cette même motivation et surtout garde ton désir. Je ne te repousse pas ! Ne crois pas ça ! Je… je reviens. J'en ai pour deux secondes !

Il insista sur la pause immobile et calme qu'elle avait à adopter, puis elle le vit partir en petites foulées vers la salle, sans aucune autre explication. Elle chercha à comprendre pourquoi il avait cette envie soudaine de partir vers la salle, mais ne trouva aucune explication tangible.

À quoi joue-t-il ? Je rêve ! Il vient bien de me planter !

Ethan arriva en urgence dans la salle et fonça dans les vestiaires. Il croisa Oliver, déposant son manteau.

— Tiens ! Te voilà, toi ! Tu étais où ? lui demanda Oliver.

— Fais comme si tu ne m'avais pas vu ! se contenta de répondre Ethan, absorbé à fouiller dans les poches de son manteau. Et toi, tu foutais quoi dehors ? Tu sens la cigarette ! Pas bien !

Oliver s'esclaffa.

— Grillé ! J'avoue ! Mais je n'y peux rien ! C'est Michèle qui m'a supplié de la suivre pour ne pas se retrouver seule dehors et… j'ai craqué !

Ethan sortit son portefeuille d'un air triomphant et calcula que la présence d'Oliver pouvait s'avérer gênante. Oliver le contempla d'un air perplexe. Ethan se contenta de lui offrir le sourire le plus faux au monde et de lui tourner le dos pour prendre ce dont il avait besoin et reposer à la hâte son portefeuille dans une poche de son manteau. Oliver le détailla avec un petit sourire inquisiteur ne laissant aucun doute sur le fait qu'il avait compris ce qu'il se tramait.

— Où est Kaya ? fit Oliver, peu innocent.

Ethan bloqua devant sa réponse et mit les mains dans ses poches.

— Aucune idée ! lui déclara-t-il en haussant les épaules et faisant une grimace qui entraîna chez son ami un rire à peine retenu.

— Tu devrais la chercher ! lui répondit ironiquement son ami, plein d'attentions. On ne sait jamais ! Elle pourrait se perdre dans l'orphelinat et trouver Sophie la dévoreuse d'âme dans un couloir !

Ethan amorça son départ en reculant d'un pas hésitant, toujours les mains dans ses poches, mais toutefois impatient.

— Tu as raison ! Je ne voudrais pas devoir la consoler à cause de la vue d'un fantôme ! Je… vais la chercher.

Ethan quitta en trombe Oliver qui éclata de rire.

Mais quel imbécile ! Tu es d'une finesse, mon ami !

Ethan négocia un virage à quatre-vingt-dix degrés pour quitter la salle et retrouver Kaya le plus vite possible. Celle-ci tournait en rond, cherchant à tuer le temps comme elle pouvait. Il sourit quand il la vit tenter de calmer son impatience à l'attendre.

Instinctivement, il ralentit le pas pour la contempler. Un coup, elle visualisait les tableaux des enfants accrochés au mur ; un autre, elle regardait ses pieds ou réajustait sa robe. Ethan s'émerveilla de ces petits riens si mignons, comme s'il découvrait des petits secrets à la dérobée. Kaya se sentit toutefois observée et tourna la tête vers lui. Elle lui sourit et le cœur d'Ethan rata un battement. Il accéléra le pas et alla la trouver. Il lui attrapa alors la main et la tira plus loin à l'intérieur de l'orphelinat.

— Mais à quoi joues-tu ? lui demanda-t-elle complètement perdue.

— Chut ! Je réfléchis !

Kaya pinça ses lèvres, peu amusée par son ton dictatorial.

— Pas là… Là, ça ne va pas le faire…

Tous deux avancèrent plus ou moins rapidement le long du couloir. Elle put apercevoir les dortoirs, les sanitaires, une salle d'étude. Par moments, Ethan accélérait, puis à d'autres ralentissait sa course au gré de ses réflexions. Puis tout à coup, il s'arrêta et entama une marche arrière avant d'ouvrir une porte et de regarder Kaya avec un petit sourire déterminé. Elle regarda la pièce avec suspicion.

— Un local technique ?

— Oui ! Je me suis dit que ça pouvait servir de trouver des produits d'entretien ou des outils ! lui fit-il sur un ton railleur.

— Quoi ? lui dit-elle alors, complètement larguée.

Il la poussa à entrer, s'assurant au passage que personne n'était dans les parages pour les déranger et referma la porte à clé derrière eux. Après un léger temps d'adaptation pour affiner leur vision dans la pénombre mal éclairée par un globe au nombre faible de watts, Kaya inspecta la pièce et une sensation d'étouffement la saisit. Le local ne devait pas mesurer plus de cinq mètres carrés. Autant dire qu'ils étaient enfermés dans un espace très exigu. La pièce était encombrée par des étagères remplies de produits détergents, d'outils divers et variés pour pallier tout type de secours. Sur sa gauche, une petite table, typique des tables d'école où sans doute la femme de ménage effectuait des tâches courantes et devant elle, une grande poubelle ouverte, cerclée en haut par un couvercle, mais laissant le sac plastique à vue. Kaya se retourna pour comprendre les intentions d'Ethan.

— Bon, tu m'expliques pourquoi on est enfermé là-dedans ! lui demanda-t-elle.

Ethan lui sourit.

— Je crée notre bulle ! lui déclara-t-il fièrement.

— Notre bulle ? Dans un local technique ? Tu te fiches de moi ?

— Non… Plus la pièce est petite, plus tu es obligée de rester près de moi ! lui répondit-il d'un ton séducteur tout en s'avançant vers elle, tel un félin, et l'attrapant doucement par la taille.

Kaya s'esclaffa tout en marmonnant un « n'importe quoi ! ».

— Tu crois ? lui répondit-il avant d'écraser brièvement ses lèvres contre les siennes, comme si sa vie en dépendait. Cet endroit est parfait pour soigner nos blessures. Kaya, personne ne viendra nous déranger ici, et j'ai besoin d'un très gros réconfort, car une princesse a été très vilaine avec moi ! Elle m'a éconduit, m'a insulté, m'a fait passer par toutes les émotions. Je suis traumatisé !

— Sans blague ! Pauvre petit ! Si en même temps, tu arrêtais de l'embêter, tu n'en serais pas là, tu ne crois pas ?

Ethan lui afficha un sourire carnassier alors qu'elle lui offrait sa moue faussement compatissante.

— Oui, c'est vrai ! J'ai bien fait d'insister ! Je suis bien content d'en être là.

Ethan lui attrapa soudainement son visage en coupe et l'embrassa alors fougueusement. Kaya se sentit acculée par l'envie envahissante d'Ethan à vouloir la retrouver plus intimement. Sa langue retrouva vite la sienne et leurs muscles se relâchèrent au fur et à mesure pour laisser leurs corps s'apaiser mutuellement. Au bout de quelques minutes, le désir en pleine ébullition, Ethan lui fit faire un demi-tour et la plaqua contre la porte du local. Kaya inspira bruyamment pour absorber la douleur engendrée par la force d'Ethan. Très vite, il descendit la fermeture éclair de sa robe dans son dos.

— Ethan ! Tu n'es pas sérieux, là ? Ce n'est pas le lieu, ni le moment, aussi fort soit ton envie ! déclara Kaya, aussi sidérée que paniquée.

— Je te veux, Kaya. Ici et maintenant. Je me fiche du reste. Toi et moi, et rien d'autre…

Les mots d'Ethan avaient été prononcés dans un murmure rauque qui fit déglutir Kaya. Ethan était bien trop déterminé à aller jusqu'au bout pour qu'elle trouve une excuse suffisamment pertinente pouvant mettre fin à ses projets coquins. Il embrassa alors son cou et la serra dans ses bras sans même attendre son approbation. Son manque était bien trop grand pour prendre le temps de minauder davantage. Kaya ne sut vraiment comment réagir. Voilà. Ça y était. Ils en étaient à nouveau là… dans un local technique, à faire ça…

— On ne peut pas ! s'alarma Kaya, en se retournant et l'attrapant par le col de la chemise pour qu'il ne s'intéresse non pas à son corps, mais à ses mots, en la fixant droit dans les yeux. On n'a pas de préservatif ! Pas de capote, pas de sexe ! Je ne ferai rien sans cette condition !

D'abord surpris, puis blasé, il finit par sourire et plonger sa main dans sa poche pour en ressortir un petit carré plastique qu'il posa d'un geste sec sur la petite table.

— On l'a ! À ton avis, pourquoi ai-je couru jusqu'à la salle ? lui déclara-t-il sur un ton rusé. Cherche toutes les excuses que tu veux, Princesse, mais cette fois-ci, tu es à moi et je ne laisserai passer aucun détail pouvant mettre fin à ce qu'il doit y avoir entre nous dans cette pièce. Je te veux et c'est non négociable, d'autant que je sais que toi aussi, tu en as envie, même si tu refuses de l'avouer. N'aie pas peur, Kaya, et…

Ethan soupira contre sa joue.

— Joue avec moi, laisse-toi aller comme la dernière fois. Oublie et profite ! Faisons-nous du bien, Princesse.

Kaya bougea sa tête, frôlant ses lèvres des siennes et le regarda droit dans les yeux, à la fois inquiète et incrédule.

— Tu… tu prévoyais donc de le faire depuis tout à l'heure… Tu n'espérais que ça en m'invitant ce soir ?

Ethan posa son front contre le sien et ferma les yeux.

— Kaya, j'en ai envie depuis que j'ai quitté ce foutu lit pour aller bosser l'autre matin. Si tu savais comme je me suis maudit de t'avoir laissé seule, surtout pour me retrouver à lire cette lettre complètement ahurissante où tu m'as reproché d'en faire trop avec toi. Putain, Kaya, tu…

Il ouvrit à nouveau les yeux et se détacha d'elle et expira bruyamment. Il passa sa main dans les cheveux, visiblement agacé de devoir mettre des mots sur ce qui le tourmentait, de devoir rendre des comptes sur son attitude. Il posa alors un regard alarmé sur elle, qui la surprit.

— Tu dois comprendre… Je sais que c'est complètement aberrant, que c'est sans doute même carrément illogique, irrationnel, que ça ne mérite même pas tout ce cinéma, mais… j'en ai envie, oui ! J'ai envie de toi. C'est comme ça. Je ne peux pas te donner plus d'explications. Ça me dépasse tout autant que toi et je sais que si je te pousse à bout, si tu estimes que j'en fais trop, c'est bien parce que je sais qu'il n'y a que dans ces conditions que je peux obtenir gain de cause et t'obliger à venir à moi. Malgré tout, j'ai sans cesse ce sentiment de ne pas en faire assez pour que tu me considères. Je suis paumé, Kaya. Trop ou pas assez, tout ce que je vois, c'est que je patauge quand il s'agit de toi !

Kaya baissa la tête, réalisant qu'elle-même était dans cette position et qu'elle n'avait aucune réponse à lui donner pouvant le rassurer. Elle gardait en tête l'idée de mettre fin à tout cela après cette soirée, mais son cœur lui, ne pouvait s'y résoudre en le voyant si démuni face à elle. Elle aussi était perdue dans tout ce qu'elle ressentait, elle aussi avait l'impression d'en faire trop pour le mettre à distance, pour protéger le peu de force qui lui restait pour vivre et assumer ses problèmes. Elle se sentit désolée.

Devant son attitude et son silence, Ethan, affligé, inspira un grand coup et comprit que tout ne serait pas résolu grâce à Kaya. Il la prit alors dans ses bras et posa son front contre son épaule.

— Kaya… J'ai très très… très envie de toi… veux-tu ?

La jeune femme ferma les yeux. Une question et toute une introspection à faire sur elle. Que voulait-elle vraiment ? Elle ne savait plus. Tout ce qui était certain, c'est que son corps voulait rester dans les bras d'Ethan et trouver un moment d'apaisement entre eux. Elle passa alors ses bras derrière sa nuque.

— Oui… Je veux… souffla-t-elle contre son oreille comme si ce simple mot permettait de délivrer toutes les tergiversations de son cœur et son âme.

Ethan soupira de soulagement et la serra un peu plus fort dans ses bras, relâchant définitivement toute tension en lui. Il leva sa tête et plongea à nouveau sur ses lèvres, non sans lâcher un nouveau sourire amusé et heureux.

— Merci, Princesse ! murmura-t-il comme la conclusion apaisante à ses tourments.

Sa bouche retrouva rapidement celle de Kaya pour s'assurer que les mots de la jeune femme n'étaient pas vains de sens. Ses mains vinrent parcourir ses hanches, puis cherchèrent les plis de sa robe pour pouvoir se glisser en dessous. Il emmagasina les centimètres de plis de robe dans ses mains et celle-ci commença à dévoiler lentement un peu plus les jambes de Kaya. Ses baisers devenaient sauvages, brutaux, tant son avidité devenait pressante. Impatient, Ethan relâcha tout et écrasa alors tout le poids de son corps sur la jeune femme, coincée contre la porte. Il releva une des jambes de la jeune femme contre sa hanche. Sa main caressa le genou de Kaya puis remonta frénétiquement vers sa cuisse. Une fois, deux fois... Il ressentait la nécessité de faire savoir à Kaya son agonie et colla son bassin plus nettement contre le sien. Celle-ci inspira fortement en distinguant très clairement son érection entre ses jambes.

L'adrénaline était maintenant montée d'un cran. Il y avait cet enjeu de l'interdit, du lieu peu adéquat qui se mélangeait à ce besoin de surpasser l'autre et de montrer lequel contrôlait la situation malgré leur peu de résistance respective aux bienfaits de l'autre. Et puis ces retrouvailles merveilleuses qui renforçaient leur désir de s'unir encore, sonnant comme une confirmation de ce qu'ils avaient ressenti lors de leur première fois dans son appartement... L'empressement chargé de maladresses dont chacun faisait preuve les fit sourire. Leurs baisers tendaient par moments vers l'approximation, mais ils s'en fichaient. Seul le fait de combler leurs manques comptait. Les doigts d'Ethan se baladèrent encore et toujours le long de la cuisse de Kaya. Tout à coup, il lâcha un grognement entre ses lèvres, puis se recula légèrement pour regarder sa jambe. Circonspecte par son agacement soudain, Kaya le dévisagea.

— Tu portes des collants ?! fit-il, visiblement agacé.

Piqué au vif, Kaya dégagea sa jambe de son emprise et la reposa rapidement au sol.

— Toute nana sexy porte des bas, pas des collants ! continua-t-il presque sur le ton du reproche.

— Je ne cherche pas à être sexy ! lui répondit-elle sur la défensive et vexée. Je n'en ai aucune raison ! Je ne cherche pas à séduire, j'ai Adam !

— Et moi alors ?! Je compte pour du beurre ? Tu pourrais en prévoir l'éventualité ! C'est un tue-l'amour, pour ton information ! Ça fait deux heures que je cherche l'ouverture ! Je peux chercher longtemps ! fit-il, désabusé par l'incongru de la situation.

— Non, mais c'est moi qui rêve, là ! Bientôt, Monsieur va choisir ma garde-robe ! Désolée, mais je ne pensais pas que tu irais voir ce qui se passerait sous ma robe ! Non, je n'ai pas prévu quoi que ce soit ! Pas comme toi, visiblement ! Maintenant, si tu n'es pas content, tchao !

Elle posa ses mains sur son torse et le poussa contre la poubelle. Ethan manqua de s'étaler contre les étagères. Sous l'effet de la colère et l'humiliation ressenties, Kaya s'acharna à ouvrir la porte, oubliant que celle-ci était fermée à clé. Ethan en profita pour la ramener dans ses bras par-derrière et la calmer.

— OK... Pardon... Excuse-moi... Je suis... nerveux ! lui souffla-t-il dans l'oreille.

Kaya put sentir la force de ses bras exercer une pression contre sa poitrine. Une douce chaleur lui couvrait le dos, mais elle avait du mal à faire l'impasse sur ses mots.

— Tu es odieux ! lui dit-elle, presque aux bords des larmes.

— Je... ce n'était pas...

— Je crois que le test a été concluant. Bonne soirée, Ethan.

Sa lucidité retrouvée, elle tourna la clé qui débloqua enfin la porte. D'un geste brusque, Ethan plaqua sa main contre la porte pour qu'elle ne l'ouvre pas.

— Le test ne fait que commencer ! lui déclara-t-il sévèrement.

Il la retourna alors et se baissa devant elle. Il glissa ensuite ses mains sous sa robe et attrapa le collant qu'il fit descendre d'un geste sec jusqu'à ses chevilles. Il leva la tête pour la fixer droit dans les yeux.

— Bas ou collant, qu'importe ! La finalité est que tu sois nue dans mes bras. Je te veux, Kaya, et je ne laisserai aucun détail m'empêcher d'arriver à mon but. Je t'interdis de fuir. Je t'interdis de te vexer. Je t'interdis même de me tourner le dos ! J'ai manqué de tact et je m'en excuse. Je m'empresse tellement que je m'agace que ça n'aille pas plus vite. Je voudrais que tu sois nue contre moi. Je voudrais même être déjà en toi. Je n'en peux plus de me retenir. Je te l'ai déjà dit ! Tu peux penser que ça fait peut-être pervers obsédé, mais la vérité, c'est que tu m'obsèdes effectivement. Je veux tes caresses. Je veux tes lèvres. Je veux ton corps. Je te veux tout entière, complètement soumise à nos désirs, soumise à ma volonté. Je ne raterai pas les autres épreuves de ce test, je te le promets. Je ne veux pas de dispute. Je te veux, juste toi, et tu vas vite le comprendre…

Kaya écarquilla les yeux et déglutit. À la fois autoritaire et si touchant. Si sûr de lui dans ses mots et si imparfait dans ses actes. Si dominant dans son habitude et si romantique dans l'instant. Comment pouvait-il être si désarmant ? Elle se laissa envoûter un instant dans la profondeur de ses prunelles sombres et finalement, se contenta de hocher la tête. Sans attendre, la main d'Ethan retira délicatement sa première chaussure, puis sa seconde, afin de libérer ses jambes du collant. Doucement, il posa ses mains sur l'arrière de ses cuisses et laissa glisser sa bouche contre sa peau à présent dénudée. Kaya ferma les yeux un instant, appuyant son dos et posant ses mains à plat contre la porte pour ne pas défaillir. Elle pouvait déjà percevoir les signes distinctifs du désir revenir à la charge : palpitations incontrôlables, bouffées de chaleur, picotements au niveau de son sexe. Ethan se releva, la serrant dans ses bras et respirant au passage son parfum contre sa poitrine, puis retrouva sa bouche pour y laisser vagabonder sa langue contre celle de Kaya.

Tendre. Posé. Ce baiser était plus doux, plus appliqué. Il réveillait le plaisir d'être tantôt à la merci de l'autre, tantôt le conquérant d'un territoire magnifique. Ils échangeaient les rôles volontiers, pourvu que l'autre réponde aux besoins indicibles et profonds de leurs chairs. Ethan effleura les épaules de Kaya de ses mains tout en caressant ses lèvres de baisers légers, puis attrapa en coupe son cou pour mieux faire ensuite glisser de ses mains sa robe le long de ses bras et parcourir sa peau. D'un geste sec, il se saisit du bout de tissu et tira fort vers le bas, mettant à découvert la quasi-totalité du corps de la jeune femme. Ethan sourit en contemplant sa lingerie.

— Mieux que les collants ! lui dit-il d'une voix grave. Mais qu'importe ! Comme je te l'ai dit, tu finiras nue dans mes bras !

À ses mots, Kaya n'en mena pas large. Sans vouloir vraiment se l'avouer, elle réalisait toutefois qu'elle avait déjà hâte d'arriver à cette étape. Tout son corps le réclamait. En fin de compte, elle devenait aussi impatiente que lui. Elle détacha alors les deux boutons du haut de sa chemise et s'empressa de la lui faire passer par-dessus la tête. Elle constata alors un haut de corps blanc, comme la première fois, faire rempart à son torse nu, pour cacher ses cicatrices.

— Ne triche pas ! lui souffla-t-elle. C'est toi qui vas finir nu dans mes bras !

Un énorme sourire se dessina sur le visage d'Ethan qui se précipita une nouvelle fois sur ses lèvres puis concéda aussi à retirer son t-shirt blanc.

— Fais ta maligne ! Je te préviens, il n'y aura pas de préliminaires. Je vais aller droit au but ! Je risque même d'être brutal dans mes coups de reins et je ne t'épargnerai pas.

Kaya pouffa entre ses lèvres, effarée par son arrogance et ses menaces sorties tout droit de son imagination sadique.

— Ouuuhh ! Quel homme terrifiant vous êtes, Monsieur Abberline ! Où est votre romantisme ? Est-ce ainsi qu'on traite une princesse ?

Ethan lui donna un nouveau baiser qui devint si intrusif qu'elle s'en esclaffa.

— Parce qu'il faut être romantique ? lui demanda-t-il ironiquement, entre ses lèvres, le regard acéré. Pas le temps ! Trop pressé ! La princesse va être un peu salie dans ses principes. Tant pis !

Il la retourna brusquement, plaqua sa poitrine contre la porte, tandis qu'elle poussa un petit cri, surprise, mais très amusée de l'aguicher autant qu'il l'allumait. Il dégrafa son soutien-gorge et baissa sa culotte aussi efficacement que le collant et la robe. Kaya rit de plus belle devant sa fougue et sa volonté à vouloir asseoir son autorité sur elle, jusqu'à ce que son rire s'étrangle au fond de sa gorge quand elle sentit ses dents lui mordiller la fesse gauche puis la fesse droite. Il agrippait fermement ses hanches, laissant sur sa peau une douce douleur qui électrisait un peu plus son désir et assoiffait davantage sa libido. Tout son corps demandait à présent d'être agacé par sa brutalité. Ses tétons se durcissaient, son ventre la picotait, son clitoris brûlait de désir. Elle ferma les yeux un instant lorsqu'il la relâcha et qu'elle l'entendit retirer son pantalon. Son cœur faisait des bonds dans sa poitrine. Tout semblait si paradoxal. Elle voulait que son cœur batte toujours plus fort, libérant ainsi sa frustration en respirant à pleins poumons, mais elle souhaitait également faire taire toute cette excitation, insidieuse, qui s'immisçait dans son sang, dans ses veines, dans ses moindres liaisons cognitives et la faisait basculer dans l'insatisfaction la plus totale. Elle put entendre Ethan déchirer l'emballage du préservatif. Il prenait un malin plaisir à jouer avec son indisposition à patienter, à la faire alanguir sachant très bien l'appréhension mélangée à la curiosité qui la rongeait. Il se contenta juste de tracer du bout du doigt la ligne creuse de sa colonne vertébrale, comme ultime torture avant de passer aux choses sérieuses.

Et après il ne veut pas faire de préliminaires... connard ! C'est pire que tout !

Elle sentit alors la présence de son amant dans son dos. Il posa ses mains dans ses hanches et elle se crispa légèrement : elle sut que sa fin était proche. Elle n'osait pas ouvrir les yeux. Elle se contentait juste de garder ses mains à plat, contre la porte, et de pencher son visage vers le sol, comme pour se rassurer qu'elle pourrait ainsi garder le contrôle de ce qui allait arriver. Elle se concentra sur sa respiration qu'elle essaya de calmer, à défaut de voir ce qu'il préparait dans son dos. Soudain, d'un geste sec, il déplaça son bassin vers lui pour faire cambrer un peu plus son dos et elle retint sa respiration. Il se pencha contre son dos et souffla le long de sa colonne.

— Je vais être magnanime, Princesse. Je te laisse choisir de quelle manière tu veux que je te tienne ! lui souffla-t-il gravement tout en appuyant sur ses hanches.

Il déposa un baiser dans le creux de ses reins.

— Kaya... où veux-tu que je pose mes mains... pour te prendre sans ménagement ?

8
VACILLANT

Kaya se liquéfia sur place. La phrase de toutes les promesses, la déclaration de la fin de sa frustration...
Où poser ses mains ?
Toujours la même question, toujours l'annonce à venir de plaisirs les plus insidieux... Sa respiration se faisait maintenant lourde. Selon sa réponse, son plaisir changerait. Selon ses choix, sa frustration serait plus ou moins effacée. La vérité était qu'elle se fichait bien du comment. Elle était au stade du non-retour ; il fallait satisfaire ce que son corps réclamait ardemment à présent. Peu importait la façon. Peu importait où, pourvu qu'il satisfasse toutes ses envies. Elle voulait ses mains partout sur elle. Et bizarrement, faire cela brutalement ne lui paraissait pas si choquant tant sa soif semblait grande, son désir si profond et si ancré en elle. Il fallait éradiquer le mal avec force, sans pitié ou douceur, pour que l'impact efface bien chaque sensation de manque. Plus il opterait pour un langage autoritaire, sec, froid, plus elle pouvait imaginer la marque qu'il laisserait en elle physiquement. Les témoignages d'affection n'étaient de toute façon pas dans les clauses de leur petit accord. Pas de sentiments ; elle avait Adam et lui ne voulait pas se prendre la tête avec des mièvreries. Exit la tendresse. Bonjour le pragmatisme ! Du sexe

pour du sexe et c'est tout ! Un simple effleurement ne suffirait pas à calmer l'avidité qui la rongeait, maintenant qu'elle avait accepté avec résignation les besoins qu'elle pouvait assouvir par l'intermédiaire d'Ethan, même si ce n'était que pour une heure. Et visiblement, lui non plus ne souhaitait pas faire dans la dentelle !

— Je te laisse choisir… lui dit-elle alors dans un souffle, gardant seulement en tête le « sans ménagement ». Ne perdons pas de temps !

Ethan inspira et ferma les yeux. Une douce réponse qui l'incitait à partir loin dans ses fantasmes, à répondre à ses moindres souhaits, avec la ferme impression de la posséder enfin. Il lui déposa un nouveau baiser léger dans le creux de son dos, comme pour la remercier de ce cadeau puis le caressa de son front quelques secondes, pour savourer ce moment si rare où elle lui faisait entièrement confiance. Kaya se figea instinctivement, les pores de sa peau réagissant au quart de tour en laissant apparaître de petits frissons devant ce simple contact. Ethan se mordit la lèvre et sourit. Il glissa sa main contre sa féminité et gémit de constater que Kaya n'attendait que lui. La sensibilité de cette dernière était à son apogée et il ne put attendre plus longtemps : il devait répondre à la folie qui l'habitait depuis qu'ils étaient dans cette pièce. Sans réfléchir davantage, il posa ses mains sur les hanches de Kaya et pénétra d'un geste sec la jeune femme qui inspira fort à son contact, puis gémit. Ce n'était pas tant la douleur presque inexistante qui la surprit, mais la surprise de sa pénétration. Même si elle l'attendait atrocement, la ressentir si brusque, si franche, si pleine, la décontenança autant qu'elle l'apaisa. La brutalité avait, comme prévu, remplacé les prémices tendres de son baiser. Ethan serra un peu plus ses mains sur ses hanches. Complètement perdu dans cette première sensation si douce, il savoura l'instant quelques secondes. Puis il enchaîna un nouveau coup de reins, puis un autre. Toujours aussi sauvage, intense, calculé. Kaya serra ses poings contre la porte, mais ne parla pas et encaissa. Aussi forts soient-ils, elle en acceptait chacun avec plaisir, comme si chaque salve apaisait chaque fois un peu son envie, malgré tout. Son sexe était humide et Ethan n'avait aucun mal à coulisser en elle. La fermeté dans l'acte n'enlevait en rien leur plaisir mutuel. Elle laissait ainsi une empreinte en elle, assouvissant son trop-plein de désir, son manque indéniable. Ce mélange de force, de sursis insoutenable et de soulagement accompli lui fit un bien fou. Elle avait l'impression d'évacuer ses soucis en même temps que ses peurs. Elle se sentait tout à coup plus libre, plus épanouie, plus vivante.

Bientôt, Ethan craqua et ne put se contenter de si peu à son goût. Il voulait maintenant tout et tout de suite. L'autorisation de Kaya était une porte ouverte à des tentations plus obscures, plus personnelles. Il lui saisit les cheveux en une queue de cheval et la plaqua complètement contre la porte. Le cri de surprise de Kaya s'éteignit dans sa gorge. Il releva une de ses jambes et la pilonna à nouveau, le souffle rauque contre son oreille. Elle pouvait sentir ses tétons frotter douloureusement contre la porte, ses cheveux tirés en arrière par Ethan pour continuer d'affirmer sa délicieuse ascendance sur elle. Autant de détails qui augmentaient encore son désir et ne parvenaient pas à le combler suffisamment. Les mots ne trouvaient pas de sorties. Ils restaient bloqués dans leurs esprits embrumés par tant de sensations simultanées. Kaya ne put s'empêcher de penser au parallèle de leur première fois, à la terrible contradiction de leur relation entre état de force et apaisement, domination et soumission, attraction et répulsion. Ce soir encore, cette opposition dans leur relation prenait un sens étonnant et malgré tout plaisant.

Ne trouvant pas assez de plaisir dans cette position, Ethan la déporta au bout de quelques minutes vers la petite table, ses cheveux toujours serrés fermement dans sa main gauche, et l'obligea à courber l'échine de l'autre main en appuyant sur son dos. Kaya s'exécuta sans broncher, réceptive à toutes ses propositions gageant toujours plus de plaisir. Penché contre son dos, Ethan lui massa alors les fesses de sa main droite, puis contourna un rein pour caresser son ventre. Sa main gauche lâcha sa chevelure et glissa alors sur sa hanche pour mieux la bloquer. Kaya commença à respirer fort sous le poids de ses attaques si perturbantes, si inattendues, soufflant le chaud puis le froid. Elle ne ressentait qu'une envie : qu'il aille explorer son intimité de ses doigts. Pourtant, Ethan n'en fit rien, comme si ce plaisir ultime ne lui était pas autorisé. Il tourna autour, caressa chaque centimètre de peau, joua avec les expressions de son visage et ses bruits indiquant son trouble, puis laissa sa main retrouver sa fesse droite.

— Kaya... j'ai très envie de claquer ma main ici... lui dit-il de sa voix grave, mais un brin sournoise.

Kaya déglutit à nouveau.

Toute cette expédition pour arriver à cette conclusion de retour au point de départ... Je te hais !

Elle sentait sa main en train de malaxer sa fesse, excitant un peu plus son envie d'être touchée et prise à nouveau, mais hésita à lui donner une réponse favorable. La violence et le sadisme n'étaient pas une façon pour elle de trouver un résultat plaisant à ce moment. Devant son mutisme, Ethan sourit.

— Puis-je poser ma main sur ta fesse de façon plus... impétueuse ? répéta-t-il d'une façon plus légère, moins acquise, voyant bien que la gêne torturait l'esprit de Kaya, peu encline à finalement accepter tout de lui. S'il te plaît... Elle me fait de l'œil depuis tout à l'heure et ça m'agace ! J'ai franchement l'impression qu'elle fait exprès de m'allumer !

La poitrine de Kaya se comprima. Comment pouvait-il être à la fois si directif, léger, mais attentif, le tout avec une connotation érotique à la rendre complètement indécise sur le comportement à adopter ? Comment pouvait-il la provoquer en jouant encore de la sorte avec elle ? En tirant sur la corde sensible de l'inconvenant, de l'incorrect, de l'impensable ?

— Et donc, tu souhaites la… punir d'être si aguicheuse ? lui répondit Kaya d'une voix étranglée, cherchant à éclaircir sa pensée.

— Non, je souhaite juste lui rappeler que si on me cherche, on me trouve ! lui déclara-t-il d'un air enthousiaste devant sa réponse plutôt ouverte. Laisse-moi gagner pour une fois… souffla-t-il enfin, le regard brillant et le cœur prêt à exploser.

— Et j'y gagne quoi, moi ? répondit-elle alors d'une petite voix.

— Humm… une sensation délicieuse ? De nouveaux coups de reins ? Mon plaisir et ma gratitude ? Ta délivrance ?

Ethan se redressa, prenant maintenant le temps de lui caresser son postérieur des deux mains. Réalisant au bout d'un certain temps que le silence de Kaya était une réponse plutôt négative à sa demande, il déporta ses mains sur ses hanches et cala son front contre son dos. Elle avait besoin de décompresser de cette atmosphère dictatoriale et oppressante, presque malsaine, qui était apparue tout à coup. Cette demande incongrue l'avait refroidie. Elle ne comprenait pas où était le jeu, le plaisir. Elle tourna ensuite sa tête pour le regarder, soulagée de voir qu'il n'insistait pas davantage. Ethan se redressa et l'observa. Il avait le regard vif, attentif, conquérant.

— Déstresse, Princesse ! lui souffla-t-il, amusé. Une petite claque ne tue personne !

— Et si c'était moi qui te la donnais ? Je ne crois pas que tu aurais ce sourire sur ton visage !

— Coquine ! Toi aussi, ça te plairait de faire ce geste ? Tu vois qu'un beau postérieur donne de drôles d'envies !

Kaya pouffa devant sa remarque complètement fausse, mais vicieuse. Peu fâché de la voir moins soumise, il arborait un sourire heureux, malgré sa demande sans réelle réponse. Kaya savoura cette légèreté dans ses paroles comme une bouffée d'oxygène. Il présentait ainsi une égalité entre eux qui la rassura. Il lui laissait une marge de manœuvre malgré ses propres désirs de l'assujettir à ses propositions les plus folles. Ethan lui caressa à nouveau la fesse et lui balança une pichenette dessus pour achever toute interprétation dictatoriale de sa part. Kaya se mit à sourire et vit en ce répit un moyen de relâcher la tension de ses muscles. Elle posa ses avant-bras sur la table et lui offrit une croupe de rêve qu'il avait du mal à quitter des yeux.

— Bon sang, Kaya…

Il leva son visage vers le plafond et respira un grand coup pour se recentrer et garder son sang-froid.

— Tu es… aarrgh ! Je te déteste d'être si… Allumeuse !

Kaya haussa les sourcils, cherchant à comprendre la fin de ses phrases, puis s'esclaffa. Elle se releva alors totalement et se tourna vers lui. Ethan baissa à nouveau sa tête, voyant qu'il venait de perdre la mainmise sur elle. L'ambiance se relâchait et avec, la tension sexuelle bizarre qui s'était instaurée entre eux. Leur relation reprenait un équilibre d'égal à égal, plus conventionnel. Leurs regards se jaugèrent, toujours brûlants de désir, mais plus radoucis dans la façon de vouloir les assouvir. Deux regards satisfaits de la situation, quelle qu'elle soit. Kaya observa ensuite ses cicatrices sur son torse. Ce même torse qui lui était formellement interdit de toucher.

— Je peux me coller contre toi ? lui demanda-t-elle timidement, s'étonnant elle-même d'être demandeuse de contact avec lui.

Ethan haussa un sourcil de surprise devant son engagement soudain, puis sourit.

— Tu as dit « nue... dans tes bras » ajouta-t-elle avec un petit sourire gêné.

Ethan se mit à rire, avec ce sentiment d'avoir sa raison complètement court-circuitée. Il secoua sa tête, effaré par le simple bonheur d'entendre ces mots. Il se pinça rapidement le nez tout en tentant de donner un sens à tout cela, puis l'attrapa en définitive dans ses bras et l'embrassa. Chaque seconde écoulée en sa présence le rendait raide dingue. Juste une demande et il était complètement dévoué. Un refus de la part de la jeune femme et autant de promesses d'avenir à lui faire accepter. Juste une attitude timide, à l'opposé de son habitude à toujours lui tenir tête et il était au trente-sixième dessous. Et retrouver la chaleur de ses lèvres, sentir sa poitrine contre son torse, être enlacé par ses bras autour de son cou, et il partait vers un monde d'oubli et d'éternité. Leurs langues dansèrent tendrement et la passion qui couvait en eux reprit de plus belle. L'étreinte l'un contre l'autre, ce corps à corps brûlant acheva toute retenue. L'empressement dans leurs gestes trouvait un nouvel élan. Plus intense, plus profond.

Ethan la poussa à s'asseoir sur la table et il encercla les jambes de la jeune femme autour de sa taille. Leur fébrilité eut raison de leurs dernières défenses et Ethan la pénétra à nouveau. Ses gestes étaient moins ordonnés, plus chaotiques, car l'ardeur les poussait à tout vouloir en même temps. Chaque va-et-vient augmentait la fièvre qui montait en eux. Leurs baisers n'avaient plus qu'un seul but : évacuer cette envie primaire de posséder, en domptant le corps de l'autre le plus vite possible par tous les moyens. Kaya agrippa les épaules d'Ethan comme si sa vie ne tenait qu'à un fil tandis qu'il enfonçait ses doigts dans ses hanches pour maîtriser ses assauts. Les halètements devinrent de plus en plus rapides, de plus en plus forts. La crispation de vouloir monter toujours plus vite, toujours plus haut dans l'exaltation eut raison d'Ethan qui, soudain, la souleva d'un bras avant de la plaquer à nouveau contre la porte. Il claqua sa fesse d'un geste sec dans un râle animal et laissa exploser son désir. Kaya écarquilla les yeux et enfonça les doigts dans la peau d'Ethan, complètement chamboulée entre l'irradiation ressentie par la fessée et la jouissance d'Ethan qu'elle sentait vibrer en elle. Son ventre se contracta et son orgasme la saisit de toute part, faisant voler en éclats le peu de lucidité qui lui restait sur ce qui venait de se passer.

Ethan garda son visage dans son cou un moment, le temps de reprendre son souffle, puis lui fit face pour voir la réaction de sa partenaire. Il se mit à sourire en constatant ses joues rosies sous la chaleur de leur petite partie de jambes en l'air et ses yeux vert-noisette pétillaient d'un éclat magnifique. Il posa ses lèvres délicatement sur les siennes et appuya. Fort. Très fort. Au point que la tête de Kaya s'écrasât contre la porte et qu'elle ne puisse que pouffer devant son insistance. Ethan l'accompagna dans cette atmosphère légère et relâcha la pression.

— Je ne sais pas toi, mais moi, ça va bien mieux maintenant ! lui déclara-t-il, tout sourire.

— Si tu me lâches, je tombe ! répondit-elle un peu inquiète. Je crois que j'ai les jambes complètement engourdies…

Tous deux baissèrent les yeux, constatant que Kaya tremblait un peu, même si les mains d'Ethan maintenaient fermement les jambes de la jeune femme autour de ses reins.

— Tsss ! Ça doit être l'effet de la fessée ! lui répondit-il avec un petit clin d'œil. Très embêtant d'être encore à ma merci ! dit-il vicieusement. Ou ma princesse chute, ou elle s'accroche à moi comme un koala !

Kaya fit une moue consternée devant cette nouvelle provocation. Ethan la souleva alors jusqu'à la petite table pour l'asseoir, avant de lâcher un nouveau petit rire.

— Puis-je me retirer maintenant, Mademoiselle ? lui demanda-t-il ensuite d'un ton charmeur, mais joueur. Même si je m'amuse bien avec toi, je ne compte pas rester collé à toi ainsi toute la soirée !

Ils se fixèrent un instant, puis Kaya, feignant l'agacement, posa ses mains sur ses épaules et le repoussa d'un geste sec. Ethan se mit à rire à nouveau, amusé de la voir troublée par cette entente nouvelle qu'elle tentait à nouveau de nier, mais en vain. Ethan retira discrètement son préservatif, le noua et le jeta dans la grande poubelle.

— Tu ne vas pas le jeter là ! s'alarma soudain Kaya.

— Et tu veux que je le mette où ? C'est une poubelle, donc je pense avoir le droit de m'en servir !

— Et si la femme de ménage le voit ! On fera quoi ?

Ethan secoua la tête, stupéfait par ses remarques futiles dont elle faisait cas comme si sa vie en dépendait.

— C'est vrai qu'elle va forcément vérifier les poubelles ! Suis-je bête ! fit-il en se claquant le front de la main, sur un ton ironique.

Il se pencha alors au-dessus de la poubelle tout en soupirant et cacha le préservatif tout au fond, le recouvrant bien au passage des autres détritus divers : papier, essuie-tout, emballages plastiques, chiffons...

— Satisfaite ? lui demanda-t-il, un peu agacé, en se redressant. Mes petits têtards sont bien cachés maintenant. On ne fera pas des choses avec !

Kaya haussa les épaules, se contentant de chercher des yeux ses vêtements et vérifier la bonne circulation du sang dans ses jambes. Ethan leva les yeux et soupira une nouvelle fois.

Elle aura vraiment ma peau !

Il attrapa un rouleau d'essuie-tout sur une étagère, en déchira un morceau pour Kaya et lui tendit sans vraiment la regarder. Kaya s'en saisit en murmurant un « merci » gêné et s'essuya. Ethan en fit autant pour lui.

— Ça aussi, il faut le cacher au fond ? lui rétorqua-t-il cyniquement, en désignant leurs morceaux de papier. Non, parce que ça peut aussi être compromettant !

Il retint alors un sourire moqueur avant de se cacher d'elle pour finalement laisser échapper un petit rire. Kaya grommela et jeta le papier absorbant dans la poubelle. Elle nota alors les marques rouges sur les épaules de son amant et se mordit la lèvre, réalisant qu'elle n'y était pas allée de main morte avec lui. Ethan jeta à son tour son bout d'essuie-tout et l'observa rapidement du coin de l'œil. Il remarqua alors la marque de sa main sur sa fesse lorsqu'elle se tourna pour ramasser ses vêtements. Il sourit avec fierté et rêva un instant de recommencer tout cela. Il était heureux. Cette sérénité qui l'envahissait depuis une heure était si libératrice. Un bout de femme pouvait avoir cet effet sur lui et il s'en étonnait encore. Il la regarda enfiler sa culotte discrètement, puis chercher l'endroit de l'envers de sa paire de collants avec agacement. Ne le voyant pas s'activer, Kaya cessa de maugréer à propos de ses vêtements complètement chiffonnés et s'interrogea sur la passivité d'Ethan qui avait encore envie de la prendre dans ses bras et déposer plein de bisous dans son cou. Lui révéler ses nouvelles envies était malgré tout impossible. Trop de démonstrations affectives n'étaient pas dans son habitude, ni même dans ses pensées et pourtant, la seule raison qui le retenait était la réaction suspicieuse de Kaya sur ses intentions. Ils n'étaient en rien un couple et elle-même était encore trop méfiante pour qu'il se permette d'être plus démonstratif. Leur relation était trop instable pour tenter un service après-vente comme la première fois.

— J'espère que tu n'as pas filé mes collants ! lui déclara-t-elle, confuse. Je vais avoir l'air fine sinon…

Il sourit à sa remarque et enfila son boxer.

— Tu n'as qu'à dire que tu as accroché ton collant en cognant contre la porte des toilettes…

Kaya le regarda, complètement subjugué par sa façon de trouver des réponses toutes faites.

— Whouuaaa ! M. QI 280 ! Mais tu es d'une efficacité incroyable, en fait !

Ethan se mit à rire sur sa remarque ironique, tout en enfilant son t-shirt.

— 280 ! C'est bien la première fois que tu me donnes autant ! Tu dois être drôlement heureuse pour être si généreuse ! J'en déduis que j'ai passé le test avec succès !

Kaya se mit à rougir, réalisant qu'elle ne pouvait objecter quoi que ce soit. Ethan s'approcha d'elle et la prit dans ses bras. C'était plus fort que lui. Il avait encore besoin de son contact. Kaya paniqua et tenta une échappée qu'il refusa de lui accorder.

— Ethan, écoute… oui, c'était sympa… On… Tu as accompli ton contrat et tu m'as fait oublier mon quotidien durant ces instants effectivement, mais…

— Aaaah ! Tu ne vas pas recommencer à nier ! Oui, je sais ! Tu as ton cher Adam, tes dettes, bla-bla-bla… et je vais te répondre « Je m'en fiche ! Bla-bla-bla… » Kaya, accepte cet arrangement définitivement et cesse de me balader, s'il te plaît.

Kaya baissa les yeux et regarda un instant son bracelet. Les deux grosses étoiles étaient toujours entremêlées… Ethan lui leva le menton pour qu'elle le regarde et posa doucement ses lèvres contre les siennes, juste pour contrecarrer ses intentions.

— Ne gâche pas tout… pas maintenant.

Kaya grogna, n'aimant pas cette impression de passer pour la rabâcheuse de service alors qu'il la narguait lui-même volontiers. Ethan quitta ses lèvres et se frotta la tête de sa main.

— Voilà ce qu'on va faire… On va se rhabiller et retrouver tout monde comme si de rien n'était. On va finir cette soirée gentiment et on verra après pour en parler. Ne gâchons pas la soirée… mmh ?

Kaya inclina sa tête légèrement sur le côté et baissa à nouveau les yeux. Il avait sans doute raison. Tout était trop confus encore pour prendre une décision hâtive…

Non, il n'y a pas à réfléchir… Aussi chouette que ce fut, Al et Phil restent un danger pour lui.

Elle se rappela alors le passage à tabac qu'avait subi Adam. Son impuissance et sa fragilité, la douleur et la culpabilité… Elle avait tenté de s'en éloigner, de tenir Adam à l'écart. Lui aussi refusait de l'écouter. Les parents d'Adam avaient même tenté de récupérer leur fils de la déchéance qu'elle représentait. Si elle avait su à quoi tout cela mènerait… Aujourd'hui, même si Phil et Al n'étaient pas directement liés à sa mort, ce sont ses dettes qui l'ont poussé contre un arbre, qui l'ont épuisé à travailler comme un forcené pour finir par s'assoupir au volant. Sa culpabilité resterait ancrée en elle aussi longtemps qu'elle vivrait et Ethan ne serait pas le prochain à subir ses malheurs. Ne pas devenir intime avec qui que ce soit était devenu instinctif. Réflexe de défense, réflexe pour leur protection. Même si Ethan s'évertuait à la conforter dans ses choix faits avec lui, elle redoutait toujours le retour de bâton. Le bonheur restait toujours de courte durée et le malheur n'était jamais loin. Le fameux cercle vicieux finirait bien par faire son tour et sa malédiction agirait à nouveau sur son entourage.

Kaya lui afficha un petit sourire et attrapa sa robe. Elle ferait comme si de rien n'était, comme il le souhaitait. Elle pouvait bien faire cela, puis elle lui dirait adieu définitivement à la fin de cette soirée, comme c'était prévu au début. Il y avait des choses pour lesquelles on ne pouvait faire de compromis.

Une fois… pas deux.

Ethan se sentit soulagé en la voyant se rhabiller malgré son silence. Il savait que rien n'était gagné. Ses prunelles tristes qu'elle venait de lui montrer étaient cette preuve qu'elle n'était pas sûre de leur situation, qu'elle doutait de faire le bon choix, que leur bulle pouvait éclater aussi vite après avoir été créée. Il enfila son pantalon avec cette lourde sensation que la réalité allait l'écraser, mais il ignorait par où elle arriverait. Il ressentait juste cette oppression de plus en plus marquée, lui indiquant que le bonheur ressenti jusque-là était en train de disparaître et que la légèreté de leur relation n'était peut-être qu'un rêve... encore un. Il s'y refusait. Il devait positiver et garder le meilleur. Il balaierait le pire, quoi qu'il en coûte. Il ne reculerait pas. Il savait à présent qu'il devait continuer à s'accrocher. Il n'avait pas inventé tout ce qui s'était passé durant cette nuit dans son appartement. Kaya n'était pas restée insensible à lui, à leurs petits arrangements. Il avait encore perçu cette alchimie déstabilisante entre eux, mais ô combien euphorisante !

Kaya réajusta sa robe et enfila ses chaussures. Ethan la regarda faire avec une certaine appréhension tandis qu'il venait de finir de se rhabiller. Une fois cette porte franchie et ce local quitté, il la perdrait à nouveau. Cela serait ainsi. Une fois que cette porte serait ouverte, le combat reprendrait, les blessures guéries ne demanderont plus qu'à être rouvertes et à nouveau soignées, la lassitude referait surface.

— C'est bon ! lui déclara-t-elle timidement. Je suis prête. On peut y aller.

Ethan acquiesça, une boule dans la gorge. Kaya posa sa main sur la poignée et ouvrit tout doucement la porte, jeta un rapide coup d'œil à l'extérieur pour voir s'il y avait une chance qu'on les surprenne dans ce local.

— C'est bon, le chemin est libre ! chuchota-t-elle, la tête coincée entre l'encadrement de la porte et la porte.

Elle se recula pour voir la réaction d'Ethan avant de s'engager dans le couloir. Ses yeux auraient pu la transpercer en cet instant.

Un regard profond, mais mystérieux lui faisait face.
— Un problème ? lui murmura-t-elle alors.
Il posa alors la main sur la porte et pressa fort pour la refermer. Kaya l'interrogea du regard, intriguée par ce qu'il avait en tête. Sans répondre, il glissa lentement son bras autour de sa taille et l'embrassa. Il colla son corps contre le sien qui s'appuya contre la porte. Il n'y avait bizarrement pas d'empressement, pas de rapport de force. Ce baiser était tendre, doux, posé. Une façon pour lui de se dire que c'était peut-être le dernier ? Il y avait tellement d'incertitudes avec elle quant à un avenir à deux.

Sa langue trouva celle de Kaya qui ne résista pas. Le cœur de la jeune femme se serra à nouveau. Pourquoi fallait-il qu'il en remette une couche ? Pourquoi fallait-il qu'il lui rappelle une nouvelle fois ce qu'elle pouvait perdre si elle le repoussait ? Elle le détesta plus que jamais d'insister ainsi. Pourtant, elle ne trouva pas la force de le stopper. Elle avait encore envie de le sentir contre elle. Cette fois-ci, Ethan était étonnamment plus attentionné. Elle s'en aperçut instantanément. Ses prunelles étaient plus sombres, mais son regard plus intense. Son silence, éloquent. Ses caresses dans le creux de son dos, plus douces, plus tempérées. Ce n'était plus l'étalon fougueux ayant besoin de satisfaire un besoin primaire, c'était devenu autre chose. Quelque chose de plus calme, mais plus profond. Il ferma ses yeux et se laissa aller à simplement apprécier ce baiser. Le trouble s'empara à nouveau de Kaya. Elle put percevoir cette vague de tendresse la percuter de plein fouet et la laisser complètement sur le carreau. Pourquoi, tout à coup, ses baisers devenaient-ils ainsi, si doux, si…câlins ? Pourquoi changeait-il de registre ? Où était le connard arrogant et égoïste, directif et ambitieux ? Il ne devait pas y avoir d'élans affectifs. C'était le deal. Alors pourquoi avait-elle cette impression qu'il lui donnait bien plus que d'habitude ? Pourquoi prenait-il autant son temps comme s'il savourait l'instant plus que d'ordinaire ?

Il serra alors un peu plus son étreinte en passant son second bras autour d'elle. Il ouvrit les yeux et la regarda sans un mot. Kaya était complètement perdue. Elle ne savait comment interpréter ce baiser. Et son silence ne l'aidait pas ; le second baiser qui suivit, encore moins. Ethan ne voulait pas quitter ses lèvres. Il réalisait qu'il ne voulait pas quitter cette bulle, quitte à la recréer autant de fois que possible jusqu'à ce qu'elle devienne indestructible. Il voulait ressentir plus que de simples échanges de baisers. Il sentait son cœur partir en vrille dès qu'il relâchait ses défenses. C'était flippant. C'était signer sa fin. Mais c'était aussi le seul moyen de trouver des réponses à ce besoin d'affection qui lui faisait tant défaut. Il voulait le fuir et en même temps combler ce vide. C'était paradoxal. C'était troublant. Kaya et lui étaient toujours dans cette opposition des sentiments, mais étonnamment, plus il passait du temps à la comprendre et plus il désirait son attention au-delà d'une affaire de sexe et de compromis.

Kaya était douce. Il le savait. Sa proposition de réconfort mutuel ne pouvait se réduire à des actes sexuels épars, selon l'humeur de chacun, comme il le pensait au début. Il ne voulait plus seulement son corps. Il voulait sa tendresse, sa douceur, sa bienveillance, ses sourires, sa ferveur, sa reconnaissance, sa compassion… Il voulait admirer chacune de ses réactions, contrôler chacune des expressions de son visage. Un baiser langoureux ne lui suffisait pas. Cela devenait à présent évident : ses objectifs la concernant changeaient. Ce n'était plus tellement le besoin de gagner un rapport de force, ni la consoler ou être consolé grâce à des rapports physiques feignant d'effacer les soucis. Il voulait tout d'elle. Ethan réalisait parfaitement le côté désespéré de sa situation. Il ne pouvait être plus pathétique. Mais il espérait malgré tout pouvoir la toucher, ne serait-ce qu'un peu, pour gagner du territoire et obtenir ce qui le frustrait. Il voulait saisir toutes les chances qui lui étaient proposées ; il n'avait que cette solution face à l'entêtement de sa belle à lui cacher sa part de fragilité et sa sensibilité.

Il se rappela son propre discours lors de leur repas avec ses amis, chez lui, sur l'amour qu'il considérait comme illusoire, les sentiments qui n'étaient qu'hypocrisie, et la réponse de Kaya à ce sujet. Il l'avait trouvée ridicule d'abord, avec toute cette mièvrerie dégoulinante pour son fiancé défunt, sur l'amour au-delà de la mort. Puis, lors de leur cohabitation, il avait été intrigué sur ce qu'Adam avait pu ressentir à son contact. Aujourd'hui, sa curiosité le poussait à envier réellement cet homme. Adam avait pu profiter de Kaya entièrement. Pas lui. Il avait pu connaître une Kaya qu'aucun autre homme ne connaissait. Elle s'était livrée à lui sans réticences et le faisait encore aujourd'hui, en honorant sa mémoire en veuve dévouée et éplorée. Il était même arrivé à cette conclusion qu'Adam avait dû être un homme heureux. Contre toute attente, Ethan ne doutait plus de l'aspect bienfaiteur de Kaya sur la vie de son fiancé. Elle était agaçante, déstabilisante, alarmante par moments. Il pouvait la détester comme jamais de le faire tourner en bourrique, mais il se sentait aussi plus vivant que jamais depuis qu'elle avait renversé sur son smoking ce plateau de flûtes remplies de champagne. Était-ce la contrepartie au bonheur que de supporter toutes ces frasques et humeurs ? Était-ce cela la base d'un amour véritable ? Était-ce ainsi qu'un amour pouvait naître et perdurer ? Tant de questions auxquelles il ne trouverait peut-être jamais de réponses, mais qui faisaient écho à la remarque de M. Nielly sur la vie de couple, lors du gala. Mais en dépit de tout cela, il s'accrochait. Il insistait avec elle. Il refusait de capituler. Il s'acharnait encore et encore. Il voulait sentir ces frémissements lui serrer chaque fois davantage la poitrine, lui donner la chair de poule et l'envoyer vers un bonheur qu'il espérait vivre depuis si longtemps et qui ne s'était pourtant pas concrétisé comme il l'aurait voulu. Avec Kaya, il se mettait à croire à cet impossible. Il se permettait d'espérer. Le bonheur… cette notion liée souvent au sentiment amoureux qu'il redoutait tant... Il avait tellement souffert de ce qu'il croyait être le bonheur. Il ne voulait même plus en entendre parler. L'éviter était son salut. Pourtant, Kaya arrivait à lui insuffler cette envie d'y croire, de renouer avec lui d'une manière différente.

Kaya posa sa main sur sa joue et le repoussa gentiment. Ethan eut l'impression qu'on lui retirait sa raison d'être. Le pincement au cœur qu'il éprouva en cet instant fut douloureux. Il ne le supportait pas. Il insista malgré sa demande muette et effleura une nouvelle fois ses lèvres. Son cœur, son corps, son âme réclamaient ce répit à son calvaire constant de douleur, de frustration et d'attirance. Il lui était nécessaire de calmer son angoisse à revenir à une réalité qu'il ne souhaitait pas. Kaya pouffa alors entre leurs lèvres.

— Mais tu as fini ?! À ce rythme, on ne quittera jamais ce local !

Ethan posa son front contre le sien et capitula à contrecœur.

— Ça te gênerait tant que ça ? lui demanda-t-il, contrit.

Le cœur de Kaya rata un battement face à cette remarque.

Je rêve ou il est vraiment câlin ?!

— On a été invité à cette fête… cela serait malvenu de les snober ! lui souffla-t-elle, complètement troublée par l'attitude si cajoleuse d'Ethan depuis quelques minutes.

Ethan se mit à sourire, voyant bien qu'elle contournait délibérément sa question par une réponse approximative.

— OK ! fit-il peu résolu, en la relâchant. Allons-y !

Il ouvrit la porte du local à contrecœur et en sortit rapidement. Kaya s'étonna une nouvelle fois de son changement d'attitude, tout à coup plus ferme et conventionnelle. Plus distante aussi. Il se tenait droit, devant elle, comme si la minute câline qu'il venait de lui réclamer n'avait jamais existé. Son regard était toujours perçant, mais restait toutefois mystérieux, contemplant le fond du couloir menant à la salle, perdu dans une pensée dont il était le seul à trouver un dénouement. Ces changements d'humeur si rapides la perturbaient. À quoi pensait-il ? Qu'attendait-il vraiment d'elle ?

Finalement, mieux vaut ne pas chercher à comprendre, Kaya ! Profite de ta soirée ! Les nœuds au cerveau, tu auras encore tout le loisir de te les faire une fois celle-ci terminée.

— Je vais passer par les toilettes avant ! lui déclara-t-elle hâtivement.

Ethan lui lança un regard sidéré.

— Laisse-moi deviner… Il faut vérifier s'il n'y a rien de louche sur ton visage pouvant indiquer « Je viens de faire des choses cochonnes avec un type dans un local technique, au milieu des détergents et sacs-poubelle » ! Vous, les femmes, vous êtes vraiment pathétiques à ne pas assumer votre côté libéré !

Kaya ouvrit la bouche de surprise, séchée net par son cynisme envers la gent féminine.

— Tu ne t'es jamais dit que cela pouvait être aussi une forme de respect pour ceux qui nous regardent. Ma vie sexuelle ne regarde pas les autres, après tout !

Ethan haussa les épaules, peu convaincu.

— Toi aussi, tu devrais aller te voir dans une glace… ajouta-t-elle. Tu as les cheveux tout ébouriffés !

Ethan leva les yeux pour tenter de voir l'état de sa tignasse, même si dans les faits, le geste paraissait impossible, puis sourit à nouveau.

— Coquine ! lui lança-t-il d'un ton séducteur, suggérant qu'elle avait dû y prendre beaucoup de plaisir, avant de la laisser en plan et retrouver les autres dans la salle.

Kaya sentit ses joues chauffer. Elle posa ses mains sur son

visage pour cacher sa gêne.

Crétin ! Abruti ! Je le déteste ! Il m'éneeeeerve !

Elle fonça aux toilettes et se regarda directement dans le miroir. Ses pupilles brillaient, son teint était rosi, ses cheveux en pagaille et effectivement, elle avait la tête d'une nana qui disait « je viens de me faire sauter sauvagement et j'aime ça ! ». Elle posa ses mains sur le comptoir du lavabo et laissa tomber sa tête, complètement dépitée.

Effectivement, je suis pathétique. Je ne sais plus quoi faire. Je suis complètement perdue.

Elle ferma les yeux, puis inspira un gros bol d'air pour évacuer son stress et sa détresse, puis expira lentement par la bouche. Elle avait l'impression d'être complètement à la merci du bon vouloir d'Ethan. Il claquait des doigts et hop, elle finissait toujours par répondre par l'affirmative. Il créait une demande à laquelle elle résistait difficilement.

Non ! C'est moi qui le laisse faire et lui donne raison à continuer... C'est moi qui lui montre que j'ai besoin de lui. Je dois cesser tout cela. Même si ça me plaît plus que prévu, ce n'est pas bon du tout. Je réagis trop facilement et positivement à ses quatre volontés. Je dois garder la tête froide. Même si Ethan me sort du quotidien, même s'il me fait du bien au moral au-delà du reste, je ne dois pas m'y complaire et croire que cela peut mener à mieux. Ethan est ce qu'il est. Et moi, j'ai mes soucis et j'aime Adam.

Elle releva la tête et se regarda à nouveau dans le miroir.

— Oui, j'aime Adam !

Elle fixa le fond de ses pupilles, en reflet dans le miroir, comme pour conjurer le sort de cette escapade coquine avec Ethan et retrouver sa détermination à aimer Adam. Elle pouvait sentir sa volonté déjà vaciller. Son regard n'était pas aussi franc qu'elle l'aurait souhaité au bout de quelques secondes. Son nouveau mantra restait hésitant à s'imprimer en elle. Elle serra la mâchoire, sentant bien qu'au fond d'elle, son discours sonnait faux, puis ferma ses poings.

— J'ai dit : « j'aime Adam ! » ! répéta-t-elle plus fort, toujours en se regardant droit dans les yeux. Et je déteste Ethan. Il est... Il est... Rhaaa !

Elle s'attrapa la tignasse pour se recoiffer d'un geste agacé. Elle n'arrivait même plus à se convaincre qu'Ethan était la pire création au monde, comme elle le pensait au début. C'était affligeant. Elle détestait la façon dont il commençait à occuper son esprit, plus que ce dont il était autorisé.

— J'aime Adam ! J'aime Adam ! J'aime Adam ! chanta-t-elle presque tout en se redonnant une nouvelle figure devant le miroir.

Elle se détailla enfin pour voir si son nouveau moi était à la hauteur de ses espérances puis soupira.

— Il m'éneeeerve !

Elle quitta les toilettes en trombe, en claquant sa paume contre la porte battante et fonça vers la salle où la fête se tenait.

Ethan regarda sa flûte de champagne avec un petit sourire amusé. Oliver lui avait signifié qu'il avait les cheveux en bataille de façon discrète, pour qu'il se recoiffe et puisse justifier son absence d'un autre prétexte, mais il n'avait pu que se contenter de rire. Il avait juste passé sa main dans les cheveux d'un air nonchalant. Tout le monde s'était assuré auprès de lui de savoir si tout allait bien, suite à sa disparition soudaine loin des invités. Il avait répondu poliment d'un « tout va bien » plutôt sobre et discret. La suite ne se fit pas attendre concernant la présence de Kaya, sa cavalière... Il avait souri à nouveau et était resté laconique en répondant « aux toilettes ! », laissant deviner tout et n'importe quoi sur leur départ prolongé et simultané. Il s'en amusait un peu. Il voulait garder cette légèreté. Il se refusait de réfléchir. Seul le besoin de sérénité l'obnubilait. Nier les faits revenait à retrouver leur réalité. Nier leurs derniers ébats effacerait cette osmose bizarre qui évoluait entre eux et il ne voulait rien faire disparaître tant que toutes ses interrogations sur leur relation, les sentiments qui le bousculaient, l'incertitude de ses convictions perdureraient.

Kaya arriva bientôt à sa hauteur, mi-gênée, mi-fière et déterminée. Il s'esclaffa devant son arrogance à lever le menton, comme si elle faisait fi de son opinion et son besoin de faire comme si de rien n'était, avec son attitude impeccable, irréprochable. Il avait juste envie de l'embrasser devant tout le monde pour lui enlever son minois tout en provocation et la désarçonner à nouveau. C'était plus fort que lui. Plus elle souhaitait le contredire, plus il voulait en remettre une couche. Il se mordit la lèvre et but une gorgée de son champagne pour vite évacuer cette idée alléchante. Oliver regarda Kaya avec un air amusé, ce qui déstabilisa un instant la jeune femme, devinant rapidement qu'il avait un doute sur la cause de son absence et celle d'Ethan.

— L'... l'orphelinat est très sympa... lança-t-elle timidement, pour ôter toutes suspicions. Ethan me l'a fait visiter et je ne doute pas que les enfants sont bien choyés.

Ethan avala de travers et faillit recracher le liquide alcoolisé.

Le bobard de merde qu'elle vient de me pondre ! Je n'y crois pas !

Oliver la contempla de façon dubitative.

Elle veut noyer le poisson ?

— Oui, il est assez grand ! lui répond-il tout en souriant. Les endroits pour jouer à cache-cache ne manquent pas ! Certains flirtaient dans des planques bien connues de tous dès que Michelle ou d'autres avaient le dos tourné.

Oliver la fixa d'un air entendu. Ethan pouffa devant sa

remarque tandis que Kaya ne sut plus où se mettre. Elle se contenta de sourire de façon presque coupable avant de baisser les yeux et de se maudire d'être si maladroite et prévisible.

— Ethan était très fort pour trouver des cachettes loin des regards ! ajouta-t-il, tout en regardant son ami qui feignit remarquablement l'innocence, malgré un visage tout aussi radieux que filou.

— J'aime tout simplement… créer ma bulle loin des autres ! répondit-il alors, les yeux malicieux, tout en jetant un coup d'œil à Kaya qui virait au rouge cramoisi à présent.

— Je vais aller me chercher à boire ! finit-elle par déclarer d'une petite voix, voulant fuir le plus vite possible cette situation embarrassante.

Ethan but une nouvelle gorgée tout en la suivant du regard jusqu'à la table où elle but d'une traite un grand verre d'eau. Oliver lui tapota l'épaule tout en secouant la tête.

— Charmante, sa réaction !

— Laquelle ? l'interrogea Ethan, le sourire jusqu'aux oreilles.

Oliver s'esclaffa et lui concéda la pertinence de sa remarque. Kaya jeta alors instinctivement un coup d'œil pour voir ce que faisait maintenant son tyran lorsqu'elle s'aperçut qu'il était en train de la surveiller de loin. Elle pesta en silence, tentant de calmer le flot d'émotions qui la parcouraient.

Va en enfer, Ethan Abberline ! Sois maudit jusqu'à ta mort ! Je te déteste ! Je te déteste ! Je te déteste. Comment ai-je pu systématiquement lui trouver des circonstances atténuantes ? Faut être folle ! Il le fait exprès de jouer avec mes nerfs. Comment ai-je pu oublier que, pour lui, tout cela ne resterait qu'un jeu ? Crétine !

Kaya regarda son verre d'eau, comme si la vérité en était sortie. Elle serra son verre si fort que ses doigts devinrent blancs.

Je ne veux pas jouer avec lui ! Il est trop dangereux ! Il…

Son cœur se comprima en repensant à la façon dont Ethan le titillait comme s'il tirait sur des fils invisibles et pouvait le faire battre de toutes les façons possibles.

— Tout va bien, Kaya ?

Kaya tourna la tête tout à coup, surprise d'être prise en flagrant délit de rêveries obscures.

— Euh… oui ! Merci ! Ah ah !

Elle se redressa alors et afficha un sourire de politesse des plus affligeants. La petite Chloé lui sourit en réponse, plus ou moins rassurée. Elle tenait la main de Nathan, ce qui fit plaisir à la jeune femme.

— Pardon, Kaya, pour tout à l'heure. J'ai été méchante. Je ne le pensais pas.

Kaya la prit dans ses bras, tout à coup touchée par ses mots.

— Pas grave ! On oublie tout.

— Ethan est trop vieux pour moi, je le sais… Tu en prends bien soin, hein ?

Kaya écarquilla les yeux suite à sa demande et sentit à nouveau son cœur lui faire mal. Que pouvait-elle lui répondre ?

— Je… le protégerai… Promis !

Chloé s'écarta d'elle et lui sourit. Kaya tenta de faire bonne figure et paraître convaincante, même si les doutes sur sa promesse l'assaillaient. Elle le protégerait comme elle le pourrait, c'était certain. Même si elle devait se montrer dure avec lui. Pourtant, l'idée d'inévitable échec lié à cette promesse la perturbait. Elle savait que la façon dont elle tiendrait cette promesse n'assurerait pas forcément le plaisir d'Ethan sur le moment, que la façon dont elle prendrait soin de lui pourrait s'accompagner d'une décision difficile. Hélas, elle ne pouvait promettre ce que Chloé espérait.

— Je te confie Nathan, en échange ! lui déclara-t-elle pour ne pas l'inquiéter et retourner la situation en sa faveur. Tu prends soin de lui, hein ?

Chloé regarda alors Nathan, qui se mit à rougir comme une tomate.

— Je… Je serai gentille avec lui, oui.

Kaya put percevoir de la gêne et de l'hésitation dans sa voix, mais aussi beaucoup de sincérité. Tout commençait maintenant pour eux. Pouvait-elle croire qu'un amour comme celui qu'elle avait connu avec Adam était en train de naître entre Chloé et Nathan ? Elle regarda le sol, avec cette impression bizarre de distance, comme si sa relation avec Adam avait été vécue dans une autre vie, à une autre époque ou dans une autre dimension. Ses souvenirs d'eux deux au lycée devenaient plus flous, moins nombreux. La perception de ses souvenirs lui jouait-elle des tours ? Une impression d'inaccessibilité sans doute liée à son absence définitive rendait-elle son cerveau moins efficace ? Sa poitrine opprima tout à coup son cœur. Se pouvait-il qu'elle perde par morceaux ce qui la reliait à Adam ? Elle se força à leur sourire. Elle ne devait pas s'inquiéter. Tout n'était pas perdu. Tant qu'elle s'accrocherait à son image, Adam resterait ancré en elle.

Adam est avec moi, quoi qu'il arrive… Je ne dois pas douter.

Bientôt, d'autres enfants vinrent les rejoindre, laissant cette brève panique de côté. Kaya se vit rapidement dans l'obligation de continuer son histoire, interrompue plus tôt dans la soirée. Tirée par plusieurs petites mains bienfaitrices, elle se laissa alors porter par leur entrain et leur insouciance.

9
GÉNÉREUX

— Merci pour cette soirée.
— Merci à vous, Kaya, d'être venue nous rencontrer. Ce fut un plaisir.
Michelle attrapa la main de Kaya doucement et lui sourit.
— Soyez prudents sur la route ! ajouta-t-elle à l'intention d'Ethan.
— Kaya n'aime pas quand je roule vite, donc pas d'inquiétude ! lui répondit celui-ci pour la rassurer, tout en ne cachant pas toutefois une forme de reproche à la jeune femme qui leva les yeux devant son air réprobateur.

Après un dernier au revoir de la main, Kaya et Ethan quittèrent l'orphelinat. La jeune femme réajusta son manteau pour mieux couvrir son cou. Le froid de décembre était terrible cette année et elle ne devait surtout pas tomber malade ; elle ne pouvait rater une journée de travail.

— Merci pour cette soirée, Ethan… déclara Kaya timidement, tandis qu'ils se dirigeaient vers la Corvette Stingray.

Surpris, Ethan la regarda avec insistance sans pour autant trouver une réponse à cette gentillesse impromptue. Elle se sentit alors dans l'obligation d'argumenter cette soudaine reconnaissance.

— Même si je n'aime pas l'ambiance de Noël, je dois reconnaître que ce fut une agréable soirée malgré tout.

Ethan esquissa un grand sourire entendu que Kaya interpréta rapidement de façon libidineuse.

— Non pas parce qu'il s'est passé quelque chose dans le local, mais pour la gentillesse des gens et des enfants ! rétorqua-t-elle de façon marquée. Pourquoi avec toi, je dois toujours me justifier ! Ce n'est pas vrai !

Ethan ricana.

— Pfff ! Hypocrite ! C'est bien parce qu'il s'est passé quelque chose dans le local que ta soirée a été fort agréable !

Kaya lui frappa le bras et Ethan se déporta légèrement du trottoir tout en ricanant.

— Vantard !

— Non, réaliste !

Kaya leva à nouveau les yeux de dépit. Il ne lâcherait pas l'affaire, quoi qu'elle dise.

— Tu m'énerves ! Il faut toujours que tu tournes les choses selon ton point de vue ! C'est vraiment agaçant !

Ethan s'arrêta et la contempla un instant. Kaya fit quelques pas avant de réaliser qu'il ne la suivait plus. Elle se tourna alors pour voir ce qu'il fabriquait. Il se tenait droit, les mains dans les poches, le regard vif.

— Donc d'après toi, ce qui s'est passé dans le local n'a pas contribué à la réussite de cette soirée ? lui demanda-t-il, un brin sceptique et réprobateur.

Kaya se mit à rougir et avala sa salive difficilement.

Pourquoi faut-il qu'il mette toujours autant d'importance à nos moments...plus intimes ?

— Euh... Eh bien... Elle y a contribué... mais sans, cela aurait été quand même une soirée agréable !

Ethan s'esclaffa comme à chaque fois devant son peu de

sincérité les concernant. Il s'approcha, puis se pencha pour placer son visage juste devant le sien et ne rien rater de son trouble lorsqu'il lui poserait la question qui brûlait ses lèvres.

— Donc en gros, ce fut la cerise sur le gâteau ?

Kaya déglutit une nouvelle fois. Les yeux perçants d'Ethan étaient en train de l'obliger à dire des vérités difficilement avouables une nouvelle fois. Son insistance n'était muée que par le plaisir extrême de la voir admettre l'inadmissible. Toujours cette confrontation entre eux où le plus faible se ferait prendre au piège et devrait s'incliner. Et cette fois-ci, il était clair qu'il l'avait eue !

Va en enfer, Ethan Abberline ! Tu m'énerves !

— Si tu veux... lui répondit-elle d'une petite voix, avant de tourner les talons et repartir vers la voiture tout en le snobant comme elle put.

Non, Ethan ! Tu ne m'auras pas ! Je ne rentrerais pas dans le jeu des bienfaits du sexe envers et contre tout ! Je ne validerai pas ta proposition !

Ethan secoua la tête, amusé par son comportement à la fois mignon et capricieux, puis réalisa que c'était peut-être la dernière fois qu'il pouvait l'apprécier. La dernière fois... Un sentiment de panique le saisit et son sourire s'effaça instantanément. Il regarda à nouveau Kaya qui serrait les dents, avançant seule, le corps tendu, et visiblement agacée par sa façon de vouloir toujours lui tirer les vers du nez et chercher la petite bête. Que ressentait-elle de son côté ? Y pensait-elle ? Pouvait-il espérer qu'elle aussi craigne ce moment où il faudrait faire un choix ? Son choix était sans nul doute déjà fait. Son cœur se serra. Était-il vraiment le seul à redouter cette échéance de cette fin de soirée ?

Ethan appuya sur un des boutons de la clé de la voiture et l'ouverture centralisée des portes s'activa. Il invita Kaya à s'asseoir en silence, puis alla s'installer sur son siège. Les minutes qui suivirent leur départ s'écoulèrent de façon plus longue. Ethan alluma la radio pour tenter de calmer l'angoisse qui le rongeait. Ils arrivaient au moment fatidique d'une réponse sur l'avenir de leur relation : la soirée touchait à sa fin et il refusait de l'envisager. Elle voulait le quitter définitivement ; elle le lui avait dit. Avait-elle changé d'avis depuis ? Il se mit à réfléchir sur la manière de repousser cette éventualité d'un adieu entre eux. En vain. Le doute l'assaillait. Kaya s'était vite refermée sur elle-même une fois à l'intérieur de la Corvette ; son visage ne mentait pas, toute son attitude était tendue et distante. La légèreté de leur départ de l'orphelinat avait disparu pour laisser la place à une atmosphère plus lourde.

La musique, qui caressait leurs oreilles, alimentait cette sensation étrange au lieu d'alléger les choses. Le chanteur de Radiohead chantait le désarroi qui enflait dans le cœur d'Ethan. Cela l'agaçait d'être si sensible à cette fin inéluctable. Il n'aimait pas qu'on le force à faire les choses qu'il ne voulait pas. Et savoir que la suite dépendait du bon vouloir de Kaya le minait autant que ça le rendait fou de rage. Les accords rock forts, puissants de la guitare, contrastaient avec la voix si mélancolique du chanteur et lui tordaient le cœur. *Creep* résonnait dans l'habitacle et Ethan ne pouvait s'empêcher de ressentir de l'amertume en écoutant les paroles. Kaya était spéciale. Depuis le début, elle dépassait l'entendement. Elle était différente des autres femmes qu'il avait pu connaître. Contre toute attente, il s'était habitué à elle. Il cherchait même sa présence. Un comble, lui qui se contentait de faire bonne figure et restait plutôt froid avec la gent féminine ! Pouvait-il paraître, lui aussi, spécial à ses yeux ? Il avait toujours douté de son utilité, de l'intérêt de son existence dans ce monde. Il se trouvait tellement minable depuis des années. Il était même monstrueux et cette chanson trouvait un écho triste en lui. La Belle et la Bête… Elle, l'ange qui égayait une vie et lui qui se trouvait pitoyable d'exiger encore plus de sa présence à ses côtés. Il en était arrivé à ce stade. Vouloir cette femme à ses côtés. Peu importait la manière, tant qu'elle continuait d'attiser sa curiosité, de lui donner un objectif réel et qu'elle l'obligeait à se surpasser. Il serra le volant au moment des envolées lyriques du chanteur où il criait « She run, run, run ». Kaya allait encore courir loin de lui, elle allait une nouvelle fois fuir. Il le sentait. Son silence, sa posture recroquevillée, son regard fuyant. Elle amorçait leurs adieux. Et le pire dans tout ça, était qu'il ne trouvait plus de parades pour l'empêcher d'agir. Il était à court d'arguments. Il ne pouvait pas la forcer à faire ce qu'elle ne voulait pas.

C'était bien le problème. C'était toujours le même problème. Sa mère ou Kaya... Il arrivait toujours au même résultat : il était délaissé. L'amertume et l'angoisse se transformaient peu à peu en colère. Il ne voulait pas accepter cela. Il ne le méritait pas. Cindy n'avait cessé de lui rabâcher qu'il était un type bien, qu'il trouverait un jour ce qu'il cherchait, même s'il en doutait, même s'il refusait de voir la vérité en face. La vérité, ce soir, il la voyait très clairement. Certaines choses ne changeraient jamais. Certaines personnes n'étaient pas faites pour être heureuses, ni pour être aimées à leur juste valeur. L'amour, la reconnaissance, l'attention, étaient des valeurs qui lui étaient interdites ou bien données à petites doses par des personnes dont il se fichait. C'était ainsi. Il y avait des objectifs et des espoirs qui ne pouvaient être réalisés. Plus il s'accrochait à vouloir lutter contre cette fatalité et plus il en souffrait.

Peut-être que le mieux est d'accepter cette fatalité ? Baisser les bras ne me fera sans doute plus autant douter et m'alarmer sur ce que je pourrais éventuellement perdre. L'espoir fait bien plus mal... Tu le sais, non ? Alors, arrête de t'entêter avec elle. Les femmes sont ainsi : égoïstes.

Il stoppa la voiture devant l'immeuble où vivait dorénavant

Kaya et mit les warnings, dans un état d'inquiétude avancée. Kaya esquissa un sourire amer et se tourna vers lui après avoir détaché sa ceinture de sécurité.

— Merci pour la soirée… lui déclara-t-elle doucement.
— Tu me l'as déjà dit ! Tu te répètes…

Ethan pesta intérieurement. Sa rage et son impuissance étaient en train de prendre des proportions qui le dépassaient au point de lui répondre avec agressivité. Kaya baissa les yeux, navrée. Elle savait qu'il ne voulait pas entendre ce qu'elle avait à lui annoncer, mais elle devait lui dire clairement les choses pour qu'il n'y ait plus de doute sur ce qu'il adviendrait.

— Écoute Ethan…
— Ne fais pas ça ! la coupa-t-il sans ménagement d'un ton sec.

Kaya avala le reste de sa phrase difficilement, mais le regard d'Ethan acheva sa volonté de continuer. Il soupira, tout en serrant ses doigts autour du volant. Sa frustration, son indignation et son indétermination à renoncer le rendaient dingue. Ses mots sortaient tout seuls, encore une fois. Plus ou moins consciemment, son corps se révoltait, son esprit refusait la fin. L'évidence était telle qu'il n'avait plus le choix.

— Ne fais pas ça ! répéta-t-il tout en regardant maintenant droit devant lui le bout de la rue. Il y a forcément une solution. On doit en discuter et…
— Il n'y a rien à discuter, Ethan ! intervint-elle plus fort et plus véhémente qu'elle ne l'aurait voulu. Ils ont tabassé Adam, ils auraient pu le tuer ! Ils reviendront plus nombreux et tu feras quoi ? Tu te battras encore ? Jusqu'à ce que tu sois dans le même état qu'Adam ? Je ne le supporterai pas. Je ne peux pas. Pas une nouvelle fois. Pour n'importe quelle personne. J'ai pris la fuite et je sais qu'ils me retrouveront si ce n'est pas moi qui reviens vers eux. Je sais que Barratero ne va pas me rater. Je t'en prie, Ethan… Je ne veux que te protéger ! Je ne veux plus blesser personne. À

chaque fois que les choses se sont arrangées dans ma vie, que j'ai pu retrouver de l'espoir, le malheur m'est retombé dessus. Chaque soupir de soulagement que j'ai pu lâcher fut de courte durée. Ma vie est une suite de désillusions : la mort de ma mère quand j'étais enfant, ma vie loin d'Adam, l'alcoolisme de mon père, sa maladie, les dettes, la mort d'Adam... Ethan, je ne suis pas une personne qui te donnera ce que tu cherches et répondra à tes questions. Par-dessus tout, je t'apporterai plus de tristesse et de malheur que de bonheur. Ma vie n'est pas drôle. Nos chamailleries ne sont qu'illusions. J'ai peur de chaque lendemain. Je suis incapable de faire des projets. Je me suis enfermée dans un monde de solitude volontairement, car ma vie n'est que désolation. S'il venait encore à se passer quoi que ce soit de mal pour toi ou pour quelqu'un d'autre, Ethan, je ne m'en remettrais pas. Oui, je recule. Oui, je suis une trouillarde. Mais j'assume. On n'est pas fait pour s'entendre. Si on arrive à communiquer tous les deux un peu plus depuis quelque temps, ne nous leurrons pas, nos caractères sont bien trop différents pour que l'on s'accorde sur du long terme. Sans parler de cette proposition bancale de consolation... Soyons objectifs, ça ne tient pas debout. C'est insensé. Ça ne tiendra jamais. Ça ne peut que mener à un fiasco. S'il te plaît... Comprends-moi. Ne complique pas les choses.

Ethan tourna la tête et la regarda à nouveau droit dans les yeux. Des yeux si tristes, si perdus, si inquiets.

— Et toi ? Qui va te protéger ?

Sa question avait été franche, grave, sonnant presque comme un reproche. Kaya regarda ses mains sur ses genoux. Elle n'avait bien évidemment pas de réponses à lui donner. Sa vie était en sursis depuis tellement longtemps qu'elle ne se posait même plus cette question.

— Va au moins voir la police... Je sais que tu t'y refuses, mais tu ne peux pas rester ainsi. Il y a des limites. Tu ne peux pas attendre une sentence que tu ne mérites pas ! Putain, merde, Kaya ! Il y a forcément une solution !

— Ils me puniront si je vais me plaindre à la police. Ils me le feront payer encore plus. Nous avons déjà tenté avec Adam. C'est une voie sans issue. La police ne bougera pas. Les preuves ne sont pas assez flagrantes. La solution est de payer cent cinquante mille euros et cette solution est impossible.

La voix de Kaya s'était éteinte avec le dernier mot, comme si elle acceptait cette fatalité, comme si elle était résignée. Ethan ne le supportait pas. Il frappa le volant violemment, faisant sursauter Kaya au passage. Il lui lança ensuite un regard noir, un regard bagarreur. Ce même regard qu'elle avait pu retrouver au Silky Club ou au Sanctuaire. Il cherchait la solution de ce côté-là et elle ne pouvait le laisser faire.

— Je ne te laisserai pas toute seule ! insista-t-il dans un excès de rage et de détresse.

— Ethan, ne sois pas ridicule ! Ne te mêle pas de ça. Les provoquer ne mènera à rien. Et ta présence ne fera qu'envenimer mes problèmes.

Il se passa la main sur le visage pour tenter de calmer sa colère et son impuissance, puis expira bruyamment. Il cacha le bas de son visage sous son bras appuyé sur le volant et, au bout de quelques secondes qui parurent interminables pour Kaya, lui lança finalement un regard plus tendre et vaincu. Tous deux se contemplèrent en silence jusqu'à ce que Kaya lui sourie, résignée.

— Je me suis quand même bien amusée, malgré tout, tu sais ! lui avoua-t-elle dans un élan de complicité voulue. La cerise, d'ordinaire, je n'y ai jamais droit ! Je n'ai même pas le droit de goûter au gâteau... C'est un peu bizarre, quand on voit que c'est un connard qui me l'a laissée !

Kaya se mit à rire toute seule, en réalisant l'invraisemblance de leur rencontre et de leur relation. Elle se tortillait les doigts fébrilement et n'osait plus le regarder en face après cet aveu. Le mutisme d'Ethan ne calmait pas son appréhension à lui dire le mot « adieu ». Suite à son aveu, Ethan regarda ses pieds près des pédales de la voiture, toujours la tête entre ses bras appuyés contre le volant. Kaya voyait bien qu'il tentait de contenir son énervement, tout comme sa déception. En définitive, ils se trouvaient tous deux maladroits et nuls, elle à regarder ses doigts et lui à se recroqueviller derrière son volant. Même les mots n'apportaient aucun réconfort. Les explications et aveux non plus.

— Kaya... s'il n'y avait pas eu ton problème de dettes, aurais-tu continué de me voir ? demanda-t-il en relevant sa tête.

La jeune femme releva la tête instinctivement et le regarda, surprise de sa demande. Le regard de tristesse qu'il lui montrait à présent lui déchira la poitrine. Elle déglutit et inspira un bon coup pour se donner une dernière salve de courage et mettre fin définitivement à tout cela.

— Il faudrait être... folle ou masochiste... pour accepter de fréquenter régulièrement un connard !

Elle lui offrit alors un petit sourire auquel il répondit volontiers. Elle se pencha alors vers lui et déposa un baiser léger sur sa joue. Ethan ferma les yeux un instant pour savourer cette dernière attention qui contrastait avec ses derniers propos.

— Prends bien soin de toi, Ethan. Je suis sûre que tu trouveras un jour la pire connasse au monde qui vengera toute la gent féminine que tu as martyrisée ! Prépare-toi bien pour ce moment-là !

Elle lui lança ensuite un clin d'œil et quitta la voiture. Ethan la regarda s'éloigner et s'esclaffa.

— Prends soin de toi, Ethan... répéta-t-il d'un air consterné. Quelle crétine ! Elle ne pense même pas à elle avant !

Il se toucha la joue tandis qu'elle disparaissait derrière la porte cochère de son immeuble. Il regarda ensuite son volant, puis son tableau de bord, l'air perdu. Il n'aimait pas cette impression de vide qui l'assaillait. Il aimait encore moins cette absence de but qui rongeait son être, comme si on lui avait enlevé tout espoir maintenant que tout était fini. Il ne lui avait pas couru après. Cette fois-ci, il l'avait regardé partir. Il avait même obtenu un semblant d'adieu en face à face. Pourtant, il se sentait creux. La séparation avait été plus propre que la première avec la lettre, mais tout aussi amère, voire pire. Qu'allait-il faire maintenant ? Comment allait-il passer ses journées ? Quelle relation pouvait-il maintenant espérer avoir avec une autre femme ?

La pire connasse au monde qui vengera toute la gent féminine que j'ai martyrisée…

Ethan se mit à rire. Son rire lui permit d'évacuer sa frustration. Il rigola de bon cœur, réalisant que la seule l'ayant vraiment remis jusque-là à sa place était bien Kaya. Il se regarda alors dans le rétroviseur, s'attrapa l'arête du nez du bout des doigts et posa son coude contre sa portière, vaincu.

Les bêtes monstrueuses ne deviennent pas des princes charmants… c'est sans doute mieux ainsi.

Ses mains étaient maintenant fébriles. La solitude… Lui aussi, il la connaissait. Lui aussi, il avait dû apprendre à vivre avec. Il se regarda une nouvelle fois dans le rétroviseur. Ses pupilles étaient grandes, comme si elles annonçaient la noirceur, mais aussi qu'elles pouvaient tout encaisser puisqu'il n'y avait que le néant dans ses yeux. Oui, la solitude avait été son amie, mais aussi sa force. Une force qu'il a gagnée en se forgeant un mental à toute épreuve.

Les monstres ne défendent aussi que leurs intérêts. Ils sont individualistes… et pleins d'objectifs !

Il démarra la voiture et sentit grandir en lui d'une nouvelle ambition.

Depuis quand un connard fait-il en fonction du bon vouloir des autres ? Les monstres ne sont pas là pour être aimables, bienveillants ou gentils ! La gentillesse mène à la douleur... Je me fiche de ce que tu penses, Kaya. Mes intérêts avant tout !

— Ah ! Te voilà enfin ! lança Ethan, clairement agacé d'avoir autant attendu.

— Ça va, ça va... cool, mec !

— Je t'ai dit de te grouiller, Eddy ! Ce n'est pas pour que tu comptes les pâquerettes dans le square à côté de l'entrepôt !

Eddy grimaça devant ses remontrances. Son ami semblait être d'une humeur massacrante et peu enclin à la plaisanterie.

— Le mec aux pâquerettes peut entrer ou doit-il vérifier s'il doit aussi compter les coquelicots, dans le square ?

Ethan le dévisagea d'un air désabusé, puis lui ouvrit grand la porte pour le laisser entrer dans l'appartement. Eddy fit trois pas dans le salon, puis se stoppa net, surpris, et se tourna vers Ethan.

— C'est une blague ? On peut savoir qu'est-ce que c'est que ce cirque ?

Eddy montra du doigt le canapé, avec dégoût. Oliver et Sam étaient assis sur le canapé et attendaient en silence. Oliver était prêt à tuer un lion. Quant à Sam, il commençait à s'impatienter sérieusement en faisant taper son talon au sol.

— Crois-moi Eddy, moi non plus, ça ne me plaît pas de te voir ici ! rétorqua Oliver, le regard perçant.

— Saaans déconneeer ! répondit Eddy, sur le ton de la provocation.

— Ne commencez pas ! coupa Ethan. On n'est pas là pour que vous régliez vos comptes une nouvelle fois. On sait que ce n'est pas le grand amour entre vous deux, mais ce n'est pas l'objet de cette réunion.

— Et quel est l'objet de cette réunion ? demanda Sam, de façon impatiente. Ou devons-nous attendre encore quelqu'un ?

— Difficile de faire pire, niveau invité ! marmonna Oliver, tout en croisant bras et jambes.

Eddy regarda Oliver d'un œil torve et alla s'enfoncer dans un des fauteuils.

— Non, vous êtes tous là… déclara Ethan. Si vous êtes tous les trois ici, c'est que j'ai besoin de vous trois en même temps. Tu penses bien, Oliver, que je n'aurais pas fait venir Eddy si je n'avais pas besoin de lui, sachant très bien que vous ne pouvez pas vous piffrer.

— Non, mais par contre, je doute de l'utilité d'Oliver dans ce que tu projettes ! intervint Eddy, de façon sarcastique.

Eddy lança un sourire faux à Oliver qui décroisa les jambes, prêt à en découdre. Ethan se posta entre les deux pour couper court à leurs échanges houleux.

— J'ai besoin de tout le monde ! Vous avez chacun un atout pouvant m'aider. Donc pas de morts maintenant, s'il vous plaît !

Eddy eut un regard interrogateur et fit un geste circulaire de la main pour que son ami déroule et argumente la suite. Oliver se renfonça dans le canapé, acceptant la trêve momentanée. Quant à Sam, il se passa la main sur le visage, déjà fatigué de ce qui se tramait.

— Je savais que je n'aurais pas dû décrocher ce foutu téléphone et dormir plus ! lança-t-il tandis qu'Oliver levait les yeux de dépit et Eddy restait grognon. Je le sens déjà mal !

— Tu dormiras après, Sam ! lui rétorqua Ethan en lui tapotant l'épaule. Trois heures du matin, ce n'est rien pour un Casanova, dieu du sexe !

Celui-ci se mit à sourire, voyant bien qu'Ethan trouverait toujours le bon argument pour le caresser dans le sens du poil. Par contre, il doutait sérieusement de la suite pour Oliver et Eddy. Oliver et Eddy, c'était une relation conflictuelle qui ne datait pas d'hier. Sam avait connu Ethan et Oliver à la fac et déjà à cette époque, Oliver n'aimait pas Eddy. Il avait compris que leurs désaccords tournaient autour d'Ethan et de son passé. Si Sam ignorait une bonne partie du passé d'Ethan, il savait cependant qu'Ethan avait connu Eddy avant Oliver, qu'il avait compté dans sa vie dans une mesure autre que l'amitié qui l'unissait à Oliver.

Pour Oliver, Eddy était l'archétype de la débauche, de la délinquance. Oliver n'était pas non plus un ange à une certaine période de sa vie, mais Eddy était vraiment un voyou dans le sens propre du terme. Il ne vivait pas, mais vivotait. Il était une canaille, jouant sur toutes les magouilles pour avoir les bons plans, n'hésitant pas à passer pour un bandit. Oliver ne supportait pas l'influence négative que pouvait avoir Eddy sur Ethan. Il représentait la part obscure d'Ethan, celle qui le rendait méfiant, bagarreur, sévère, froid. Si Ethan avait toujours gardé une certaine droiture dans son comportement, il n'en était pas moins qu'Eddy était un danger pour Ethan, car le milieu d'où venait Eddy était peu recommandable. Malgré tout, Ethan l'avait toujours protégé, lui et leur relation.

— Voilà… j'ai besoin de vos lumières…

Ethan se frotta la tête, hésitant.

— Vous connaissez tous Kaya… continua-t-il.

Sam se mit à sourire tandis qu'Eddy montra un visage de consternation.

— Nous y voici ! fit Sam. Elle te fait vraiment rendre chèvre, ma parole ! lança-t-il, amusé. Même un dimanche à trois heures du mat' !

Ethan ne broncha pas devant l'évidence.

— Qu'est-ce qu'il y a avec Kaya ? demanda calmement Oliver.

Ethan soupira.

— Kaya a des dettes. De grosses dettes.

— Combien ? fit Oliver, pragmatique.

— Non ! s'offusqua tout à coup Eddy. Ne me dis pas que tu veux aller voir Barratero ! Ma parole, t'es dingue ! Je t'ai dit que c'était mort ! Ce type est intouchable.

— Qui est Barratero ? demanda Sam, intrigué.

— Kaya doit des thunes à un patron de casino, répondit Eddy de façon plus grave, sauf que ce type n'est pas un minot. Il a des connexions partout et même s'il trempe dans des trucs louches, il assure suffisamment bien ses arrières pour ne pas être pris. On ne joue pas avec lui sans avoir de quoi riposter.

— Combien ?! répéta Oliver, agacé qu'on ne réponde pas à sa simple question.

— Cent cinquante mille euros, fit Ethan d'une voix éteinte.

— Oh merde ! murmura Sam, effaré

Oliver écarquilla les yeux devant le montant énoncé.

— Son père a contracté des dettes de jeux avant de mourir et elle a récupéré le fardeau.

La voix d'Ethan se fit plus grave, plus inquiète.

— Si elle ne donne pas ses versements, ils viennent la trouver. Je l'ai sortie une fois d'une agression, mais je ne peux rester inactif, à attendre que le pire arrive au coin de la rue.

— Elle a subi une autre agression ? s'interrogea Eddy tout à coup, cherchant à comprendre l'objectif de cette réunion et ce qui a pu évoluer depuis. C'est pour ça qu'elle a disparu de la circulation jusqu'à ce que tu la retrouves ?

— Non, elle n'a pas été attaquée depuis, mais oui, si elle a pris ses distances jusqu'à disparaître, c'est pour… me protéger.

Ethan baissa les yeux. Ses amis le fixèrent, hébétés.

— Protéger ? fit Sam. Toi ?

Ethan soupira.

— Si tu savais comme je m'en fous qu'on me protège ! continua-t-il, mauvais.

Eddy esquissa un sourire. Il pouvait reconnaître la bonté de Kaya et sa perspicacité. Éloigner Ethan était sans doute la meilleure preuve de respect ou peut-être même d'affection qu'elle pouvait lui montrer. Son enquête sur Barratero l'avait conduit sans doute au même constat que celui qu'elle devait vivre depuis des années : l'impuissance. Kaya était une personne droite, bienveillante et sa prise de distance avec Ethan montrait bien la conscience du danger qu'elle représentait pour lui.

— Et c'est quoi l'idée ? demanda Sam. Te connaissant, on ne te dicte pas ta conduite, pas vrai ? Tu comptes agir contre Barratero ? Comment ?

— Je vais tout simplement payer les cent cinquante mille euros.

La réponse d'Ethan avait claqué l'air, telle une évidence.

— C'est une blague ? s'inquiéta Oliver en se levant du canapé.

— Hé ! C'est ma réplique, ça ! rétorqua Eddy, comme un reproche.

— T'es pas sérieux ? continua Oliver tout en ignorant son ennemi. On parle de cent cinquante mille euros, putain ! Cent cinquante mille euros !

— Je sais ! Ce n'est pas une petite somme, mais c'est la seule solution pour que tout le monde s'en sorte sans grabuge.

— Et où comptes-tu récupérer l'argent ? lui demanda Sam, très inquiet de la suite.

— J'avais pensé... Je lui dois trente mille euros pour la réussite du contrat. Elle n'a pas récupéré cet argent, et même si elle n'en veut pas directement, je peux déjà sortir cela comme prétexte. Quant au reste...

— Quant au reste ? répéta Oliver, d'un air moralisateur.

— Quant au reste, je lui avancerai aussi, en piochant sur mon compte personnel.

Oliver s'attrapa les cheveux, effaré par le projet d'Ethan. Lui d'habitude si sensé, semblait être complètement irresponsable.

— Ethan, si tu sors cet argent de ton compte, tu n'auras plus un sou en poche. Adieu les projets d'avenir. Adieu, les extras. Tu te rends bien compte de ce que ça signifie. Tu repars de zéro ! Tu ne pourras plus prévoir le pire ni même te payer quoi que ce soit en cas de tuiles.

Les avertissements d'Oliver sonnaient comme le glas aux oreilles des hommes, mais Ethan semblait en avoir conscience, malgré les risques qu'impliquaient son audacieux projet.

— Je sais… ça paraît irresponsable de foutre en l'air tout ce que j'ai, mais c'est la seule solution.

— Et tu as cet argent sur ton compte ? s'étonna Sam, sceptique.

Ethan se frotta les mains nerveusement, puis s'assit sur la marche qui séparait le salon de l'espace home cinéma où ses amis se trouvaient assis.

— Je les ai, oui. J'ai cent soixante mille euros d'économie. Il y a un peu plus de deux ans, j'ai joué en bourse et j'ai revendu mes actions il y a un an, au bon moment. J'ai gagné cent mille euros. À l'époque, je n'ai rien dit, car je fus le premier étonné d'une part d'avoir eu un si bon flair, sachant qu'une semaine après la vente de mes actions, les cours s'effondraient, d'autre part parce que je ne voulais pas que vous pariiez, vous aussi, en apprenant mes gains et vous basant sur mes pronostics. Seul Oliver l'a su, vu qu'il gère tous mes comptes, personnels et professionnels. J'étais intrigué par tout ce système d'achats et de reventes d'actions. Mes soirées cocktails m'ont permis de sonder ceux qui jouaient en bourse aussi et de grappiller conseils et avertissements. Je dois dire que je me suis vite pris au jeu. J'ai creusé et j'ai tenté. J'ai eu pas mal de chance. C'est malgré tout un investissement chronophage qui n'apporte pas de réelles garanties. C'est intéressant, mais très casse-gueule. Je n'ai pas retenté l'expérience pour ces raisons. Le côté addictif peut vite apparaître et je sentais bien que le reste pouvait en pâtir si je continuais. C'est sans doute là, où le père de Kaya n'a pas vu ses limites. L'argent gagné ainsi semble si facile… Moi, j'avais les employés d'Abberline Cosmetic comme frein à la déraison. Je ne pouvais pas jouer l'entreprise et leur emploi, leur vie, sur un coup de tête.

Ethan fit une pause dans son discours. Il se triturait toujours les doigts, les coudes sur ses genoux, presque honteux d'avoir à admettre qu'il avait réussi un tel challenge sans en avoir soufflé mot à ses amis.

— En payant les dettes de Kaya, je rends en quelque sorte justice à son père qui a, sans doute, rêvé toutes ces années de gagner une telle somme pour le bonheur de sa fille…

Eddy se pencha en avant, s'appuyant également sur ses coudes, et se mit à rire après son discours.

— Il n'y a pas à dire, tu es un putain d'enfoiré ! fit-il, épaté. Mais ça ne m'étonne pas. Que ce soit tes placements en bourse ou le règlement des dettes de Kaya. Tu es une tête brûlée, donc tu agis pour calmer ta curiosité et tes interrogations. Tu es un testeur, un touche-à-tout, un conquérant. Tu aimes contrôler et ne supportes pas ce qui est mystérieux à ta connaissance, ce qui t'est inaccessible. Tu te lances constamment des défis. Même pour Kaya, je m'en doutais qu'on y reviendrait.

— Ne l'encourage pas, Eddy ! s'énerva Sam. Il ne va pas vider son compte en banque pour une femme. T'as perdu la tête, Ethan ! Oliver a raison ! J'aime bien Kaya. Elle semble être une fille sympa, mais de là à débourser une telle somme alors que tu la connais depuis quoi ? Un mois ? Même pas ! C'est insensé ! C'est ta propre vie que tu fous en l'air !

Oliver se leva du canapé et s'étira en se courbant le dos en arrière.

— Tu crois franchement que c'est ta remarque qui va le faire changer d'avis, Sam ? Regarde-le ! Il a déjà pris sa décision depuis longtemps et on pourra lui chanter la messe autant qu'on voudra, il est déjà parti en guerre. On l'aura prévenu. Maintenant, il est majeur. Tant pis s'il se vautre. On restera quand même là pour le relever.

Sam et Oliver sourirent de façon entendue sur l'évidence de leur soutien, sur l'importance de leur amitié. Eddy, lui, continua à rire dans son coin.

— Putain, mec, je te savais généreux, mais là, ça dépasse l'entendement ! Sait-elle au moins ce que tu comptes faire pour elle ?

— Je compte justement sur vous pour votre discrétion. Je sais très bien que Kaya va mal le prendre.

— Très mal, ouais ! renchérit Eddy, amusé à l'idée de voir la manière dont elle allait le trucider.

— Elle risque de m'en vouloir à vie, je sais… mais je m'en fiche ! L'essentiel est qu'elle puisse voir l'avenir.

Ethan esquissa un petit sourire, l'esprit tout à coup ailleurs. Sam, Oliver et Eddy se regardèrent alors pour vérifier si chacun avait senti qu'il y avait bien plus derrière cette promesse d'avenir.

— Aimerais-tu un avenir avec elle ? osa demander Sam, sachant très bien qu'il se risquait sur un terrain glissant que celui des relations sérieuses d'Ethan avec les femmes.

Ethan écarquilla les yeux

— Je t'arrête tout de suite ! Si tu insinues que je suis amoureux ou un truc mielleux du genre, tu as tout faux ! J'assure juste mes arrières en la mettant en position de dépendance vis-à-vis de moi. La volonté de Kaya de rester intègre la poussera à vouloir me rembourser coûte que coûte. Je l'ai assez cernée pour connaître son sens des responsabilités. Je ne m'aventure pas non plus au hasard. Je vais donc devenir son créancier. Ainsi, j'aurais enfin l'ascendant sur elle et je pourrais enfin lui montrer qui est le maître entre nous deux ! J'en jubile d'avance ! Depuis le temps qu'elle me met à l'épreuve et ose me rabaisser, je tiens ma revanche ! Je vois déjà son visage écœuré...

Ethan esquissa un petit sourire, le regard brillant.

— Ce sera... jouissif !

Oliver se mit à rire à son tour.

— Même ça, il y a pensé en amont ! remarqua-t-il, malgré tout pas dupe sur l'excuse bidon qu'il leur fournissait.

Ethan le dévisagea, surpris.

— Quoi ? Ce n'est pas nouveau que je tente désespérément de lui montrer qui est le patron. C'est même la seule raison qui me pousse à poursuivre avec elle ! Jamais vu femme plus rebelle qu'elle !

— Mais oui... C'est ça ! lança Eddy, pas dupe non plus.

— Il y a un point qui n'a pas été encore éclairci... commenta Oliver, toujours dans l'analyse de la situation. Pourquoi as-tu besoin de nous trois en même temps ?

— Aaah ! Voilà une bonne question ! rétorqua Eddy d'un ton sarcastique, toujours peu envieux de collaborer avec l'ennemi, lui non plus. C'est que tu remonterais presque dans mon estime en dévoilant un centimètre cube de ton intelligence !

— Admire effectivement ! répondit Oliver, vicieux. Tu dois bien être jaloux, toi qui n'en as pas du tout !

— Oula ! Mais c'est qu'en plus, il sait répondre ! ajouta-t-il toujours sarcastique. Ethan ! Tu as de la concurrence, niveau QI ! Attention ! Ça ne rigole plus !

— Arrêtez ! Bon sang ! Vous êtes fatigants, sans déconner ! souffla Ethan. Il va falloir assurer pour mettre le plan à exécution. Oliver, combien de temps faut-il pour obtenir un chèque de banque ou de la liquidité ?

— Deux jours pour un chèque de banque, deux à trois jours pour l'espèce. À voir avec la banque…

— Ça pourrait le faire ! répondit Ethan, sensiblement impatient de passer à l'action. Je veux donner l'argent au plus tard mercredi soir, car c'est le réveillon de Noël et je dois le passer aux États-Unis chez les Abberline, donc on a trois jours. Si je tiens compte des six heures en moins de décalage horaire à New York, j'ai jusqu'à mercredi soir minuit pour régler le problème. Et je ne veux pas attendre la nouvelle année. Qui sait ce qui pourrait arriver à Kaya d'ici mon retour. Penses-tu, Oliver, qu'on puisse négocier cela en deux journées malgré les fêtes, avec un bon responsable de la banque ?

— Aucune idée. Ça doit pouvoir se faire si on se montre persuasifs en faisant jouer la concurrence sur les comptes d'Abberline Cosmetics et en les menaçant d'aller voir en face.

— OK. Super !

— Par contre, attends-toi à un contrôle fiscal pour voir si ce retrait si important n'est pas dans un but crapuleux.

— On va faire ça proprement, justement. Sam, tu es avocat, donc trouve-moi le moyen de faire une quittance de dettes impeccable. Dans ton entourage professionnel, tu devrais pouvoir trouver conseil pour que l'autre enfoiré nous foute la paix une fois la signature effectuée.

— Ouais, ça, je peux ! confirma Sam, positivement.

— Quant à toi, Eddy… Je souhaiterais assurer nos arrières lors de la transaction. Juste au cas où… On a aussi trois jours pour mettre tout ça en place et établir la bonne stratégie. Nous savons qu'ils n'hésitent pas à faire usage de leur force pour déstabiliser ou tirer la couverture à eux. Je veux inverser cette tendance et montrer que le rapport de force se vaut entre les deux partis.

— Et tu penses à… demanda Eddy, intrigué, mais déjà sûr de

la réponse.

— Je veux tous les Blue Wolves… et les autres !

— Sérieux ? Rien que ça ? Tu crois que tout le monde va suivre sans broncher ?

— On va la jouer à la manière de Barratero. Les alliances sont faites pour être mises à l'épreuve si nécessaire. C'est un cas permettant de vérifier les belles paroles.

— Ça sous-entendra de rendre la monnaie de la pièce…

— Je sais… Mais si tout se passe comme je le souhaite, l'intimidation suffira…

10
TERRORISÉE

— Tu as une mine affreuse, ma pauvre fille !
Kaya s'essuya le visage avec lassitude. Si prendre une douche lui avait permis de décontracter un peu ses muscles, la fatigue ne disparaissait pas pour autant. Sa journée en caisse avait été usante. Elle n'avait pas arrêté une seule seconde, les clients défilant afin de payer leurs derniers cadeaux et leur merveilleux repas pour le soir du réveillon. Son reflet dans le miroir présentait un teint pâle. Si elle mangeait un peu mieux depuis qu'Ethan avait réglé ses factures courantes dans le cadre de leur contrat, elle restait toutefois faible physiquement. Elle le sentait. Ses dernières émotions du week-end avaient achevé toute envie d'avancer. Ses adieux à Ethan avaient un goût d'amertume qui ne la quittait pas. Parfois, elle s'imaginait créer une autre à la suite de leur soirée du samedi. Si elle avait accepté de continuer, que se serait-il passé ? La seconde d'après, elle s'insultait d'être si malléable avec cet homme qui ne l'avait pas épargnée par certains faits. Puis, après réflexion, elle reconnaissait que globalement, il avait apporté du bon dans son quotidien. Sans doute trop, pour qu'elle n'arrive plus à le détester et l'oublier facilement. Alors, elle finissait par se moquer d'elle-même une nouvelle fois d'être si accrochée à ce côté gentil qu'il pouvait lui montrer à de rares moments. Elle repensait à sa relation bizarre avec lui et la comparait à celle

qu'elle avait vécue avec Adam : tant de différences dans l'approche, mais aussi trop d'arrière-goûts d'un bonheur qu'elle avait déjà perdu. Quelle relation aurait-elle pu espérer avec Ethan ? La vérité était qu'elle pensait à lui plus que de raison. Si lors de la fin de leur contrat, le quitter lui avait paru aisé, il n'en fut pas de même la seconde fois. Les regrets étaient plus vifs.

Est-ce parce que depuis, nous nous sommes encore plus rapprochés ?

Ce jeu du chat et de la souris lui avait offert des souvenirs bien ancrés en elle. Certains mots, certaines images, certaines situations lui rappelaient un moment passé en sa compagnie. C'était agaçant. Inconcevable même ! Pourtant, Ethan avait réussi à s'imposer vraiment dans sa vie, au point d'en ressentir des regrets et désirer encore sa présence.

Kaya enfila son pyjama et se rendit vers la cuisine avec cette vague impression d'avoir perdu beaucoup plus qu'elle ne l'aurait envisagé en mettant un terme à leur fréquentation.

C'est évident, idiote ! Tu avais malgré tout de la compagnie ! Maintenant, tu es à nouveau seule…

Elle ouvrit le réfrigérateur avec dépit. Son contenu n'annonçait rien de bien merveilleux pour ce réveillon…

— Youhou ! Quel repas succulent de fêtes ! Jambon, reste de pâtes, yaourt. J'en salive d'avance.

Elle referma la porte, aussi sec. Elle détestait vraiment les fêtes de Noël. Un bip sur son téléphone retentit. Elle fixa de loin l'appareil posé négligemment sur le canapé. Elle soupira. Elle n'avait même pas pensé à rendre le téléphone à Ethan. Une seule personne pouvait la contacter maintenant. Il ne restait plus que lui, même si elle allait devoir bientôt s'en séparer aussi : Richard Laurens. Elle se rendit au salon et regarda l'écran de son téléphone avec attention.

Mercredi 24 Déc. 20:37, Richard
Ma très chère Kaya, je vous souhaite un bon réveillon.
Bien à vous. Richard.

Le visage de Kaya se fendit d'un timide sourire. Richard avait prévu de passer les fêtes auprès de son frère et ses neveux. Elle avait tenté de rester forte pour qu'il ne s'inquiète pas sur son cas. Il aurait pu annuler pour rester avec elle s'il avait su qu'elle était seule. Elle avait menti en lui disant qu'elle avait trouvé un petit boulot de serveuse pour une réception. L'idée était crédible et Richard avait été rassuré. Dans les faits, elle n'avait pas eu beaucoup de temps pour chercher ; Ethan avait accaparé ses derniers jours avec ferveur autant physiquement que mentalement. Elle relut son SMS d'un air navré. Mentir n'était pas dans ses habitudes, mais elle s'étonnait d'y arriver si facilement ces temps-ci.

Elle regarda instinctivement le cadre sur une étagère du salon où elle était dans les bras d'Adam.

Il y a un an, on était...

Elle repensa à leur tête-à-tête, devant leur repas ridicule de réveillon. Elle se rappela l'ambiance lourde où chacun piquait avec tristesse et colère ses pommes noisette dans l'assiette. Elle se remémora ensuite sa crise d'hystérie en plein milieu du repas, sa culpabilité à se trouver si nulle, si impuissante. Puis son regard à lui, si triste, à ressentir la même chose, mais aussi son calme toutefois présent alors qu'elle pleurait sa rage de vivre encore un réveillon si pourri. Il avait juste posé sa fourchette et l'avait laissée déverser sa rage dans tout le salon de l'ancien studio, en silence. Puis face à sa réaction si posée, presque inerte, elle avait fini par s'effondrer sur sa chaise. Car même toute la colère du monde ne changerait pas leurs vies. Elle savait qu'elle s'époumonait pour rien. Reporter sa colère sur lui ne changerait rien sur le fond du problème. Elle s'était alors sentie minable. Il s'était alors levé de sa chaise, s'était accroupi devant elle et avait juste dit ces mots…

— Bébé, arrête de t'énerver ! C'est bon, j'ai compris ! Tu veux ta dose de câlins ! Dis-le-moi simplement et on passe direct au dessert…

Il avait affiché un petit sourire coquin qui avait fait tomber tout sentiment de rébellion chez elle. Elle s'était esclaffée et s'était précipitée dans ses bras...

Le souvenir de son odeur, la force de ses bras, son souffle dans son oreille et son si doux « je t'aime » lui firent monter les larmes aux yeux. Elle pouvait encore ressentir maintenant ces petites choses qui faisaient qu'Adam était l'homme le plus adorable au monde. Sa vision se troubla, son nez commença à la picoter. Le chagrin était en train de monter en elle comme une vague insurmontable. Elle tenta de retenir son sanglot en inspirant un bon coup et en essuyant les premières larmes qui glissaient le long de sa joue. Elle n'était toujours pas retournée au cimetière. Al et Phil pouvaient l'y attendre et elle n'avait toujours pas de quoi calmer leur colère. L'aurait-elle un jour ? Repousser l'inévitable… Quelle que soit la somme économisée, elle savait qu'elle allait passer un mauvais quart d'heure quand ils la retrouveraient. Elle se frotta les bras dans un souci de réconfort pour ne pas penser au pire.

Rien ne changerait. Elle le savait. Elle avait déjà tout perdu. Que pouvait lui apporter Ethan qu'elle avait déjà connu et qu'elle savait qu'elle perdrait encore ? Les sourires éphémères servaient à quoi ? Les espoirs n'apportaient qu'une douleur qui la minerait davantage. L'espoir… Où pouvait-il être quand on regardait bien sa situation ? Elle contempla un instant leurs sourires sur ce cadre, en s'essuyant une nouvelle larme.

Le bonheur n'est qu'un rêve… Pourquoi a-t-il fallu que je me réveille à chaque fois que je me complaisais à me blottir contre toi ?

Elle bifurqua ensuite son regard vers sa main gauche où sa petite bague en forme de fleur habillait son annulaire. Elle la fit tourner autour son doigt machinalement.

Pourquoi je me retrouve toute seule, Adam ? Tu n'avais pas le droit de me faire ça...

De nouvelles larmes dévalèrent ses joues jusqu'à ce que son regard remonte sa main et s'arrête à son poignet où le bracelet d'Ethan se trouvait. Elle bloqua dessus un instant. Une bague et un bracelet, deux hommes entrés dans sa vie qu'elle avait poussés vers la sortie... Sa respiration par le nez devenait maintenant difficile. Elle secoua ses mains frénétiquement et regarda le plafond tout en soufflant pour calmer cette nouvelle montée de tristesse. Rester forte devenait de plus en plus dur, plus l'anniversaire de la mort d'Adam approchait. Rester forte devenait un supplice depuis qu'elle réalisait tout ce qu'elle perdait encore.

Un bruit à la porte d'entrée vint la sortir de son spleen. Elle tourna la tête de façon incrédule jusqu'à ce qu'on frappe à nouveau. Était-ce Al et Phil ? La panique la submergea.

Déjà ? Non ! Pas maintenant ! J'ai besoin encore d'un peu de temps...

Elle s'approcha de la porte en silence et lentement, la gorge nouée. Elle avança ensuite son œil contre le judas avec appréhension, puis soupira de soulagement en identifiant son visiteur. Elle tourna la clé dans la serrure et ouvrit rapidement.

— T'es dingue ! Tu m'as foutu la frousse de ma vie ! Qu'est-ce que tu veux encore ? lâcha-t-elle, son reproche aussi évident que son soulagement.

Ethan grimaça.

On repassera pour l'accueil chaleureux...

— Bonjour Ethan ! Viens ! Entre ! la singea-t-il, sur un ton sarcastique.

— Pourquoi devrais-je te faire entrer ? On était d'accord pour ne plus se voir.

— Ça... c'était ce que TOI, tu voulais !

Il la bouscula et entra malgré sa non-invitation. Kaya tiqua rapidement sur sa tenue pour le moins surprenante : jean, bottes, veste renforcée et deux casques de motos.

Il fait de la moto ?

— Va te changer ! lui ordonna-t-il en visant son pyjama et ses fameuses vaches en guise de chaussons. Couvre-toi bien. On sort !

Kaya croisa les bras, lui montrant nettement son désaccord.

— Pourquoi devrais-je te suivre ? Rentre chez toi. N'as-tu pas un réveillon à passer en famille aux États-Unis, au fait ? Oublie-moi !

— Justement ! Active-toi ! Je n'ai pas toute la soirée pour débattre du caractère de notre relation ! trancha-t-il de façon sévère. Fais ce que je te dis et arrête de toujours vouloir me contrer.

Kaya ne bougea pas d'un poil, les bras toujours croisés et la volonté tenace. Ethan soupira et se passa la main dans les cheveux.

— S'il te plaît, lui déclara-t-il plus doucement. Fais-moi confiance.

Elle visa alors un instant sa télévision, laissée généreusement avec tout ce qui faisait cet appartement par Richard. Elle savait que sa soirée serait mortellement ennuyeuse si elle restait ici. Elle allait ruminer immanquablement et tenter de donner un but à tout cela comme si la vie restait belle. Elle leva les yeux, peu ravie de devoir encore lui céder et reconnaître qu'elle se trouvait finalement dans une position plus heureuse qu'elle ne l'aurait voulu. Elle se pinça les lèvres et finalement fonça dans sa chambre se changer. Ethan expira fortement, soulagé de la voir céder.

— Où va-t-on ? cria-t-elle du fond de son petit appartement.

— Tu verras ! lui répondit-il en haussant la voix. Tout ce que je te demande, c'est de suivre sans broncher, de me laisser faire.

Kaya revint dans le salon en enfilant son pull.

— Et je vais devoir porter ça ? lui demanda-t-elle en montrant du doigt les casques dans sa main.

— Oui ! lui fit-il avec un large sourire. Tu as peur ?!

— Je… Je n'en ai jamais fait. Je ne sais pas si je dois avoir peur ou être contente.

Elle esquissa à son tour un petit sourire qui rassura Ethan.

— Il suffit juste que tu t'accroches bien à moi. Je sais que ça va être dur pour toi, mais je crains que tu n'aies pas le choix.

Kaya lâcha un « pfff ! » d'agacement, mais se surprit de constater qu'elle était en fin de compte excitée de passer un moment avec lui pour faire quelque chose qu'elle n'avait jamais testé avant.

Quand elle aperçut la moto, une fois tous deux devant chez elle, elle déglutit. Une sportive assez imposante, toute noire, dont la puissance ne semblait faire aucun doute, les attendait.

— Ethan, tu iras doucement, hein ?

Il se contenta de rire en réponse, ce qui ne la rassura guère. Il tira sa queue de cheval, lui arrachant au passage un grognement, pour la rabaisser au niveau de sa nuque, puis lui enfila le casque. Kaya lui montra une moue gênée qui le fit sourire. La retrouver était un véritable bol d'air frais. Plus saisissant que le froid. Il clipsa l'attache du casque et vérifia s'il était bien mis.

— Un magnifique hamster avec tes joues relevées ! se moqua-t-il en lui offrant un grand sourire amusé.

Il avait envie de la prendre dans ses bras, mais ce geste-là lui ferait rebrousser chemin et il ne le souhaitait pas. Il ferma sa visière puis mit son casque également. Tranquillement, il enfourcha la moto et l'invita ensuite à en faire de même.

— Accroche-toi bien ! se contenta-t-il de lui dire avant de démarrer.

La première accélération ne lui permit pas de tergiverser. La force de l'impulsion la projeta en arrière, si bien que son seul réflexe fut d'attraper avec force Ethan par la taille.

— Mais t'es malade ! lui hurla-t-elle de colère à travers le casque.

Ethan dévala la rue en ricanant et freina tout à coup brusquement. La jeune femme alla s'écraser contre lui, ne pouvant éviter l'impact contre son dos. Il se retourna alors, et leva sa visière.

— Tu as compris ? Accroche-toi bien… et reste bien collée à moi ! Comme ça, c'est parfait !

Il fit ensuite sauter ses sourcils avec un air provocant et referma sa visière. La moto redémarra plus lentement tandis que Kaya pestait tous les noms d'oiseaux dans son casque, ses bras encerclant solidement toutefois la taille d'Ethan. Les immeubles défilaient et Kaya se décrispa peu à peu. Ethan avait fini par assouplir sa conduite et tous deux commençaient à profiter de cette balade nocturne et apprécier ce moment ensemble, détachés du temps. Passer entre les voitures, regarder les illuminations des monuments et les vitrines des boutiques décorées de guirlandes, contempler les badauds traverser le passage clouté à un feu rouge, le tout toujours l'un contre l'autre, apportait une touche de sérénité à ce début de soirée qui leur faisait du bien. Ethan n'osait dire quoi que ce soit. Kaya s'accrochait à son dos et ce simple geste le rendait heureux. Pour peu, Kaya en oubliait presque que c'était soirée de réveillon. Elle regarda ensuite le dos large d'Ethan. Sa veste en cuir avec ses renforcements lui donnait une allure de cyborg mi-homme mi-robot. Elle pouffa un peu puis se demanda à quoi, lui, pouvait bien penser. Qu'avait-il en tête ? Où l'emmenait-il ? Elle ne tarda pas à le savoir lorsqu'elle réalisa qu'il ralentissait l'allure. Le quartier était dans un endroit reculé de Paris. Plutôt sombre, lugubre même. Pourtant, très vite, elle retrouva ses aises, quand Ethan posa un pied au sol et leva sa visière. Sam et Eddy étaient tous deux en train d'attendre à côté d'une moto.

— Prêts ? cria Ethan à ses deux amis, à travers son casque.

Sam hocha la tête et Eddy lui montra son pouce avec un grand sourire. Il fit ensuite un petit coucou à Kaya qui lui sourit instinctivement sous son casque et lui rendit son salut de la main. Elle regarda ensuite les lieux. La rue était déserte. Un grand entrepôt se dressait devant elle. Le quartier était un peu sinistré. De vieilles bâtisses délabrées et abandonnées jouxtaient l'entrepôt, un terrain vague non loin, des chats sauvages autour d'une benne à ordures… L'activité avait visiblement quitté les environs. Un lampadaire éclairait la rue, mais le silence obscurcissait pourtant les lieux.

Où est-ce qu'on est ?

Eddy monta sur la moto, suivi de Sam.

— On a tout ? s'assura Ethan d'un ton grave.

— T'inquiète, le Bleu ! Dans les starting-blocks !

Il fit ensuite vrombir sa moto et passa devant eux. Kaya s'imagina tout et n'importe quoi.

— Pourquoi sont-ils là ? Où va-t-on ?

Ethan rabattit sa visière et lui tapa la cuisse gentiment.

— Accroche-toi, on repart.

Ethan tourna la poignée de la moto qui prit une petite accélération, obligeant Kaya à se scotcher une nouvelle fois à lui. Il rattrapa rapidement la moto d'Eddy et le suivit sans plus d'explications. La ballade à deux motos dura vingt bonnes minutes jusqu'à ce que Kaya finisse par reconnaître le nouveau quartier et deviner enfin la destination. L'interrogation, les doutes, puis la peur s'immiscèrent dans tous les pores de sa peau. Non ! Cela ne pouvait être ce qu'elle pensait. Elle tapa doucement le ventre d'Ethan qui se redressa légèrement pour voir quel était son souci.

— Où va-t-on ? répéta-t-elle en criant bien pour qu'il entende sa demande.

— Fais-moi confiance...

Les motos avancèrent dans les rues de Paris et l'angoisse de l'arrivée lui serrait le ventre. Elle refusait de croire qu'ils prenaient ce chemin.

Ils vont finir par bifurquer, c'est obligé !

Quand les deux engins arrivèrent sur le parking du casino, Kaya se liquéfia. Son appréhension ne faisait que se confirmer ; ses doutes n'étaient plus possibles. La grande devanture du casino l'*Excelsior* imposait sa suprématie devant leurs pauvres petits corps. Les moteurs s'arrêtèrent et les hommes enlevèrent leur casque. Kaya était pétrifiée. Garder son casque lui permettrait peut-être de ne pas être reconnue et de pouvoir fuir loin le plus vite possible sans être inquiétée. Eddy et Sam descendirent de la moto. Eddy s'étira pour se remettre les reins en place. Ethan posa son casque sur la poignée et tourna sa tête vers Kaya.

— Tu peux retirer ton casque ? lui déclara-t-il de façon prévenante.

Kaya secoua la tête négativement. Sa position tendue sur l'arrière de la moto fit sourire ce dernier.

— Je sais ce que tu penses, Princesse... Là, tu es partagée entre deux positions : celle de partir vite et celle de m'étriper de toutes les façons possibles. Tu peux me détester, ce n'est pas grave. Mais je ne te laisserai pas partir. J'ai besoin de toi. Tu pourras me tuer seulement lorsque l'on sera ressorti de ce casino. Hum ?

Kaya retira son casque à la hâte, la colère arrivée au point de rupture.

— Qu'est-ce que tu mijotes ? C'est quoi l'idée ? Projettes-tu encore longtemps de t'immiscer dans ma vie ? Tu ne te rends même pas compte de ce que tu fais ! Je ne t'ai rien demandé ! Occupe-toi de tes affaires !

Elle descendit de la moto rapidement et lui donna son casque avec force.

— Je rêve ! Quel têtu !

Elle regarda l'entrée du casino avec un énorme nœud au ventre, puis tourna les talons pour partir le plus vite possible. Ethan descendit de la moto et soupira en la voyant s'éloigner. Il tendit le casque à Eddy.

— Tu es sûr de ce qu'on fait ? demanda Sam, inquiet.

— Je ne vais pas lui laisser le choix. Il faut régler ce problème coûte que coûte. Je reviens.

Ethan lui courut après et lui attrapa son poignet, pour qu'elle s'arrête et lui fasse face.

— Lâche-moi ! cria-t-elle.

— Non ! Fais-moi confiance, bordel ! lui répondit-il tout en haussant aussi la voix.

Un silence s'imposa entre eux. Aucun des deux ne voulait en démordre et chacun tirait le bras pour le ramener à soi.

— Si je suis têtu, tu es obstinée, toi aussi !

— Fous-moi la paix ! N'as-tu rien compris de ce que je t'ai dit dans la voiture, la dernière fois ? Ce n'est pas un jeu ! Rentre chez toi !

Ethan relâcha son poignet et souffla.

— J'ai un plan. Je peux te sortir de cet enfer. Tout ira bien… Je te le promets.

Sa voix plus douce compressa le cœur de la jeune femme. Il lui tendit sa main lentement.

— Me fais-tu confiance, ne serait-ce qu'un peu ?

Kaya regarda sa main et se pinça les lèvres, indécise.

— Ce n'est pas une question de confiance, tu le sais bien... murmura-t-elle, triste.

— Intéressant... Je m'en souviendrai de cette phrase ! lui répondit-il d'un ton badin. Je saurai te la ressortir.

Le visage de Kaya se fendit d'un sourire qu'elle ne put contenir. Il avait le chic pour toujours dédramatiser les choses et les tourner à son avantage. Elle pourrait l'étrangler de jouer continuellement l'insouciance alors que la situation était grave. Pourtant, malgré la légèreté apparente qu'il présentait, les prunelles marron foncé d'Ethan indiquaient sa détermination. Un regard vif, fougueux, mais aussi très sûr de lui.

— Crétin... Ne commence pas à t'imaginer tout et n'importe quoi !

Ethan renifla et se frotta le nez nonchalamment.

— Ne me lance pas dans ce cas ce genre de promesses qui peuvent me laisser dériver loin sur ce qu'on pourrait encore faire ensemble. C'est de ta faute si j'en viens à faire ce genre de choses ce soir. Regarde les paroles que tu me sors ! Tu fais exprès d'attiser constamment ma curiosité et me provoquer ! Tu n'as que ce que tu mérites !

La bouche de Kaya forma un « O. », offusquée d'être accusée de la sorte sur la cause de l'obstination de l'homme qui se tenait presque trop fièrement devant elle.

— Si je refuse de te suivre, tu feras quoi ?

Ethan s'esclaffa et lui offrit un nouveau sourire séducteur.

— Un connard se fiche de ce que les autres pensent. Il agit comme bon lui semble. Si je te tends la main, c'est juste pour m'assurer que tu ne foutras pas plus de bordel, c'est tout ! Dans tous les cas, je vais entrer dans ce casino et je ferai ce que j'ai prévu de faire. Si j'exige ta présence, c'est juste pour que l'on sache bien de quoi on parle avec le patron du casino une fois face à face !

Évidemment…

Kaya déglutit difficilement. Son ton assez ferme ne l'étonna finalement pas, même si elle se trouvait encore en colère par son manque d'attention sur son opinion, ses sentiments. Elle savait maintenant comment il pouvait fonctionner quand il avait une chose en tête. L'objectif serait atteint par tous les moyens. Un bulldozer qui écrase tout obstacle pour atteindre son but. Elle fixa alors sa main. Une invitation pour agir à deux, pour l'inclure dans l'affrontement de son destin. Pouvait-elle croire qu'il écraserait ce démon qui lui pourrissait la vie depuis si longtemps ?

— Pas de risques inconsidérés, hein ? lui déclara-t-elle dans un souffle timide.

— Je prévois toujours la meilleure façon d'atteindre mes objectifs, mademoiselle Levy.

Ethan était un homme si imprévisible. Elle leva la main et la posa sur la sienne. L'essentiel était qu'elle n'était plus seule pour affronter ses malheurs. Elle risquait peut-être moins avec lui que si elle s'était présentée à eux, seule.

— Je ne suis pas Adam… Tout ira bien ! ajouta-t-il comme s'il devinait ses peurs une nouvelle fois.

Ethan lui serra la main et la porta à ses lèvres pour y déposer un baiser. Son regard se fit tendre, ce qui troubla davantage Kaya sur ses intentions.

— Merci, Princesse, pour ta confiance ! lui dit-il alors avec un petit sourire.

Kaya sentit ses joues chauffer et tenta de retirer sa main, complètement confuse par ce geste si chevaleresque, mais Ethan la serra fort.

— Arrête d'en faire des caisses, tu veux ? lui souffla-t-elle en se raclant la gorge. On n'a jamais vu des connards aussi prévenants !

— Ce n'est pourtant pas la première fois que je te fais ça ! s'amusa Ethan, plus détendu maintenant, tout en balançant leurs mains nonchalamment.

— Justement ! C'est nul ! Tu n'as pas besoin d'aller jusque-là pour me mettre dans ta poche !

— Tu crois ? s'étonna Ethan. Pourtant, j'ai toujours l'impression que ce n'est jamais assez pour toi ! Et puis, je croyais que les princesses aimaient ça… Tu es vraiment bizarre !

— Tu peux lâcher ma main… j'accepte de te suivre. C'est bon !

Ethan regarda sa main tenant fermement celle de Kaya et sourit à nouveau.

— C'est vrai que ça craint que je te la tienne… On va croire qu'on est ensemble !

Kaya tiqua et tira sa main d'un geste sec pour se détacher de celle d'Ethan. Celui-ci se mit à rire.

— Effectivement, je ne suis pas aussi désespérée ! lui cracha-t-elle, rouge de honte.

— Allons-y ! lui dit-il alors tout en lui jetant un regard doux. C'est vrai, tu n'as plus vraiment de raisons d'être si désespérée, maintenant que je suis là !

Kaya lui donna un coup à l'épaule et Ethan ricana.

— Crâneur ! Tu m'énerves ! Arrête de te la jouer ! Crétin ! Abruti ! Pas de doutes, je te tue une fois sortis de ce casino !

Ils rejoignirent Eddy et Sam, qui remarquèrent rapidement le changement d'ambiance entre eux, plus légère.

— Tout baigne, on dirait ? déclara Eddy, amusé.

— On nage dans le bonheur ! répondit ironiquement Ethan avant de rire en voyant le regard tueur de sa belle.

— Allons-y ! dit alors Sam tout en tapotant l'épaule de Kaya.

Une fois ressortis de là, je te montrerai ce qu'est un vrai homme, Kaya. Ethan est chiant, je sais !

— Bonjour Sam ! lui répondit-elle avec un petit sourire. Je suis désolée qu'Ethan t'immisce dans mes problèmes. Je suppose qu'il t'a tout dit…

— Oui, nous sommes au courant, mais ne t'inquiète pas, on va gérer !

— Poulette, reste derrière nous surtout ! coupa Eddy, le visage plus fermé, plus dur.

Elle secoua la tête affirmativement, sans ajouter plus de mots. L'attitude d'Eddy l'inquiétait à nouveau. Comme s'il avait conscience, tout comme elle, que ce qui allait advenir n'était pas à prendre avec autant d'insouciance. Elle regarda alors à nouveau Ethan. Il fixait l'entrée du casino au loin. Il avait adopté sa posture d'homme d'affaires, froide, dominante, à l'affût.

— En route ! déclara-t-il de façon très solennelle, ce qui finalement ne rassura pas Kaya.

Tous les quatre se rendirent devant l'entrée. Un vigile s'y trouvait. Sans doute pour filtrer les arrivants n'ayant pas le standing attendu pour l'établissement. Kaya jeta un coup d'œil à leur tenue et grimaça.

On commence bien ! Mince !

Le vigile les détailla des pieds à la tête, mais Ethan ne sembla pas plus inquiet.

— Nous souhaitons voir le patron du casino… déclara-t-il sans attendre de faire plus ample connaissance.

— Il n'est pas là.

La voix grave et tranchante du vigile fit sourire Ethan, qui ne sembla pas plus décontenancé que cela.

— Bien sûr que si, il est là. D'autant plus que j'ai une dette à lui régler !

— Quoi !? cria alors Kaya, stupéfaite par ce qu'elle venait

entendre. Tu ne vas pas faire…

Sam posa sa main devant la bouche de Kaya qui ne put finir sa phrase. Elle tenta de s'en défaire pour pouvoir protester contre ce qu'elle venait d'entendre, mais Sam insista pour bloquer toute tentative.

— Kaya, tais-toi et laisse-nous faire… lui souffla Sam doucement dans l'oreille. Si tu t'en mêles, ça ne fera qu'empirer les choses. Tu observes et surtout ne réponds pas ! Compris ?

La peur et la rage se mélangeaient dans le cœur de Kaya. Elle avait cette impression oppressante de ne plus être maître de sa vie. On lui imposait ce qu'elle ne voulait pas. Elle avait presque envie d'en pleurer, tant elle se savait impuissante et minable d'inclure des personnes dans son malheur. Elle hocha la tête, malgré tout. Elle n'avait pas le choix. Ethan avait une idée en tête et elle lui avait dit qu'elle avait confiance en lui. Elle devait se raccrocher à cela, au-delà des craintes qui la consumaient. Sam soupira de soulagement et retira sa main de sa bouche.

— Les discussions seront pour plus tard ! ajouta-t-il en lui faisant un clin d'œil.

Le vigile jaugea les quatre invités avec méfiance. Il attrapa son talkie-walkie et lâcha quelques mots loin de leurs oreilles. Il zieuta ensuite la caméra au-dessus de lui et obtint une réponse par le talkie-walkie. Il fit un signe affirmatif de la tête à l'interlocuteur qui les regardait à travers l'appareil de surveillance.

— Vous pouvez rentrer. Monsieur semble ravi de vous voir, mademoiselle Levy.

Le cœur de Kaya s'arrêta de battre une fraction de seconde, à l'écoute de son nom. Elle arrivait à cet instant fatidique du face à face tant redouté et l'accueil que lui préparait Barratero ne la rassura pas. Énoncer son nom à haute voix était comme une annonce de son prochain trépas. Instinctivement, elle attrapa la main de la personne la plus proche d'elle : celle de Sam. Ce dernier se trouva étonné de cet acte plutôt intime, puis se rendit compte de la peur de Kaya. Elle palissait à vue d'œil tout en fixant le vigile. Il se mit à sourire en voyant qu'elle était prête à donner sa confiance au premier qui serait capable de la protéger. Il regarda ensuite le dos d'Ethan devant lui.

Ethan, tu n'as peut-être pas tort avec elle... Je peux comprendre qu'elle ait pu réussir à t'attendrir, même un peu.

— Tout ira bien... Fais-lui confiance ! lui souffla-t-il gentiment.

Kaya regarda alors Sam et lui sourit. Il avait adopté le même discours qu'Ethan plus tôt.

Lui faire confiance... Oui, je dois avoir confiance... Il n'a cessé de me le dire ce soir.

Ils entrèrent dans le casino et très vite furent dirigés par une croupière vers une arrière-salle où chacun put apercevoir une porte gardée par un autre vigile. La première chose que Kaya vit en entrant dans le bureau de Barratero était une tête de cerf empaillée sur le mur face à elle. C'était comme dire « Je suis chasseur et même le roi de la forêt ne peut rien contre moi. Mes proies finissent toujours ainsi. ». Les yeux vides de vie de la bête lui provoquèrent un frisson le long de l'échine, qu'elle ne put repousser. Puis elle remarqua l'homme assis en dessous, derrière son bureau et à ses côtés, debout, Phil et Al. Bizarrement, son regard ne s'attarda pas sur ses deux agresseurs, mais bien sur l'homme assis. Il la fixait et souriait. Plutôt chétif, l'homme ne semblait physiquement pas imposant. C'était la première fois qu'elle le rencontrait. Malgré tout, elle sentait son corps complètement à la merci de son bon vouloir... Son regard vif, pénétrant, la pétrifiait. Il y avait en lui une étrange impression de supériorité. Nul doute qu'elle avait face à elle un homme d'affaires intelligent, plein de ressources et dans un sens inquiétant. Leurs regards restaient aimantés l'un à l'autre, comme s'il savait déjà le destin qui les lierait dorénavant.

À l'instar de ce cerf...

Elle n'ignorait pas ce qui l'attendait, que sa présence ici relevait maintenant d'un destin dont lui seul était le maître. Il savait qu'elle viendrait… Son sourire était éloquent. Il savait qu'elle ne lui échapperait pas longtemps. Sa poitrine se comprimait un peu plus encore par l'angoisse qu'il lui inspirait. L'air ne rentrait plus, elle sentait l'asphyxie venir. Plus d'air, bientôt plus de lumière, puis viendraient les ténèbres… Pourtant, une voix vint rompre leur duel visuel.

— Bon, je n'ai pas toute la nuit, alors on va être bref ! déclara Ethan, tout en regardant sa montre d'un air nonchalant. Je viens régler des comptes !

11
MALHONNÊTE

— Bon, je n'ai pas toute la nuit, alors on va être bref ! déclara Ethan, tout en regardant sa montre d'un air nonchalant. Je viens régler des comptes !

Ethan avait lancé les salutations à sa manière et déjà les réactions de Phil et Al ne se firent pas attendre. Les dégâts infligés par Ethan lors de leur dernière entrevue étaient encore visibles sur leurs corps. L'œil au beurre noir, points de suture et lèvre fendillée pour l'un, nez enflé et bras cassé pour l'autre. Ils étaient déjà tous deux à cran lorsqu'Ethan avait franchi le pas de la porte et la seule raison pour laquelle ils n'avaient pas encore bougé, se résumait très certainement aux ordres de leur patron. Mais cette fois-ci, l'insolence de leur invité fut de trop. Phil lui fonça dessus. Kaya se retint de pousser un cri d'effroi et se cacha un peu plus derrière Sam. Le poing de Phil n'était plus qu'à quelques centimètres de sa cible, qu'aussitôt Eddy intervint et le contra, lui faisant une clé de bras.

— Bah alors, mec, on s'excite ? lui demanda Eddy ironiquement, tout en remontant bien son bras dans le dos pour lui faire mal.

Ethan lança un regard noir à Phil tandis qu'Al restait pétrifié, ne trouvant pas le courage de secourir son ami avec son bras plâtré. Deux autres hommes restés à côté de l'entrée décidèrent d'intervenir. Sam attrapa hâtivement Kaya par les épaules et se déporta avec elle hors de leur champ d'action, contre un mur, laissant Ethan à découvert pour mieux se défendre. Un coup de pied retourné et un coup de poing dans le ventre plus tard, les hommes de main de Gianni Barretero se trouvaient à terre. Phil se démenait pour tenter d'échapper aux bras d'Eddy, puissants malgré les apparences... En vain. Ethan le regarda alors s'agiter comme un insecte pris dans la toile d'une araignée.

— Toi, t'es suicidaire... lui lança gravement Ethan. Une première fois ne t'a pas suffi ? Il faut que je te pète d'autres dents ? À moins que tu ne sois jaloux de ton copain et que tu veuilles que je te pète les bras aussi ?

Il regarda alors son acolyte qui ne pouvait dire un seul mot. Il se contentait de rester près de son patron, comme si sa position immobile résultait toujours de son ordre. Pourtant, son regard paniqué ne laissait pas de doutes sur sa lâcheté. Ethan se mit à sourire, heureux de sentir à nouveau cette supériorité de force le galvaniser. Son regard bifurqua ensuite vers Barratero. Ethan avait fait mal et l'idée de vengeance aussi bien des deux hommes que de leur boss était palpable. Pourtant, Barratero n'exprima aucune colère. C'était désormais Ethan qui avait toute son attention, mais il ne se trouva nullement déstabilisé alors que tous ses hommes étaient neutralisés. Il n'avait même pas cillé, malgré la provocation évidente tant verbale que physique d'Ethan. Il le traitait même comme un ennemi sérieux à présent. La stature droite, bien ancrée dans le sol et l'assurance du regard d'Ethan confirmaient maintenant chez lui la satisfaction d'avoir sans doute face à lui un rival de taille. Il se mit à sourire, puis applaudit. D'abord lentement, puis plus rapidement et plus fort. Ethan s'étonna légèrement de son attitude, mais ne baissa pas sa garde.

— Belle démonstration. Je pense que tu peux être fier de toi.

Phil et Al doivent te détester à présent autant qu'ils me détestent.

— Je pense encore être resté gentil... lui répondit cyniquement Ethan.
— Il semblerait que notre chère Kaya ait trouvé un beau pigeon...

Il regarda alors Kaya qui pâlissait à vue d'œil. Une nouvelle fois, elle se sentait happée par la froideur de ses yeux, capables de transpercer n'importe quelle armure et vous glacer le sang.

— Pigeon ? répéta Ethan, d'un air étonné. M'avez-vous bien vu ?

Il se mit à rire et lança un regard complice à Eddy.

— C'est nouveau, ça, hein ?
— Ouais... C'est clair ! répondit Eddy. Laisse-le dire ses salades. On s'en fout. Abrège. Nimbus devant moi va choper une crampe et en bougeant, je risque vraiment de lui casser le bras !

Ethan secoua la tête positivement et sortit un papier de la poche intérieure de sa veste. Il le déplia et le plaqua du plat de sa main sur le bureau noir de Barratero.

— Voici cent cinquante mille euros. C'est un chèque de banque, donc aucune inquiétude sur l'approvisionnement du compte. Il règle définitivement la dette de Kaya.

Barratero se mit à sourire et se saisit tranquillement du papier.

— Ethan Abberline... déclara-t-il en lisant le bout de papier. J'ai enfin un nom...

Devant l'invraisemblance des propos d'Ethan, Kaya s'avança alors d'un pas décidé. Trouvant tout à coup un courage qu'elle n'aurait pu penser, elle bouscula Ethan avant de reprendre le papier des mains de Barratero. Elle regarda, interloquée, son contenu et fronça ses sourcils. Les hommes la fixèrent, surpris. Après quelques secondes de silence, Kaya s'emporta.

— Il ne paiera rien du tout ! Même pas en rêve ! C'est ma dette ! C'est avec moi qu'on traite !

Barratero se mit à rire, heureux de voir que son emprise restait intacte au point qu'elle craigne la participation d'une tierce personne. Mais très vite l'attention de tous se reporta vers Ethan, qui ne trouva pas son intervention à son goût.

— De quoi je me mêle ? lui rétorqua-t-il. Je t'ai dit de me laisser faire. Ferme ta bouche de Princesse pour une fois et va jouer à la dînette !

Ethan lui piqua à nouveau le papier des mains tandis que Kaya restait choquée par sa manière de lui parler.

— Je disais donc… cent cinquante mille euros… fit Ethan en déposant le papier sous le nez du patron du casino, avec un sourire forcé et un ton un brin agacé.

— Tu ne feras rien du tout ! objecta avec force la jeune femme qui tentait de passer par-dessus l'épaule qui lui faisait rempart pour récupérer le papier de la discorde. C'est ma vie, mes problèmes !

— Mais tu vas te taire ! Bordel de merde ! répliqua Ethan, tout en posant sa main sur le visage de Kaya pour la faire taire et la tenir à distance alors que celle-ci s'agitait encore contre cette main dictatoriale sur son nez.

Sam et Eddy pouffèrent en même temps, à leur grand étonnement. Le couple maudit était de retour et Barratero assistait en première loge au spectacle pathétique. À force de se débattre, Kaya finit par se défaire de l'emprise d'Ethan et réussit à le contourner en se glissant au niveau de sa taille et le bouscula pour passer devant.

— N'écoutez pas ce pauvre type ! cria-t-elle presque à Barratero qui ne savait plus trop quoi penser de cette scène. Il raconte que des histoires débiles ! En plus, c'est un vrai connard qui n'a que faire de l'avis des autres. J'en suis la preuve ! Il va vous faire du tort et...

Kaya poussa un cri, se sentant tout à coup ceinturée et soulevée hors du sol. Ethan la porta sans ménagement vers sa place initiale : contre le mur au fond de la pièce avec Sam. Il contourna tant bien que mal les hommes gémissants au sol alors que Kaya remuait ses jambes de rage, puis la déposa devant Sam.

— Tu l'assommes, s'il le faut ! déclara Ethan, d'une voix caverneuse alors qu'il lui jeta le paquet dans le bras.

Sam leva les yeux tout en réceptionnant le colis maladroitement. La veine sur la tempe d'Ethan était visible. Il était en colère et le premier qui le contredirait risquait gros maintenant. Il serra Kaya contre lui et posa sa main devant sa bouche pour qu'elle cesse sa rébellion.

— Ce n'est pas vrai... Tu es une vraie plaie ! lui souffla-t-il. Je t'ai dit de lui faire confiance et de le laisser faire ! Je comprends ta révolte, Kaya, mais c'est pour toi qu'il fait ça...

Kaya leva les yeux vers Sam, malgré sa bouche obstruée par sa main et souffla d'un air peu convaincu. Pourtant, son attention revint rapidement vers les deux négociateurs.

— Comme c'est mignon ! commenta Barratero. Une scène de ménage. Tu as vite oublié ton cher Adam, je vois, Kaya...

Kaya cessa de se débattre, comme si sa remarque avait eu l'effet d'un coup de poignard au cœur. Si Adam était mort, c'était aussi à cause de cet homme. Elle baissa les yeux et regarda le sol. Sa vie ne pouvait pas être pire. Elle avait envie de pleurer, mais rien ne sortait. L'adrénaline et la colère envers toutes les personnes présentes dans la pièce l'empêchaient de s'appesantir comme elle le voudrait. Elle avait juste une envie de tout casser, telle une tornade, puis partir en laissant tout en friche.

— Hé là ! Une minute ! intervint Ethan en croisant les bras. Qui t'a dit que cette furie était ma petite amie ? Tu m'as vraiment bien regardé ? J'ai un doute, là ?

Kaya releva la tête instantanément et regarda le dos d'Ethan avec une impression de déjà-vu affligeante.

— Si je paie ses dettes, c'est pour une seule raison : mes objectifs ! Tu crois quoi ? Je suis un homme d'affaires doublé d'un connard, comme elle vient de te le dire ! En gros, je suis une épine dans son pied bien plus grosse que ce que toi, tu représentes pour elle. C'est elle, le pigeon. C'est mon jouet et je joue avec, comme je le souhaite. Or mon problème, c'est que j'ai un autre gars qui joue avec mon jouet. Ça m'agace, car je ne suis pas prêteur et en plus si quelqu'un doit l'abîmer, c'est moi ! Pas ces deux verrues...

Ethan lorgna alors d'un air condescendant Phil, puis Al qui recula d'un pas pour toucher le mur où se tenait la tête de cerf. Barratero visa la peur de son homme de main, mais n'objecta pas.

— ... ni toi ! Donc si j'éponge ses dettes, je serai son nouveau créancier et mon jouet devient définitivement MON exclusivité. Elle n'aura pas d'autres choix que d'être à mes pieds... et ça... depuis le temps que je rêve de lui rabattre son caquet et lui faire avaler sa défaite ! Il suffit de voir comme elle me cherche... Elle me provoque constamment, mais elle ignore qu'être connard, c'est un hobby que je pratique avec un plaisir non dissimulé depuis des années !

Il se retourna alors et lança un regard victorieux qui en disait long à la jeune femme sur sa fierté en cet instant. Son regard brillait de bonheur. Il jubilait. Et elle n'avait qu'une envie : le découper en rondelle et le servir aux poissons de la Seine ! Elle découvrait son plan et la confiance qu'elle avait en lui s'effondra en même temps. On ne changeait pas un homme aux travers si marqués. Un connard restait un connard. Il avait effectivement gagné sur toute la ligne. Il la connaissait suffisamment pour savoir qu'elle le rembourserait jusqu'au dernier centime. Il l'avait amadouée tout ce temps pour arriver à une conclusion qui lui serait bénéfique et qui l'écraserait au passage. Elle eut tout à coup mal à la poitrine. Il avait joué avec elle depuis le début, juste pour assouvir son besoin de vengeance… tous les mots tendres qu'il avait pu dire, tous ses gestes si bienveillants, tout ça pour un tel résultat. L'écœurement lui souleva la poitrine. Juste pour qu'elle soit à ses bottes une bonne fois pour toutes… et ses amis qui suivaient le patron et jouaient le jeu. Elle baissa la tête, ne se sentant même plus la force de lutter. Son cauchemar ne prendrait jamais fin. Elle sortait d'un filet à poissons pour tomber direct dans la bouche d'un requin. Elle repensa à Alonso Déca et son avertissement sur Ethan, à cette femme lors du gala de *Magnificence* qui souhaitait le pire pour Ethan tant sa blessure était profonde. Elle comprenait à présent l'envergure du piège. Elle réalisait enfin l'ennemi sous ses traits séducteurs.

— Alors, c'était ça, le plan ? lui demanda-t-elle d'une petite voix tremblante. Être pire que lui et te venger en me mettant à ta merci ?

Elle lâcha un rire amer alors qu'une larme coulait sur sa joue. Sam regarda Ethan inquiet. Son discours se devait d'être ferme, inflexible, mais de là à la blesser au passage, il avait du mal à comprendre. Eddy, quant à lui, sonda en silence son ami, cherchant à départager le vrai du faux, puis sourit. Ethan ignora la demande de confirmation de Kaya et revint à sa transaction sans plus de considération pour la jeune femme.

— Je disais donc… voici cent cinquante mille euros pour pouvoir m'amuser comme bon me semble !

Barratero le jaugea un court instant, puis appuya ses avant-bras sur son bureau.

— Quel aplomb ! Quelle assurance ! Le pire connard au monde… commenta Barratero en riant. C'est tout ? J'ai en face de moi un homme plein d'arrogance, mais je pense que tu as oublié à qui tu avais affaire, Abberline.

Ethan jeta tout à coup un regard à Eddy, interloqué par l'attitude assurée de son interlocuteur. Barratero avait plus d'un tour dans son sac et il redoutait le pire, malgré son petit numéro. Celui-ci lui fit un signe de tête, signifiant qu'il fallait rester sur leur plan, coûte que coûte. Il sonda à nouveau Barratero, puis renifla de façon nonchalante.

— Vraiment ? fit Ethan. Non, je ne pense pas.

— Je pense ! s'opposa une nouvelle fois le patron du casino d'un air hautain. Ton chèque ne suffit pas. Il manque les intérêts… Autrement dit, cette fille est toujours à MA merci.

— Non, je ne pense pas… confirma Ethan, toujours sûr de lui. Elle a payé ses intérêts en sacrifiant plusieurs années de sa vie. C'est déjà bien assez, non ?

Gianni Barratero se leva de son fauteuil, prêt à asseoir sa supériorité sur Ethan, quand on frappa à la porte ; un agent de sécurité fit irruption dans la pièce sans avoir pris le temps d'attendre d'y être convié.

— Comment oses-tu me déranger ? hurla sèchement le patron à son employé, perdant au passage une partie de son flegme.

L'agent de sécurité jeta un regard surpris au sol, réalisant que ses collègues étaient mal en point et que le boss n'avait pas enclenché d'alarme d'urgence. Il s'avança néanmoins, faisant fi de ce qui se passait dans cette pièce en sachant que dehors, c'était loin d'être mieux.

— Monsieur, on a un problème au parking. Regardez vite !

— Je ne veux pas savoir ! rétorqua Barratero, peu tolérant. Je vous paie suffisamment cher pour que vous sachiez régler les moments de crise ! Débrouillez-vous !

— Mais Monsieur…

Le regard noir du patron fit hésiter quelques instants l'employé, pourtant insistant sur la gravité des faits. Il était clairement partagé entre la sentence de Barratero s'il lui désobéissait et celle de mal faire son travail en ignorant la procédure.

— Il semblerait que votre soirée s'annonce chargée... commenta Ethan avec un petit sourire tandis que Barratero grimaçait de colère. Finissons-en rapidement. Sam ! Le papier !

Sam s'avança vers lui, laissant Kaya dans le coin de la pièce, et lui tendit le papier. Ethan s'en saisit et le tendit à Gianni Barratero.

— Sam est mon avocat. Voici la quittance de dette qui stipule que Kaya ne vous doit plus rien. Signez, s'il vous plaît, et chacun pourra retourner à ses occupations.

Le patron du casino fixa le document tendu vers lui, puis sourit.

— Il n'y a aucune urgence qui justifie que je signe un papier me faisant perdre de l'argent. Il manque les intérêts. Je reste donc son créancier... Ni plus ni moins.

Ethan considéra sa remarque, puis regarda l'agent de sécurité derrière lui.

— Ooooh, vu la tête de votre gars depuis qu'il est entré précipitamment ici, je pense que vous risquez de perdre bien plus d'argent avec l'urgence du parking qu'avec les intérêts de Kaya. Regardez ! Il blêmit à vue d'œil.

Ethan fixa à nouveau Gianni Barratero, toujours son petit sourire rusé au bout des lèvres. Ne comprenant pas si son attitude relevait d'une vraie défiance ou d'un naturel hautain, Barratero s'interrogea, puis finit par comprendre que les deux situations étaient peut-être liées. Il appuya sur un bouton du clavier de son ordinateur et l'écran s'alluma sur les caméras de l'établissement. Il cliqua plusieurs fois pour avoir un aperçu des images du parking. Son regard passa d'un état de colère à l'inquiétude, doublé d'un certain étonnement qui ravit Ethan et ses amis. Kaya tenta de comprendre ce qui se tramait, mais se trouvait complètement dépassée. Elle sentait bien qu'Ethan n'était pas étranger à tout ça. Il était trop sûr de lui. Une assurance qui l'annonçait vainqueur quoiqu'il arriverait. Elle avait déjà pu constater son ingéniosité quand il s'agissait d'atteindre ses fameux objectifs. Pourtant, cette fois-ci, elle ignorait complètement à quoi il jouait. Outre la manière humiliante avec laquelle il l'avait traitée, elle réalisait aussi que peut-être Gianni Barratero allait connaître également le terrifiant revers porté par Ethan Abberline au coup droit qu'il avait osé lancer.

Un espoir ?

Le patron du casino se rassit alors lentement et blêmit à son tour. Ethan jeta un regard par-dessus le bureau, comme si sa curiosité avait un air d'innocence hypocrite.

— Tsss... Il semblerait que vous ayez des clients peu orthodoxes qui s'invitent pour le réveillon ! commenta Ethan d'un ton narquois.

Barratero lui lança un regard assassin sur lequel Ethan ne se formalisa pas.

— Oula ! s'écria-t-il en montrant du doigt l'écran, obligeant Barratero à reposer ses yeux sur l'hypothétique danger du parking. Celui-là n'a pas l'air commode ! Regardez ! La vache !

Kaya peina à comprendre la réelle teneur de leur discussion. Eddy et Sam ne semblaient pas surpris ou curieux, comme s'ils savaient ce qui se passait. Seule elle, était dans le noir le plus total. Une mise à l'écart qui l'indisposait au plus haut point et commençait à la faire trépigner sur place. Barratero ne disait rien, mais son corps tendu parlait pour lui. Il gardait son regard fixé sur l'écran, analysant au mieux la situation pour tenter de résoudre le problème. Il cliquait et cliquait encore, surfant d'une caméra à l'autre tout en grommelant de façon presque inaudible.

— Je pense que vous devriez signer la quittance, répéta Ethan d'un ton faussement amical. J'ai des amis qui m'attendent dehors.

Nous avons tous deux des impératifs : moi, fêter l'acquisition définitive de mon jouet en ce jour de réveillon, et vous, la tranquillité des clients. Il serait dommage de les rendre mécontents, n'est-ce pas ?

La mâchoire du patron se crispa et fut prise de légères convulsions. Il constatait, impuissant, l'invasion lente de motards arrivant sur son parking. Il en venait de toute part, s'infiltrant entre les rangées de voitures garées des clients du casino. C'était un ballet incessant. Certains gardaient leur casque et roulaient, d'autres n'hésitaient pas à se mettre à découvert à l'arrêt, montrant leurs visages et tout type de signe distinctif comme des tatouages, des piercings, des coiffures extravagantes. Ils attendaient tous très clairement quelque chose. Ils devaient être facilement une soixantaine. Il zooma ensuite sur un, jouant avec des essuie-glaces et l'autre dévissant l'antenne d'une voiture pour fouetter son collègue qui le chambrait visiblement. L'ambiance aurait pu paraître bon enfant... pourtant, le message était très clair.

— C'est toi... Ils ne sont pas là par hasard. C'est toi qui les as fait venir ici ! Qui es-tu ?

Ethan joua l'homme surpris.

— Oh, vous savez, je suis un honnête citoyen. Je suis loin d'avoir la possibilité de réunir ces hommes. Regardez, je vous paie même de façon réglo !

Il lui montra alors l'emplacement sur la quittance où Barratero devait signer.

— Signez ici et allez sauver vos clients des vilains méchants... Il serait dommage qu'ils finissent par abîmer ces pauvres voitures ! Si j'étais client, ça ne me plairait pas, personnellement, de perdre de l'argent à l'intérieur et à l'extérieur du casino !

— Espèce de...

— Connard ? Oui, je sais. Ici, s'il vous plaît.

Kaya restait sans voix. Visiblement, l'agitation à l'extérieur du casino était suffisamment inquiétante pour sortir Barratero de ses gonds et surtout le mettre à mal. Ethan avait réussi un tour de force dont peu de gens pouvaient s'enorgueillir. Le patron du casino attrapa son stylo, résigné, et signa le papier d'un geste sec, marquant bien son envie de vengeance face à la soumission dont il était l'acteur. L'idée d'être pris en étau, d'avoir cette impression qu'on lui mettait un couteau sous la gorge pour le faire capituler, l'insupportait au plus haut point. Il n'avait pas les hommes ce soir pour répondre à une telle vague, ni les moyens matériels de dissuasion pour les faire tous reculer. Il avait donc peu de solutions pour reprendre le contrôle et ne pouvait qu'abdiquer. Ethan reprit le papier avec un sourire satisfait et le rangea dans sa veste.

— Soyez contents ! Vous avez récupéré cent cinquante mille euros ce soir. C'est Noël !

Ethan le salua d'un geste militaire de la main droite sur sa tempe et tourna les talons. Eddy jeta Phil dans un coin du bureau, qui manqua de s'étaler au sol.

— Ah ! Au fait ! J'oubliais ! reprit soudainement Ethan. Ayant fait une demande élevée de retrait d'argent en banque, les contrôleurs du fisc risquent de vérifier s'il n'y a pas de magouilles là-dessous. Nous sommes tous deux des personnes clean, il en va de soi, donc faisons en sorte que leur enquête ne les amène pas à s'attarder sur des règlements de compte douteux en cascades. Ne compliquons pas les choses, hum ?

Ethan lui fit un clin d'œil et s'approcha de la sortie. Il observa un instant Kaya, qui ne sut comment se comporter, ni même comprendre ce qui venait de réellement se passer. Sans même attendre une réaction de sa part, il l'attrapa par le poignet et la tira vers la sortie, suivi de Sam et Eddy. Une fois la porte refermée derrière eux, Barratero ne cacha plus sa rage et envoya valser l'ordinateur, sous les yeux effarés de son agent de sécurité, de Phil et d'Al. Il n'y avait plus rien à dire ou à faire. L'homme qui venait de sortir de cette pièce avait tout calculé. Chercher la vengeance équivaudrait à causer sa propre perte ; il le sentait malgré le bouillonnement incontrôlable de son sang dans ses veines. Il ne savait rien sur lui et l'homme paraissait suffisamment habile pour cacher l'ampleur de ses ressources.

Très rapidement, Sam, Eddy, Ethan et Kaya prirent la direction de la sortie du casino sans un mot. Les grandes enjambées des hommes révélaient un certain empressement à quitter l'établissement, ce qui inquiéta à nouveau Kaya. Une fois dans les salles des machines à sous, elle put constater des clients amassés devant les portes de sortie, sans pour autant oser les franchir. Visiblement, l'attraction à l'extérieur du casino semblait suffisamment inquiétante pour que les clients restent en sécurité dedans. Cela ne gêna pas Ethan et ses amis ; ils y fonçaient sans tenir compte du problème. Ethan caressa pourtant du pouce le poignet de Kaya comme si tout allait bien, pour rassurer son inquiétude sans doute perceptible qui n'avait pas lieu d'être. Le petit groupe réussit tant bien que mal à se faufiler entre les personnes faisant bouchon puis à sortir du casino. Le soulagement de Kaya à retrouver l'air frais fut balayé net par le spectacle qu'elle avait sous ses yeux. Elle comprit très vite pourquoi tant de gens regardaient dehors, pourquoi Gianni Barratero était si inquiet et avait été dans l'obligation de céder. Eddy passa devant elle et se dandina tout à coup de façon fière devant des motards, faisant son petit spectacle, avant de leur taper les mains en l'air dans un salut amical. Le nombre, accompagné du bruit assourdissant de certaines motos, oppressa rapidement la jeune femme qui paniqua. D'où venaient-ils ? Qui étaient-ils ? Et Ethan dans tout ça ? Étaient-ils tous là vraiment pour lui venir en aide ou était-ce un hasard incroyable ? Eddy semblait visiblement complice de la horde, ce qui pourrait être logique quand on connaît un minimum Eddy… mais Ethan souriait, lui aussi. Pourquoi ? Autant de questions auxquelles elle ne put prendre le temps d'en trouver des réponses, car celui-ci la tira à nouveau au milieu de tout ce monde. Kaya se retrouva au milieu de cette testostérone et eut du mal à respirer. Ethan la lâcha et commença à discuter avec trois d'entre eux, oubliant complètement sa présence.

Après avoir serré quelques mains, s'être félicités mutuellement du plan implacable pour vaincre, s'être remerciés des services rendus, Kaya réalisa à quel point Ethan était également dans son élément au milieu de tous ces motards. Il les connaissait. Il était indubitablement ami avec eux.
Quoi de plus logique, si Eddy est de ce monde ? Mais de là à être si à l'aise ?
Ethan agissait comme si le fait de se retrouver au milieu de ces personnes au look improbable était normal, logique. Elle le voyait évoluer dans ce microcosme si particulier avec une habilité déroutante, tel un frère dans sa fratrie, et sa panique augmenta encore. Ethan apparaissait à elle sous de nouveaux traits. Une personne dont elle avait beaucoup de mal à définir la personnalité. Il y avait cette surprise d'un côté de découvrir l'impensable par rapport à l'image qu'il montrait d'ordinaire, mais aussi d'un autre côté cette petite voix dans sa tête qui lui disait qu'elle refusait de voir une autre facette de sa vie, alors que certains indices auraient pu la mettre sur la piste. Il y avait certes cette assurance teintée d'un certain machiavélisme devant Barratero qui l'avait effrayée un instant et qu'elle aurait sans doute préféré ignorer, mais ici, en cet instant, c'était cette vie inconnue, accompagnée d'une violence certaine, faite de délinquance et de mauvaises fréquentations, qui la tétanisait. Ce côté sombre qui se répercutait en elle comme un écho, quand elle repensait à ses bagarres au

cours desquelles Ethan s'était montré froid, rebelle, voire voyou, les paroles d'Oliver sur sa jeunesse apparemment difficile, la présence atypique d'Eddy à ses côtés... Comme si certaines pièces d'un puzzle s'assemblaient enfin et que son résultat était plus alarmant que ce qu'elle aurait pu imaginer.

Elle recula de quelques pas, ne se sentant pas du tout à l'aise au milieu des loubards aux rires gras et au vocabulaire vulgaire. Sam semblait réagir plus logiquement qu'Ethan : tendu, mal à l'aise, sur la défensive comme elle, observant tout en tentant de passer inaperçu. Même si dans les faits, ils ne prêtaient pas vraiment attention à elle, elle savait que cela ne tarderait pas. Elle ne voulait pas être mêlée à tout cela. Ethan la plongeait dans un monde qu'elle ne souhaitait pas connaître. Elle devait fuir. C'était à présent une évidence. Elle regarda un peu partout pour trouver une issue sans trop se faire remarquer et se lança pendant que chacun était occupé à discuter. Partir loin de tout ça était le mieux. La montagne de problèmes qu'elle avait eue depuis tant d'années n'avait pas besoin d'être entachée par une réputation de délinquante trempant dans de sales affaires de gang de voyous. Barratero était suffisant et elle n'avait aucune garantie d'une vie plus sereine maintenant qu'Ethan avait réglé ce problème. Il pouvait lui-même être pire que le patron du casino, à en juger par ses fréquentations et suite à son discours devant Barratero.

Ce fut Sam qui calcula le premier le départ en catimini de Kaya. Il soupira, comprenant que la situation n'était pas des plus plaisantes pour elle, sachant qu'elle ne l'était également pas pour lui. Ethan avait été loin pour la sortir de ses dettes, mais à quel prix ? Il allait devoir s'expliquer et si lui-même ignorait une bonne partie de sa vie alors qu'il le connaissait depuis des années, il doutait qu'Ethan en dise plus à Kaya.

Certaines blessures restent secrètes et fermées à double tour par un cadenas...

Il devait pourtant prévenir Ethan de sa fuite. La nuit restait malgré tout dangereuse pour une femme.
— Elle se barre, Ethan ! lui cria-t-il, inquiet.
Ethan le regarda d'un air distrait, ne réalisant pas dans un premier temps le côté alarmant des propos de Sam et continua à discuter sans vraiment prêter attention à son avertissement. Sam s'agaça et vint à lui pour l'attraper par la manche de sa veste et le forcer à lui faire face.
— Kaya se barre ! Tu comptes la laisser partir seule dans la nuit ?
Le regard insistant de son ami réveilla Ethan de son euphorie à retrouver ses amis et il réalisa enfin que sa princesse avait disparu de son champ de vision.
— Merde ! lâcha-t-il en la cherchant du regard avant que Sam lui montre la jeune femme à cent mètres de lui, à la sortie du parking.
Il soupira, se doutant que la colère de Kaya devait être énorme et que la discussion s'annonçait difficile. Il salua alors ses amis, d'un air navré.
— Désolé les gars, mais j'ai une urgence à régler. On discutera une autre fois… Reste là, Sam ! Eddy te ramènera !
— Hein ? Quoi ? Tu comptes me planter ici, au milieu de ces…
Sam ne trouva pas les mots qualifiant les hommes qui l'entouraient sans les froisser. Ethan le quitta avec un petit sourire sadique et courut vers sa moto pour retrouver Kaya qui avait déjà disparu de sa vue. Il démarra en trombe et sortit du parking rapidement avant de ralentir pour arriver à hauteur de la jeune femme. Cette dernière jeta un œil vers la moto qui roulait au pas à côté d'elle, mais tenta de l'ignorer. Ethan n'avait pas pris le temps de mettre son casque et elle pouvait sentir son regard posé sur elle comme s'il la scannait des pieds à la tête.
— Je vous dépose, Mademoiselle ? tenta-t-il de dire pour

amorcer la conversation par un peu de légèreté.

Kaya garda son visage braqué droit devant elle, comme si seule la route comptait, et continua à marcher. Les lèvres d'Ethan s'étirèrent un peu plus à sa réponse muette, tellement fidèle à son caractère têtu. Il éteignit le moteur de l'engin et la suivit silencieusement au pas, en poussant la moto.

— Je pense qu'il faut qu'on discute... Kaya, je sais que tu as plein de questions en tête, donc arrête-toi, s'il te plaît.

Kaya s'esclaffa et secoua la tête, visiblement effarée par ses propos, mais continua à avancer et à l'ignorer.

Ils progressèrent sur plusieurs mètres ensemble en silence. Ethan regarda le ciel puis sourit. Il était un peu couvert. Les étoiles avaient du mal à se montrer sous les épais nuages.

— Kaya... tu ne vas pas rentrer à pied, sois logique ! Il y a des kilomètres et des kilomètres pour arriver jusqu'à chez toi !

Cette fois-ci, Kaya s'arrêta et lui fit face, le regard dur.

— Je compte prendre un taxi et partir le plus loin de l'homme que tu es !

Ethan pouffa, comme si c'était plus fort que lui, d'aimer la voir se rebeller une fois de plus contre lui. Il avait une impression de déjà-vu, comme lors du gala de *Magnificence*, où elle attendait sous l'abribus.

— Ça te fait rire ? constata Kaya, amère. Évidemment... Tu ne peux que te féliciter de la réussite de ton plan. Bravo ! Me forcer à t'être redevable en réglant mes dettes... Renforcer ton ascendance sur moi coûte que coûte... J'avoue que le connard a été plus fort que la princesse. Tu attends peut-être un merci ? Ma déception et ma colère ne te suffisent pas ?

— Kaya, calme-toi... Tu vas trop vite dans tes déductions, laisse-moi t'expliquer.

— M'expliquer quoi ? cria-t-elle à bout. Tu m'as demandé de te faire confiance et c'est ainsi que tu agis ? Je ne suis pas ton jouet et je ne le serai jamais ! Jamais, tu entends ! Pourtant, tu continues à me considérer comme un objet qu'on prend et qu'on manipule à loisir ! Tu m'avais promis de ne plus agir ainsi… Tu m'as menti…

Kaya tenta de garder son sang-froid en essayant de ne pas déverser son chagrin devant lui, mais la désillusion était plus grande qu'elle ne l'aurait cru… Elle inspira un bon coup pour trouver encore un peu de courage. Il ne lui restait plus que quelques mots à dire avant de le quitter définitivement.,

— Je vais te rembourser effectivement. Je mettrais l'argent dans ta boîte aux lettres, mais je ne veux plus jamais te revoir. Je ne serai jamais à ta merci. Entre-toi bien ça dans ta tête. Va te faire voir, connard !

Kaya reprit sa route sans plus de considérations, le cœur lourd, la respiration forte et les larmes aux yeux. Le sentiment de trahison était trop présent en elle. Ethan laissa tomber sa tête, désespéré de devoir en arriver encore une fois à une dispute. Il avait beau aimer la taquiner, il ne méritait pas selon lui ce jugement. Il l'avait blessée… Encore. Il poussa un peu plus sa moto pour la rattraper malgré tout. Elle devait écouter ses explications.

— Kaya, écoute-moi. Je devais donner le change. Me mettre à son niveau et lui montrer un adversaire de taille en face. Il ne devait pas avoir l'ascendant sur moi. Ni percevoir un quelconque attachement entre nous dont il aurait pu se servir pour renverser la situation à son avantage. Je n'avais pas le choix !

Kaya s'arrêta une nouvelle fois et soupira.

— On a toujours le choix !

— Non ! On ne l'avait pas ! Il fallait attaquer sèchement, être sans faille. Nous avons mis ce plan au point, avec l'idée d'être impénétrable. Il fallait aller vite, le prendre au dépourvu et… te prendre au dépourvu aussi… pour paraître crédible.

Une larme coula sur la joue de Kaya, puis une seconde. Elle tenta de retenir son sanglot et de rester forte devant lui, mais elle se sentait anéantie. Il ne l'avait pas mise dans la confidence. Il n'avait pas eu confiance en elle.

— Je ne suis pas ton jouet, répéta-t-elle doucement, et tu n'as pas eu confiance en moi…

— Si, j'ai confiance en toi, mais ta surprise devait être vraiment perceptible pour que Barratero comprenne à quel point je pouvais être aussi ignoble que lui. Notre engueulade, bien que pas vraiment prévue, m'a permis d'asseoir une autorité sur toi et lui montrer que son adversaire n'était pas à prendre à la légère. Je devais montrer ton asservissement à mon égard. Ça a marché. Entre mon discours et mes actes, il n'a pas eu le temps d'analyser si je lui vendais du lard ou du cochon. Il n'a pu que comprendre à la fin. Kaya… La gentillesse avec ce genre de type, ça n'existe pas. L'enquête d'Eddy m'a permis de déterminer quel genre d'homme était Barratero. Tu le sais aussi bien que moi… On se devait d'aller vite et de semer le doute pour qu'il n'ait pas le temps de riposter. Si j'avais été trop réglo, trop transparent, il m'aurait pris pour un Adam Bis ; or, je t'ai déjà dit que je n'étais pas comme lui !

Ethan lui lança un petit sourire charmeur qui sidéra Kaya, au point de lui faire lâcher un soupçon de rire désabusé en retrouvant son côté prétentieux, arrogant. Cependant, elle se refusait de céder et lui pardonner. Son visage méfiant et la distance volontaire qu'elle gardait entre eux indiquaient à Ethan qu'il avait encore du chemin à parcourir avant de pouvoir trouver son pardon.

— Je ne te prends pas pour un objet. Tu n'es pas mon jouet, je sais… ajouta-t-il en bougonnant. Je l'ai bien compris ! Je ne suis pas aussi idiot que tu le penses ! As-tu déjà vu un jouet qui se faisait la malle comme ça, sans préavis, en plein milieu de la nuit ? Les jouets restent près de leur propriétaire ! Toi, tu es toujours en train de me fuir ! On repassera pour la fidélité ! Je ne veux pas d'un jouet comme ça !

Kaya croisa les bras, le regard réprobateur. Il alignait les propos désobligeants, même si la moquerie prêtait à sourire.

— En plus, j'ai beau chercher quel type de jouet tu pourrais être et je ne trouve pas. Tu n'es pas une Barbie... j'en ai fréquentées et tu n'as rien à voir avec ça. Poupée gonflable encore moins... No comment ! Tu n'es pas un nounours, car on ne peut pas dire que j'ai pu vraiment me blottir contre toi à volonté. Tu pourrais être un soldat, mais tu es trop indisciplinée, alors...

Il lui afficha un sourire tandis qu'il bloquait sur son quatrième doigt levé pour décompter toutes les possibilités.

— J'avais pensé à un ensemble de *Legos* qu'il faut démonter pour reconstruire... Le souci, c'est que je galère à te tripoter régulièrement pour faire des tests !

Kaya ouvrit sa bouche, offusquée par le discours cette fois très douteux d'Ethan. Il éclata de rire quand il la vit s'approcher pour le frapper, comme à son habitude, et lui signifier qu'il allait trop loin. Il arma donc son bras en bouclier tandis que les coups pleuvaient et qu'il tentait de tenir la moto droite entre ses jambes sans basculer, jusqu'à ce qu'elle cesse. Le rire d'Ethan ne fit qu'amplifier la colère de Kaya qui n'aimait pas ses moqueries.

— Ça va mieux ? lui demanda-t-il tout sourire, une fois la vague de protestations passée.

Kaya haussa les épaules et fit une moue boudeuse, puis lui redonna un dernier coup pour la forme. Ethan lâcha un « aïe ! » puis s'avachit sur l'avant de la moto, tout en la regardant.

— Pardonné ? lui demanda-t-il tout penaud. Tu as pu te venger. J'ai le bras tout endolori ! Ça mérite un pardon, non ?

Kaya se mit à rougir. Elle sentit son cœur faire un bond dans la poitrine en constatant que le changement de tempérament d'Ethan pouvait être aussi troublant qu'attachant. Elle avait maintenant l'impression de voir un enfant cherchant absolument à retrouver les grâces de ses parents. Pourtant, elle savait aussi qu'il était fort pour mener son monde en bateau.

— Non... Je n'ai pas eu toutes mes réponses. J'ai du mal à te comprendre. Je n'arrive plus à te cerner. J'ai l'impression de te connaître et la minute d'après, tu deviens un étranger détestable. Je ne sais plus si je dois te faire encore confiance ou tracer ma route loin de toi. Je suis complètement perdue. Qui sont tous ces gens, sur le parking ? Comment les connais-tu ? Où as-tu trouvé l'argent ? Il n'y a pas que ton discours devant Barratero qui m'a choqué. Je réalise que je ne sais pas qui tu es. Tu... me fais peur.

Toujours avachi sur l'avant de sa moto, Ethan cacha alors son visage dans ses bras un instant et inspira. L'idée qu'elle ait peur était justifiée, mais il se refusait de l'accepter. Il se redressa sur sa selle et la fixa quelques secondes.

— Je répondrais à tes questions si tu me suis. Veux-tu me suivre, Kaya ?

Il lui tendit alors la main et ne lâcha pas son regard sur elle avant d'obtenir une réponse.

12
HUMAIN

— Je répondrais à tes questions si tu me suis. Veux-tu me suivre, Kaya ?

Kaya regarda la main d'Ethan un instant, puis expira fortement comme si la réponse était évidente, comme si elle ne pouvait au final que céder, malgré ses peurs et ses réticences. Elle était trop gentille, trop souple, trop confiante humainement. Une certaine conviction en elle la poussait toujours à croire en l'être humain, quel que soit ses mauvais actes, et Ethan avait toujours ce pouvoir sur elle de la convaincre du bon côté de son être, alors même qu'il pouvait être le plus détestable au monde. Une main tendue, un sourire ravageur et un regard plein d'attente, et elle se savait déjà prête à dire « oui ». Elle tapa donc sa main en ultime protestation contre sa faiblesse d'accepter ses ignominies, comme si rien n'était suffisamment grave pour en faire un foin, et lui attrapa le casque qu'il lui tendait.

— Tu m'énerves ! Je te jure, il n'y a pas type plus agaçant que toi !

Ethan afficha un grand sourire heureux, comme si cette phrase était la plus belle acceptation à son repenti. Chaque nouvelle capitulation était toujours plus exquise. Chaque armistice amplifiait le soulagement de son cœur à la voir rester non loin de lui et à pouvoir continuer leurs petits jeux.

— Il en va de soi ! Je n'aime pas être gentil ! lui répondit-il du tac au tac.

Kaya grimaça et enfila son casque. Ethan se sentit plus léger. Bizarrement, dire à voix haute qu'il n'aimait pas être gentil le confortait sur ce qu'il voulait toujours démontrer...

La gentillesse mène à la douleur...

Il était heureux d'être si détestable à ses yeux. C'était devenu une évidence : rester un connard devenait la plus belle raison à son bien-être et à leur bonne entente. Pas de douleur latente à espérer quoi que ce soit en retour, en vain. Kaya composait avec son attitude affreuse et s'y faisait, telle une fâcheuse habitude chez lui qu'elle prenait comme une part entière de son être, mais qui le satisfaisait en même temps. Il était détestable et elle s'en accommodait.

Pourrait-elle même aimer cela ?

Son cœur se gonfla de bonheur à cette idée d'être apprécié sans avoir à être bienveillant. Il enfila son casque et elle grimpa derrière lui.

— Où va-t-on ? demanda-t-elle une fois prête, alors qu'il redémarrait et passait la première du pied.

— C'est marrant cette façon de répéter toujours la même chose une fois que tu montes sur cette moto. Ne voudrais-tu pas changer ta phrase pour une fois ?

— Que veux-tu que je dise ? J'ai le droit de me renseigner sur ce que tu as en tête, surtout que j'ai eu droit à des surprises peu agréables ce soir, je te rappelle ! Je pense ma demande, légitime ! Il faut toujours s'attendre au pire avec toi !

Ethan se tourna légèrement et la contempla un instant. Son regard, d'abord réprobateur sur la leçon moralisatrice qu'elle venait de lui dispenser, changea doucement en un regard plus doux, puis elle put deviner à travers son casque un sourire se dessiner grâce à ses petites rides apparaissant sur le coin des yeux, signe typique lié à ses zygomatiques.

— Dis-moi juste « Encore, Ethan ! » et ça ira !

La prise de voix plus aiguë, propre à une belle parodie de la voix de la jeune femme, vexa Kaya qui lui pinça la taille en protestation !

— Pourquoi devrais-je dire ça ? Et arrête de refaire ma façon de parler ! En plus, je ne parle pas comme ça ! grommela-t-elle, agacée.

Ethan se mit à rire et réitéra.

— Encore, Ethan ! J'adore ça ! continua-t-il toujours moqueur. J'aime quand tu me tortures si chaleureusement par tes attentions de connard ! J'aime le mystère de nos ballades en moto ! Encore, Ethan !

Kaya prit alors appui sur ses cale-pieds. Elle s'écrasa ensuite sur le dos d'Ethan et passa ses bras autour de son cou pour l'étrangler.

— Et ça ? Tu adores ? lui rétorqua-t-elle alors qu'il tentait de garder l'équilibre pour deux, tout en riant de bon cœur.

— Toujours dans la délicatesse ! J'aime tes démonstrations d'amour ! tenta-t-il de prononcer, la gorge serrée.

Kaya relâcha la pression et se rassit instantanément sur l'arrière de la selle. Elle se mit à rougir, perturbée soudainement par les propos d'Ethan. Lui-même se surprit à parler de choses qu'il s'interdisait.

Démonstrations d'amour ? Depuis quand prononces-tu ces mots avec autant de légèreté et d'insouciance ? Crétin !

Chacun se sentit alors mal à l'aise. Kaya rabaissa sa visière et Ethan se contenta de se racler la gorge avant d'en faire autant.

— En route ! déclara-t-il plus gravement, comme pour effacer le malaise soudain entre eux. Accroche-toi.

La moto accéléra et disparut rapidement au bout de la rue.

Ethan reprit le chemin inverse et se rendit à l'entrepôt. Il éteignit le moteur et leva sa visière.

— Attends-moi ici deux minutes. Je n'en ai pas pour longtemps. J'ai juste quelque chose à récupérer.

Il la fit descendre de l'engin et retira son casque. Kaya regarda autour d'elle et constata que la rue était toujours aussi glauque que la première fois, toujours aussi sournoisement calme et sombre.

— Ne me laisse pas toute seule, dehors ! lui déclara-t-elle alors, en lui attrapant la manche de sa veste de façon alarmiste... S'il te plaît...

Ethan comprit que le quartier, de nuit, ne lui inspirait que peu confiance. La femme prête à s'éloigner de lui quelques minutes plus tôt au point de marcher seule dans des lieux malfamés n'était finalement pas si sereine que cela. Il s'esclaffa en réalisant que la princesse n'en menait pas large, malgré son tempérament à lui tenir tête constamment.

— OK, mais tu ne touches à rien !

Kaya hocha la tête, soulagée et heureuse de bientôt découvrir ce qui se cachait derrière le hangar. Elle retira à la hâte son casque tandis qu'Ethan poussait en mettant tout son poids la lourde porte métallique qui grinça de douleur. Il appuya ensuite sur un interrupteur à sa gauche et les néons s'allumèrent les uns derrière les autres, certains clignotant un instant, avant de révéler complètement l'intérieur des lieux. La première chose que Kaya découvrit fut que le hangar comportait un étage, une sorte de mezzanine avec un accès par un grand escalier de fer contre le mur droit de l'entrepôt. Elle devait certainement servir de pièce à vivre. Elle pouvait y entrevoir des lits, des affaires personnelles, des vêtements, une grande table et des chaises. Rien n'était rangé, mais elle ne s'en formalisa pas. Il était clair que cet endroit avait tout d'une grande garçonnière où les traces de touches féminines étaient peu les bienvenues. Ça respirait la testostérone et la sueur.

L'espace au rez-de-chaussée était grand. Cela ressemblait à un grand garage, à l'exception qu'il n'y avait pas de voitures. Pourtant, l'odeur de cambouis, d'huile de moteurs et d'autres liquides spécifiques imprégnait l'air ambiant. Des taches d'huile au sol et un grand établi révélaient qu'un atelier de réparations était actif ici. Trois motos se trouvaient dans un coin, sans doute pour réparation. L'une d'elles avait son moteur posé à terre à côté. L'autre, une roue en moins. La jeune femme comprit rapidement que les motos de la bande devaient être garées en bas quand ils étaient tous de retour.

Il n'y a pourtant pas la place de garer ici toutes les motos que j'ai vues sur le parking...

— Attends-moi ici… lui répéta-t-il calmement.

Elle le vit alors monter l'escalier et se rendre sur la mezzanine. La superficie du hangar était suffisamment grande et profonde pour qu'elle le perde de vue par moments. Ethan semblait connaître le lieu comme sa poche. Il allait et venait en haut sans qu'elle n'arrive à voir réellement ce qu'il trafiquait. En regardant de plus près, elle pouvait deviner que plusieurs personnes vivaient ici. Un certain nombre, même. Elle commençait à croire qu'Eddy devait faire partir de ces occupants.

Et Ethan ? A-t-il vécu ici, lui aussi, pour agir avec une telle aisance au milieu de tout ce foutoir ?

Ethan déambulait en silence, s'accordant même le temps de boire au goulot d'une bouteille d'eau prise dans un réfrigérateur, puis redescendit tranquillement, un sac à dos à la main.

— Tu sembles être comme chez toi ici… déclara Kaya, prise d'une énorme curiosité en constatant son attitude familière avec les lieux.

Ethan se mit à réfléchir de façon sceptique, puis sourit.

— Je ne pense pas pouvoir dire que je me sente chez moi quelque part. Je ne fais que m'adapter aux situations. Mais on peut dire que c'est une seconde maison, effectivement, bien que je n'y vive plus depuis longtemps. Je n'ai plus autant d'implications ici. C'était... avant.

Kaya écarquilla les yeux. Cette réponse la laissa encore plus dans l'expectative.

— Tu as vécu ici ?

Ethan regarda autour de lui, les yeux emplis d'une certaine nostalgie.

— Oui... un peu plus d'un an... Ce fut un refuge, comme tant d'autres... Ils ont su m'accueillir sans jugement, ni dédommagement attendu.

Kaya absorbait avec difficulté toutes ces informations qui se bousculaient dans sa tête. Tant de questions lui venaient au fur et à mesure. C'était un peu comme si chaque élément révélé réveillait en elle une multitude d'hypothèses sur ce qu'il avait pu vivre. Un livre qui ne demandait qu'à être lu. Un secret qui ne se dévoilait que par morceaux et qui la frustrait chaque minute un peu plus.

— Comment as-tu pu vivre... ? Je veux dire pourquoi ? Pourquoi eux ?

Kaya ne trouva pas les mots pour expliquer son interrogation suite à toutes ces révélations. Ethan se contenta de la regarder silencieusement, à la fois refermé face à son besoin de réponses et blessé de la voir finalement si compatissante sur ce style de vie sans doute aux antipodes de celui qu'elle pouvait juger décent.

— C'est ici que tu as connu Eddy ? osa-t-elle toutefois ajouter, voyant bien que la mention de son passé refroidissait immanquablement la discussion.

Ethan lui sourit, plus ouvert à répondre à cette question.

— Effectivement... Il n'était pas l'un des chefs à l'époque, mais il m'a guidé et épaulé comme un aîné, un peu comme un grand frère.

— L'un des chefs ? commenta Kaya, encore plus curieuse.

Ethan expira de lassitude, sentant que l'heure des confessions était arrivée et avec, une propension à donner des réponses sur des détails futiles pour lui, mais qui semblaient s'avérer d'une importance capitale à la bonne compréhension de Kaya. Plus il se montrait évasif, plus les questions afflueraient.

— Les Blue Wolves fonctionnent avec un commandement particulier. Il y a plusieurs chefs. Trois pour être précis. Ce système a été mis en place il y a bien longtemps, avant même mon arrivée chez eux.

— Il y a vingt ans donc… commenta-t-elle tout en se rappelant ce que lui avait dit Eddy lors de leur première rencontre sur le nombre d'années qu'ils se connaissaient.

Ethan fut surpris par cette remarque sur sa vie dont elle n'était pas censée connaître un seul détail.

— C'est vrai… Comment le sais-tu ? Je rêve ! Enfoiré d'Eddy ! Qu'est-ce qu'il t'a dit sur moi, ce salaud !

— Tu disais donc… trois chefs ! lui répondit-elle à côté, pour revenir à ce qui l'intéressait vraiment dans cette discussion.

Ethan marmonna, comprenant qu'une fois encore, elle le mettait à l'écart de sa relation si particulière avec Eddy. Il savait qu'elle agissait ainsi volontairement, juste par entêtement à le voir grogner encore une fois en signifiant des secrets entre Eddy et elle, des confessions auxquelles il n'avait pas droit, une complicité unique qu'il ne pourrait jamais toucher du doigt.

C'était le jeu. Se faire ce genre de vacheries, comme simples réponses à l'attitude insupportable de l'autre. Pourtant, à chaque fois, il n'arrivait pas à faire la part des choses et la jalousie le saisissait malgré lui. Il n'aimait pas voir un autre entretenir une relation particulière avec elle, même si cette autre personne était un ami. C'était plus fort que lui. Il tenait à cette exclusivité de la connaître mieux, plus que quiconque. C'était un souhait assez vicieux, alors qu'il n'avait pas plus de légitimité qu'un autre… Alors même qu'il n'avait aucune légitimité du tout par rapport à un autre. Pourtant, elle le poussait à vouloir garder cette place de privilégié de premier rang, peu importe l'issue ou les dégâts sur lui. Kaya était une distraction et un mystère bien trop pervers pour qu'il n'en ressente pas le besoin de creuser toujours plus.

Complètement vaincu et désarmé devant cette impuissance à respecter malgré tout ses nouvelles amitiés, il n'eut pas d'autre choix que de continuer ses explications, ne sachant pas l'importance des éléments qu'elle avait en sa possession grâce à Eddy et pouvant le mettre en porte-à-faux.

— C'est… un clan qui se renouvelle régulièrement depuis des dizaines d'années. Ils ont un postulat d'ancienne bande de voyous dans Paris et à ce titre, une réputation qui répond à leur longévité. On n'attaque pas les Blue Wolves comme ça. C'est pour cette raison que le hangar peut rester sans surveillance, car les représailles sont terribles envers ceux qui osent les affronter sans plan de retrait ou de défense infaillible. Tous ne vivent pas ici, mais cet endroit reste le QG du clan. Cet entrepôt a subi deux vandalismes par le passé. Les bandes de voyous qui ont fait ça ont été dissoutes par la suite. Le retour de bâton est sans appel. Tu n'as rien à redouter ici en tant qu'invitée. On est suffisamment craint pour ne pas être pris à parti, même devant la porte.

— On ? Tu t'inclus donc vraiment dedans encore aujourd'hui ? déclara Kaya, surprise de le voir si impliqué dans leurs habitudes.

Ethan la fixa, le regard brillant de fierté malgré cette nostalgie toujours visible sur lui.

— Oui, je m'y inclus. Quand tu vis parmi ces gens, tu t'adaptes à leur philosophie. Tu agis en conséquence pour le bien de ta bande. Tu te bats pour elle, tu apportes ta contribution pour son bon fonctionnement. Je suis un des leurs, même si Eddy me fait la morale sur mon refus de porter leur tatouage. J'ai fait couler mon sang autant que celui des autres, j'ai participé à des règlements de compte, à du vandalisme, à des menaces...

Ethan détourna son regard de la jeune femme, visiblement gêné de devoir lui parler d'une partie peu glorifiante de sa vie.

— Je croyais que c'était une autre vie, d'après tes dires, que c'était... avant. Alors pourquoi t'y inclus-tu encore ? Tu sembles pourtant avoir tourné la page et être loin de tout cela à présent... lui souffla-t-elle alors, comprenant difficilement pourquoi il en parlait comme si ce mode de vie continuait toutefois de lui plaire, comme si l'adrénaline circulait encore dans ses veines et que sa soif de violence trouverait toujours une réponse dans ces lieux. Ethan la fixa droit dans les yeux. Sa nostalgie s'effaça et une détermination sans faille prit place dans son regard.

— Parce que j'en suis l'un des chefs.

Kaya resta muette et sonnée par cette réponse.

— En fait, je suis le quatrième chef.

— Mais je croyais que...

— Oui, je t'ai dit trois. Je suis un cas à part. J'ai un statut de chef d'honneur, on va dire. J'ai été un des chefs, mais j'ai confié ma place à quelqu'un.

— Quoi ? demanda Kaya, complètement perdue.

— Les chefs actuels sont Eddy, Sébastian et Jay. Eddy est devenu moins actif, bien qu'il crèche ici depuis qu'il bosse avec moi. Le commandement à trois chefs permet de ne pas partir sur un régime totalitaire, individualiste. Si un des chefs est trop égocentrique ou dictatorial au point de mettre à mal la bande, les deux autres peuvent soumettre un vote à l'ensemble des gars pour l'évincer. Dans ce cas, un duel aux poings est fait entre le chef critiqué et un volontaire, choisi selon des critères tels que son implication, sa répartie et sa réputation auprès des autres. Beaucoup de chefs ont pris place durant les années de vie de ce clan. C'est une politique très compliquée à concevoir, mais ça marche bien. On évite pas mal de problèmes d'ego. Pour mon cas, j'ai provoqué Eddy plusieurs fois en duel. Tout le monde était content de lui, mais moi, il m'énervait.

Ethan se mit à rire à ce souvenir.

— Un aîné qui se fait donneur de leçons, il n'y a rien de plus agaçant, je t'assure ! Et Eddy est très fort ! Il est d'une perspicacité déroutante. Je ne supportais pas certaines de ses remarques à mon sujet à l'époque. Je n'avais que mes poings pour déverser ma colère. J'ai tenté de me battre contre lui à plusieurs reprises. En vain. Je me suis fait dérouiller à chaque fois.

Kaya se mit à sourire et effleura sa cicatrice sur son arcade sourcilière, s'imaginant certainement la façon dont elle dut apparaître sur ce visage déjà éprouvé par la vie. Ethan fut un instant décontenancé par son geste tendre. Elle regardait sa marque avec une fierté qu'il avait beaucoup de mal à comprendre.

— Voilà donc l'histoire complète de cette cicatrice ! lui déclara-t-elle doucement, avec un petit sourire

— Oui… lui dit-il alors qu'elle se tenait face à lui et qu'il se laissait aller un instant par la douceur de son geste et la profondeur de son regard posé sur un des stigmates de son passé.

— Continue… lui dit-elle d'un ton complice, tout en retirant son index de la marque sur son visage.

— Un jour, un des chefs de l'époque s'est fâché et il y a eu une assemblée générale pour délibérer sur mon cas un peu trop… rebelle.

Ethan s'esclaffa, visiblement toujours peu convaincu par cette sanction certainement toujours injustifiée à son goût.

— Il m'a dit « Bats-toi contre moi ! Deviens chef ! Si tu gagnes, tu auras l'ascendant sur Eddy. C'est ce que tu veux, non ? ». J'ai accepté, ne réalisant pas vraiment ce qui se jouait. Seule mon envie de faire mordre la poussière à Eddy comptait. Peu importent les moyens. Je voulais lui donner une leçon, lui montrer que je valais mieux que son discours et sa manière constante de me faire taire et me mettre mon immaturité dans la tronche. Il m'appelait « le Bleu » et se jouait de moi tout le temps ; ça m'insupportait. Je pense qu'à l'époque, Pierrot voulait céder sa place de chef. Après maintes réflexions, j'en suis à présent convaincu. Sans doute une lassitude de sa part... Je l'ai battu plutôt facilement et je suis devenu un des trois chefs. Si j'étais fier l'espace de quelques minutes, j'avais cependant usurpé le titre à un chef dont on ne reprochait rien. J'ai réalisé que ma soif de reconnaissance avait un prix. J'ai dû apprendre à gérer du jour au lendemain, à quinze ans, un clan de vingt-cinq personnes actives, plus une douzaine plus ou moins proche du clan. Il a fallu que je calme mes ardeurs et que je prouve ma valeur. Ce fut une sacrée expérience ! Et je n'ai toujours pas pu régler son compte à Eddy, même en tant que chef, car il m'a toujours pris à la rigolade. Je restais « le Bleu » pour lui, quoiqu'il arrivât.

Ethan se passa la main dans les cheveux, visiblement embêté par la tournure de ces évènements. Kaya pouvait y entendre des regrets à travers l'intonation de sa voix, mais aussi un souvenir cher à ses yeux.

— Puis j'ai rencontré les Abberline et j'ai dû faire un choix. Rester avec les Blue Wolves ou partir aux États-Unis avec les Abberline et parier sur ce qu'ils me proposaient, sachant très bien que le risque d'être déçu et encore plus paumé restait présent en m'exilant... J'ai choisi de suivre les Abberline. Ma vie n'avait pas de sens. Avec cette bande de motards ou ailleurs, je ne trouvais aucun intérêt à ma vie. Être chef ne m'apportait finalement pas ce que je recherchais, même si ce fut une expérience enrichissante. Les Blue Wolves étaient comme une famille, mais la camaraderie et le respect ne comblaient pas mon besoin de...

Il fit une pause dans son discours, réalisant qu'il s'épanchait sur une douleur qu'il ne souhaitait pourtant pas mentionner. Le trouble s'empara de lui. Il savait que ce qu'il cherchait encore aujourd'hui était aussi ce qui le faisait paradoxalement fuir, de peur de souffrir à nouveau. Kaya ne devait pas percevoir ses peurs. Il se devait de cacher ses faiblesses et rester imperturbable, implacable.

— Besoin de ? reprit Kaya, attentive à ce morceau de vie très douloureux.

— Qu'importe ! coupa Ethan, reprenant un visage plus dur et fermé, s'agitant tout à coup et fuyant son regard.

Kaya remarqua qu'il se braquait une nouvelle fois, dès qu'il était question de ressentis, de sentiments pouvant l'éprouver.

— À mon départ, j'ai désigné Eddy comme mon remplaçant. C'était pour lui un cadeau empoisonné qu'il n'avait jamais voulu avant et que je lui refilais sans complexe. C'était un peu ma vengeance que je n'avais jamais eue avec lui. Je le respecte comme jamais. Mais le poste de chef, c'était une façon de lui montrer que mes poings n'étaient pas ma seule arme pour lui faire fermer sa gueule de poseur. Personne ne contesta mon choix, car Eddy a toujours été très bien vu au sein des Blue Wolves depuis toujours. Il n'a pas eu le choix, ça ne se refuse pas. Il m'a maudit, je pense, pour cette nomination. Quand je suis rentré des États-Unis, je suis revenu ici, ce qui surprit tout le monde, moi le premier. Pas pour y vivre, mais pour revoir mes amis. J'aurais pu tourner définitivement la page, mais j'avais une impression d'inachevé. J'ai lancé un duel à Eddy, comme au bon vieux temps… et comme au bon vieux temps, il m'a achevé !

Ethan se mit à rire, comme si cette habitude lui était devenue aussi chère que son envie de rester soudé au clan.

— Il a été alors décidé que je pouvais avoir une place de chef d'honneur pour ma ténacité ! Titre donné par Eddy lui-même, mais encensé à l'unanimité. Je peux donc être sollicité en tant que chef conseiller. J'ai donc toujours ma place ici et même si je me suis détaché de leurs activités, je peux aller et venir ici comme bon me semble.

— Alors, Eddy reste un de tes objectifs ? lui déclara Kaya, un peu taquine.

— Oui ! dit-il en riant légèrement. J'ai toujours dans ma tête l'idée de le rétamer un jour ! Je me suis mis au sport dans cette idée ! Un jour…

— Je ne t'aurais pas nommé chef d'honneur, mais plutôt « Roi des Obstinés » ou « Casse-pieds immature », « Sale gosse »…

Ethan lui afficha un grand sourire.

— Pas « Roi des Connards » ? lui demanda-t-il, amusé.

— La liste peut être longue, si on continue !

— Il me nomme le Bleu ! Chacun me donne un surnom, c'est fou ! C'est à se demander lequel je détesterai le plus !

Ethan plongea son regard dans celui de Kaya et se sentit libéré d'un poids. Elle ne semblait pas prendre de recul malgré sa petite histoire. Elle dédramatisait même la situation comme il avait tendance à le faire lorsqu'elle-même avait eu l'occasion de raconter ses malheurs. Il avait plus que jamais envie de la serrer contre lui. Kaya se sentit alors gênée par l'insistance qu'il mettait à la fixer. Elle regarda une nouvelle fois sa cicatrice sur l'arcade. Finira-t-elle, elle aussi, par lui laisser une cicatrice visible, en réponse à ses attaques ? Elle baissa alors son regard et repensa aux autres marques qu'il avait. Ses yeux se bloquèrent sur son torse et sur ce que cachait sa veste. Elle leva alors ses deux mains dans l'idée de toucher aussi celles-ci et comprendre également leurs origines. Comme si les effleurer lui permettrait de toucher Ethan dans ses secrets et lire en lui. La curiosité était trop forte. Il lui attrapa les mains, voyant qu'elle tentait de s'autoriser un interdit. Elle releva les yeux sur lui, pour comprendre pour quelle raison il lui interdisait de continuer son investigation et poser ses mains contre lui cette fois-ci.

— Eddy, est-il aussi responsable de ces cicatrices-là ?

Ethan déglutit, mais ne quitta pas du regard ses prunelles si quémandeuses.

— Non... Elles sont antérieures à ma venue chez les Blue Wolves.

Kaya regarda ses mains enfermées dans celles d'Ethan. Elle réalisa que ces cicatrices étaient bien plus profondes que celle sur son sourcil, que les secrets qui y sont liés seraient bien plus difficiles à dévoiler.

Antérieures à ses quinze ans... De telles marques, si jeune... que t'est-il arrivé, Ethan ? Était-ce quand tu étais enfant ? À quel âge ? Mon Dieu...

Ethan remarqua alors sa peur et sa tristesse sur son visage quand elle réalisa ce que ses marques pouvaient impliquer dans son âme. Il devait couper court à toutes réflexions et la recentrer sur le plus important dans tout cela.

— Kaya, je comprends que voir tous ces motards sur ce parking t'ait impressionnée, que tu aies pu douter de moi quant à mes fréquentations, mais jamais je ne mettrai ta vie en danger. Je t'ai fait virer, c'est vrai. Je t'ai sortie d'une mauvaise situation au Silky Club alors que je t'ai poussée à y travailler involontairement. J'ai souvent été vache avec toi, mais ce soir, devant Barratero, l'idée n'était vraiment pas de te faire mal. Je sais que tu as plein de questions encore et que ma façon de procéder est discutable. Reste que le résultat est là. Tu n'as plus à te soucier de Barratero et c'est tout ce qui m'importe. Ces motards ne te feront pas de mal. Je t'en donne ma parole. Tu n'as rien à craindre d'eux. Ce soir, ils étaient plus nombreux, car nous avons fait appel à des clans amis pour amplifier l'effet de surprise et l'inquiétude de Barratero. Nous devions lui montrer que toutes représailles risquaient de partir dans une guerre où il laisserait trop de plumes s'il la déclarait. Mais je t'assure qu'ils sont tous très cool quand on les connaît.

Kaya sonda son regard pour y déceler toute sa sincérité. Elle se mit à sourire finalement.

— Tu les remercieras de ma part pour leur intervention dans ce cas. Après tout, ils ne me connaissent pas et ils ont pris un risque en s'impliquant de la sorte juste pour te faire plaisir.

Ethan s'étonna de sa remarque.

— Ils se fichent de la raison. Si les chefs sont d'accord, tout le monde suit. Mais si tu veux, tu pourras revenir ici avec moi et leur dire toute ta gratitude.

Kaya afficha un air réprobateur. Malgré la confiance qu'elle pouvait avoir en Ethan, se retrouver au milieu de tout ce monde l'effrayait encore. Ce n'était pas ce type de fréquentations qu'elle cherchait particulièrement et Ethan devina à son visage que cette idée n'était pas forcément acceptée avec enthousiasme.

— T'as peur ? lui demanda-t-il alors, amusé.

— Non ! grommela Kaya, refusant de trop montrer les raisons de ses réticences. C'est juste que je ne t'ai pas encore pardonné et que je doute de revenir avec toi ici à l'avenir. Je ne sais toujours pas où tu as trouvé l'argent, je ne supporte pas l'idée de te voir te mouiller dans le rachat de mes dettes et je n'avale toujours pas le fait que tu ne m'aies pas prévenue de tout ça avant.

Ethan grimaça, voyant que tout n'était pas encore réglé.

— Kaya, je t'ai dit que ta réaction devait…

— … être crédible ! Je sais ! Mais ça m'énerve ! Et je n'aime pas ne pas savoir tout ce qui me concerne. J'ai le droit d'être en colère de voir ma vie m'échapper ! Et j'ai de quoi être encore plus en colère quand je vois la nature de tes fréquentations qui me font peur sur la façon dont tu as pu récupérer l'argent.

Ethan la jaugea un instant puis sourit.

— Pour l'argent…Tsss! Je n'ai pas eu le choix.

Il lui tourna alors le dos et baissa sa tête, glissant les mains

dans ses poches et feignant une attitude embêtée.
— Il fallait agir vite. Ça ne va pas te plaire…
— Quoi ? fit Kaya, à présent inquiète et complètement dans le besoin de connaître tous les détails.
Trop facile, Princesse !
Ethan cacha toujours son visage de sa vue, avec un petit sourire amusé, mais continua à jouer le désarroi par un long soupir qui obligea la jeune femme à s'accrocher à son dos pour qu'il daigne lui faire face et parler. Devant la force qu'elle mettait à vouloir connaître la suite, il finit par se tourner face à elle. Il garda cependant le silence, le visage grave.
— Sam, Oliver et Eddy étaient contre… renchérit-il toujours plus dramatiquement.
— Parle, bon sang ! Qu'est-ce que tu as fait ? Dans quelle merde tu t'es mis ?!
Ethan la jaugea des pieds à la tête, comme s'il tentait de cerner la fiabilité de la personne qui lui faisait face avant de révéler ses secrets. Il lâcha un long soupir embêté une nouvelle fois, puis sourit.
— Non ! Pas maintenant !
Il lui fit un clin d'œil et sortit du hangar, laissant Kaya sur ses doutes, ses attentes et sa frustration.
— Eh ! Ne fuis pas ! Je n'en ai pas fini, Abberline ! lui déclara-t-elle sur un ton autoritaire. D'où vient l'argent ? Ethan !
Ethan garda le silence volontairement, histoire de prolonger le mystère et la rendre folle. Juste pour la taquiner.
— Tu n'as pas le droit de me faire ça ! Tu vas cracher le morceau !
Ce dernier attrapa son casque et lui tendit son sac à dos.
— Enfile ça sur ton dos !
— Ethan ! Ne change pas de sujet ! Je te jure que je vais vraiment me vexer !

— Et moi, j'ai une folle envie de t'embrasser !

Kaya se mit à rougir instantanément, ne s'attendant pas à une telle réponse, sortie de nulle part.

— Ne… Ne change pas de sujet, bon sang !

— C'est sincère ! Plus tu te fâches, plus j'ai envie de taquiner tes lèvres.

La jeune femme posa ses mains sur ses hanches, sentant le chantage venir et l'importance des faits disparaître avec ses futilités.

— Ethaaan ! s'agaça Kaya. Il va y avoir un meurtre d'ici trente secondes !

— Tu m'embrasses et je te dis !

— Je ne t'embrasse pas et tu me dis !

— Tu ne m'embrasses pas, tant pis ! Tu ne sauras pas la suite ! Eddy te ramènera. C'est dommage ! J'étais d'humeur à la confidence… Arf !

— Il me le dira. Il n'est pas aussi désespérant et irritant que toi !

— Pas, si je lui ordonne de se taire et joue son salaire en contrepartie !

— Rhaaaa ! T'es vraiment le pire connard au monde ! Tu m'énerves ! Tu te fous de moi !

— J'avoue, mais putain, qu'est-ce que c'est bon ! répondit Ethan, en gonflant sa poitrine d'air, comme si la mettre à cran était aussi vivifiant que l'oxygène dans ses poumons. Ce n'est pas méchant comme troc : un baiser de réconfort contre mes confidences ! J'ai déjà avoué quelque chose sur moi. Tu peux bien me faire un petit câlin ! C'est dur de te révéler ma vie ! Je ne le fais pas d'ordinaire ; tu devrais me remercier même !

— Tu n'es qu'un profiteur !

Ethan posa son casque et le sac à dos au sol. Il ferma la porte coulissante de l'entrepôt avec force puis s'étira.

— Haaa ! Trop d'efforts ce soir ! Franchement, je me suis bagarré, j'ai été un fin stratège, j'ai fait mon mea culpa, j'ai même confié un secret que même Sam ou Simon ignorent... Allez, Kaya... Ne sois pas égoïste ! Agis en Princesse reconnaissante devant ton chevalier combattant pour ton bonheur !

Celle-ci plissa les yeux, pas dupe du manège.

— Non ! Tu... tu ne m'auras pas avec tes manigances !

Ethan lui lança un regard séducteur, comme si le jeu était lancé et que le défi commençait réellement maintenant. Il minauda un peu en se balançant de droite à gauche tout en avançant vers elle.

— Même pas en rêve, Ethan !

— J'ai envie, Kaya ! Alleeez !

Une fois face à elle, il l'attrapa par la taille et la colla contre lui. Kaya posa ses mains en bouclier sur ses épaules et tenta de le repousser.

— Juste un peu... S'il te plaît...

La voix plus douce et suppliante de son assaillant ne l'aida pas à tempérer les émois qui se bousculaient maintenant en elle. Il suffisait d'un contact rapproché et c'était la panique. Les mayday de détresse clignotaient rouges dans son cerveau. S'il touchait ses lèvres, elle était foutue et n'aurait plus de quoi légitimer sa colère pour des explications ensuite. Elle devait repousser son assaut, trouver une parade, calmer ses ardeurs autant que celles d'Ethan, et vite !

— Mes lèvres ne sont pas un terrain de jeu ! Je veux les réponses à mes interrogations !

— Elles sont un terrain de jeu très très sympathique ! lui souffla-t-il alors qu'il tentait un premier contact qu'elle évita en tournant sa tête sur le côté.

Ethan resta silencieux malgré le vent qu'elle venait de lui mettre, puis sentit poindre l'envie de gagner à tout prix ce défi magnifique qu'était devenue l'inaccessibilité de ses lèvres. Elles devenaient à présent un objectif à atteindre coûte que coûte. Il les regarda avec convoitise, comme si sa vie ne dépendait plus que de leur contact contre les siennes.

— Kaya... J'ai envie de tendresse, là... Je n'aime pas cette idée d'être à découvert en parlant de moi. Je n'aime pas confier ce qui est du passé. Rassure-moi un peu plus, je t'en prie...

Kaya tourna à nouveau la tête vers lui et le fixa, surprise par la profondeur de sa demande. Jouait-il encore avec ses nerfs ou était-il vraiment sincère ? Ethan n'aimait pas verser dans le sentimentalisme d'habitude. Il avait été clair avec cela depuis le début. Pourtant, il était en cet instant demandeur de tout ce qu'il rejetait d'ordinaire. Pire, il affirmait ce besoin comme un besoin pressant. Son regard accroché à sa réponse, comme si la fin du monde était au bout, lui indiquait une réelle intention d'être sincère.

— Pourquoi veux-tu être rassuré ? En quoi mes lèvres te rassureraient-elles ? lui murmura-t-elle, la gorge nouée et maintenant intriguée par cette part de lui-même qu'il tentait de repousser, mais dont l'appréhension de la voir surgir était évidente au point de vouloir nier tout sentiment d'amour.

Ethan posa son front contre celui de Kaya et ferma les yeux.

— Parce que... j'ai l'impression d'exister quand tu m'embrasses... Tes baisers... tu n'en donnes pas à n'importe qui et même si je suis un connard, j'ai l'impression d'être quand même un type digne de toi quand tu le fais.

Kaya resta stupéfaite de cet aveu aussi troublant qu'imprévisible. Elle tenta de bredouiller quelque chose, mais ne sut vraiment quoi répondre. Les mots ne venaient plus percuter son esprit. Elle était prise au dépourvu. Son cœur battait aussi fort que possible dans sa poitrine et elle avait soudainement chaud dans ses bras. Il gardait ses yeux fermés, comme s'il attendait la sentence à sa révélation sans oser y faire face. Cette attitude la troubla autant que la sienne à ne pas savoir quelle réponse adopter. Il se mettait presque à sa merci, juste pour...

Gagner ma reconnaissance ? Vouloir être digne de moi ? Depuis quand ? Ethan...

Elle glissa ses bras autour de son cou et se mit sur la pointe des pieds pour le serrer fort contre elle. Elle voulait juste le câliner, lui apporter un réconfort simple tel qu'étreindre quelqu'un contre soi, soulager sa peine en lui frottant le dos, lui montrer qu'il avait droit à de l'attention malgré toutes leurs querelles et désaccords et qu'elle resterait comme cela aussi longtemps que nécessaire. Outre les baisers, c'était cela qu'elle voulait lui offrir. Une garantie que rien ne changera entre eux. Elle n'avait pas peur. Elle ne ressentait plus vraiment d'inquiétude, à présent qu'il lui avait indiqué son appréhension à être mal jugé par ses soins. Rester crédible, digne d'elle malgré ses actions avec les Blue Wolves, était aussi touchant que perturbant. Il avait besoin de sa considération, ne pas ressentir une certaine honte à ne pas être comme elle pouvait l'imaginer.

Kaya sentit sa gorge se serrer un peu plus. Elle n'aurait pu imaginer qu'Ethan se souciait avec autant d'importance du regard qu'elle pouvait porter sur lui. Ils ne se faisaient pas forcément de cadeaux depuis le début. Ils se chamaillaient sans cesse. Il n'était pas un exemple de sympathie au premier abord. Ethan serra un peu plus sa taille et se laissa aller contre elle. Il avait besoin de tout ce qu'elle lui donnerait, même si ce n'était pas ses lèvres. Rien ne semblait lui manquer quand il pouvait la sentir contre lui. C'était un appel presque vital que de la retrouver et pouvoir calmer ce besoin lancinant de sauvegarder ce qu'ils avaient quand même réussi à construire ensemble depuis le début. Elle se détacha malgré tout de son étreinte au bout d'une bonne minute et déposa un baiser sur sa joue.

— Le baiser, ce sera quand j'aurais le reste de mes réponses,

Monsieur Réconfort !

    Elle lui décocha un sourire qui acheva chez lui toute envie de lutter, complètement conquis par ce simple plaisir qu'elle s'accordait à le mener encore là où elle voulait.

Monsieur Réconfort ?

    Elle attrapa le sac qu'elle glissa sur son dos et mit son casque sur la tête. Ethan resta planté quelques secondes, à la regarder s'exécuter en silence et sourit à ce surnom. Il était à présent sûr de ce qu'il voulait : plein de câlins en plus des baisers à profusion.

13

BIENVEILLANT

La moto traversa plusieurs quartiers que Kaya contempla en simple spectatrice. Des badauds se baladaient dans les rues, illuminées par les guirlandes électriques au-dessus de leurs têtes ou grâce aux vitrines décorées pour l'occasion. Noël était bien perceptible, car il y avait une certaine ferveur dans le regard des gens qu'elle croisait, une sérénité à profiter de ces précieux moments de paix et de partage. Elle posa quelques minutes sa tête contre le dos d'Ethan et laissa défiler les images devant ses yeux. Elle avait l'impression de percer le vent, juste fuir toujours plus vite et plus loin de la réalité pour trouver au bout du chemin quelque chose qu'elle ignorait encore pour l'instant, mais qui serait aussi apaisant que le regard des passants. Pouvait-elle croire en cette nuit ? Pouvait-elle croire Ethan et sa proposition de nouvel avenir maintenant ? Tout ce qu'elle savait, c'était qu'elle était bien, blottie contre lui. Elle se cramponnait à lui, sans trop le serrer, et pouvait sentir sa chaleur. Elle ferma les yeux et se laissa aller. Juste une présence, juste une chaleur auxquelles elle pouvait s'accrocher sans trop se soucier des conséquences.

Ethan se mit à ralentir puis s'arrêta, obligeant Kaya à sortir de sa bulle de bien-être. Elle se décolla de son dos et regarda autour d'elle un peu perdue. La ballade avait presque été trop courte à son goût et elle ressentit vite une certaine déception de ne pas la continuer. Ethan retira son casque et tourna la tête vers elle.

— Je vais acheter un petit truc à manger. Il est vingt-deux heures trente et j'ai faim. Je pense que toi aussi, non ?

Kaya resta muette, réalisant qu'elle avait été tellement absorbée par le tourbillon Ethan, qu'elle en avait oublié sa faim. Entre le casino, les Blue Wolves et les confidences d'Ethan, elle n'avait pas eu beaucoup le temps de s'inquiéter pour son estomac. Pourtant, elle se rendait maintenant compte que son ventre criait famine aussi. Elle hocha la tête et descendit de la moto.

— Je reviens. Ne bouge pas.

Ethan la laissa près de la moto et s'engouffra dans un restaurant japonais en bas de la rue, ouvert en ce jour de réveillon. Kaya sourit, heureuse de le voir prêter attention à ce qu'elle aimait manger. Sa sérénité plus ou moins retrouvée, elle la devait à Ethan. Étonnamment, elle se surprit à ressentir un certain soulagement et une impression de flottement alors qu'elle était pleine de rage un peu plus tôt. Elle n'avait toujours pas toutes les réponses à ses questions, elle était encore en colère à cause de ses agissements contre son avis, mais en même temps, elle savait qu'avec lui, les choses finissaient par être toujours un mal pour un bien. Il avait commencé par la rassurer sur ses actes, sur leur relation, sur la personne qu'il était. Elle réalisait aussi qu'il était un homme plein de mystères, mais au final un homme aussi très attirant à cause de ces mystères. Plus on creusait pour le comprendre, plus on découvrait des choses incroyables, impensables et en fin de compte touchantes. Elle comprenait certaines de ses attitudes à présent. Le temps favorisait sa compréhension du cas « Ethan ». En passant du temps avec lui, elle finissait par s'adapter et prendre même des habitudes de comportement.

Jusqu'où vas-tu continuer comme ça avec lui, Kaya ? Tu vas finir par te perdre à chercher des réponses, à tenter de vouloir connaître cet homme en profondeur...

Elle soupira, inquiète pour sa personne. Combien de plumes allait-elle vraiment laisser en le fréquentant ? Combien de fois allait-il encore la troubler au point de croire tous ses mots et lui faire lâcher la bride qui la maintenait cramponnée au bon sens ? Ethan sortit du restaurant, un sac plastique à la main. Il remonta la rue tranquillement et elle le regarda faire, se laissant simplement subjuguer par le charisme qu'il pouvait dégager juste en marchant et se demanda comment cet homme pouvait être si captivant par son attitude et ses blessures secrètes. Il arriva à sa hauteur et lui sourit.

— Avoue que je t'ai manqué ! lui déclara-t-il sur un ton amusé et fier.

— J'avoue ! lui répondit-elle, nonchalamment, ce qui étonna Ethan, habitué aux éternels dénis de la jeune femme. J'ai hâte de remonter sur la moto !

Kaya lia ses mains derrière ses fesses, un peu gênée de l'aveu, mais le regard brillant de plaisir, sachant qu'ils allaient se balader encore un peu. Ethan s'esclaffa et secoua sa tête négativement.

— Alors, tu aimes ça finalement... En même temps, ça ne m'étonne pas. Tu t'es écrasée sur mon dos pendant un moment, donc j'en ai déduit que tu avais suffisamment confiance pour te laisser aller à apprécier cela en ma compagnie. Je te soupçonne même de t'être assoupie ! Dès que tu t'appuies sur moi, tu piques du nez !

Kaya piqua un fard, la nette sensation d'avoir été prise en flagrant délit. Le sourire de défi d'Ethan ne quitta pas son visage ; il savourait une nouvelle fois le constat évident que Kaya ne détestait pas tout chez lui. Il rangea rapidement les victuailles dans le sac accroché au dos de Kaya, puis enfourcha la moto. Il attrapa son casque sur le guidon et prit un temps de réflexion, avant de la regarder.

— Si ça peut soulager ta honte ou ta colère, moi aussi j'aime bien me balader avec toi à moto.

Kaya sentit ses joues s'enflammer encore un peu plus devant ses mots et son regard doux. Sa poitrine se gonfla de bonheur, mais aussi de peur et d'inquiétude. Elle détestait cette impression d'être si influencée par ses mots, d'être si perturbée, de finir par y croire. Pire, elle ne supportait pas l'idée que lui-même en joue et finisse par la rassurer par de telles paroles ensuite. Il lui laissait poindre un espoir de réussite quant à la teneur de leur relation plutôt tordue, qui l'avait laissée jusque-là frileuse. Elle grimpa derrière lui pendant qu'il enfilait son casque.

— Encore ? lui demanda-t-il, amusé.

Kaya se mit à rire.

— Oui, encore Ethan !

Ethan lâcha un grognement de satisfaction et laissa tomber sa tête en arrière comme pour remercier le ciel d'entendre enfin ces mots si délicieux. Il tapota sa cuisse et démarra. Kaya ne pouvait s'empêcher de sourire. C'était plus fort qu'elle. Elle avait envie, malgré ses peurs, de profiter de ce qu'il lui offrait. Ethan traversa plusieurs quartiers de Paris puis se gara devant un grand immeuble. Tous deux descendirent de la moto et retirèrent leur casque.

— Alors ? C'est quoi l'idée maintenant ? demanda-t-elle avec un air intrigué en constatant qu'ils étaient arrivés au niveau de la Défense.

— Je viens souvent ici. C'est un de mes refuges. Personne ne le connaît celui-là.

Il leva la tête et regarda le toit d'un grand immeuble.

— C'est… un autre appartement que tu as ici ? s'interrogea la jeune femme, curieuse et étonnée.

Ethan lui sourit et lui attrapa la main avec une certaine hâte à la conduire là où il voulait. Ils entrèrent dans l'immeuble et Ethan salua, comme s'il les connaissait depuis toujours, le réceptionniste et le garde de nuit qui surveillaient le bâtiment.

— Hey ! Ethan ! Quelle surprise ! On vient roucouler sur le toit maintenant ? fit le garde de nuit, amusé. Fini le besoin de solitude ?

Le toit ?

Ethan leva les yeux, exaspéré par la boutade.

— Roucouler, ce n'est pas dans son vocabulaire à elle !

Il montra du pouce Kaya qui grimaça.

— Je sais roucouler ! marmonna-t-elle pour elle-même, comme si on venait de la cataloguer comme cas étrange et irrécupérable.

Comme s'il savait roucouler, lui !

— Je vais juste rafraîchir son cerveau de Princesse en lui faisant respirer l'air froid là-haut !

Ethan la tira par la main sans ménagement, puis ils prirent l'ascenseur. Kaya regarda partout, intriguée. Elle aurait pu se sentir angoissée par l'inconnu dans lequel l'emmenait à nouveau Ethan, mais il n'en était rien. Étrangement, la confiance qu'il dégageait et sa quiétude la rassuraient. Il semblait même heureux. L'ascenseur les conduisit au dernier étage. Ethan la guida à travers les couloirs et l'invita à prendre la sortie de secours. La jeune femme resta malgré tout prudente sur les droits qu'ils avaient d'aller sur ce toit. Aussi, Ethan lui fit un clin d'œil et la poussa à continuer d'avancer. L'ouverture de la porte lourde, métallique, grinçante les menant tout en haut de l'immeuble laissa le vent froid de décembre s'engouffrer dans tous les pores de leur peau. Kaya frissonna. Elle jeta un rapide coup d'œil autour d'elle : des antennes, des toits d'immeuble en face. Ethan la tira par la main vers une échelle menant au-dessus de la cage d'escalier. Kaya monta l'échelle marche après marche, suivie d'Ethan. Elle réalisa alors vraiment le spectacle que lui offrait ce lieu. Le froid la frigorifiait sur place, pourtant la vue imprenable sur Paris valait toutes ces souffrances.

— Whouaou.

La surprise était telle qu'elle n'arrivait pas à l'exprimer avec un enthousiasme débordant. Elle était sonnée par la beauté de ce Paris *by night*, typique des cartes postales vendues un peu partout dans les lieux touristiques de la capitale. Ethan la prit dans ses bras par-derrière, afin de la protéger du froid.

— Je ne m'en lasse pas... lui déclara-t-il doucement dans son oreille. C'est une place privilégiée. C'est une très belle ville et d'ici, on garde sa magie et on oublie son mauvais côté. On abandonne notre vie chaotique de tous les jours et on se laisse juste happer par toutes ces lumières et par le silence d'en haut. On est au-dessus du stress, du bruit, du quotidien. J'aime venir ici pour souffler et me recentrer. C'est un endroit qui m'apaise.

Kaya tourna sa tête vers lui, posant ses mains sur ses bras.

— Tu es vraiment déroutant. Tu es plein de surprises. Je ne m'attends jamais à tout ce que tu me montres. Les Blue Wolves, mes dettes, ce toit... ce soir, c'est un festival et tu me perds dans tous ces extrêmes. Quelle personne peut avoir une telle façon de vivre ?

— Tu me trouves si bizarre que ça !?

— Tu es toujours là où on ne t'attend pas ! Je dois bien avouer que c'est la première fois que je vois un homme avec une vie si trépidante... En même temps, je ne connais pas beaucoup de monde.

Elle baissa les yeux, réalisant tristement que sa vie était bien monotone par rapport à la sienne.

— Ça ne te plaît pas ?

— Ça me perturbe ! Tu m'énerves ! Tu fais tout pour m'énerver, et pourtant, derrière, tu arrives à m'attendrir avec une vue panoramique de Paris de nuit ! Je te déteste !

Ethan afficha un grand sourire. Il était heureux de constater qu'elle n'était plus aussi insensible à lui alors qu'elle bougonnait.

— Aurais-tu préféré ne pas voir ce spectacle ? lui demanda-t-il maintenant, pour la taquiner un peu.

— Non ! cria-t-elle presque en se tournant et se détachant de ses bras. Je... je suis... très touchée... mais tu m'énerves quand même !

Elle croisa les bras et fit une moue boudeuse, évitant de capter à nouveau son regard et râlant toujours un peu plus.

— Allez ! Viens ! Mangeons !

Ethan sortit des sushis du sac plastique et s'assit en tailleur. Il cassa ses baguettes tandis que Kaya ne bougeait pas, le contemplant en silence.

— Je vais tout manger ! lui dit-il, amusé. Tu peux bouder, moi je mange.

Lâchant un gros soupir exaspéré, Kaya s'assit finalement à côté de lui et attrapa une barquette. Un silence s'installa tandis qu'ils mangeaient. Kaya ne pouvait s'empêcher de jeter des coups d'œil en direction d'Ethan qui contemplait la ville.

— Tu... viens sur ce toit depuis les Blue Wolves ? osa-t-elle lui demander.

— Non, j'allais sur un autre toit. Celui-ci, c'est plus récent. Je cherchais plus haut et l'occasion s'est présentée en devenant le patron d'Abberline Cosmetics. J'ai rencontré des hommes d'affaires bossant ici qui m'ont fait « entrer ». J'ai eu un laissez-passer. Ils ont confiance en moi. Tant que je ne touche à rien et ne dégrade rien. Mais j'ai effectivement commencé à squatter les toits depuis cette époque !

Ethan la regarda alors et lui sourit.

— Comment en es-tu venu à fréquenter les Blues Wolves ? Et les Abberline ?

Le visage d'Ethan se ferma aussitôt et il plongea à nouveau son regard au loin. Indubitablement, la question le gênait et son silence le démontrait à nouveau. Malgré tout, il amorça une réponse.

— J'ai connu les Abberline durant cette période des Blue Wolves, après une bonne année d'errance. Cindy et Charles étaient, à l'époque, bénévoles pour plusieurs associations. Il y avait l'orphelinat, mais aussi le Secours populaire. Ils dispensaient des soins aux gens de la rue. Charles était médecin généraliste. Cindy, psychologue. Ils sont à la retraite aujourd'hui. C'est Cindy qui m'a repéré en premier, alors que je venais me nourrir dans un des centres. Les hivers étaient parfois durs et les Blues Wolves venaient de temps en temps occuper les lieux, faute de nourriture. Les larcins ne font pas tout. Les attaques des autres gangs et les petits boulots non plus. Cindy a tenté d'établir un contact avec moi à plusieurs reprises, mais...

Ethan baissa les yeux et commença à se balancer d'avant en arrière, l'air songeur.

— ... je ne voulais pas qu'elle m'approche.

Il finit sa phrase dans un murmure. Kaya s'aperçut alors que le souvenir lui paraissait douloureux. Il inspira un grand coup, comme pour se redonner courage.

— Elle a la manie de repérer les « cas » compliqués et j'en étais un... bien gratiné !

Il s'esclaffa et secoua la tête.

— Quand elle a quelque chose en tête, elle ne l'a pas ailleurs. Elle parla alors de moi à Charles qui fit une inspection de routine dans le centre où elle officiait. Voir un ado vivre dans la rue n'était pas très « normal » et ma méfiance les intrigua. Je n'étais pas comme les autres délinquants ; j'étais à leurs yeux... différent. Il proposa des examens de santé de routine pour ceux qui le souhaitaient : vaccins, bobos divers ou simplement une oreille pour écouter les problèmes des clochards et des gens en difficulté. Il resta un bon mois au centre à m'observer de loin, puis il tenta une approche...

Ethan respira un bon coup une nouvelle fois, en se remémorant ce souvenir. Une sorte de nostalgie apparut dans ces yeux.

— Charles finit par m'amadouer en douceur... déclara-t-il avec un petit sourire. Au départ, il enclencha des discussions anodines qui me laissaient de marbre, mais à force, ses discussions presque chiantes devinrent une habitude et il fit baisser ma méfiance. J'acceptais au fur et à mesure de lui parler. Au bout de quelques mois, le lien s'était tissé. Suite à une grosse crève que j'avais chopée et que je refusais de soigner, j'ai bien voulu... montrer mes cicatrices. Elles n'étaient pas belles du tout...

Ethan attrapa à nouveau la baguette et commença à gratter le sol avec sa pointe, d'un geste tendu.

— Je me souviendrai toujours de sa tête... Tout ce que je ne voulais pas lire dans son regard et que j'ai vu aussi dans le tien...

Il jeta un œil vers Kaya qui baissa les yeux, désolée.

— C'est juste que l'on ne s'y attend pas... tenta-t-elle de se justifier dans un murmure.

Ethan lui sourit puis regarda la pointe de sa baguette frottant le sol.

— Ce jour-là, il inspecta mes cicatrices sans les toucher. Je refusais qu'on me touche et il comprit vite qu'il ne devait pas me forcer pour ne pas me faire fuir... Il les examina attentivement, vérifiant bien l'hygiène de celles-ci, mais je voyais bien que son inquiétude était ailleurs. Le pourquoi, le comment, mon mental derrière. Tout ce qui fait d'un médecin un homme malgré tout. Il ne me posa aucune question, voyant déjà que j'acceptais difficilement de lui révéler cette partie de moi. Les jours suivants, il fit comme si de rien n'était... Cela m'énerva encore plus ! Il continua d'en jouer, encore et encore ! Son ignorance volontaire sur ce qui s'était passé ce jour-là quand il m'avait soigné me fit péter un câble ! Et lui, tout ce qu'il trouva à faire, ce fut d'en rire ! Il grimaça à ce souvenir et Kaya put voir en lui encore l'enfant au-delà de l'adolescent qu'il était à ce moment-là. Ce côté fougueux, emporté, qu'il avait gardé quand il se sentait provoqué, comme avec sa relation avec Eddy.

— Je ne voulais rien lui dire, déclara-t-il en s'attrapant les cheveux d'agacement, mais son envie de savoir ressortait par tous les pores de son visage et son côté « je suis un homme bon qui ne force personne » m'insupportait autant que le côté donneur de leçons d'Eddy ! Mon cul, oui ! J'avais l'impression qu'il se foutait de moi plus qu'autre chose avec son attitude détachée, mais pourtant il montrait bien son intérêt sur ma vie !

Cette fois-ci, ce fut Kaya qui grimaça, surprise par son emportement soudain et son besoin de justifier son comportement. Elle finit par sourire, amusée par son tempérament un peu râleur et grossier, collant bien plus au voyou qu'il avait pu être.

— En même temps, on se demande ce que tu supportes… marmonna la jeune femme dans un ton de reproche, mais avec un air malin.

Ethan plissa des yeux, prêt à lui montrer ce qu'il pouvait bien lui reprocher dans l'instant, en lui faisant fermer sa bouche par tous les moyens possibles. Elle haussa les épaules en réponse comme s'il n'y avait rien de nouveau sous les ponts suite à sa remarque. Il expira fortement, las, puis reprit.

— Les révélations se décantèrent au fur et à mesure qu'il instaurait une confiance. Je… n'aimais pas parler de moi, donc les informations arrivèrent au compte-gouttes.

— J'ai remarqué ! lâcha-t-elle dans un souffle.

Ethan tourna à nouveau la tête vers elle et la fusilla presque du regard tandis qu'elle avait l'impression de passer au crible d'un détecteur.

— Kaya, je me confie là ! Tu exagères ! Tu veux que je me braque ?

Elle lui décocha un large sourire.

— Ça tient du miracle, tu vas me dire ? Tu t'arraches au moins un bras à me raconter cela ! Piouuu !!!

Ethan ne trouva pas l'air suffisant pour respirer tellement elle lui avait coupé la chique. Il suffoqua par à-coups et secoua la tête, sidéré par son aplomb à toujours le décrédibiliser. Elle le bouscula d'un coup dans l'épaule.

— Continue ! lui déclara-t-elle doucement. J'ai le droit de te taquiner aussi !

La malice brillait dans les yeux de la jeune femme. Elle était heureuse de pouvoir enfin en savoir un peu plus de la vie de son bourreau. Heureuse de voir qu'il lui accordait ce privilège, ce soir, sans qu'elle n'ait à le forcer. Ethan la fixa intensément. Il aimait cette désinvolture qu'elle pratiquait sans complexe avec lui. Il devrait se braquer encore plus, se fâcher de cela, car il prenait beaucoup sur lui pour lui raconter toutes ces choses, mais il n'en faisait rien. Il la contemplait, en train de lui sourire et d'apprécier cette complicité. Comme si le plus important était maintenant. Il baissa les yeux. Comme d'habitude, chacun dédramatisait les malheurs de l'autre. Une façon de ne pas amplifier la déprime de leur cœur souffrant.

Mon cœur est bien plus lourd que le tien, Kaya... Tu n'arriveras pas à l'appesantir aussi facilement que tu le crois ! Mais cela reste mignon de te voir faire l'effort.

Il sourit, amer, et lâcha la baguette. Il doutait en cet instant que Kaya puisse comprendre vraiment un jour le véritable poids de sa détresse et surtout puisse vouloir la partager avec lui. Son sourire et ses yeux magnifiques suffisaient pour le convaincre. Il ne voulait pas perdre le peu qu'il avait avec elle. C'était sa planche de salut. Il voulait s'y accrocher pour ne pas couler définitivement.

Que ferait-elle, si elle venait à tout savoir ? Gardera-t-elle ce sourire ?

Elle posa alors sa main sur la sienne. Surpris Ethan regarda sa main, puis Kaya. Elle fit un geste de tête pour qu'il continue réellement son récit. Il observa une nouvelle fois sa main sur la sienne, qu'il tourna pour pouvoir serrer celle de la jeune femme. Il glissa ses doigts entre ceux de sa belle et la maintint fermement. C'était tout ce qu'il voulait : la garder avec lui, qu'elle ne lui échappe plus. Aussi improbable qu'évident, il aimait sa présence et leurs taquineries. Il aimait rester près d'elle.

— Quand il voulut introduire Cindy durant nos discussions, je me refermai direct sur moi-même. Il fallut plusieurs semaines pour qu'une relation de confiance s'installe avec elle. Je restai très méfiant. Puis, au bout d'un certain temps, ils durent cesser leurs activités aux centres et me proposèrent de vivre dans leur appartement de Paris. Au départ, j'ai refusé, puis les choses ont continué d'évoluer favorablement et j'ai accepté au point même après de les suivre aux États-Unis et de me faire adopter. Ils m'ont donné toutes les chances pour avoir une vie convenable. Ce sont deux personnes à qui je dois beaucoup.

Ethan caressa le pouce de la jeune femme du sien. Kaya le contempla, avec compassion, mais comprit qu'il avait abrégé la fin volontairement. Beaucoup de questions se bousculaient dans son cerveau. Elle ne savait toujours pas comment il avait connu les Blue Wolves, ni ce qu'il en était de sa vie avant, de ses vrais parents, pourquoi il était aussi méfiant envers Cindy et les femmes en général. Elle regretta même de l'avoir taquiné. Il voulait en finir. Sans doute, cet effort était déjà trop intense pour lui.

— Pourquoi… ne les appelles-tu pas « papa » et « maman » ?

demanda-t-elle doucement. J'avoue que ça me choque un peu. Depuis le temps, tu as tissé quand même des liens affectifs avec eux...

   Ethan regarda les prunelles qui lui faisaient face avec gêne.

— Je te l'ai dit... Je ne fais pas dans les sentiments...

— Tout est question d'interprétations ! lui répondit-elle alors en lui souriant gentiment. L'affection que tu portes à ta sœur sur la photo sur ta table de chevet est perceptible.

   Ethan rougit de sa remarque et s'agita, perdu dans toutes ces considérations.

— Question d'interprétations, oui... Tu aimes te faire des films, Princesse ! Tu rêves un peu trop de bons sentiments chez les autres. Elle m'a juste obligé à garder ce cadre dans ma chambre ! Papa ou maman sont deux mots qui me sont étrangers et auxquels je ne veux pas donner de sens. Et le concept de famille me parle tout aussi difficilement. Je n'arrive pas à... m'identifier dedans.

— À cause de tes parents biologiques ? osa-t-elle alors demander, sentant qu'elle appuyait sur un point sensible pour lequel chaque mot sorti de sa bouche semblait être une réelle souffrance pour lui.

   Elle constata le regard d'Ethan fuir au loin, sur la vue de Paris que leur offrait l'immeuble.

— Oui... lâcha-t-il sèchement, avec une certaine rancœur.

   Kaya serra la main d'Ethan, voulant le rassurer sur le sens de chaque mot qu'il oralisait.

— Sont-ils morts ? Comme ceux d'Oliver ?

   La mâchoire d'Ethan se crispa, mais ses yeux restaient fixés vers l'horizon. Il serra sa main comme pour qu'elle lui insuffle encore un peu de force pour parler.

— Je ne sais pas... Je n'ai jamais connu mon père biologique et j'ai coupé les ponts avec ma mère il y a longtemps. Pour moi, elle n'existe plus… Dans un sens, on peut dire que oui, pour moi, ils sont morts.

Kaya n'insista pas davantage. L'ambiance était devenue lourde et Ethan tentait de cacher tant bien que mal une douleur qui était visiblement encore très vive. Elle se mit toutefois à sourire.

— En tout cas, tu as accepté d'avoir une nouvelle famille, donc tout n'est pas si foutu pour toi ! Moi, je n'ai pas cette chance. Je me demande cela dit, si je pourrais appeler quelqu'un d'autre « papa » ou « maman ». Est-ce que la portée de ces mots serait la même qu'avec mes vrais parents ? Et mes vrais parents, seraient-ils heureux de voir cela, de là-haut ? Ne serait-ce pas les trahir ? Je dois dire que je ne me suis jamais posée la question. Sans doute que les enfants comme toi viennent à le dire quand vraiment ils sont en paix avec ces considérations…

Elle visa alors l'horizon avec lui sans en dire plus. Ethan l'observa alors, avec une étrange sérénité. Elle ne le jugeait pas. Malgré tout ce qu'il venait de lui dire, elle restait compréhensive et sa neutralité lui faisait plus de bien qu'il ne le pensât. Il ne voulait ni reproches ni compassion. Ses questionnements étaient légitimes. Un père, une mère, tous les jours il s'interrogeait sur le sens de ces deux mots. Tous les jours, il se demandait pourquoi sa vie n'avait pas été comme celle de tout le monde, pourquoi le mot « aimer » était-il devenu un mot si difficile à comprendre et à accepter. Aimer sa famille, aimer ses amis, aimer une femme. Comprendre les différences pour ce même mot… Il regarda sa main toujours accrochée à la sienne. Pour la première fois, il réalisa qu'il ne voulait pas lâcher une main de femme.

« *Un jour, Ethan, un jour…* »

Les paroles de Cindy si rassurantes lui revinrent en écho. Cette promesse de bonheur avec une femme, cet espoir dans sa voix si assurée sur le sens de l'amour… Il regarda au loin la ville, avec cet étrange espoir.

— Kaya, tu aimes cette vue ?

Ethan put lire l'étonnement de Kaya sur son visage à cette demande si soudaine et coupant avec leur discussion.

— Hum oui... Je suis juste gelée ! Je ne pensais pas que ça soufflait autant en haut d'un immeuble ! Mais j'avoue que le spectacle est magnifique.

Aimer la beauté d'une chose... N'est-ce pas déjà un bon début, surtout si on n'est pas le seul à ressentir cela ?

Il regarda le ciel, puis lâcha alors la main de Kaya et alla chercher son sac à dos. Il en sortit une couverture et un oreiller, sous le regard encore plus surpris de la jeune femme. Il passa la couverture autour de son dos et se rassit à côté d'elle. Il lui ouvrit les bras, protégés de sa couverture.

— Si tu veux avoir un peu plus chaud, tu sais ce qu'il te reste à faire.

La stupéfaction de Kaya ne se fit pas attendre devant l'air heureux d'Ethan.

— C'est du chantage !?

— Un échange de bons procédés, je dirais plutôt ! lui répondit-il, amusé.

— Je pourrais très bien redescendre et attendre avec les vigiles à la réception, au chaud dans le bâtiment.

— Et tu raterais le meilleur !

— Le meilleur de quoi ?

— Viens dans mes bras et tu sauras !

Kaya souffla de lassitude devant ses éternelles entourloupes pour l'amadouer.

— Je te rappelle que je ne t'ai toujours pas pardonné ton tour de passe-passe avec Barratero !

— Tu viens de me tenir la main ! répondit-il du tac au tac, comme si sa remarque n'avait pas de raison d'être.

— Ça... C'était différent ! Ça n'a rien à voir avec cette soirée !
— Donc tu te fiches de moi ? lui répondit-il en faisant une moue peu convaincue et un peu chagrine. Tu joues donc la sympathie selon l'envie ? Superbe sincérité ! Et après ça me parle de confiance !
— Nooooon ! Pas du tout ! Je t'ai tenu la main parce que, justement, ça m'a paru essentiel et... et je... je voulais te soulager de tes appréhensions !

Ethan lui sourit avec bienveillance. Cette réponse lui faisait un bien fou. Il devait lui arracher les mots de la bouche, mais lorsqu'ils sortaient, ils étaient à la hauteur de ses espoirs. Il aimait cette façon de la mettre mal à l'aise et voir son désarroi quand il s'agissait d'eux deux. Cette attitude gênée de se confondre dans ses paroles, cette rougeur sur ses joues quand elle montrait de l'attention pour lui, cette tendance à nier l'évidence alors que tous deux savaient la vérité, mais préféraient les non-dits. Kaya comprit vite qu'il s'en régalait et marmonna.

— Je te déteste !

Il lui ouvrit alors un peu plus les bras, sa couverture toujours sur les épaules. Un appel qui soulagerait une nouvelle fois Kaya, sans nul doute. Toujours ses bras ouverts pour elle. Et toujours cette hésitation. Tout ne tenait qu'à elle, à sa volonté d'accepter ce qu'il pouvait lui offrir. Un geste ? Une réponse à un besoin ? Un avenir ?

— Viens ! lui murmura-t-il.

Kaya le considéra un instant et repensa à la façon dont ils en étaient arrivés à cela. Elle renifla avec dédain.

— Dans les bras de mon nouveau créancier ? Non, merci ! Je ne pactise pas avec mon banquier de cette manière !

Ethan s'esclaffa, puis finalement laissa retomber ses bras et se mit à rire. Kaya se leva et croisa les siens.

— C'est tout ce que ça t'inspire ! Ça te fait rire ? Moi non ! Et non, je n'ai pas oublié ! Racheter mes dettes, voilà le problème qui fait que je sais faire la part des choses entre ce qui est acceptable et inacceptable entre nous ! Tu parles de confiance ? Parlons-en ! Que je te « fasse confiance », qu'il me sort avant de rentrer dans le casino ! Pour quels résultats ? Me mettre à ta merci ? Pour mieux tomber dans tes bras ? Pour payer de mon corps ma dette envers toi, je présume ?

Le rire d'Ethan continua à prendre de l'ampleur, attisant davantage l'agacement de Kaya.

— Je ne dirai pas non ! lui répondit-il, entre deux rires. Ton corps est si chaud et j'ai froid !

Il ouvrit ses bras une nouvelle fois.

— Connard ! lâcha-t-elle maintenant, écœurée.

— Kaya, c'est fini. Ils n'en auront plus après toi. Je ne te demanderai pas d'intérêts, ne t'inquiète pas. Je ne te menacerai pas non plus.

— C'est ça ! L'argent tombe du ciel et il n'y a pas à s'inquiéter. Cent cinquante mille euros balayés en un coup de vent, mais sois rassurée Kaya, tout va bien ! Je ne sais même pas d'où vient l'argent, mais tout est sous contrôle, Kaya !

Ethan referma ses bras et soupira.

— Je n'attends rien de toi, Kaya. J'ai agi en pleine conscience des risques qu'impliquait ma décision.

— D'où vient cet argent, Ethan ! insista-t-elle, ayant marre d'être baladée.

Ethan baissa sa tête. Elle ne lâcherait rien tant que tout ne serait pas dit.

— De là où il y en avait... Sur mon compte personnel.

La déclaration d'Ethan sécha net toute colère chez Kaya. Elle le fixa, stupéfaite. Elle ne savait même plus quoi dire ni faire, ou même penser.

— Il n'aurait pas fallu plus en montant de dettes sinon je

n'aurais pas pu les éponger ! fit-il alors avec un trait d'humour pour sauver les apparences. On a eu chaud ! C'était juste !

Ethan lâcha un regard doux à Kaya puis rebaissa sa tête, voyant bien que sa révélation jetait un malaise qu'il redoutait. Les yeux de la jeune femme s'humidifièrent en réalisant l'importance des conséquences d'un tel sacrifice pour elle. Elle ne pouvait l'accepter ni même rire à sa touche de légèreté. Quelque part, elle aurait presque préféré apprendre que cet argent venait d'un sale trafic parmi les voyous, comme elle le pensait depuis le début. Elle se trouva encore plus nulle, minable. Ethan comprit vite quelle gêne et quelle culpabilité elle pouvait ressentir à cette annonce, mais il se fichait bien de tout ça. Son but était atteint : elle n'était plus en danger. Malgré tout, son cœur cognait dans sa poitrine, aussi fort que résonnait un sentiment de culpabilité, en voyant les larmes poindre sur le bord des yeux de sa débitrice. Il la blessait en se mettant quand même en danger, alors qu'il ne souhaitait que le protéger. Après quelques secondes de silence où chacun analysait la situation avec embarras, Kaya commença à faire les cent pas.

— Tu... tu es complètement dingue. Tu me connais à peine...

Une larme s'échappa du coin de l'œil et glissa sur sa joue.

— Je ne suis rien pour toi... Toute ta vie, tes projets...

Ethan se leva après avoir passé sa main sur son visage par lassitude et arqua son dos en arrière pour soulager ses lombaires. La couverture tomba au sol comme tous les espoirs qu'il avait de la prendre dans ses bras. Il savait que son geste était hors norme pour une personne sensée, mais il ne pouvait pas rester sans agir, fermant les yeux sur ses agresseurs.

— J'économiserai à nouveau. Je n'avais pas de projets particuliers pour l'avenir... Je ne pense pas à l'avenir. Ce n'est pas un problème si grave pour moi.

Kaya s'indigna en poussant un gémissement de colère et

d'inquiétude, mais aussi en constatant son manque de discernement dans ses propos. Elle n'acceptait pas sa réponse laconique. Elle se détestait. Elle détestait toute sa vie et les risques qu'elle faisait encourir aux autres. Les sanglots la prenaient, impossibles à retenir à cause de la culpabilité qu'elle ressentait au plus profond d'elle et de son impuissance toujours si vive dans ces moments-là.

— Je ne t'avais rien demandé... Tu n'aurais pas dû... Tu n'as aucune garantie. Je pourrais très bien te planter ici même et te laisser avec ton argent perdu. Tu es inconscient. Tu es irresponsable ! Cet argent, je ne pourrai jamais te le rembourser rapidement. Tu... tu n'es qu'un idiot ! finit-elle par crier. Tu n'es qu'un... imbécile... buté et détestable !

Ethan se mit à sourire. C'était plus fort que lui encore une fois. Malgré les larmes et les sanglots, il la trouvait mignonne à se fâcher, cherchant les pires qualificatifs à son encontre pour évacuer sa rage alors que ses larmes indiquaient une tout autre réalité. Il savait qu'elle avait raison, mais son comportement à continuer de vouloir le protéger avait tout fait basculer.

— Je sais, je suis un homme... trop gentil.

Il sortit cette phrase comme la conclusion de toute sa vie, une fatalité, une malédiction qui le poursuivait. Ce mot qu'on voit comme une qualité pour beaucoup, mais qui pour lui faisait écho au mot de Kaya : détestable. Il pouvait tenter de jouer les connards les plus insensibles, la vérité sous son masque était là. Il pouvait nier autant qu'il le voulait, il était faible. Cette constatation que Stan, son ex-beau-père, lui avait fait pointer du doigt comme un mal contre lequel il devait lutter pour ne pas avoir à souffrir, ne disparaîtrait jamais. Toujours ce même discours ancré en lui comme ses cicatrices...

« *Souviens-toi toute ta vie d'une chose avec les femmes : la gentillesse apporte la douleur, l'amour mène à la souffrance. Tu as voulu être gentil, prouver ton amour... Regarde à quoi cela t'a mené.* »

Il se toucha instinctivement ses cicatrices que Stan avait tracées de son couteau. La gentillesse conduisait à des sentiments menant à sa propre perte. Il le savait. Sa mère biologique était la preuve de son erreur. Il avait tout donné pour elle, il aurait pu tout sacrifier pour elle et il était tombé effectivement de haut. Stan avait agi comme un père sévère, mais juste. Il l'avait réveillé de sa torpeur et de sa sensibilité. Ses cicatrices resteraient un éternel avertissement. C'était ainsi. Et pourtant ce soir, il avait encore agi à l'inverse de ses avertissements. Il avait encore fait fort. Il avait envoyé valser toute sa douleur pour laisser parler sa gentillesse, comme si toutes ces années de rigueur venaient d'exploser en morceaux, que ses bons sentiments auraient toujours le dernier mot. Il serra la mâchoire et déglutit, le cœur amer malgré sa détermination d'avoir fait le bon choix. Et en cet instant, le regard triste de Kaya ne pouvait que lui rappeler celui de sa mère. Toujours des larmes, toujours cette amertume en lui sur ce qu'il était. Il pensait que les choses seraient différentes pour Kaya, mais en fin de compte, il se fourvoyait toujours dans des espoirs vains. Il s'embourbait encore avec une femme, n'avait aucune garantie de bonheur avec Kaya et son cœur risquait encore de souffrir, sa raison mise à mal à cause de sa foutue gentillesse. Cette facette de lui l'achèverait tôt ou tard et Kaya, tout comme ses amis, avait raison. De l'inconscience, de la folie, de la gentillesse, qu'importe. Il prenait encore des risques inconsidérés pour soulager son prochain sans se protéger avant tout.

Kaya renifla et gigota de rage devant sa façon désinvolte de lui répondre, comme si rien n'avait vraiment d'importance.

— Je te rembourserai. Je vais reprendre un autre travail, comme avant, pour que tu puisses retrouver tes économies et revivre normalement.

— Ce n'est pas la peine ! lança-t-il d'une voix grave.

— Je ne te laisse pas le choix. Tu en as assez fait ! cria-t-elle en colère plus contre elle que contre lui.

— Kaya, je ne veux pas que tu te tues à la tâche. Si je te sors d'un cercle vicieux, ce n'est pas pour que tu tombes dans un autre. Je n'ai pas fait tout ça pour qu'au final, on ne se voie pas et que tu me mettes à l'écart avec une autre excuse ! Tu me rembourseras comme tu pourras, même si c'est à hauteur de vingt euros par mois, je m'en fous. Maintenant que cette question de dettes est réglée, il est hors de question que le temps que tu dois passer avec moi aille pour un second job afin de me rembourser. Fais-le et je te fais virer sans regret !

Les prunelles marron foncé d'Ethan ne laissèrent aucun doute sur la véracité de ses propos. Il était vraiment capable de la faire virer si cela venait contrecarrer ses plans. Kaya resta muette devant sa remarque. Elle avait du mal à comprendre toutefois son raisonnement à vouloir dominer sa vie.

— Ethan, pourquoi ? Pourquoi fais-tu tout ça ? Pourquoi moi ? demanda-t-elle d'une petite voix, les yeux rivés vers ses chaussures. Je ne suis rien. Je n'ai rien à t'apporter de positif... Pourquoi insistes-tu autant au point de te mettre en danger et foutre ta propre vie en l'air ?

Ethan la fixa, l'air grave. Lui-même doutait de la raison de tout ça. Après quelques secondes de réflexion afin de trouver la réponse adéquate, il attrapa son téléphone dans sa veste de moto et pianota dessus, sous le regard interrogateur de Kaya, puis lui montra l'écran affichant son tableau des objectifs.

— Tu es mon objectif, Kaya. Je te l'ai dit. Je te veux. Comme tu peux le constater, c'est écrit noir sur blanc. Je veux ce deal entre nous. Je n'ai fait que répondre à mon tableau. Comme également écrit sur mon téléphone, j'utiliserai tous les moyens pour y arriver. Je ne lâche pas en cours de route un objectif que je me suis fixé. Si je m'acharne avec toi depuis tout ce temps, c'est uniquement parce qu'il n'y a pas de défaite ou de repli à envisager une fois que je me suis décidé à atteindre un objectif. Si je décide d'écrire un objectif sur ce tableau, je m'y applique pour le réaliser coûte que coûte. C'est comme ça. Donc tu peux me fuir, tu peux nier, tu peux crier, te rebeller ou même me frapper, je ne renoncerai pas, peu importent les plumes que je pourrais y laisser. Je dois bien avouer que tu es un objectif bien compliqué à atteindre…, mais j'ai hâte de l'atteindre !

Il lui sourit gentiment, avec cette lueur conquérante dans les yeux, comme si c'était évident que leur relation avait un sens, que le Graal était au bout du périple. Les larmes continuèrent de couler sur le visage de Kaya. Elle oscillait entre son écran et le visage déterminé d'Ethan et restait complètement soufflée par son discours une nouvelle fois efficace et sans réponse possible. Elle était un objectif. Une envie à assouvir. Par tous les moyens possibles. Elle était devenue son but ultime. Cela la gênait atrocement, mais elle ne pouvait nier la flatterie qui gonflait son cœur devant son acharnement à insister, comme si elle était suffisamment intéressante, peut-être même précieuse pour qu'on y accorde autant d'importance. Ethan expira bruyamment et rangea son téléphone dans sa poche de veste.

— Tu m'apportes bien plus que tu ne le crois, Kaya… ajouta-t-il doucement, sous le ton de la confidence, mais nécessaire pour que son argument soit plausible. Lors de nos moments plus… calmes, ton réconfort m'apaise.

Kaya se trouva touchée par ces mots, mais la raison était plus forte. Les apaisements de l'âme ne se résumaient pas à une contrepartie financière.

— Ton deal de réconfort… ne vaut pas cent cinquante mille euros… souffla-t-elle complètement sidérée par l'ampleur de cette histoire. Je ne peux pas égaliser ça... Je ne pourrai pas te donner à hauteur de tes attentes. Je ne suis pas celle que tu penses. Tu idéalises un peu trop ton objectif...

Elle baissa la tête, fatiguée par les espoirs vains d'Ethan sur sa personne.

— C'est sûr que je fais un sacré pari avec toi, mais... à toi aussi de me montrer que j'ai eu raison de parier autant sur toi ! Et tu ne réalises peut-être pas toutes les promesses qu'il y a en toi, mais moi, j'en ai vu des belles ! Et je veux les toucher du bout du doigt, Kaya, jusqu'à les tenir fermement dans mes mains.

Il pencha sa tête en avant pour sonder ses yeux marrons-noisette, avec un petit sourire confiant.

— Tu auras beau essayer de m'échapper, tu n'y arriveras pas ! Tu es condamnée à me supporter ! Je ne lâcherai rien. Je te veux, Kaya, avec ton accord sur cette proposition de réconfort et je l'aurai ! Rentre-toi bien ça dans le crâne.

Il lui envoya alors une pichenette sur le front pour que ses propos entrent effectivement bien dans son crâne de princesse butée. Kaya se recula et lâcha un nouveau gémissement, mais cette fois-ci de douleur et le bouscula d'une main pour montrer son mécontentement. Ethan lui sourit, comme si ce simple geste pouvait désamorcer leur conflit et ratifier un cessez-le-feu. Ils se taquinaient à nouveau, la tension rebaissait.

— Pffff ! Tu vois ! Tu cs déroutant ! lâcha-t-elle avec un petit sourire. Tu agis comme un bienfaiteur tout ça pour satisfaire ton égoïsme ! Comment veux-tu qu'on ait foi en toi ?

Ethan se mit à réfléchir à sa remarque, puis haussa les épaules.

— Je ne te laisse pas le choix ! Effectivement, tu dois me faire confiance ! Je ne pense qu'à moi, mais tu y gagnes aussi, non ? Je te donne de belles contreparties, tu ne crois pas ? Raison de plus pour...

Il ouvrit alors à nouveau ses bras et lui afficha un large sourire.

— Tu as les lèvres qui deviennent violettes, Kaya ! Tu as froid ! lui déclara-t-il alors, tel une prévention dont elle devrait tenir compte. Puis-je les réconforter ? Moi, j'ai une princesse rebelle qui m'a jeté, m'a ignoré, m'a fait tout un cinéma ce soir, j'ai même été obligé de raconter des trucs sur moi pas forcément reluisants pour qu'elle veuille de moi ! Ça mérite bien un câlin et un bisou hyper hot !

La jeune femme pouffa, voyant qu'il ne perdait pas le nord et qu'elle restait toujours sous sa miséricorde.

Plus obstiné que lui, il n'y a pas !

Elle s'essuya les yeux et les joues d'un revers de manche.

— Tu as peut-être trouvé une solution pour mes dettes, mais tu ne pourras rien contre Adam et mon amour pour lui, donc ton câlin oui, mais tu n'auras pas mes baisers !

Ethan leva sa tête vers le ciel et inspira un grand coup.

Adam, encore et toujours...

La bataille était rude, mais il gagnait, pas après pas, du territoire et il en était heureux. Il baissa sa tête vers elle et la regarda, avec ce même défi dans les yeux, propre à leur relation.

— Tu m'as dit que tu m'embrasserais si je te disais tout ! Je l'ai fait ! Je m'en fous de tes sentiments pour lui, je te l'ai déjà dit. Ta relation avec lui n'est pas la nôtre, donc...

Il l'attrapa dans ses bras, sans plus attendre son accord, et la souleva. Kaya poussa un cri de surprise, puis il la laissa retrouver la terre ferme avant de foncer sur ses lèvres.

— Tes lèvres sont violettes, on va les soigner !

14
ÉCLATANT

Leur apaisement fut instantané. Un simple contact, souffle contre souffle, et la chaleur se fit sentir jusque dans leurs cœurs. Le froid avait déjà bien moins d'emprise sur eux. Leurs lèvres restaient collées et le monde pouvait continuer de tourner en bas de cet immeuble que ça ne les gênait nullement. Kaya se perdit dans le regard d'Ethan, à la fois investi et heureux. Il caressait ses lèvres des siennes avec lenteur, minutie, laissant cette vague de bien-être le porter, sentant cet effleurement si ressourçant faire brûler en écho ses cicatrices. La poitrine de Kaya tambourinait au point que cette cacophonie devait certainement être perçu par'Ethan. Elle ne contrôlait à nouveau plus rien. Ses mots parfois si atroces, ses intentions si prétentieuses, ses gestes se défiant de toute moralité ou respect s'effaçaient en un instant dès que ses foutues lèvres touchaient les siennes. Elle aurait pu le maudire avec une poupée vaudou comme elle avait pu en parler avec Richard. Y planter des aiguilles pour qu'Ethan cesse de tourmenter son cœur et ses convictions, mais quand il posa sa main sur sa joue pour effacer les traces de ses larmes tout en l'embrassant doucement, elle sut qu'elle était perdue. Son influence sur elle était plus qu'évidente. Il avait raison ; elle aurait du mal à lutter encore longtemps. Il insufflait en elle un drôle d'espoir, sans réelle promesse, mais suffisant pour qu'elle y croie. Elle ferma les yeux et se laissa aller dans cette douceur. Il calmait ses craintes les unes après les autres, soulageait les douleurs de son cœur, la délivrait de toute tension. Leurs langues se trouvèrent à nouveau comme si leur destin était de danser le plus souvent possible ensemble. Ethan la serra fort dans ses bras. Il avait besoin de cette étreinte plus qu'il ne le pensait. Il se rendait compte que l'estimation de son besoin était toujours sous-évaluée, que la vérité de son accomplissement était bien plus délicieuse qu'il ne le pensait. C'était à chaque fois un mini tsunami qui l'ensevelissait et le laissait sur le carreau. Ce nouveau baiser ne dérogeait pas à la règle. Il avait envie de plus, de tout, encore une fois. Il se sentait toujours plus vivant à chaque nouveau contact, à chaque regard conquis qu'elle lui offrait.

Est-ce ça, le bonheur ? Kaya, te rends-tu compte de l'effet que tu as sur moi ?

Il voulait jouer encore avec ses lèvres, marquer dans sa chair ses jeux coquins pour qu'elle se réveille le matin et ne veuille que retrouver le contact de sa bouche contre elle. Il voulait encore la toucher, la caresser, poser ses mains sur elle, sentir leurs forces se mêler et retrouver leur bulle à deux. Une bulle qui n'éclaterait pas au premier doute. Une bulle qu'ils alimenteraient encore et encore et où il pourrait relâcher toutes ses angoisses, effacer toutes les marques laissées par sa vie et être un nouvel homme.

Kaya marqua une pause en éloignant son visage de celui d'Ethan. Elle en ressentait le besoin. Elle s'imaginait capable de faire des gestes inconsidérés, juste par l'enivrement du moment. Leurs souffles étaient courts, mais leurs yeux ne mentaient pas sur le besoin de l'autre. Pourtant, Ethan accepta sa trêve sans rechigner.

— Bon sang ! Ça fait du bien ! lâcha-t-il tout en posant ses bras autour de son cou et cachant son visage dedans. Les batailles sont dures avec toi, mais la récompense est tellement belle... Comment veux-tu que je regrette d'avoir vidé mon compte en banque après ça ? Tu me retournes le cerveau !

Une nouvelle fois flattée, Kaya se mit à rire légèrement devant cet aveu à la fois tendre et déconcertant. Elle passa ses bras autour de sa taille et se colla un peu plus contre lui, obligée elle aussi de reconnaître qu'elle n'était pas complètement insensible à ses attentions.

— Ne tombez pas amoureux, Monsieur Abberline ! lui dit-elle en cachant son visage contre sa veste. Sinon il n'y aura jamais de compromis entre nous !

Ethan se trouva dans un premier temps surpris par son avertissement et releva sa tête pour voir sur son visage comment il devait vraiment considérer sa remarque.

— Certainement pas ! répondit-il fermement. Je peux signer mon arrêt de mort sinon, vu comme tu me balades sans cesse ! Je peux me jeter d'un pont, ce serait tout aussi efficace ! Pas fou, le gars ! En te voyant avec ta stupide rengaine avec ton Adam, tu ne fais que me conforter sur cette folie furieuse qu'est l'amour et tout le tralala qui peut mener au trépas ! Ton obsession pour un cadavre est effrayante ! Je ne veux pas devenir comme toi !

Kaya ne répondit rien et accepta avec amertume. Elle reconnaissait que son amour pour son fiancé l'avait conduite à tous les types de folie : folle d'amour, folle de désespoir, folle d'inquiétude, folle de joie, folle de jalousie. Aujourd'hui, sa folie l'avait amenée à l'étape de la désolation. Elle ne se sentait plus capable de vivre. Il n'était plus là. On lui avait arraché une partie d'elle et elle ne trouvait plus d'espoir de lendemain sans lui. Si Ethan était un homme d'objectifs, elle était tout l'inverse. Elle n'en avait plus. Elle ne trouvait plus de raison de croire à mieux, maintenant qu'elle était seule. Elle avait connu le bonheur, elle ne le retrouverait plus maintenant qu'il avait disparu de la surface de la Terre. Elle était, elle aussi, devenue un cadavre ambulant, avançant sans but, sans envie. Ethan la serra un peu plus dans ses bras, étonné qu'elle ne rétorque pas un seul mot à sa boutade. Kaya sortit de sa réflexion et le fixa avec tristesse.

— Tu as bien raison ! Tomber amoureux est merveilleux quand tout se passe bien, mais c'est la pire déchirure au monde quand on a tout perdu...

Ethan écarquilla les yeux devant sa réponse teintée de nostalgie et de fatalité. Ses mots trouvaient un écho douloureux à sa propre expérience. L'amour l'avait nourri, mais l'avait aussi détruit. Pouvait-il comparer leurs expériences ?

Ne rêve pas, mon pote ! Tu es un cas vraiment spécial. Son amour était sain, normal. Pas le tien.

Il ne devait pas tomber dans le cercle vicieux de la déprime. Il devait rester fort et ne pas non plus la laisser se complaire dans ce constat qu'ils partageaient pourtant.

Les sentiments sont pour les idiots, Kaya ! On est au-delà de ça, maintenant, non ?

Ethan grimaça, ne voulant pas alourdir l'atmosphère. Il tenait à cette légèreté qui les unissait si bien.

— Tu devrais quand même songer à changer de mentalité, je pense. Parce que faire dans la nécrophilie, ça craint quand même ! Sérieusement, je m'interroge !

Ethan accusa le coup de poing avec anticipation, se doutant de la réaction de Kaya face à la mention si adorable qu'il avait eue pour son très adoré fiancé et son opinion dessus.

— Je vais te mettre aussi dans un caveau si tu continues de te moquer de ma façon d'aimer ! Et crois-moi que je n'irai pas me recueillir sur ta tombe !

Les coups s'écrasèrent sur les bras d'Ethan qui rit de bon cœur à leurs vannes respectives.

— Et sinon, pour Halloween, tu fais quelque chose de spécial avec lui ? ajouta-t-il, se sentant bien lancer dans sa vacherie.

— Mais je vais t'arracher la langue ! Connard !

Ethan et Kaya se battirent comme des chiffonniers quelques minutes. Ethan se sentait défait d'un poids. Pour la première fois sans doute, ils arrivaient à se détendre et parler sans que cela parte vraiment en cacahuètes. Ils arrivaient à se laisser aller sans penser à plus. Il l'attrapa à nouveau contre lui après lui avoir fait une clé de bras et la força à s'asseoir à nouveau.

— Princesse, ne joue pas avec plus fort que toi, ça va te retomber dessus !

Il la força alors à s'étaler sur le sol malgré ses cris de protestation et s'allongea sur elle et l'embrassa une nouvelle fois. Il n'en pouvait plus de se retenir. Il voulait toujours plus de ses moments si particuliers avec elle où son cœur et sa raison se faisaient la malle et seul son désir était comblé. Kaya restait constamment partagée entre l'envie de le massacrer et celle de l'embrasser sans retenue. Pourtant, elle ne fit ni l'un ni l'autre, toujours prise dans cette indécision qui la rendait finalement passive. Malgré tout, quand Ethan posa une nouvelle fois ses lèvres sur les siennes, elle l'accepta sans rechigner. Elle rit avec lui et répondit à ses baisers, emportée par ce doux moment où plus rien ne comptait.

— Tu vois, ça te retombe dessus ! lui murmura-t-il gravement, le cœur gonflé à bloc. Content de voir que tu acceptes cette fois-ci sans broncher !

— Je bronche quand j'y trouve une légitimité à le faire ! lui répondit-elle alors qu'elle tentait de se défaire de ses mains qui tenaient ses poignets pour l'empêcher de contre-attaquer.

Ethan se mit à rire à nouveau et posa son front contre celui de la jeune femme. Tout n'était qu'opposition avec elle, mais il adorait ça. Elle soufflait le chaud et le froid et finissait par devenir extrêmement touchante dans ses contradictions. Il l'embrassa encore, sentant qu'il ne voulait pas que cela s'arrête. Il se résolut toutefois à lâcher ses poignets et posa ses bras par-dessus la tête de la jeune femme pour lui caresser des mèches de cheveux avec tendresse.

— Si je dois rester écrasée sous toi, serait-il possible de récupérer le coussin que tu as sorti du sac à dos ? lui demanda-t-elle doucement, mais sur un ton sarcastique. J'aurai, au moins, moins mal à la tête !

Ethan lui sourit et la fixa intensément, voulant se souvenir du moindre détail de cette soirée. Il ne pouvait s'empêcher de repenser à leur première nuit ensemble où il était dans cette position et dévalait chaque centimètre de sa peau du bout de sa langue et de ses lèvres. Un self-control mis à mal, tant les tentations étaient belles. Récupérer ce coussin signifiait s'éloigner d'elle quelques secondes… Un choix difficile pour l'homme qui se battait constamment afin d'obtenir ces précieux moments de grâce. La peur que tout s'arrête encore le rongeait. Ils étaient si doués pour se jeter les pires saletés à la figure quand les choses devenaient trop intimes entre eux qu'il venait à appréhender le détail qui ferait une nouvelle fois tout basculer à la confrontation sans retour.

— OK, mais si j'accepte, je reviens après sur toi ! lui déclara-t-il d'une voix sans équivoque et les yeux transperçant toute initiative de fuite chez la jeune femme.

Kaya sentit ses joues chauffer devant ce compromis qu'il annonçait comme si finalement c'était non négociable. Il ne voulait pas s'éloigner d'elle comme il le lui avait dit plus tôt avec son tableau sur son téléphone et le lui prouvait une nouvelle fois avec ses nouvelles paroles. Cette soirée devenait dérangeante. Les mots d'Ethan étaient plus engagés. Son penchant pour affirmer son envie d'elle et de ce deal de réconfort mutuel, prenait une tournure troublante. Le cœur de Kaya battait la chamade et elle ne savait plus comment interpréter les réactions de l'homme qui lui faisait face.

Ne tombe pas dans le piège de la séduction, Kaya ! Il manipule son monde et toi avec ! Putain ! Merde !

— D'accord… articula-t-elle difficilement, réalisant qu'elle ne voulait pas en fin de compte qu'il parte.

Ethan se releva et s'éloigna quelques instants. Kaya sentit le froid se déposer sur elle et l'absence d'Ethan sur elle fut difficile à accepter. Sa poitrine ne cessait de se soulever, partagée entre le désagrément de l'avoir perdu contre elle et celui de le retrouver et se perdre dans ce qu'il lui offrait. Ethan lui proposa le coussin, les yeux déterminés. Une boule dans le ventre de la jeune femme se forma en se demandant ce qui allait suivre. Elle l'attrapa et le posa sous sa tête. Ethan s'allongea à côté d'elle, réajusta la couverture sur eux. Il posa sa tête sur son coude et l'observa en silence. La panique de Kaya amplifia. Il ne s'était pas allongé sur elle. Il avait changé d'avis. Pourquoi ? Dans quel but ?

Quel objectif as-tu encore pour moi, Ethan ?

Ne pas savoir à quoi il pensait, ce qu'il prévoyait, ni même ce qu'il ressentait la perturbait. Elle se sentait complètement idiote d'être si sensible à son comportement. Son stress lui asséchait la gorge et elle ne doutait pas que les rayons X qui la scrutaient depuis plusieurs minutes en silence avaient dû percevoir toute l'angoisse qui l'accablait. Ethan ne bougea pas. La contempler l'apaisait, alors qu'il voyait bien que de son côté, elle n'était pas à l'aise. Il se demandait comment cette femme arrivait à le perturber autant, mais en même temps à calmer toutes ses craintes, balayer ses convictions.

Jusqu'où dois-je aller avec toi, Kaya ?

Kaya toussota, pour irriguer sa gorge d'un peu de salive et soulager son stress. Elle devait trouver un sujet de discussion, ne supportant plus son silence intrusif. Elle se tourna d'un coup vers lui, cherchant à se motiver pour ne pas lui montrer ses appréhensions à rester seule avec lui et qu'il profite de sa faiblesse une nouvelle fois.

— Tu m'as dit que je raterais quelque chose si je partais… Je suis restée, alors je t'écoute. C'est quoi le meilleur à ne surtout pas rater ?

Ethan sourit, le regard doux.

— Curieuse !

Kaya sentit un frisson lui traverser l'échine. Un mot murmuré de sa voix grave et son sourire malin, et son imagination déviait dans des considérations que son corps lui rappelait à son bon souvenir. Toutes ses terminaisons nerveuses étaient sur le qui-vive. Le moindre mot, le moindre geste, la moindre attitude d'Ethan et elle sentait son cœur repartir pour un tour de grand huit.

— Je ne cours pas plus que ça après ! répondit-elle malgré tout, pour ne pas lui montrer son désordre émotionnel et qu'il en joue plus avec. Tu ne veux pas me dire, je n'en mourrai pas. C'est juste parce que tu l'as mentionné, donc je relance le sujet.

Ethan garda son sourire, devant sa mauvaise foi et l'attrapa dans ses bras. Il la porta contre lui, devant l'air effaré de la jeune femme qui ne savait plus quoi faire, puis il soupira. Il se saisit du coussin de l'autre main et le passa sous sa tête. Il se déporta un peu à sa hauteur et l'embrassa.

Le cœur de Kaya rata un battement. La panique était arrivée à son paroxysme. Ils repartaient pour un moment comme dans le local à l'orphelinat ou dans le lit d'Ethan. Elle s'imagina très vite comment cela allait finir.

— Kaya… Détends-toi ! lui déclara-t-il dans le creux de l'oreille. J'embrasse un tronc d'arbre, là ! Tu es tellement tendue que t'en peux plus !

Kaya ferma les yeux, ne souhaitant qu'une chose : disparaître de la surface de la Terre.

Me détendre ! Me détendre ! Comment veux-tu que je me détende, connard, quand on sait ce qui risque de se passer et dans quel état je vais ressortir ?!

Elle mâcha ses mots en silence, ses craintes se muant en colère. À l'affût de la moindre de ses réactions, Ethan se délecta de la voir se contenir et de ne pas lui répondre quelque chose qui l'enverrait paître de l'autre côté de la ville. Une douce victoire qui le rassura sur la suite. Il était heureux de constater qu'elle restait, qu'elle n'était pas aussi fermée à passer du temps avec lui de façon plus intime. Le cœur gonflé à bloc par ces instants si doux, il lui mordit l'oreille gentiment pour lui rendre sa pugnacité à vouloir le contredire coûte que coûte alors que tout son corps la trahissait.

— Je fais ce que je peux ! Si ça t'énerve, je ne te retiens pas ! Et laisse mon oreille tranquille ! Ne te venge pas sur elle ! protesta Kaya, tout en se la frottant pour faire passer la douleur de son agression.

— Je l'aime ! lui répondit-il sans trop réfléchir.

Kaya se mit à rougir instantanément en entendant ces mots sortir de la bouche de son assaillant. Ethan réalisa lui-même trop tard que ses paroles étaient sans doute excessives juste pour un tel geste et que tous deux avaient par extension pensé à une chose qui n'était tout bonnement pas envisageable.

— Elle... elle me fait de l'œil et ça me... perturbe ! finit-il par dire pour justifier son attitude équivoque. Et puis, ça m'agace de te sentir si refermée. Je t'ai connue plus expressive !

Kaya se redressa pour s'asseoir, n'aimant pas qu'il lui rappelle ce qu'elle avait beaucoup de mal à accepter.

Tu vas voir comment je vais m'exprimer !

Kaya se mit à rougir à nouveau, en réfléchissant aux manières d'exprimer tout ce qu'elle ressentait à son encontre et ses idées divergèrent rapidement sur des choses bien plus libidineuses. Elle s'alarma rapidement et chercha des yeux de quoi faire disparaître ces images qui ne devaient même pas s'affirmer à elle. Ethan sentit cette distance comme un signe de dispute à venir. Il la tira à lui, voulant étouffer toute envie chez elle de cesser leur soirée. Il ne se sentait pas la force de revivre une nouvelle fuite pour le moment. Kaya s'écrasa sur son torse sans trouver de quoi objecter. La mâchoire d'Ethan se crispa, sentant la peur s'immiscer en lui à l'idée de la perdre. Il ferma les yeux quelques secondes pour calmer son cœur, pris en étau l'espace d'un instant, puis les rouvrit.

— Quoiqu'il en soit, effectivement, j'ai un autre spectacle tout aussi beau que j'aime admirer quand je viens ici. Les lumières de la ville, c'est une chose, mais ça, c'est encore plus beau en mon sens !

Il montra alors du doigt le ciel. Kaya se tourna lentement pour comprendre ce qu'il désignait ainsi. Elle regarda le ciel, l'air circonspect, puis Ethan qui lui sourit.

— On dirait plein de petits diamants, tu ne trouves pas ?

Kaya regarda à nouveau le ciel avec plus d'intérêt.

Les étoiles...

Le ciel les recouvrait et elle ne le réalisait que maintenant. Allongés ainsi, la ville n'avait plus vraiment d'impact du haut de cet immeuble. Les lumières d'en bas s'effaçaient pour laisser apparaître l'immensité du ciel.

— La pollution de Paris n'offre pas une grande clarté au ciel, mais selon les jours et la météo, on peut voir de jolies choses. Ce soir, j'aurais espéré voir plus, mais ce n'est pas trop mal !

Kaya regarda le ciel, sans voix. Elle ne savait ce qui la surprenait le plus. Ethan ou ce ciel. Elle se laissa aller dans ses bras et réajusta la couverture sur eux pour contempler un peu mieux la voûte céleste.

— Tu le regardes depuis longtemps ? lui demanda-t-elle,

maintenant curieuse de cette activité qu'elle n'aurait jamais soupçonnée chez lui.

— Je ne me souviens pas vraiment depuis quand… Je crois que je l'ai toujours fait, depuis tout petit. Regarder les étoiles me permet de relativiser. On est si petit devant ce ciel. Nos soucis sont bien minables face à l'immensité qui nous surplombe. Il y a tant de choses au-dessus de nous qui restent si mystérieuses. J'ai toujours aimé trouver des réponses à mes interrogations.

Ethan lâcha un long soupir exaspéré.

— J'en ai tellement…

Il regarda un instant un point dans le ciel, se laissant aller à sa contemplation.

— Je me suis toujours demandé à quoi je servais. Pourquoi je suis né ? Quel est le sens de ma vie sur Terre ? Ce ciel… ne m'a pas donné de réponses concrètes, mais il a le mérite de me donner un espoir. Chaque chose a son intérêt, sinon elle n'existerait pas, non ? Mon existence doit avoir un intérêt. Du moins, j'ai pris la décision de donner un intérêt à mon existence.

Kaya leva sa tête pour voir son visage et lui sourit, la tension en elle étant redescendue devant la tranquillité du ciel et l'arrêt des assauts d'Ethan sur ses lèvres.

— Oui… comme me pourrir la vie, me faire virer de mes jobs, m'enquiquiner avec tes élucubrations de réconfort ! Oui, tu as trouvé à quoi tu servais, c'est certain !

Ethan éclata de rire face à sa réponse moqueuse et un poil aigrie.

— J'avoue que je suis bien heureux d'exister pour ces circonstances !

Kaya leva les yeux de dépit.

— L'autre jour, à l'orphelinat, quand Michelle t'a raconté l'histoire de mes cadeaux de Noël offerts par mes parents adoptifs et que j'avais refusés les deux premières années de vie commune

avec eux, ce qu'elle ne t'a pas dit, c'est que le tout premier cadeau que j'avais refusé et que j'ai donc découvert deux années plus tard était un télescope. Les Abberline m'avaient offert le plus beau premier cadeau qu'un enfant comme moi pouvait rêver. Je suis resté tellement idiot quand j'ai déballé mon cadeau, si tu savais !
Ethan s'esclaffa, à ce souvenir qui encore aujourd'hui avait du mal à trouver une logique.
— Je n'y ai pas touché pendant plusieurs jours. Je regardais l'emballage posé dans un coin de ma chambre comme le cadeau du diable. Je ne trouvais pas ça normal qu'un ado comme moi puisse avoir droit à un cadeau d'une telle valeur. Je n'en avais jamais eu. Il était très rare que j'aie des cadeaux quand j'étais gosse. Je n'étais sans doute pas un garçon suffisamment bien pour en recevoir énormément.

Ethan se tut un instant en réalisant la terrible évidence de ses mots. Kaya se rendit compte de sa souffrance dans ses yeux. Elle réalisait vraiment ce soir qu'Ethan était un homme avec de grosses blessures, sans nul doute, aussi vives et tristes que les siennes et elle se réjouissait malgré tout de les entendre. Toute personne pourrait dire qu'elle était odieuse d'être ravie de les entendre, mais la réalité était qu'elle se sentait moins seule dans ses malheurs. Une sorte de compassion les liait à présent. Une part de fragilité d'Ethan lui était enfin dévoilée et elle trouvait enfin un équilibre entre eux qui la faisait se sentir plus forte. Ethan la regarda l'air un peu perdu. Certains souvenirs douloureux faisaient aussi appel à des bons, tout aussi éprouvants.
— Puis, mon cheminement de pensées alla à dire que les Abberline y voyaient une finalité plus affective que financière dans l'achat de ce cadeau, en constatant Cindy déçue par mon mutisme et par mon déni de leurs encouragements et de leur bienveillance. Ils ne m'achetaient pas en payant des cadeaux

chers, ils corrompaient mon cœur de petit garçon qui avait toujours rêvé des étoiles. Cela me gêna encore plus. Les jours qui ont suivi Noël furent donc très durs pour tout le monde. Puis un soir, j'ai entendu une conversation entre mes parents, alors que j'étais censé dormir. Cindy était complètement abattue par mon cas. Elle savait qu'elle ne devait pas se montrer trop affectueuse avec moi, car je prendrais davantage mes distances, mais elle se fatiguait de me voir la mettre à distance. Charles l'avait alors prise dans ses bras et l'avait… consolée. Au départ, j'ai cru qu'il se fichait d'elle, car il avait des affinités avec moi qu'elle n'avait pas et donc que ses bras n'étaient que pour rendre le change sur des futilités de bonne femme. Mais le lendemain, Cindy resta couchée une bonne partie de la journée et je me sentis mal à l'aise quand Charles justifia un simple coup de fatigue. Je ne voulais pas blesser Cindy. Ses efforts pour m'offrir une vie meilleure étaient perceptibles même pour un aveugle. Seulement…, je n'arrivais pas à faire confiance à une femme…

La poitrine d'Ethan se soulevait difficilement. Kaya remarqua une nouvelle fois que ce rapport conflictuel avec les femmes était toujours vif en lui et s'aperçut que son cas relevait peut-être effectivement d'une exception, à se voir ainsi blottie contre lui. Elle se demanda en quoi elle était différente pour lui. Quelles étaient les raisons qui le poussaient à croire en elle, là où sa propre mère adoptive avait mis autant de temps pour le convaincre de sa bonne foi ?

— Je courus donc dans ma chambre et j'ai récupéré mon paquet cadeau. Je l'ouvris et passai ma journée dessus, dans la véranda, à en comprendre son fonctionnement. Lorsque Charles se rendit compte que je jouais avec mon télescope, il s'assit à côté de moi et me frotta la tête avec fierté. Il ne dit pas un mot, mais son regard me marqua à vie. Il y avait une douceur et une reconnaissance qui me firent un bien fou. Quand Cindy s'en rendit compte, elle partit dans la cuisine et y resta une bonne heure. Je pense qu'elle a pleuré. Je n'en ai pas la certitude, mais me voir si impliqué dans le fonctionnement du télescope avec Charles avait dû la satisfaire dans ce qu'elle voyait comme une famille.

Ethan se tut pendant plusieurs minutes, digérant cette nouvelle partie de sa vie qu'il avait bien voulu dévoiler à Kaya. Cette dernière le regarda longuement observer les étoiles, cherchant encore des réponses à toutes les questions qu'elle avait encore en suspens. Malgré tout, lui demander des comptes sur sa vie passée était bien différent que de le faire sur ses actions concernant ses dettes. Elle réalisa que ses questions en suspens sur sa méfiance auprès des femmes, ses cicatrices et tous ces détails sur son passé avant les Blue Wolves devraient attendre un peu en le voyant déjà si bouleversé en parlant d'un simple télescope. Elle lui déposa sur la joue un bisou qui surprit Ethan.

— C'était quoi, ça ? lui demanda-t-il, hébété.

— Réconfort ! lui répondit-elle tout sourire. Tu mérites bien ça pour les efforts que tu fais à me raconter toutes tes douleurs !

Ethan resta idiot. Il attendait d'elle depuis des jours qu'elle accepte sa proposition et elle s'en amusait ce soir.

— Encore ! lui demanda-t-il, frustré du si peu qu'elle lui donnait alors qu'il en attendait tellement plus.

— Non ! Je n'ai pas encore dit oui à ton accord ! Ne profite pas de ma gentillesse ! Je n'ai pas vu de télescope chez toi… il est resté chez tes parents ?

Ethan la regarda et lui sourit, voyant qu'elle n'ignorait que ce qui l'arrangeait. Il remarqua toutefois qu'elle l'avait encore écouté sans même le critiquer sur le bien ou le mal de son attitude concernant son passé. Elle le prenait comme tel et continuait de lui parler comme si chaque chose était ainsi et que le principal restait maintenant.

— Il est aux États-Unis, oui… Mais je connais assez les étoiles

pour pouvoir m'en passer maintenant !
— Tu es donc capable de me montrer plein de constellations ?! lui demanda-t-elle alors, se redressant à la hâte par l'excitation de nouvelles découvertes.

Ethan hocha la tête et regarda à nouveau le ciel.

— Dis-moi ! Je veux savoir ! se hâta-t-elle davantage.

Ethan se mit à rire légèrement. Sa nouvelle disposition à le trouver intéressant, à attendre après lui, lui faisait grandement plaisir. Ses yeux pétillaient de nouveau et il en était la source.

— OK, je vais te montrer, mais ne me remercie pas !

Il scruta le ciel, sous le regard admiratif de Kaya, impatiente d'apprendre les constellations.

— Ah ! Tu vois ce point ici ?

Kaya tenta de cerner quelle était l'étoile dans le viseur d'Ethan, mais resta incertaine. Voyant son hésitation, il la colla plus près de lui, joue contre joue.

— Celle-là ? demanda-t-elle pour confirmation.

— Celle-là, oui. Tu vois, elle forme une sorte de rectangle…

— Oui, avec les points du bas… Mais tu te fous de moi ?! finit-elle par lui répondre en réalisant la forme de l'ensemble des étoiles. C'est la Grande Ourse !

— Oh ! Tu la connais ! Whouaaa !

— Crétin ! Idiot ! Imbécile ! l'affubla-t-elle de gentils qualificatifs tout en le frappant à nouveau. Tout le monde connaît la Grande Ourse ! Tu ne m'apprends rien ! J'aurais dû me douter que tu me baladerais encore ! En fait, tu ne sais rien du tout ! Tu te moques de moi !

Ethan la retourna alors contre le coussin d'un geste vif, sous les yeux médusés de Kaya, ne s'attendant pas à ce revirement de situation.

— Il faut être très sage pour avoir droit à mes cours d'astronomie, Mademoiselle Levy. Ce soir, ce sera juste la

Grande Ourse. À toi de voir si tu veux continuer ou pas… Veux-tu signer pour d'autres cours ? Veux-tu maintenant accepter notre deal, Kaya ?

Kaya le regarda, paniquée. Reparler de cet accord la pétrifiait, ne sachant plus du tout ce qui était bon pour elle concernant Ethan. Ce dernier posa alors son visage dans le cou de sa belle, sentant tout à coup toute sa détermination partir sous la peur qu'elle refuse.

— Kaya… Ne me rejette pas. Pas cette fois. J'essaie de répondre à toutes tes réticences en te confortant sur le fait que tout est sous contrôle. Je t'ai même débarrassée de Phil et Al. Je sais que tu aimes Adam, je sais que tu ne veux pas le trahir, mais moi…

Il lâcha un long soupir qui la fit frissonner et ne put finir sa demande. Il ne savait plus quoi dire ou faire pour qu'elle veuille de lui. Kaya n'osa plus bouger. Ethan attendait une réponse qu'elle-même était incapable de formuler. C'était la tempête dans son âme et son cœur. Elle ne savait plus ce qu'elle devait faire. L'envie de dire « oui » était présente, très forte. Se laisser aller encore dans ses bras, ressentir sa chaleur, se faire embarquer par des moments que toutes femmes intelligentes verraient comme romantiques, touchants, attentionnés. Elle avait envie de succomber à son réconfort. Ce soir, encore plus que les autres fois. Malgré tout, il y avait toujours cette petite voix dans sa tête qui l'alertait du danger d'être heureuse, à croire en un nouveau départ, à prendre le risque de perdre ce qui lui restait : Adam. Cette insidieuse malédiction qui lui avait retiré tout espoir de croire en une vie meilleure sans finir par la perdre à jamais.

Ils restèrent immobiles sous leur couverture de fortune plusieurs minutes. Kaya pouvait sentir la respiration d'Ethan se calmer et prendre un rythme plus régulier. Elle-même avait fermé les yeux pour retrouver une certaine quiétude qu'elle avait perdue

de nouveau quand il l'avait mise devant ses responsabilités.
— Réfléchis-y, Kaya. Je te laisse le temps des fêtes pour prendre ta décision.

Il se redressa puis il se leva, voyant que la réponse ne serait pas encore pour maintenant. Il ne voulait pas croire en une défaite, ni même reculer. Sans doute que l'acculer ne l'aiderait pas à lui dire oui. Il lui avait signifié qu'elle finirait par craquer, qu'il était capable de tout pour réussir ses objectifs, mais la vérité était différente ; sans son consentement, il n'irait pas bien loin. Comment faire si on ne veut vraiment pas de vous ? Cette simple idée l'écœura une nouvelle fois. Il ne s'estimait pas mériter un tel châtiment. Si elle venait à vraiment refuser, que ferait-il ? Serait-il capable d'accepter l'échec et d'abandonner pour de bon ? Il lui tendit la main pour l'aider à se lever à son tour, puis regarda sa montre et soupira.

— Mon avion est à vingt-trois heures, je dois te ramener maintenant, sinon je suis un homme mort si je rate la journée de Noël, déjà que Cindy m'a fait tout un foin parce que je ne faisais pas Thanksgiving ni le réveillon avec eux…

— OK, répondit-elle d'une petite voix, voyant encore une fois qu'elle le décevait.

Ethan attrapa la couverture et le coussin, et les rangea dans le sac à dos. Il récupéra les barquettes à sushis et les jeta dans le sac plastique. Kaya le regarda faire, immobile et désolée. Elle plombait l'ambiance et en avait conscience. Réfléchir à lui, elle ne faisait que ça depuis des jours, à se poser la question de leur avenir, à tergiverser sur l'acceptable ou non avec lui, à peser le pour et le contre dans ses attitudes et sa sincérité. Elle appréciait de plus en plus d'en apprendre sur lui. Elle trouvait une part d'humanité en lui qui la touchait indubitablement. Mais elle n'arrivait à trouver de sens à sa proposition, elle n'arrivait pas à s'imaginer de quelle façon tout cela allait se mettre en place ni si elle était capable de gérer ses sentiments si nombreux à son contact.

Ethan lui tendit la main pour descendre du toit et retrouver la cage d'escalier. Kaya le suivit en silence. Les minutes qui suivirent ne furent pas plus glorieuses. Chacun se prépara pour repartir en moto sans un mot. Ethan ne savait plus quoi dire pour obtenir un geste franc de sa part. Kaya ne cessait de s'en vouloir. Elle se trouvait ingrate, maladroite, sadique. Autant de sentiments qui ne l'aidaient pas à se sentir heureuse ni à retrouver leur légèreté. Le voyage du retour n'eut pas le même plaisir que l'aller. Les kilomètres engloutis ne firent qu'oppresser son cœur. Elle ne méritait rien de tout ça. Elle se trouvait elle-même extrêmement déprimante. Le froid s'immisçait maintenant dans tous les pores de sa peau et elle trouvait en cela qu'une certaine justice était rendue à son cœur de glace vis-à-vis d'Ethan. Elle était incapable de lui dire « oui », mais elle était aussi incapable de lui dire « non » à présent. Si avant, il lui paraissait évident que le tenir loin d'elle était la meilleure chose à faire, elle ne le croyait plus tellement ce soir. Ce moment sur ce toit avait été plus qu'agréable. L'entendre se confier lui avait fait énormément plaisir. Sans doute plus qu'elle ne l'aurait cru et son envie d'être contre lui n'avait cessé d'augmenter durant la soirée. Ses réticences disparaissaient, elle le sentait. Sans parler de l'acte de générosité incroyable qu'il avait fait pour la sortir de son enfer en vidant ses économies pour elle. Alors pourquoi se braquait-elle encore et refusait-elle de plonger définitivement dans ses bras ? Elle avait envie de pleurer devant son indécision et sa façon égoïste de se comporter avec lui.

 La moto arriva devant chez elle sans qu'elle ne réalise vraiment le temps qui s'était écoulé depuis leur départ de la Défense. Ethan éteignit le moteur et ne retira pas son casque. Kaya comprit vite qu'il voulait en finir avec elle. Il était sans doute blessé dans son orgueil même s'il tentait de rester digne. Elle descendit de la moto et lui rendit son casque. Son malaise augmenta en réalisant le silence d'Ethan. Elle devait lui dire quelque chose. Un mot gentil. N'importe quoi pouvant les faire sortir de ce malaise avant qu'il ne parte.

— Merci pour cette soirée...

Elle le regarda pleine d'espoir, mais le signe affirmatif de tête sans dire un mot d'Ethan fit couler comme neige au soleil toute sa bonne volonté. Elle se trouvait encore plus nulle et n'avait qu'une envie : pleurer dans son lit sur son comportement plus qu'écœurant.

— Passe... de bonnes fêtes avec ta famille. À un... de ces quatre !

Elle lui sourit brièvement et lui tourna le dos pour foncer vers la porte cochère de son immeuble et cacher son désarroi. Ethan ne bougea pas et la regarda s'éloigner sans un mot. Lui-même trouvait ce au revoir assez déconcertant quand il pensait à leur soirée si douce. Ce qu'il craignait était finalement arrivé : ils se séparaient une nouvelle fois, en froid. Il regarda le compteur de sa moto avec l'étrange sensation d'être revenu au point de départ. Cette soirée devait apporter du positif à leur relation et il finissait par repartir bredouille. Une certaine lassitude le saisit. Combien de temps allait-il encore continuer à s'accrocher à cette femme ? Combien de temps allait-il encore jouer aux cons avec elle ? Combien de choses allait-il encore sacrifier pour comprendre que Kaya ne vaut peut-être pas la peine de tous ses efforts ? Il regarda une dernière fois la porte cochère et se trouva soudain étonné de la voir revenir vers lui d'un pas déterminé. Il la vit se poster devant lui, cherchant ses mots, s'agiter et pester contre tout ce qui l'agaçait avant d'oser enfin lui parler.

— Merci aussi pour les sushis. Merci pour cette vue superbe de Paris de nuit. Merci pour les étoiles et... merci pour mes dettes !

Elle avait annoncé tous ses remerciements d'une traite, de peur d'oublier tout ce qui se bousculait dans son cerveau pouvait arriver et de le regretter.

— J'ai passé une très bonne soirée même si c'est vrai que c'était mal parti avec tes cachotteries à propos de mes dettes. Je te suis reconnaissante de me faire confiance au point de te confier auprès de moi et même si, même si…

Elle fit un tour sur elle-même, cherchant son courage pour continuer alors que ses larmes commençaient à nouveau à poindre dans ses yeux.

— Même si je te parais distante, je… je n'y suis pas insensible ! Voilà !

Elle le regarda fermement, hocha une fois de la tête pour lui montrer qu'elle affirmait bien ce qu'elle pensait puis repartit vers la porte cochère sans même attendre une réponse d'Ethan. Elle ne savait si elle en avait dit assez, s'il avait compris qu'elle restait malgré tout heureuse ni même si elle avait été claire dans ce qu'elle ressentait, mais elle se sentit un peu plus soulagée. Elle ignorait si cela était suffisant pour lui, mais lui en dire plus était trop compliqué à assumer pour elle. Elle avait besoin de ce temps qu'il lui accordait. Ces fêtes lui permettraient peut-être de faire plus posément le point et elle lui en restait reconnaissante. Ethan tenta d'analyser ses paroles, mais son cœur faisait des bonds dans la poitrine. L'espoir n'était pas perdu. Il retira à la hâte son casque et descendit de sa moto au point de faillir se casser la gueule, puis courut vers elle avant qu'elle ne franchisse la porte de l'immeuble. Il la tourna vers lui, mais il n'arrivait pas à prononcer le moindre mot pouvant exprimer tout le chamboulement qu'il ressentait en lui. Espoir ? Illusion ? Leurs prunelles se fixaient sans oser se détacher, cherchant à lire dans le regard de l'autre ses pensées. Ethan tenta de calmer tous les désirs qui montaient en lui. Il déglutit, puis la relâcha et respira un bon coup.

— Très bien ! fit-il un peu hautain, pour tenter de garder un minimum de dignité au cas où il aurait mal compris.

Kaya attendit la suite avec intérêt, heureuse de voir que ses propos ne l'avaient pas laissé indifférent. Mais cette suite ne vint pas. Le doute la saisit à nouveau. Il hésitait à nouveau sur le comportement à adopter avec elle. Il n'osait plus rien. Il ne la forçait même plus à faire ce qu'il voulait. Une certaine déception gagna le cœur de la jeune femme. Elle le bridait maintenant. Elle baissa les yeux, tristes d'espérer maintenant un geste qu'elle ne voulait pas encore quelques heures plus tôt. Ethan recula d'un pas et se passa la main dans les cheveux.

— Bonne nuit, Kaya. Je… t'appelle quand je rentre.

Kaya accusa son au revoir comme un coup de poignard. Il restait toujours distant, même s'il se montrait confiant sur leur avenir. Elle ne voulait pas de cette distance dont elle s'estimait responsable. Elle ne voulait pas le décevoir après tout ce qu'il avait fait ce soir pour elle. Elle attrapa du bout des doigts sa veste et le tira vers elle. Ses lèvres allèrent toucher celles d'Ethan plus ou moins maladroitement. Ce simple contact la soulagea même s'il fut bref. Elle ne voulait pas perdre sa confiance et ce fut le seul geste qu'elle trouva opportun. Ethan la contempla dans un état second, avant de comprendre qu'il pouvait espérer réellement à présent. Il prit en coupe son visage et l'embrassa. Il la poussa contre la porte et enfonça sa langue dans sa bouche sans ménagement. Kaya se laissa faire, soulagée de retrouver la fougue d'Ethan. Une main de ce dernier alla se nicher dans le creux de sa taille pour la sentir contre lui. Leur baiser dura et dura. Kaya avait envie de ce baiser autant qu'Ethan. Elle ne voulait pas rompre le lien qui s'était créé ce soir. Ethan posa ses lèvres sur les siennes encore et encore. Il avait besoin d'espérer et elle lui donnait cet espoir.

— Kaya, putain si je m'écoutais, je te déshabillerais là,

maintenant, et je te ferais voir toutes les étoiles que tu veux !

Kaya pouffa devant ses paroles si coquines, mais mignonnes.

— Vous n'allez pas rater le repas de Madame Abberline pour aller décrocher des étoiles, Monsieur Abberline fils ! Il faut savoir faire la part des choses et être responsable ! Pour ma part, notre cas se résoudra après les fêtes, comme vous l'avez si gentiment proposé ! Donc, fichez le camp, Monsieur !

Ethan grogna contre ses lèvres, regrettant déjà de lui avoir laissé un délai supplémentaire.

— Une dinde farcie n'a pas la même saveur que l'éclat des étoiles, Mademoiselle Levy...

— Vous oubliez la colère, puis la tristesse de votre mère, Monsieur Abberline ?

— J'ai quitté la maison familiale il y a bien longtemps. L'oiseau vole loin de son nid depuis belle lurette et préfère... batifoler !

Il mordit sa lèvre avant de l'embrasser une nouvelle fois tandis que Kaya riait entre ses lèvres.

— Monsieur Abberline, on ne batifole pas. Au mieux, on négocie un accord, mais cela reste discutable. Rien n'est fixé et votre enthousiasme à mordiller mes lèvres avant toute négociation est juste inacceptable.

— Ce qui est inacceptable est de ne pas dire oui à cet accord sur-le-champ, Mademoiselle Levy. Je me languis de vous.

Kaya lui décocha un dernier bisou appuyé et lui fit faire demi-tour sans qu'il ne réalise l'entourloupe.

— C'est ça ! Revenez dans quelques jours et on verra la hauteur de votre alanguissement, Monsieur Abberline !

Elle le poussa loin d'elle pour qu'il retourne à sa moto et prenne son fichu avion. Ethan mit ses mains dans ses poches et lâcha un grognement de frustration. Il se tourna une dernière fois vers elle et la fixa avec déception.

— Kaya Levy, dans quelques jours, mon envie de vous risque d'atteindre des proportions ingérables. Je vous encourage donc à accepter ma proposition vivement pour ne pas avoir ma mort sur votre conscience.

Kaya se mit à rire.

— Rien que ça ? Votre mort ! Eh bien…

— Non, ce n'est pas possible, faut que je comble tout ça maintenant ! fit-il finalement en revenant vers elle, bien déterminé à passer la nuit en sa compagnie.

Kaya montra son index face à lui, le regard dur.

— Dégagez ! Foutez le camp, sinon je vous frappe !

Ethan lui afficha un énorme sourire. Même si c'était pour se faire frapper, il était prêt à rester avec elle.

— Ouste ! Du vent ! insista-t-elle, sévère.

Ethan expira bruyamment, devant renoncer face à son insistance. Il recula tandis qu'elle ouvrit la porte.

— Eh ! Tu ne te laisses pas enguirlander par un autre connard pendant mon absence ! Méfie-toi !

Kaya rit une nouvelle fois et disparut derrière la porte. Une fois complètement refermée, elle appuya son front contre celle-ci, le cœur gonflé par ce jeu plein de promesses, mais surtout soulagée de le quitter sur une note optimiste. Elle ne savait toujours pas où elle allait avec lui, mais elle se sentait bien comme ça. Cela restait flou. Rien n'était défini, mais ils se quittaient pour une fois positivement. Ethan enfila son casque et démarra sa moto, complètement comblé. Ce n'était pas énorme ce qu'ils venaient de vivre, mais c'était bien mieux qu'il y a quelques minutes. Elle l'avait embrassé. Elle avait fait un pas vers lui. Elle avait accepté une nouvelle fois ses baisers. Il posa ses bras sur son guidon et laissa tomber sa tête dans son casque dessus.

— Putain, je ne vais jamais m'en remettre. Tous ces jours prochains à attendre de la revoir…

Il attrapa son téléphone et lui envoya un message. Kaya entendit son téléphone sonner tandis qu'elle insérait la clé dans la serrure de sa porte d'entrée. Elle le chercha dans sa poche puis alluma l'écran. Elle posa ensuite son téléphone contre sa poitrine et sourit.

Merc. 24 Déc. 2014 22:24, Ethan
J'aime bien passer les réveillons, si c'est avec toi. Et toi ?
Joyeux Noël, Princesse !

15
PRÉSENT

Ethan regardait ses cornflakes avec ennui. Il était arrivé à une heure du matin heure locale. Toute la famille avait veillé pour attendre sa venue. Cindy n'avait pas caché sa joie de le voir. Juste un bisou sur la joue avec ses mains en coupe sur son visage et c'était déjà suffisamment fougueux pour que cela suffise à Ethan. Charles eut droit à l'accolade, mais avec une certaine retenue également. Claudia lui avait sauté au cou après que le taxi l'eut déposé devant la maison et qu'il ouvrit la porte. Max resta plus discret, mais lui posa sa main sur l'épaule avant de retourner dans le salon avec un petit sourire. Tout le monde prit un peu de temps de discuter avant d'aller se coucher. Les sushis lui semblaient loin, le dépaysement était là, la journée interminable. Noël ayant sonné juste avant son arrivée, les cadeaux de Cindy à chacun de ses enfants ne se firent pas attendre. Cindy était une personne idéaliste, mais mettait un point d'honneur à ressembler à une famille comme les autres, à garder ce qui faisait les fondements d'une famille unie et normale. Célébrer Noël avec tout le monde était un de ses impératifs. Ethan n'était pas persuadé qu'ils étaient normaux. Chacun avait ses blessures, chacun connaissait les limites de l'autre et c'était aussi ce qui faisait qu'il y aurait toujours une certaine distance entre tous et que rien ne semblait acquis. Seule Claudia se retrouvait vraiment dans cette optique de lien affectif selon lui. C'était la plus jeune. Elle avait été adoptée alors qu'elle n'avait que sept ans. Ethan fut cependant le dernier à être adopté malgré le fait qu'il fût plus vieux qu'elle de cinq années. Avec son arrivée, elle avait vite trouvé un modèle sur qui s'appuyer alors qu'il ne cherchait pas à en être un. Max avait, lui aussi, ses démons à gérer et son âge, plus avancé que celui d'Ethan, avait dû jouer pour Claudia dans son choix pour le cadet de la famille.

Les fêtes du réveillon avaient donc été comme le voulait Cindy : en famille, même si Ethan n'avait pu assister au repas du réveillon. Mais ce dernier l'avait vécu cette fois-ci avec beaucoup de détachement. Il n'était pas d'humeur à la fête. Et encore ce matin, malgré toute la considération et le respect qu'il avait pour les Abberline, son enthousiasme devant ses cornflakes était bien absent. Son esprit était ailleurs. Il aurait préféré être auprès d'une seule personne : Kaya. Les cornflakes faisaient des « flop ! » entre le lait et sa cuillère dans une ritournelle qu'il orchestrait savamment, comme si chaque pétale de céréale qui quittait sa cuillère était une partie de sa motivation qui s'effritait. Il n'avait pas particulièrement faim. Cindy, qui rangeait de la vaisselle à côté de lui, s'arrêta net au bout d'un moment et tapa les paumes de ses mains sur le comptoir où il était appuyé nonchalamment, la tête contre son bras.

— Et si tu me racontais ce qui te tracasse ? Depuis que tu es arrivé, tu as l'air ailleurs. Le lancement de ta gamme s'est mal passé ? Je suis sûre que tu vas rebondir.

Ethan lâcha sa cuillère et la dévisagea. Son mode psy avait été enclenché. C'était comme si elle avait des antennes qui repéraient le moindre signal de détresse ou de déprime. Elle était même effrayante parfois.

— D'après les premiers chiffres, tout va bien. Ne t'inquiète pas. Tes cornflakes sont très bons !

Il ajouta un sourire faux, tentant d'éluder toute psychanalyse en restant enjoué et bienveillant. Il avala même une cuillère pour feindre sa quiétude. Mais il savait aussi très bien qu'à ce jeu, il perdrait dès le premier round. Cindy posa ses avant-bras sur le comptoir, face à lui, et plissa ses yeux d'un air peu convaincu.

— Tu crois en tes paroles, là ?

Ethan loucha presque sur elle, perdant son sourire au passage, puis grommela un nom d'oiseau en réalisant que quoi qu'il dise, il n'aurait pas le choix, il devrait se mettre à table.

— Je te dis que la gamme marche plutôt bien. Pas autant que je le pensais pour un démarrage, mais ce n'est qu'une question de communication. Brigitte a des idées pour remédier à la visibilité de la nouvelle collection.

— Parfait ! Alors pourquoi tires-tu une tronche de trois kilomètres depuis ton arrivée ? Il y a un problème avec un de tes amis ?

— Non. Qu'est-ce que tu racontes ? répondit Ethan en détournant le regard. Tu t'imagines vraiment des choses...

Cindy attrapa son menton et l'obligea à lui faire face. Elle scruta son regard comme si elle était une prêtresse capable de lire dans les yeux de ceux qu'elle croisait. Ethan paniqua légèrement, sachant qu'il était bon pour se confier sur Kaya.

— Ça va ! Ça va ! Ce n'est rien ! Pas grand-chose... juste que je m'interroge !

Cindy relâcha sa mâchoire avec un petit sourire satisfait.

— À quel sujet ?

Ethan soupira, exaspéré de devoir parler de lui alors que lui-même n'était pas certain de ce qu'il ressentait.

À tous les coups, elle va se faire des films où il n'y en a pas !

Il jeta un œil vers elle, puis s'attrapa les mains pour tenter de canaliser ses idées.

— Je me demandais... Comment...

Ethan souffla, mal à l'aise. Il baissa les yeux et se tordit un peu plus les doigts.

— Comment... peut-on faire pour qu'une personne vous pense indispensable à son bien-être ? Comment créer un lien qui permet de vous rattacher à quelqu'un, autrement que ce que je faisais avant, par le sexe ?

Cindy écarquilla les yeux, surprise de cet aveu. Elle tenta de trouver des raisons à cette interrogation très étonnante chez son fils, mais douta encore et encore. Kaya ne s'accrochait pas à lui comme il l'aurait voulu. Ethan réalisa que même son action contre Barratero n'avait pas suffi pour créer ce lien qui pourrait la relier à lui définitivement. Il pensait que combler ses dettes inverserait la tendance et que Kaya serait plus réceptive à lui, à eux, mais il n'en était rien. Même si la soirée avait plutôt bien fini, même si Kaya s'était montrée dans l'ensemble plus ouverte à une ambiance de paix entre eux, même si elle avait pris le temps de l'écouter sans le juger, il n'en restait pas moins qu'elle ne lui avait pas crié un gros « oui » de joie à sa proposition. Elle n'avait pas dit non, à son grand soulagement, non plus. Mais elle n'avait pas dit oui également. Il se retournait le cerveau depuis, cherchant ce qui pouvait clocher, ce qu'il devait faire pour la convaincre définitivement.

— Rhhaa ! Non ! râla Ethan, insatisfait de ne pas trouver les mots qui expliqueraient vraiment son malaise. Ce n'est pas vraiment ça, le problème ! Je me demandais quels sont les moyens pour...

Ethan fixa Cindy avec intérêt, puis reformula sa question.

— Comment as-tu su que Charles était l'homme qu'il te fallait ?

Cindy resta un instant silencieuse, ayant du mal à croire que cette nouvelle question sortait de la bouche d'Ethan, lui

d'ordinaire si fermé sur ce genre de considérations. Elle le jaugea un instant, puis sourit.
Serais-tu en train de grandir intérieurement, mon fils ? Enfin ?
Elle répondit toutefois sans songer à le chambrer. Elle le connaissait suffisamment pour savoir que ce genre de question ouverte à une discussion plus intime était rare.

— Charles était loin de remporter les suffrages à l'époque. Sa grande taille et sa ligne très fine, voire squelettique, n'attiraient pas les regards féminins. Mais Charles a toujours eu cette faculté d'écoute et de présence. Quand tu échoues, quand tu pleures, quand tu souffres, quand tu es heureuse, quand tu as envie de manger un macaron, il est là. Tout le temps ! Hier comme aujourd'hui, sa présence à mes côtés reste évidente. Nous nous sommes rencontrés par amis interposés et très vite, il est devenu ma béquille sans que je réalise vraiment que notre amitié se transformait en autre chose de plus intime. Il est devenu un peu mon journal intime. Je finissais par tout lui dire et j'avais même l'impression qu'il me connaissait mieux que moi-même. Il devinait ce que je ressentais sans même que je lui dise quoi que ce soit. En fait, je pense qu'il est meilleur psychologue que moi pour certaines choses ! Tu sais, une femme a besoin avant tout d'attention. Le sexe, comme je te l'ai déjà dit, n'est qu'une cerise sur le gâteau pour une femme. Elle a besoin de pouvoir se reposer sur une épaule qui la comprenne. Je pense que c'est ce qui m'a fait tomber amoureuse de ton père. Sa présence dévouée à mon bien-être, sans arrières pensées, ses mots doux et posés, ses sourires sans critiques, sa façon de parler de choses anodines pour égayer mon visage... C'est devenu mon confident. Avec le temps, je voulais plus de lui, j'avais besoin de plus et seulement là, les choses sont vraiment devenues intimes, coquines !

Cindy se mit à rire, car elle savait que les sentiments étaient aussi l'énergie de la libido. Ethan baissa les yeux et cessa de faire gesticuler ses doigts. Il prit le temps de la réflexion devant une Cindy de plus en plus curieuse de savoir à quoi il songeait. Les paroles de celle-ci faisaient écho à ce qu'il vivait avec Kaya. Sur pas mal de détails, il se reconnaissait dans cette description de relation. Sur d'autres, il se rendait compte aussi qu'il était loin d'être un confident ou un journal intime pour Kaya. Leurs querelles n'aidaient pas, mais surtout jusqu'à présent, il n'en voyait pas l'utilité. Pour la première fois, il réalisait qu'il essayait d'établir avec une femme une relation bien différente de celle qu'il avait fini par créer avec sa vraie mère, Sylvia. Une relation sans doute plus adéquate à une normalité que tendaient à lui faire croire les Abberline depuis des années.

— Et comment fait-on pour savoir si notre présence est nécessaire, si on tape juste, qu'on ne devient pas lourd ? Si ce qu'on fait est bien ou pas ? Si cela va être pris comme on le voudrait ?

Cindy pencha la tête, encore plus perplexe par ces nouvelles questions. Elle s'inquiéta un peu plus. Ce genre de raisonnement n'était pas normal de sa bouche.

— Ethan, dis-moi ce qui te tracasse ? As-tu… rencontré une femme ?

Ethan la fixa tout à coup, se sentant mis à nu et mal à l'aise. Il se mit à rire légèrement voulant reprendre son masque d'homme implacable avec les femmes, mais il sentait bien qu'il n'arrivait pas à le faire tenir sur son visage. Face à cette triste constatation, il ne put trouver le courage de lui dire non. Oraliser sa relation avec Kaya comme quelque chose de suffisamment important pour en parler à sa mère adoptive lui semblait malgré tout incongru. Cindy posa sa main sur les siennes avec amour.

— Ethan, ne cherche pas à être un autre. Ne cherche pas des réponses à des questions qui ne trouveront pas de réponses. On ne sait pas de quoi est fait l'avenir, mais une chose est sûre, rester soi-même est la meilleure façon de réussir à être heureux. Si tu veux qu'on te regarde, alors ne joue pas un jeu. Montre aussi tes failles. Car au-delà de la présence que m'offre encore aujourd'hui Charles, ce qui m'a fait craquer, c'est aussi sa sensibilité, ses failles, ses doutes et ses envies. Si une femme te plaît, vous devez partager cela ensemble pour qu'un lien se crée. Tu n'obtiendras tes réponses qu'à partir de ce moment-là.

— J'ai essayé de combler ses failles, mais elle n'est toujours pas convaincue… lui souffla-t-il, inquiet.

Ethan se mit à bouger instinctivement, sentant que parler de ses doutes sur une relation avec une femme était tout sauf anodin. Il craignait le jugement de sa mère autant que son propre jugement sur l'importance de sa relation avec Kaya.

— Peut-être n'était-ce pas sa faille la plus profonde ? Il faut du temps pour comprendre une personne et voir ses réelles blessures.

Ethan fixa à nouveau sa mère, dubitatif.

Sa faille la plus profonde…

Ethan réalisa qu'il la connaissait.

— Adam… murmura-t-il plus pour lui-même.

Adam restait la plus grande blessure de Kaya. Celle qui faisait finalement le plus obstacle à leur relation. S'il devait compter le nombre de fois où son nom était revenu dans leurs discussions, il y aurait une liste longue comme son bras. Adam, son éternel rival.

Comment puis-je soigner cette faille-là, Kaya ? Comment puis-je être présent quand tu ne vois qu'un autre homme ?

— Comment peut-on faire oublier à quelqu'un la mort d'un être cher ? lui demanda-t-il sans réellement réfléchir à ses propos, presque convaincu que sa mère avait réponse à toutes les solutions maintenant.

Cindy secoua la tête négativement. Malgré la succession de questions incroyables venant d'Ethan, elle tenta de garder un raisonnement professionnel sur ses questions.

— Ethan, si tu pars dans cette idée alors, effectivement, tu ne rencontreras qu'un mur. On n'oublie pas la mort d'un être cher. C'est une blessure qui ne se guérit pas. Elle peut s'atténuer, mais ne peut disparaître.

Le visage d'Ethan s'assombrit devant les paroles pleines de sagesse de sa mère. Il avait l'impression de tourner en rond.

— On ne peut remplacer les sentiments que l'on a pour quelqu'un, continua-t-elle. Toi-même, tu as des sentiments pour chacun de tes proches, de différents degrés, et tu ne pourrais remplacer ton entourage par d'autres personnes. Tes sentiments seraient indubitablement différents, car chaque personne est unique. Tu aimes ces personnes, et pas des substituts. Par contre, rien ne t'empêche de proposer autre chose en contrepartie, tout aussi bien, voire mieux !

Elle lui décocha un clin d'œil plein d'optimisme qui eut son effet sur Ethan.

— Proposer autre chose…

Ethan contempla ses cornflakes, pensif.

Être son journal intime, combler sa faille « Adam » en proposant autre chose… Être son journal intime…

Il repensa alors à tout ce qu'il savait déjà d'elle. Ce fameux soir, après son agression où il avait eu ce rôle de journal intime. Elle s'était épanchée auprès de lui, dans ses bras, sur sa vie avec Adam, sur sa douleur, sa culpabilité, son impuissance. Ce jour-là, il l'avait consolée. Il l'avait écoutée. Il avait répondu présent. Il se remémora toutes les fois où il avait vraiment écouté ses tourments et réalisa son égoïsme. Au-delà d'une réelle compassion pour elle, il lui avait imposé ses envies. Il repensa aux mots de Kaya, ses avertissements sur son comportement de connard, à son nombrilisme autour de ses objectifs sans chercher à voir si ça plairait vraiment ou pas…

Il regarda sa mère qui observait ses réflexions en silence. Ethan

se remémora toutes les fois où elle lui avait parlé d'Adam, toutes les émotions qu'elle avait ressenties lorsqu'il était sujet de son fiancé... Une liste d'évènements qui pouvait lui servir pour...
Être présent... et être son confident.
Il se leva précipitamment, mué d'une nouvelle motivation, comme si ses idées s'éclaircissaient avec cette discussion. Il contourna le comptoir et embrassa sa mère sur la joue.
— Je dois repartir, je ne peux pas rester. Pardon.
Cindy lui rendit un sourire un peu triste, mais compréhensif. Elle n'avait pas tous les détails, mais pour la première fois, elle vit en Ethan la volonté de plaire à une femme et elle en fut heureuse.
— J'espère que ce sera la bonne, Ethan ! chuchota-t-elle pour elle-même, avant de reprendre son rangement dans la cuisine.

Kaya n'eut pas besoin de faire sonner son réveil pour sortir de son sommeil. Sa nuit avait été agitée. Plus les heures s'égrainaient, plus elle angoissait. Elle approchait du moment fatidique, celui qu'elle redoutait depuis des jours. Il restait moins d'une heure. Moins d'une heure avant qu'elle sente le sanglot lui monter à la gorge, puis au nez et aux yeux. Elle se leva de son lit, ne supportant plus de rester sans bouger. À cette heure-là, le soleil ne s'était pas encore levé, seul le froid dehors laissait présager l'envie de rester calfeutrée chez soi. Heureusement, elle avait réussi à poser son repos aujourd'hui. Il lui était vital de rester seule. Tomber en sanglots devant les clients n'était pas la meilleure des façons de les accueillir à sa caisse.
Bientôt sept heures...
Elle regarda la pendule accrochée à la cuisine encore une fois, comme si le fait de changer de pièce avait eu une énorme

incidence sur le temps passé, mais il n'en était rien. Elle se prépara un chocolat chaud et s'assit dans son canapé. Elle n'avait même pas envie de regarder la télévision. Elle n'avait goût à rien. Elle avait déjà envie de pleurer. Son appartement restait silencieux et elle constata qu'elle seule amenait le bruit. Une forme de fatalité qui résumait sa vie : elle était seule. Ce silence la tuait à petit feu. Plus que le temps qui filait. Elle but son chocolat et s'encouragea à ne pas se laisser déjà aller à la tristesse. Se morfondre d'entrée n'allait pas l'aider. Elle fonça dans la salle de bain s'habiller. Son teint était pâle, mais surtout fatigué.

— Tu fais pitié, ma pauvre fille !

Elle regarda sa trousse à maquillage, la même qu'Ethan s'était chargé de remplir avec ses propres produits pour remplacer ses rognons de crayons et ses fards cassés. Instinctivement, elle attrapa un crayon et sourit. Était-elle vraiment toute seule ? Elle s'étonna à constater qu'il s'incrustait chez elle jusqu'à dans sa salle de bain. Elle regarda une nouvelle fois son visage.

Est-ce utile de se maquiller aujourd'hui ?

— Mon maquillage va couler…

Elle regarda sa trousse à nouveau. Elle appliqua son crayon minutieusement malgré tout. Elle ne voulait pas tomber dans la déchéance.

— C'est un anniversaire ! Il faut rester belle !

Le temps passa plus vite qu'elle ne l'aurait imaginé. Quand elle revint dans le salon et remarqua que le moment fatidique était vraiment proche à présent, sa gorge se serra. Elle regarda la porte d'entrée avec angoisse. Fort heureusement, elle n'était plus dans son ancien appartement. Les souvenirs ne seraient pas aussi durs. Pourtant, ils restaient vivaces.

Un an… Un an que j'ai appris la nouvelle.

Elle baissa les yeux. Sa vie en un an avait continué. Plus ou moins difficilement, mais elle pouvait se permettre de prononcer un « déjà ! » en se rendant compte de tout ce qui s'était passé depuis. Elle avait cette impression bizarre que c'était hier, que tout était si récent, si douloureux, et en même temps, qu'elle perdait chaque minute un peu plus de leur vie à deux. Une fin inéluctable de leur couple. Les dernières semaines furent les plus mouvementées et celles où elle douta le plus de ses sentiments pour Adam. Elle s'esclaffa en réalisant qu'encore Ethan revenait à son bon souvenir. Il s'imposait toujours à elle dans son quotidien ou sur les changements qu'elle avait opérés dans sa vie. Un tourbillon dont elle ne savait trop comment gérer son intensité. Un tourbillon qui mettait tout sens dessus dessous, mais qui finissait par l'apaiser dans les changements que cela opérait. Son cœur se serra. Un mélange d'émotions à la fois d'agacement, de douleur, mais étrangement d'addiction aussi la saisit. Que faisait-il actuellement ? Il devait être entouré de sa famille, à partager les mets délicieux de sa mère adoptive. Son sourire s'effaça légèrement. Si elle était heureuse pour lui de le savoir en train de fêter ces fêtes de fin d'année avec ses proches, elle regrettait d'être seule. Pour la première fois, elle avait envie de le voir, l'entendre lui changer les idées. Ce 26 décembre était un jour spécial pour elle. Un jour qui s'annonçait morose. Et son tourbillon lui aurait fait sans doute le plus grand bien pour ne pas se laisser trop aller à la déprime.

On frappa alors à la porte et elle ne comprit pas sur le coup que c'était pour elle. Elle regarda cette dernière, immobile, puis réalisa l'heure sur sa pendule et son cœur fit un bond.

Impossible ! Pas une nouvelle fois ! C'est passé ! Ça ne peut plus se reproduire !

Quand on frappa à nouveau, la panique s'installa. Son esprit fit un bond d'un an en arrière. Elle se souvint de son insouciance quand elle ouvrit la porte, la stupeur quand elle vit les deux policiers et son incrédulité lors de leur annonce. Puis, la réalité.

Dure. Implacable. Sans retour en arrière possible. Il était mort. Et enfin, l'engrenage qui s'en suivit.

Son cœur lui fit mal. Revivre cela l'anéantissait. Elle savait que cette journée allait être dure, que se recueillir sur sa tombe allait avoir des airs d'amertume plus profonds, que les souvenirs douloureux de ce jour allaient refaire surface, lui arracher le cœur et qu'elle allait devoir encore les affronter. Elle le savait, mais appréhendait plus que tout cette douleur qu'était la perte d'un être cher. Ce ne fut que lorsqu'on frappa une troisième fois qu'elle revint sur Terre et se força à faire face à sa réalité. Elle regarda autour d'elle. L'appartement de Richard, son évolution depuis un an. Tout n'était pas si figé. Elle posa la main sur la poignée de la porte et inspira un grand coup avant d'ouvrir. Ses yeux s'écarquillèrent devant la personne face à elle.

— Je pense arriver à temps pour te procurer le réconfort dont tu risques d'avoir besoin aujourd'hui, non ? déclara alors Ethan, les bras grands ouverts prêts à l'accueillir.

Kaya l'examina des pieds à la tête, pensant rêver, puis secoua la tête, dépitée par sa prédisposition à toujours être là où on ne l'attendait pas. Elle le regarda un instant, sentant sa gorge se serrer un peu plus, puis lentement alla se nicher dans ses bras. Elle n'avait pas envie d'un affrontement, ni de réfléchir à leur situation. Il était là. Elle avait songé à son réconfort quelques minutes avant, à sa présence auprès d'elle, et il était là. Elle passa ses bras autour de sa taille et le serra fort contre elle. Ethan soupira de soulagement et lui caressa les cheveux, heureux de la voir si réceptive à sa présence. Il la serra dans ses bras également et ferma les yeux quelques instants. Kaya se lova un peu plus contre lui tandis qu'elle sentit le sanglot remonter dans sa gorge et ses yeux. C'était l'anniversaire de la mort d'Adam, mais elle était heureuse de ne plus être seule, d'être dans les bras d'Ethan. Elle tenta de retenir ses larmes et respira un grand coup avant de se défaire de son étreinte. Ethan l'observa avec douceur et lui attrapa le bout des doigts.

— Tu es rentré pour moi ? lui demanda-t-elle tout en regardant ses doigts caresser les siens.

— Non ! J'aime juste me taper des décalages horaires en peu de temps ! se moqua-t-il d'elle en haussant ses sourcils de façon narquoise.

Kaya se mit à rire légèrement. Ethan lui sourit en retour tout en lui attrapant du bout des doigts son autre main.

— J'ai réfléchi… déclara Ethan, plus sérieux. Tu as raison, je m'impose souvent à toi et je ne vois pas forcément tes propres besoins. J'interprète à ma façon, comme ça m'arrange, en pensant que ce que je ferai finira par te plaire et en fin de compte, je n'ai pas ce que je veux vraiment. Ce n'est pas une bonne façon de se réconforter en forçant les gens à le faire, pas vrai ?

Kaya le fixa avec surprise. Elle ne pouvait qu'acquiescer, mais avait aussi beaucoup de mal à comprendre où il voulait en venir, surtout lorsqu'elle repensa à la façon dont ils s'étaient quittés la dernière fois et son absence de reproches à ce moment-là.

— Kaya, lors notre soirée sur le toit. Je pensais que tu me sauterais dans les bras. Je l'ai espéré jusqu'à ce qu'on quitte ce foutu toit et j'ai dû me rendre à l'évidence. Ton absence de réponse à ma proposition m'a prouvé que tu doutais de tout. Il n'y a pas qu'Adam. Cent cinquante mille euros ne suffisent pas à rendre heureuse la femme que tu es. Éloigner les vilains méchants non plus. J'aurais dû me douter. Tu m'as déjà prouvé que tu étais loin de toutes ces considérations matérielles. Tu es plus dans… le social, dans l'humain et ses émotions.

Ethan s'esclaffa, amer. Kaya pencha la tête, navrée de reconnaître que ses propos sonnaient juste.

— Je veux que tu viennes vers moi… lui souffla-t-il.

Kaya redressa sa tête et contempla ses prunelles décidées, mais avec malgré tout, une touche de tristesse qui mit mal à l'aise la jeune femme.

— Tes réticences, j'ai tenté de les comprendre. Je sais qu'il y a ton Adam entre nous, mais je sais que le problème est aussi lié à l'estime que tu as de moi. Ma façon de faire te déplaît. Tu doutes de moi...

— Non ! objecta Kaya, avant de réaliser que oui.

Le problème était qu'Ethan lui paraissait trop abrupt dans sa façon de se comporter. Il pouvait être adorable, mais aussi détestable dans ses actes, dans sa vision des choses, dans son caractère nombriliste.

— Après tout, ce n'est pas pour rien si tu me traites de connard aussi souvent que tu me frappes ! ironisa-t-il.

Ethan sourit avec gêne et consternation devant la triste réalité. Kaya se sentit mal à l'aise. Tout n'était pas rose avec lui, mais elle ne pouvait dire que tout était noir non plus.

— Donc j'ai réfléchi. Aujourd'hui sera ma journée de mise à l'essai ! finit-il par dire en la montrant du doigt. Si j'échoue, alors je renoncerai à ma proposition. Définitivement.

Kaya sonda dans ses yeux la véracité de ses propos. Elle avait dû mal à croire en sa résolution. Elle doutait aussi de vouloir le voir renoncer.

— Ça fait un an qu'il est mort, pas vrai ? continua-t-il. J'ai donc cette journée pour faire mes preuves de réconfort ! Je serai ton épaule pour pleurer, tes bras pour te protéger. Je serai le parfait confident, à l'écoute, mais qui ne s'impose pas ! Si je ne suis pas capable durant cette journée si particulière de te laisser l'espace dont tu as besoin pour estimer que mon réconfort t'est nécessaire, alors effectivement, tu n'en auras pas besoin dans d'autres circonstances. Ça passe ou ça casse.

Ethan finit sa tirade avec appréhension. Il n'était pas sûr de ce qu'il faisait et la réaction de Kaya ne l'aidait pas. Il ne lisait que de la perplexité sur son visage. Il réfléchit un instant à un moyen de prouver ses bonnes intentions, mais seuls les actes pouvaient l'aider à confirmer sa volonté.

— Marché conclu ?

Kaya le contempla avec silence. Ses mots lui faisaient plaisir. Pour autant, elle s'étonnait d'une hypothétique fin irrémédiable entre eux. Maintenant, cela lui paraissait un peu tard pour ne pas ressentir une sensation d'échec s'ils venaient à se dire adieu.

— Donc, tu vas rester toute cette journée à attendre un pas de moi vers toi ? lui demanda-t-elle, sceptique de le voir si passif. C'est ça ?

— C'est ça... confirma-t-il tout en gardant son regard fixe sur elle, la mâchoire serrée.

Kaya sourit, se rendant bien compte qu'il se posait un sacré défi. Un défi dont l'échec serait douloureux à avaler pour l'homme de réussite qu'il était.

— Je peux donc disposer de toi comme je le souhaite aujourd'hui ? Je pourrais donc, si je le veux, te demander de rentrer chez toi si je préfère rester seule et donc, tu ne pourrais pas prouver grand-chose.

— Effectivement..., tu pourrais. Si tu en éprouves le besoin, j'accepterai. Si c'est ce qui peut soulager ta douleur...

Ethan déglutit, sachant très bien que le rôle du confident pouvait être ingrat et lui imposer des restrictions qui le boufferaient.

— Mais j'ose espérer que tu me garderas... parce que tu as besoin de moi.

Ethan continua de la fixer, comme si sa vie était en jeu.

Kaya, rends-moi indispensable à ton bien-être.

Kaya le jaugea, planté comme un piquet et attendant sa sanction, puis sourit.

— Allez, viens, rentre ! Je ne vais pas faire ma connasse en ignorant tous les kilomètres que tu as traversés pour te pointer jusqu'à ma porte.

Elle lui attrapa la main et le guida à l'intérieur de son appartement. Ethan lui montra un énorme sourire, soulagé autant par sa boutade que par le fait qu'elle veuille de lui dès maintenant. Pourtant, très vite, il se trouva mal à l'aise, gauche, ne sachant où se mettre pour rester discret, à sa place, sans s'imposer. Il nota finalement que sa journée de « confident » allait être difficile à gérer. Il retira son manteau qu'il posa sur le portemanteau et alla s'asseoir en silence. Il la regarda s'activer dans la cuisine.

— Tu veux boire ou manger quelque chose ? lui demanda-t-elle en sortant deux verres d'un meuble. Tu n'es pas trop fatigué par le décalage ?

— Un peu, mais ça va. Donne-moi… ce que tu veux. Fais-toi plaisir !

Kaya se retourna vers lui et posa ses mains sur ses hanches.

— Tu comptes jouer la lavette qui dit oui à tout toute la journée pour ne réellement pas entrer en conflit avec moi tout le temps ? D'ordinaire, tu sais toujours ce que tu veux ! Je te le dis de suite, ça va vite me soûler en sachant comment tu es vraiment ! J'ai horreur qu'on joue l'hypocrite avec moi et je te connais suffisamment pour savoir que tu n'aimes pas qu'on décide pour toi !

Ethan déglutit, les yeux exorbités par sa menace. Il baissa la tête, comme un enfant qu'on venait de sermonner.

— Je tente d'être…

Il leva les yeux, dépité par l'énormité qu'il s'apprêtait à dire, mais qui résumait pourtant ses intentions.

— … gentil ! Je n'ai juste pas envie de te faire chier avec des futilités aujourd'hui ! Tu pourrais m'accorder cette indulgence, dis donc ! C'est pour toi que je le fais… et pour moi aussi… finit-il par dire dans un murmure.

Kaya se mit à sourire, en voyant comment il se démenait avec ses intentions. Il la confortait en essayant d'être conciliant. Elle se rendit compte de son propre emportement trop hâtif à émettre de mauvaises conclusions et se sentit presque l'envie de lui faire un câlin, juste pour le remercier des efforts qu'il faisait pour paraître agréable avec elle en ce jour où son humeur risquait d'être plus exécrable. Malgré tout, depuis son arrivée, elle n'avait plus pensé à Adam. Elle regarda l'heure sur sa pendule. L'heure fatidique de l'annonce de sa mort était passée et au lieu de se lamenter, elle l'avait complètement zappé pour écouter les résolutions d'Ethan.

— Très bien ! déclara-t-elle dans un nouvel élan d'encouragement à tenir bon. Ce sera jus d'orange et ose dire un mot dessus et tu vas entendre parler du pays !

Ethan la dévisagea et mima d'un geste la fermeture de sa bouche pour lui signifier qu'il acceptait son choix sans broncher. Kaya le regarda, finalement amusée. Elle se sentait heureuse au fond d'elle. Ethan était une soupape qui lui faisait du bien. Il se saisit du verre qu'elle lui tendit en caressant sa main au passage. Le regard bienveillant de la jeune femme sur lui fit plaisir à Ethan. Une connexion visuelle entre eux deux, sous-entendant un besoin réciproque d'être près de l'autre, transparaissait maintenant dans leur comportement. L'alchimie qui les poussait l'un vers l'autre était plus que vive et l'envie de plus de proximité devenait évidente. Une certaine tension sexuelle était même palpable, mettant leurs désirs les plus profonds à mal.

— Je ne ferai rien qui pourrait t'énerver aujourd'hui, Kaya... lui déclara-t-il d'une voix grave. Promis !

Kaya ne répondit rien, mais resta happé par son regard brûlant. Ethan éprouva le besoin de la rassurer sur son nouveau comportement.

— Je ne suis là que pour votre bonheur, Princesse ! ajouta-t-il d'un ton séducteur et amusé. Je ne serai que réconfort durant ces vingt-quatre heures !

Kaya sentit son cœur battre un peu plus fort dans sa poitrine. Ses mots allumaient un brasier qui couvait en elle et qui lui permettait de rêver à de belles promesses si elle craquait et plongeait dans ses bras. Elle rompit le contact visuel, le rose aux joues.

Reprends-toi, idiote ! Ce n'est pas non plus un gros nounours sur lequel tu peux te lover, comme le ferait une gamine !

Complètement chamboulée, elle retourna derrière le comptoir de la kitchenette pour récupérer la brique de jus d'orange dans le frigo et tenta de se raisonner.

Et puis tu es censée être en deuil, crétine ! Pleurer et t'apitoyer sur ton sort ! Mon Dieu, je suis fatiguée...

Kaya soupira, lasse de tout ce qu'elle vivait. Elle se trouvait presque ignoble d'avoir un comportement si discutable. Adam était l'homme de sa vie, et pourtant elle appréciait la légèreté d'Ethan. Sa présence allégeait son humeur morose que lui insufflait Adam à présent. Et pire que tout, elle sentait ce besoin de la réclamer, encore et encore.

Non ! Je ne dois pas aller vers lui ! Je suis plus forte que ça ! Je ne suis pas si désespérée ! Prouve-lui que tu es forte, Kaya !

— Totalement dévoué à ma cause ? Vraiment ? Sûr de sûr ? demanda-t-elle toujours de dos, sentant son envie de le défier revenir comme une vilaine habitude, mais restant si jouissive.

Ethan se leva, sentant qu'elle lui préparait une vacherie pour vérifier vraiment sa détermination à être la meilleure béquille qui soit pour la soutenir. Il posa son verre sur le comptoir et accepta pourtant le défi.

— Mon corps vous est dédié entièrement, Princesse ! lui répondit-il avec assurance et cette lueur arrogante qui, il le savait, la piquerait au vif.

La jeune femme n'osa toujours pas se retourner et garda son

visage caché derrière la porte du réfrigérateur. Le regarder lui ferait perdre toute crédibilité à rester forte devant lui et elle savait que déjà sa voix chaude la mettait à rude épreuve.

— Tout ton corps ? joua-t-elle pourtant, en fermant les yeux, sentant qu'elle partait dans une direction tendancieuse, mais vivifiante.

C'était eux. C'était leur relation.

— Tu le veux maintenant, tout mon corps ? lui demanda-t-il avec séduction, tout en posant ses avant-bras sur le comptoir qui séparait la cuisine du petit salon. Tellement chaud et sécurisant, complètement investi à te rendre plus sereine et libérée de toutes entraves.

Kaya déglutit. Ses mots étaient terribles pour son self-control. Elle inspira un bon coup pour ne pas flancher tandis qu'Ethan ne masquait plus son plaisir de la torturer. Elle ferma la porte du frigo plus fortement qu'elle ne l'avait prévu, et décida de lui faire face. Elle posa alors ses mains à plat à côté de la brique de jus de fruits, minaudant un peu, en se tortillant légèrement et se mordant la lèvre. Ethan devina très vite qu'elle allait lui dire la pire vacherie au monde, mais il n'attendait que ça. Il pouvait se contenter de cette comédie toute la journée.

— Oui... lui répondit-elle de façon aussi sensuelle que menteuse. Donne-moi tout ton corps, Ethan,... pour m'aider à faire mon ménage !

Tiens ! Vas-y ! Piégé, Abberline ! Tu ne t'attendais pas à ça, homme à tout faire ! Que vas-tu répondre à ça ? Toujours si sûr de toi ? Toujours aussi dévoué à mon bien-être ?

Ethan posa son coude sur le comptoir, s'assit sur l'un des tabourets et appuya son menton dans sa main pour la contempler en silence. Kaya lui afficha un grand sourire face au piège qu'elle venait de lui tendre. Pourtant sa parade n'eut pas l'effet escompté ; il se contentait d'apprécier son sourire.

— OK. On commence par quoi ? lui répondit-il alors sereinement, toujours avec un air mielleux.

Kaya ne sut comment vraiment interpréter son acquiescement si simple, sans objections. Sa perte d'enthousiasme se refléta sur son visage. Elle pensait le faire sortir de ses gonds, de ses résolutions un peu trop extrêmes pour l'homme obstiné qu'il était. Elle voulait faire exploser son attitude belliqueuse comme d'habitude, mais il n'en fit rien. Lui préparait-il le retour de boomerang ? Elle ne l'aurait pas pensé aussi obéissant.

C'est une blague ? Il ne va pas me la faire si docile toute la journée ! Un peu, ok, mais là on frise le ridicule ! Ce n'est pas lui ! On me l'a échangé ! Où est mon connard de service ! Explose, bon sang !

— Poussière pour toi, aspirateur pour moi ! déclara-t-elle alors sèchement, vexée d'avoir manqué son effet.

— OK ! Où sont les chiffons ? demanda-t-il sans plus de protestations, mais amusé de la voir si frustrée.

Kaya lui tendit son jus d'orange, sceptique sur son côté un peu trop docile devant le défi ingrat auquel elle le soumettait. Elle repensa à ses mots sur sa présence auprès d'elle et ses intentions de paix entre eux deux. Cela la gêna finalement plus qu'elle ne le pensait.

Ethan, à quoi joues-tu ? C'est en répondant « oui » aussi facilement, jusqu'à paraître ridicule, que tu espères trouver grâce à mes yeux ?

Elle alla chercher ses chiffons dans la buanderie au fond de l'appartement, dans un état de semi-colère. Ce n'était pas Ethan, cette flexibilité. Elle avait encore cette sourde impression qu'elle était la méchante de l'histoire alors qu'il disait la comprendre. Elle pesta contre elle-même puis revint en tentant de rester calme. Elle lui tendit les chiffons et lui donna les produits sans un mot, ni même un regard. Elle récupéra son aspirateur et se mit à la tâche pour calmer cette sensation d'être une sorcière devant un prince charmant. Ethan la regarda un instant. Son attitude agacée ne passait pas inaperçue à ses yeux. Il soupira, voyant que malgré ses efforts, quelque chose lui déplaisait encore chez lui.

Allez Ethan ! Souviens-toi que Charles n'a pas réussi du jour au lendemain... sauf que toi, tu n'as qu'une journée ! Pfff !

Il se mit à la tâche tout en la regardant du coin de l'œil. Lui faire plaisir de toutes les manières possibles pour alléger son cœur était sa mission. Il ne devait pas en dévier pour des interrogations qui le mèneraient à l'échec.

Être son journal intime...

Il regarda autour de lui et détailla son appartement. Peu de choses personnelles, hormis les cadres d'Adam et elle qu'il avait déjà vus dans son ancien appartement. Il les regarda plus attentivement. Adam paraissait très heureux, très…

Amoureux...

Le sourire de Kaya illuminait les photos et une sombre jalousie envahit son cœur. Il enviait Adam. Pouvait-il croire qu'elle pouvait sourire ainsi aussi en sa compagnie ? Il se toucha le torse, incertain de cette triste hypothèse. Il jeta un œil vers Kaya qui venait de finir de passer l'aspirateur dans le petit couloir menant à la salle de bain, sa chambre et la buanderie. Il sourit à l'idée de la taquiner.

Je suis là pour te consoler, mais pas pour autant me faire chier !

Il se déplaça en douce vers elle, feignant de nettoyer une étagère et fit semblant de lui rentrer dedans par mégarde. Kaya fut bousculée suffisamment pour trébucher et manquer de s'étaler au sol. Elle éteignit l'aspirateur, devant l'air dédaigneux d'Ethan. Elle renifla, peu convaincue de l'innocence de son geste.

— Hey ! Tu viens de me dire : « pas de guerre ! ». C'est comme ça que tu prends soin de moi ? protesta-t-elle, voyant visiblement qu'il lâchait enfin du lest sur ses nouvelles résolutions. En me poussant pour me faire trébucher ?

— Tu n'as qu'à pas te mettre sur mon passage ! lui répondit-il en tentant de masquer sa joie. Désolé, mais j'ai du travail. Ne sois pas sur mon chemin. Princesse m'a demandé de nettoyer, donc je nettoie !

Ethan attrapa un autre cadre d'elle et de son fiancé et cracha dessus pour le nettoyer. Kaya resta estomaquée par son geste alors qu'il s'amusait visiblement à frotter avec insistance la bouille d'Adam du bout du doigt avec le chiffon.

— Il est basané ou c'est ton cadre qui est sale ?! commenta-t-il en se retenant de rire.

Prendre soin de moi, mon œil ! Je savais bien que le naturel reviendrait toujours au galop !

Kaya pinça ses lèvres pour masquer aussi bien son bonheur de retrouver leurs provocations mutuelles que pour préparer sa réponse à son affront sur Adam. Elle fonça sur lui, bien décidée à récupérer son bien et prête à lui faire ravaler sa salive qu'il étalait négligemment sur le cadre.

— Rends-moi ça ! lui ordonna-t-elle tandis qu'il levait le bras pour mettre l'objet hors d'atteinte.

— J'ai une mission : enlever la poussière ! Donc, laisse-moi nettoyer ! feignit-il de lui prouver alors qu'il ne masquait plus son envie de se moquer d'elle avec son grand sourire et son regard pétillant.

Kaya s'agaça, malgré le plaisir évident de repartir en guerre contre lui.

— Très bien ! Tu l'auras voulu !

Elle lui sauta carrément dessus, tentant d'agripper ses jambes autour de ses hanches. Ethan se mit à rire devant sa volonté sans gêne de récupérer l'objet du conflit. Il la rattrapa en l'enserrant par la taille, mais perdit l'équilibre au point de finir tous deux par terre. Kaya n'en démordit pas et lui piqua des mains son cadre qu'elle frotta à nouveau comme la lampe magique d'Aladin avec sa manche. Ethan se pencha par-dessus son épaule, une fois tous deux redressés.

— Ah oui ! C'était bien le cadre qui était sale ! déclara-t-il tout en lui faisant un clin d'œil.

— Toiiii… lui répondit-elle d'un air menaçant tout en se mettant sans attendre à califourchon sur lui pour le frapper.

Dos au sol, Ethan se mit à rire en évitant ses coups.

— C'est comme ça que tu fais ton gentil ? ajouta-t-elle pour se venger de l'affront. Foutage de gueule ! Tu vas voir qui va finir basané !

Elle tenta de lui envoyer des piques dans les côtes du bout de ses index pour le couvrir de bleus.

— Tu tirais la gueule parce que j'étais trop obéissant et sage, donc je relâche la soupape en t'embêtant ! se justifia Ethan pour sa défense. Faudrait savoir ce que tu veux !

— Mais t'es pas obligé de cracher sur Adam !

— Je nettoyais les caaadres ! insista Ethan tout en riant et en la renvoyant à ses propres demandes.

— Et moi je suis la Reine d'Angleterre !

— Non ! Juste ma Princesse ! rétorqua-t-il avec un grand sourire.

Il l'attrapa alors par la taille pour la basculer contre le sol. Kaya se calma instantanément, surprise par leur position équivoque. Ethan la contempla, le regard doux malgré son sourire ravi. Il avait besoin de ce contact plus proche, tout comme Kaya qui sentit ses craintes se radoucir sur leur relation et les nouvelles intentions d'Ethan.

— En attendant, tu ne pleures pas et c'est tout ce qui compte, non ? lui déclara-t-il doucement.

— Je vais immanquablement pleurer tôt ou tard… lui souffla-t-elle, défaitiste.

— Eh bien, je prendrai mon chiffon et je frotterai tout ça ! répondit-il en joignant le geste à la parole et en frottant légèrement son bout du nez. J'espère que ça partira, parce que je me vois mal te cracher au visage !

Il pouffa alors, rien qu'à l'idée d'en arriver à ces extrêmes. Kaya le regarda interdite, avant de se mettre à rire avec lui.

— Moi, je l'ai déjà fait ! T'enrages, hein ?!

Elle lui tira la langue, plus malicieuse que jamais. Ethan lui caressa une mèche de ses cheveux.

— Si je venais à le faire, moi aussi, tu m'embrasserais dans la foulée, comme j'ai pu le faire ?

Les yeux séducteurs et amusés d'Ethan avaient un côté apaisant qui plut à la jeune femme. Elle se sentait mieux depuis qu'ils avaient crevé l'abcès. Elle posa sa main sur sa joue et lui caressa sa barbe naissante.

— Je n'ai pas ton côté tordu. Ton chiffon suffira. Mais frotte en douceur !

Elle lui sourit et se déporta de son corps pour se relever. Ethan la laissa faire.

Mince ! Pas d'échanges de salive pour cette fois ! Mais j'ai encore la journée pour faire mes preuves... et j'ai hâte de te frotter partout en douceur !

Il sourit et reprit son travail d'homme à tout faire, tout en lui donnant un nouveau coup de reins au passage pour la gloire.

16
PLUVIEUX

Le temps était maussade. Ethan grimaça en voyant les nuages noirs se former dans un coin du ciel. La pluie menaçait de tomber. Il regarda alors Kaya marcher à côté de lui. Elle ne paraissait pas paisible, mais n'était pas non plus totalement anéantie pour l'instant, à son grand soulagement. Sa présence avait peut-être son effet et il espérait que cela continue à aller dans ce sens. Revenir au cimetière n'était pas ce qu'il aurait aimé le plus faire, mais il se devait de tenir son rôle de réconfort, pour que Kaya accepte son deal, pour qu'elle fasse un pas dans sa direction et qu'il retrouve ce qui l'attirait tant chez elle. C'était malheureusement pour lui un lieu incontournable en cette journée anniversaire. La dernière fois qu'il l'avait vue se recueillir devant la tombe d'Adam, cela avait fini en terrible dispute entre eux. Il avait lâché sa rancœur et elle en avait fait autant, en l'envoyant promener. Il savait que l'heure qui arrivait, allait être difficile autant pour elle que pour lui. Comment allait-il réagir cette fois-ci ? Allait-il laisser exprimer son agacement à la voir toujours si dévouée à son cher Adam alors qu'il était là pour elle ? S'il essayait de détendre l'atmosphère autant qu'il le pouvait sans trop l'acculer, rester proche d'elle dans sa douleur lui était plus difficile. Il n'arrivait pas à comprendre son deuil et son attachement aux valeurs de l'amour qu'elle entretenait, quand lui-même continuait de penser que l'amour était un supplice vous détruisant à petit feu. Lui-même fuyait sa douleur, alors partager celle des autres était inimaginable. Et pourtant, ils avançaient l'un à côté de l'autre, chacun les mains dans ses poches, en silence.

— J'espère qu'on ne va pas se prendre la pluie... déclara-t-il, inquiet.

Kaya regarda les nuages avec une grimace.

— La prochaine fois, tu ne viens pas avec moi ! lui répondit-elle d'un ton réprobateur, mais ironique. Tu attires la pluie ! Je suis sûre que c'est toi qui la fais venir quand je vais au cimetière, rien que pour m'embêter !

Ethan sourit légèrement. Leur dernière visite au cimetière s'était soldée par un retour chez lui, tous deux trempés de la tête aux pieds.

— N'importe quoi ! lui rétorqua-t-il avec cette même humeur taquine, tout en s'arrêtant de marcher. Regarde-moi ! Je suis un soleil à moi tout seul !

Kaya l'évalua en silence puis éclata de rire, avant de reprendre la route.

— Cachez mes yeux de cet affront permanent, Roi Soleil ! cria-t-elle en singeant un dramaturge avec sa main de revers sur les yeux. Votre arrogance me brûle les yeux !

Ethan pesta, puis sourit de sa dérision. Elle ne ruminait pas.

Ou bien tu es une sacrée comédienne, Kaya... Me caches-tu ta peine volontairement ou est-ce que j'arrive à vraiment te rendre cette journée plus agréable ?

— Je dois acheter des fleurs ! lui dit-elle alors avec un petit sourire.

— Il y a un fleuriste en face du cimetière, non ?

— Oui. Tu sais... Adam aimait m'offrir des fleurs. Il allait en piquer dans les jardins de citadins, vu qu'on n'avait pas de sous.

Une fois, il est rentré avec le pantalon déchiré, car un chien avait tenté de le mordre ! Tu aurais dû voir ma tête ! Et lui, il oscillait entre fierté et excuses, avec ses fleurs dans la main, coupées à l'arrache et son air navré pour la couture qui m'attendait derrière !

Ethan put voir sa joie en racontant ce souvenir. Si l'histoire était belle, il ne pouvait s'empêcher d'en ressentir une certaine gêne. Une simple anecdote le rendait jaloux. Son sourire, l'amour qui se dégageait dans son récit, sa fierté d'avoir connu un tel moment avec lui, lui serraient le cœur. Il était heureux de l'entendre se confier et lui raconter une part d'elle, mais regrettait que cela ne soit en lien avec lui. Malgré tout, son rôle de confident ne se résumait pas à un choix de confidences. Il devait être capable d'encaisser même le plus désagréable. C'était ainsi qu'il prouverait sa valeur. Il savait maintenant que ses objectifs de départ concernant sa proposition de consolation mutuelle prenaient une trajectoire différente de ce qu'il avait prévu. Se consoler uniquement via le sexe n'était plus le moyen unique comme il l'avait toujours fait jusqu'à sa rencontre avec elle ; il devait maintenant la consoler par tous les moyens possibles pour qu'elle vienne à lui. Comme elle le lui avait suggéré, comme les Abberline le lui avaient toujours recommandé, il devait ouvrir ses sentiments aux autres pour qu'il trouve du réconfort. Pour qu'il se soulage également par la présence de Kaya contre lui.

Me consolera-t-elle, elle aussi, en employant tous les moyens possibles pour y arriver ? Saurais-je les accepter ? Les sentiments font si mal...

Il repensa à la façon dont il avait raconté une partie de son passé sur le toit et cette étrange sensation de soulagement qu'il avait ressentie quand elle dédramatisa les faits avec une simplicité et une bienveillance, évidentes. Puis ses simples étreintes qu'elle aimait tant et qu'elle résumait à quelque chose de normal, logique, pour soutenir quelqu'un, là où lui se sentait agressé dans son espace vital. Pourtant, Kaya avait dompté ses angoisses, au point qu'il ne se braquait même plus quand elle posait ses mains sur son torse. Leurs parties de sexe ne lui suffisaient plus. S'il la désirait comme jamais, il éprouvait aussi le besoin de la posséder autrement que physiquement et cette simple anecdote de vie avec son fiancé le lui prouvait.

— Aujourd'hui, j'aimerais lui offrir de vraies fleurs… continua-t-elle, le regard vague. Celles d'un fleuriste.

Kaya baissa les yeux et Ethan put y voir une certaine tristesse, mais un profond respect pour sa mémoire. Il posa sa main sur la tête de la jeune femme et la poussa en avant.

— OK, OK ! déclara-t-il en râlant, mais en lui souriant. Allons acheter les fleurs d'un fleuriste les plus moches qui soient !

Kaya s'étonna de sa remarque, puis sourit.

— D'accord ! Je suis sûre que ça lui plairait de donner de l'intérêt aux choses les plus mal-aimées !

Ethan leva les yeux de dépit, trouvant le cas de l'ange Adam irrécupérable.

— Tant que tu ne me demandes pas d'aller en voler dans des jardins !

Kaya se mit à rire en observant Ethan encaisser toutes ses platitudes faciles, voire exagérées. C'était un peu de la vengeance, mais aussi une façon de tester sa sincérité avec elle. Elle pouvait reconnaître que sa présence l'aidait à tenir une certaine prestance, là où elle s'imaginait être dévastée depuis la veille. Sa solitude avait été remplacée par une réalité bien plus plaisante. Ils achetèrent les fleurs les plus moches possible. Ethan excella à ce jeu, lui montrant ce qui à son goût reflétait le pire affront visuel et olfactif. Kaya accepta de lui rendre la pareille, en jugeant ses propositions, en en proposant d'autres, en se chamaillant sur l'importance de faire le bouquet le plus ignoble au monde, devant les yeux médusés du fleuriste quand il sut que cette confection était destinée à un homme décédé, par amour. Kaya ressortit du magasin, ravie. Même s'il n'y avait pas d'harmonie des couleurs, si cela ne sentait pas la rose, si le mélange était une offense aux plus belles compositions florales, elle était heureuse du résultat.

— Il sera content de ce bouquet et je suis certaine qu'il en rira ! déclara-t-elle avec un grand sourire.

Ethan posa sa main sur son front de consternation devant l'absurdité de sa phrase et secoua la tête négativement, réalisant qu'il ne la comprendrait sans doute jamais. Elle se mit à rire en voyant sa réaction blasée, mais touchante, car même s'il n'hésitait pas à montrer son désaccord, il la suivait dans ses délires. Il était là.

Ils franchirent l'entrée du cimetière le cœur plus léger qu'ils ne le pensaient. Ethan remarqua que cette journée passait plus vite quand ils échappaient à la lourdeur de l'évènement, quand elle oubliait l'impact que cela pouvait avoir sur son cœur. Pourtant, quand la stèle apparut au loin, le sourire de Kaya tomba progressivement, son enthousiasme disparut et le vide apparut dans ses yeux. Comme si elle rentrait en communion avec ce lieu, comme si la réalité n'avait plus d'importance maintenant qu'elle avait retrouvé la tombe où reposait Adam. Ethan sentit son cœur se gonfler d'amertume quand elle avança plus rapidement pour le laisser en plan. Elle se mit à genoux et posa sa main sur la tombe, comme si ce simple contact lui permettait d'établir à nouveau une connexion avec Adam. Ethan retrouva son arbre, d'où il l'avait épiée durant la nuit de leur dispute et posa également sa main dessus, comme si les évènements étaient voués à se répéter. Il en examina l'écorce, s'imaginant toutes les plaintes que cet arbre avait dû supporter depuis tant d'années. Il regarda à nouveau Kaya qui posa ses fleurs sur la tombe, puis frotta le haut de la stèle de ses mains.

— Salut mon chéri ! dit-elle avec un petit sourire.

Ethan serra sa mâchoire en entendant ce simple mot affectueux à l'égard du défunt.

— Ça fait un bail, je sais. Mais je n'ai pas pu venir avant. Les choses... ont été compliquées dernièrement.

Elle tourna sa tête vers Ethan, appuyé contre l'arbre, et lui sourit. Ethan s'étonna de cette attention simple, mais réconfortante. Il était en fin de compte encore présent pour elle malgré sa distance plus affirmée depuis qu'ils avaient franchi les grilles du cimetière. L'attention de Kaya revint vers Adam et elle caressa du bout des doigts la stèle.

— En fait, j'ai un connard qui ne me lâche pas une minute !

Elle leva alors son pouce qu'elle orienta derrière elle pour dénoncer Ethan comme étant ce connard. Elle ne tourna pas sa tête pour autant pour le regarder, indiquant bien qu'elle ne voulait pas lui donner plus de crédit cette fois-ci.

— Il m'énerve ! Si tu savais comme il m'énerve ! Tu as pu voir la dernière fois à quel point il était agaçant, mais je t'assure que ce n'est qu'un échantillon de tout ce dont il est capable !

Ethan commença à gesticuler, pestant à moitié contre son accusatrice peu reconnaissante. Pourtant, Kaya lui cacha son sourire tout en continuant de le fustiger.

— À cause de lui, j'ai dû changer d'appartement, me trouver un nouveau job, faire du patin à glace sur la Tour Eiffel, me peler les miches en haut d'un immeuble et je me suis retrouvée devant Barratero...

Sa voix s'éteignit dans un souffle. Ethan se figea devant son énumération. Se plaignait-elle vraiment de lui ?

— Ethan... a remboursé toutes les dettes que je devais à Barratero. Il est mon nouveau créancier.

Kaya annonça la nouvelle comme un constat des plus réalistes, mais sans rien laisser paraître d'une quelconque sérénité ou inquiétude. Ethan déglutit devant son annonce. Avait-elle digéré son acte ou éprouvait-elle encore une certaine rancune ? Kaya continua à caresser la tombe, le dos toujours tourné à Ethan.

— C'est fini... Il a... tout réglé pour que... je ne croise plus Phil et Al.

Une boule dans la gorge de la jeune femme prit forme lorsqu'elle annonça les faits à Adam.

— Je vais peut-être pouvoir avoir une vie plus... normale... moins dangereuse.

Ethan put percevoir son soulagement à ne plus être persécutée par ces hommes, mais aussi sa profonde tristesse et culpabilité de constater qu'elle était sortie de son enfer sans son fiancé. Kaya leva la tête et lâcha un sanglot. Ethan voulut faire un pas vers elle, la prendre dans ses bras ou la rassurer sur son avenir, mais il hésita à intervenir durant sa discussion avec Adam. Elle essuya le début de larmes qui apparaissait dans le coin de ses yeux du revers de son index.

— Enfin normale, c'est vite dit, car il m'en fait voir de toutes les couleurs ! continua-t-elle en riant à moitié. Tiens d'ailleurs, il a tenu à m'accompagner dans la boutique du fleuriste pour choisir les fleurs les plus moches qui soient pour toi !

Ethan esquissa un léger sourire en la voyant se reprendre et le critiquer à nouveau. Sa touche d'humour le rassura. Il réalisa que cette façon si taquine de le dénigrer lui permettait sans doute de ne pas se laisser aller à la tristesse. La colère et la vacherie seules pouvaient l'aider à rester droite devant la tombe d'Adam. Il était un peu son phare pour ne pas sombrer. Cette idée lui faisait du bien. Il trouvait enfin une raison à sa présence auprès d'elle.

Être une présence sur laquelle s'appuyer...

Il se mordit la lèvre de joie en réalisant qu'il y arrivait. Les conseils de Cindy prenaient effet et avaient de plus en plus de sens pour lui. Elle ne se braquait plus. Leurs oppositions étaient bien moins présentes. Il regarda ses chaussures pour ne pas montrer sa satisfaction de façon trop évidente et joua avec un petit caillou qu'il fit rouler du bout du pied. Kaya se pencha un peu plus au-dessus de la tombe pour surjouer la discussion confidentielle avec Adam.

— En fait, il n'aime pas que je parle de toi ! souffla-t-elle. Ni que je parle avec toi d'ailleurs.

Kaya put alors entendre Ethan s'esclaffer dans son dos.

— Monsieur voudrait qu'on ne voie que lui ! Et là, je suis sûre et certaine qu'il s'agace dans mon dos juste parce que je te parle et que je me moque de lui ! Mais c'est de bonne guerre, non ? Après tout ce que je vis par sa faute !

Ethan croisa les bras, trouvant sa mascarade aussi adorable que pathétique.

Je ne râle pas ! Je trouve ça juste complètement aberrant de parler à un bout de pierre !

La jeune femme retira sa main de la stèle et regarda l'épitaphe avec mélancolie. Elle se tourna tout à coup vers Ethan.

— Dis-lui coucou ! Tu n'as pas à avoir peur. Il ne va pas sortir de sa tombe pour te hanter toutes les nuits ! Promis !

Ethan pouffa à nouveau devant l'absurdité de la situation, teintée d'une provocation non feinte de Kaya. Sa remarque faisait écho à toutes ces fois où il s'était moqué d'elle sur son adoration ressemblant presque à de la nécrophilie. Il se mit à rire et la fixa d'un air heureux. Il n'aurait jamais pensé qu'elle aille jusqu'à jouer l'intermédiaire entre Adam et lui et faire les présentations. Il préférait toutefois la voir ainsi que larmoyante et dévastée.

— Je ne dis pas bonjour à un bout de pierre ! Pour qui me prends-tu ? Et je ne crois pas en toutes ces fadaises superstitieuses.

Kaya regarda à nouveau la tombe.

— Tu vois Adam, de ce côté-là, rien ne change ! Je pense qu'il ne t'appréciera jamais !

Elle haussa les épaules puis regarda ses doigts.

Et comment ! Elle n'a que le nom de Monsieur Parfait à la bouche !

Ethan ronchonna un peu plus et se tourna définitivement contre son arbre pour ne plus la regarder. Kaya sourit en analysant la scène qui se jouait. Tout était tellement différent de la première fois où il l'avait forcée à voir la vérité sur sa mort, sur son amour trop dévoué en vain, sur le devoir de veuve qu'elle assumait un peu trop fidèlement. Depuis, les jours étaient passés et elle ne cessait de se demander quelle pouvait être la bonne attitude à adopter. Elle était perdue entre ces deux hommes. L'un vivant, l'autre mort. Deux hommes si différents et aux attentes tout aussi opposées.

Elle leva sa main et toucha du bout des doigts le prénom gravé dans la pierre.

Dis Adam, est-ce toi qui me l'as envoyé pour que je sois moins seule ?

Sa vue se troubla à cette idée. Pouvait-elle envisager son avenir de cette façon ? Elle ne doutait pas que le seul rêve d'Adam fût qu'elle soit heureuse même après sa mort. Pourtant, l'idée de prendre du plaisir avec un autre homme avec la bénédiction d'Adam lui semblait inconcevable. Leur amour était encore trop ancré dans sa chair pour qu'elle arrive à accepter qu'Adam puisse renoncer à elle d'une telle façon. Des larmes glissèrent sur ses joues. Cela faisait un an qu'Adam avait disparu de sa vie et qu'un grand vide avait pris sa place. Pourtant, en ce jour anniversaire, elle n'arrivait pas à s'épancher sur sa disparition comme d'habitude, comme elle avait pu l'imaginer depuis des jours. Était-ce la présence d'Ethan qui la gênait ? Même un simple « je t'aime » à prononcer lui serrait le cœur. Lui parler de sa relation si particulière avec Ethan et les émotions qu'il provoquait en elle lui semblait inapproprié. Rester sérieuse comme le voudrait la bienséance lui était difficile. Tous les chamboulements en elle ne trouvaient pas de mots, ni d'explications qui la satisfassent. Et Adam ne l'aiderait pas à se sentir à l'aise ; son silence restait pesant. Elle devait le pleurer et n'y arrivait pas. Elle réalisa qu'elle voyait un peu plus la distance entre Adam et elle prendre de l'ampleur. Était-ce lui qui s'éloignait d'elle ou elle qui avançait en perdant ce qu'il restait d'eux deux ? Elle jeta un œil vers Ethan qui restait dos contre son arbre, refusant de lui accorder plus de crédit après ses propos fantasques. Était-ce lui la raison de son impossibilité à se recentrer sur Adam ? Ses frasques avaient-elles finalement une influence suffisamment forte pour qu'elle ait cette impression de négliger l'importance de ce jour ? Que devait-elle faire ? Comment devait-elle avancer ?

— Tu oses encore te présenter à lui et à nous, après tout ce que tu as fait ! Tu ne doutes vraiment de rien !

Une voix féminine vint interrompre ses réflexions. Ethan se tourna et ne bougea pas, mais s'étonna de cette approche assez véhémente envers Kaya. Une femme d'une cinquantaine d'années bien tassées se tenait à quelques mètres d'eux, un joli bouquet à la main et accompagné d'un homme du même âge. Kaya se releva instinctivement.

— Monsieur et Madame Galdi !

— Qu'est-ce que tu fais ici ? continua madame Galdi, d'un ton dur. Tu l'as tué, ça ne te suffit pas ? Il faut que tu reviennes le hanter ?

Ethan gloussa dans son coin. Les Galdi notèrent alors sa présence.

— Peut-on savoir ce qui vous fait rire ? demanda monsieur Galdi à Ethan.

Ethan sortit de sa cachette et vint rejoindre Kaya.

— Juste l'idée que Kaya vienne narguer et harceler un mort ! Avouez que c'est assez ironique. Remarquez, je me demande si effectivement, il ne serait pas à plaindre, car il est vrai qu'il y a un sacré spécimen en face !

Kaya ouvrit grand les yeux vers Ethan qui continuait de rire en la regardant. Elle le frappa, pour la forme, peu ravie de voir qu'il prenait presque la défense des parents d'Adam.

— Peut-on savoir à qui nous avons l'honneur de parler ? demanda toujours aussi sèchement madame Galdi.

— Ethan Abberline.

— Et vous êtes qui pour elle ? Son nouveau pigeon ? lui rétorqua-t-elle, méfiante.

Ethan haussa un sourcil. Cette remarque pouvait lui paraître plausible. Lui-même se demandait qui finissait par rouler qui dans leur histoire. Pourtant, ce qui le chagrinait le plus était de se définir à ses yeux. Ni petit ami, ni ami, pas encore confident, ni un sexfriend. Répondre son pire ennemi pourrait choquer n'importe qui sur la raison de sa présence avec elle dans ce lieu.

— Bonne question. Je cherche encore, mais je suis le pire connard à ses yeux, c'est certain ! C'est un beau compliment, ne trouvez-vous pas ?

Surprise, madame Galdi regarda Ethan, puis Kaya et plissa les yeux.

— Les mauvaises personnes ne peuvent que se retrouver pour orchestrer les pires machinations. Tu n'es qu'une sale sorcière manipulatrice ! Tu ne peux que côtoyer les pires enflures pour avoir entraîné mon fils dans tes dettes et tes sales histoires. Est-ce ton nouveau créancier ? Un mac ? Comment Adam a-t-il pu se faire avoir de la sorte ?! Il a été dupé par tes charmes, mais je ne suis pas idiote. Tu n'es qu'une sangsue qui mène les hommes à leur mort.

Ethan se remit à rire tandis que Kaya encaissait ses propos haineux avec difficulté. Il se tourna vers elle et posa sa main sur sa tête de façon amicale.

— Eh ben ma vieille ! Tu m'en as caché des choses ! Une sorcière qui suce les hommes jusqu'à la moelle !

Il éclata de rire pendant que les Galdi grincèrent des dents devant son attitude désinvolte. Il passa son bras autour du cou de Kaya.

— Hâte de voir ça ! lui chuchota-t-il à l'oreille de façon suffisamment audible pour que les Galdi entendent. Ça promet de délicieux moments ! Va falloir vraiment être gentille avec ton mac ! Il va falloir aussi qu'on discute de qui paie qui, je pense !

Kaya soupira de lassitude. Entre la méchanceté des Galdi et les allusions salaces d'Ethan, elle ne savait plus ce qui la choquait ou l'attristait le plus. Les Galdi le dévisagèrent encore plus outrés par son manque de pudeur.

— Donc, tu entretiens bien une relation intime avec cet homme… commenta monsieur Galdi. Tu as vite oublié mon fils, je vois ! Et tu te permets pourtant de venir devant sa tombe aujourd'hui. Tu ne manques pas de toupet !

Kaya voulait se défendre. Elle voulait les faire taire, leur prouver que son amour pour Adam avait toujours été sincère et qu'elle continuait de l'entretenir. Mais elle savait aussi que c'était peine perdue. Les parents d'Adam n'avaient jamais accepté leur relation. Ils ne l'avaient jamais aimée. La responsabilité de sa mort fut donc évidente pour eux : tout était de sa faute. Comment comprendre et pardonner quelqu'un qui a été la cause de la mort de leur fils ? La présence d'Ethan ne l'aidait pas à justifier ses bonnes intentions et de nouveau le poids de sa culpabilité revint alourdir son cœur et faire renaître ses larmes.

— Vous avez raison ! répondit Ethan, toujours tout sourire. Cette femme est ignoble ! Je l'ai même aidée à acheter les fleurs les plus moches pour votre fils ! Quitte à pourrir sa vie de son vivant, autant pourrir sa mort ! C'est un loisir très… jouissif ! Elle gagne beaucoup à faire cela ! Non, mais regardez-la ! La pupille brillante, le sourire machiavélique, l'excitation de faire du mal ! Ça bouillonne en elle ! Toute son envie de le détruire est devant vous. Elle s'en léchait les babines avant d'entrer au cimetière ! Une vraie connasse ! En fait, on forme un beau couple, hein ?

Monsieur et madame Galdi fixèrent Kaya, ses yeux baignés de larmes. Kaya, stupéfaite, regarda Ethan. Il allait dans le sens des Galdi, mais pour les tourner finalement en dérision et la protéger de leurs médisances. Une vague de reconnaissance l'envahit au plus profond de son cœur. Son regard vif, déterminé, imperturbable, la réconfortait, tel un mur indestructible qui la protégeait de toutes les intempéries. Son assurance mettait à mal les propos venimeux des parents d'Adam.

— Heureusement que vous êtes là pour sauver votre fils de sa déchéance ! continua-t-il. Oh, mais suis-je bête ! Sauver un mort ! N'est-ce pas pathétique comme idée ? Il ne reste plus que vos magnifiques fleurs pour sauver les apparences à défaut de votre inaction à les aider de son vivant. Jetez notre bouquet et remplacez-le par le vôtre ! Ça fera une énorme différence dans le résultat !

Ethan attrapa la main de Kaya qui resta hébétée.

— On s'en va ! Je n'aime décidément pas ce cimetière. Il y a une odeur nauséabonde qui me répugne !

Il la tira à lui et bouscula au passage les Galdi qui ne trouvèrent rien à répondre à la sortie fracassante qu'Ethan leur avait servi. Madame Galdi pesta, les larmes aux yeux, tandis que son mari lui frottait son épaule, affligé par tout cela. Ethan enchaîna les mètres à grandes enjambées, la mâchoire serrée. Ils quittèrent le cimetière sans un mot. Il éprouvait le besoin de sortir de ce lieu qu'il détestait vraiment. Il l'obligeait à sortir de ses gonds et dire des vérités qui ne le regardaient pas tant que ça.

— Ethan, tu vas trop vite ! Je n'arrive pas à te suivre !

Ethan s'arrêta alors et soupira. Il lâcha sa main et s'agita pour calmer l'adrénaline qui montait en lui. Des gouttes de pluie commencèrent à marquer le sol.

— Désolé... déclara-t-il, sincère. Tu aurais peut-être voulu rester plus longtemps là-bas, mais vu l'ambiance...

Kaya lui sourit gentiment.

— Je crois qu'on ne pouvait pas faire mieux pour marquer l'évènement... lui répondit-elle d'une petite voix résolue.

Elle baissa la tête tandis que la pluie s'accentuait et devenait de plus en plus gênante.

— C'est plutôt à moi de m'excuser de t'avoir impliqué dans mes histoires. Tu viens de découvrir tout l'amour que ma belle-famille me porte !

Ethan passa sa main dans les cheveux pour écraser les gouttes de pluie qui le gênaient.

— J'ai envenimé la situation, je crois...

— C'était déjà foutu bien avant ton intervention. Il n'y a rien de réparable quand, d'entrée, la blessure est énorme. Perdre un enfant est terrible pour des parents. Je ne peux pas les blâmer. D'autant que je suis responsable de sa mort. Ma rencontre avec lui a été déterminante.

Elle lui attrapa la main et renifla pour se redonner courage.

— On devrait se mettre à l'abri ! lui dit-elle en tentant de sourire. L'averse va nous tremper.

Ils coururent à travers les rues pour trouver un coin pour se protéger. La pluie battait fort contre les vitrines des magasins et s'écrasait sur des flaques en formation. Ils trouvèrent un porche sous lequel s'abriter le temps que l'averse se calme.

— J'avais bien dit qu'on allait se prendre la pluie sur la tête ! dit alors Ethan en regardant le ciel sombre.

Kaya tenta de sécher d'un revers de manche ses cheveux qui gouttaient et s'essuya le front. Bientôt, un silence gêné prit place, en constantant qu'ils étaient tous deux très proches l'un de l'autre et que l'exiguïté de leur toit de fortune les coinçait dans leurs gestes. Ethan ne voulait pas reparler de ce qui s'était passé avec les parents d'Adam, sachant très bien qu'elle devait déjà assez le ruminer dans sa tête.

— Sais-tu pourquoi les gouttes de pluie n'ont pas la même taille ? lui demanda-t-il innocemment, pour tenter de faire bonne figure et lui changer les idées.

Kaya le contempla, circonspecte.

— Tu me poses la question parce que tu veux savoir ou parce que tu veux me l'apprendre ?

Ethan lui afficha son air connard prétentieux. Kaya se gratta le bout du nez, affligée par sa condescendance royale.

— Allez, QI 180… Dis-moi…

Ethan lui sourit en lui replaçant une mèche de cheveux derrière l'oreille. Il arqua un sourcil et déversa sa science avec fierté.

— La grosseur des gouttes dépend de l'altitude. Plus c'est haut, plus c'est gros. Entre deux mille et cinq mille mètres, les turbulences atmosphériques sont plus importantes et le diamètre des gouttes peut atteindre six millimètres. En dessous, c'est de la bruine !

Il se permit ensuite de conclure, en voyant le regard plus que sceptique de la jeune femme.

— Autrement dit, les nuages actuels sont au-dessus de deux mille mètres et la force se justifie par la gravité qui oblige les gouttes de pluie à s'écraser plus fortement au sol.

Kaya le regarda dubitative, puis éclata de rire devant la satisfaction pleine d'orgueil qu'il lui montrait. Ethan la rejoignit dans son rire, admettant que le sujet de conversation était vraiment des plus banals et invraisemblables entre eux deux. Cependant, Kaya posa sa main sur la veste d'Ethan, heureuse de l'entendre raconter ses connaissances pour apaiser son esprit mis à mal. Elle laissa aller son front contre son torse et ne bougea plus.

Ethan passa ses bras autour d'elle et la serra un peu plus contre lui.

— Merci, lui dit-elle alors doucement. Le ciel me paraît moins étranger grâce à toi, encore une fois !

Ethan sourit en regardant le ciel.

— Oui, je suis indispensable à ta culture ! Sais-tu pourquoi le moustique ne se fait pas écraser par les gouttes de pluie ?

C'est une blague ? Encore ? Il est sérieux, là ?

Kaya releva la tête et Ethan put lire son incrédulité face à sa nouvelle question. Il lui afficha un énorme sourire, toujours teinté d'une belle provocation, histoire de lui montrer qu'à ce jeu, il était très fort.

— C'est quoi cette question ? Comment peux-tu poser des questions aussi… bizarres ?

— Avoue que ça reste intéressant, que ça éveille ta curiosité !

— C'est vrai que la vie d'un moustique m'importe ! J'adore le voir me piquer ! S'ils mouraient tous par tes gouttes d'eau, quelle tragédie ce serait !

Ethan n'arrivait pas à lui en vouloir de l'ironie qui se dégageait de ses paroles. La serrer dans ses bras et parler de façon aussi anodine lui plaisait. Il aimait cette situation. Il aimait être trempé et la tenir dans ses bras. Il aimait leur discussion pourrie.

— Ne t'inquiète pas ! Les moustiques peuvent supporter jusqu'à cinquante fois leur poids. Ils choisissent non pas d'éviter les gouttes, mais de se déplacer passivement avec elles plutôt que de leur résister. Et au dernier moment, lors de l'impact au sol, le moustique utilise ses longues ailes et ses pattes pour faire pivoter le « couple » qu'il forme avec la goutte afin de s'en libérer. Autrement dit, ils ne seront pas en voie d'extinction à cause de la pluie !

— Saloperie de moustiques ! Je savais que ces bestioles étaient hyper résistantes, mais là, c'est à vous écœurer !

Ethan se mit à rire à nouveau, amusé par ses conclusions.

— De vraies teignes ! confirma Ethan, content de son effet.

Il grimaça en fronçant son nez pour accompagner l'agacement de Kaya envers les moustiques. Kaya pouffa en le voyant si enjoué.

— Pas pire que l'homme que j'ai en face de moi ! Tu peux lui verser une carafe d'eau en pleine poire, il ne se noiera jamais !

Ethan éclata de rire. Kaya le rejoignit malgré elle, admettant que sa remarque était pleine d'humour.

— S'il n'y avait que la carafe ! commenta-t-il, blasé. On devrait m'analyser pour comprendre ma résistance à toutes tes attaques.

— Pauvre chou ! chantonna-t-elle tout en lui caressant la joue. Tu es vraiment à plaindre !

— Ça dépend sur quel plan on se tourne... lui déclara-t-il doucement alors qu'il ressentait la fraîcheur de sa main sur sa joue et qu'il gardait avec insistance le contact de ses yeux. Il y a aussi du bon dans toutes mes mésaventures.

Les allusions d'Ethan percutèrent de plein fouet le cœur de Kaya qui comprit très vite quels étaient les bons côtés auxquels il pensait. Le regard entendu qu'il lui adressait à présent effaça instantanément l'humeur badine entre eux pour quelque chose de plus sensuel, séducteur. Il attrapa sa main gelée et l'encercla des siennes pour la réchauffer. Kaya rougit devant cette douce attention et lui donna l'autre instinctivement. Ethan s'en accommoda volontiers, souffla dessus et les frictionna minutieusement.

— Dès que l'averse s'estompe, on repartira, lui déclara-t-il tout en frottant ses auriculaires. Ce serait bête de tomber malades...

Kaya acquiesça de la tête, mais espérait toutefois rester encore un peu comme ça. Elle réalisa qu'ils avaient formé leur petite bulle, que la réalité autour avait été reléguée à l'insignifiant, que seule la chaleur de ses mains sur les siennes importait. Ethan porta ses deux mains à sa bouche et les embrassa. Un geste décontenançant un peu plus la jeune femme qui frissonna quand elle sentit ses lèvres sur sa peau. Un appel en amenant un autre plus insidieux, plus douloureux, plus vif. Elle se mit alors sur la pointe des pieds et déposa doucement ses lèvres sur celles d'Ethan. Celui-ci ne bougea pas, à la fois heureux de constater son initiative et hésitant, ne sachant quelle attitude en réponse serait la mieux perçue. Pourtant, quand son regard croisa le sien et que les lèvres de la jeune femme s'écrasèrent un peu plus lestement sur sa bouche, son envie balaya toutes les considérations morales qu'il avait pu avoir. Il la serra un peu plus dans ses bras et se laissa aller avec elle dans cette demande délicieuse. Leurs langues s'entremêlaient avec plaisir. Doucement. Avec précaution et calme. Juste un besoin de retrouver une certaine sérénité dans les bras de l'autre. Kaya n'avait plus envie de penser à quoi que ce soit. Elle voulait juste continuer à se laisser balader par les humeurs d'Ethan. Leurs souffles se mêlaient, leurs cœurs tambourinaient dans leur poitrine, leurs yeux se fermaient pour mieux admirer à nouveau la présence de l'autre contre soi en les rouvrant.

— Si tu me prends par les sentiments, Kaya, on ne va pas quitter ce porche ! lui murmura-t-il, conquis.

Kaya se mit à sourire et s'amusa du bout de son nez à caresser celui d'Ethan qui ne résista pas bien longtemps en lui volant un nouveau baiser.

— Désolée, lui déclara-t-elle doucement, mais je voulais voir si ta prétention au réconfort tenait la route ! Et puis, depuis quand as-tu des sentiments, toi ? C'est nouveau ?

Un immense sourire se dessina sur le visage d'Ethan. Ils y étaient enfin. Elle considérait vraiment son offre. Elle en jouait.

Elle le mettait à l'épreuve. Son cœur se gonfla de bonheur.
— Ça veut dire que tu acceptes ?
— Ça veut dire que je vérifie les tenants et aboutissants !

Ethan leva la tête et expira fort, reconnaissant bien son entêtement à réfuter son implication. Ce n'était pas totalement gagné, mais les conseils de Cindy débouchaient enfin sur un résultat positif.

— Si tu tiens à tout vérifier, je peux te montrer plein d'autres trucs qui...
— C'est bon ! La pluie se calme ! On y va !

Kaya n'attendit pas la suite et tira Ethan par le col vers l'extérieur du porche. Celui-ci constata que sa façon de couper court au sujet était finalement une fuite de sa part. Elle était encore dans l'incertitude. Il regarda sa main le tirer avec force. Comme si elle ne voulait pas le perdre, comme si, malgré tout, il avait de l'intérêt, que sa présence comptait à ses yeux. Il la bascula alors en arrière pour mieux l'attraper par la taille et la soulever. Kaya poussa un cri de surprise, ne s'attendant pas à son geste.

— Qu'est-ce que tu fous ?! lui cria-t-elle, mal à l'aise.
— Je te fais un câlin ! Tu en as besoin !
— Un câlin ne se fait pas comme ça ! Repose-moi !
— Un câlin se fait de toutes sortes de façons, c'est toi qui me l'as dit ! J'ai choisi ce câlin-là !

Kaya arrêta de se débattre, bien obligée d'obtempérer pour être relâchée plus vite. Ethan la reposa et la relâcha. Il haussa les épaules tout à coup, comme pour justifier son geste comme la plus grande des normalités alors qu'elle lui affichait un air blasé. Finalement, elle passa ses bras autour de sa taille et se serra contre lui, à sa grande surprise.

— Je préfère ceux-là ! Ils font moins « grosse brute de Cro-Magnon ». Mais, merci pour ce câlin, je me sens moins seule... J'avoue que tu ne te débrouilles pas trop mal dans le rôle du nounours consolant.

Ethan passa sa main sur sa tête qu'il caressa doucement. Son étreinte lui faisait du bien. Il aimait cette réponse à son geste maladroit, il aimait ses mots si rassurants, il aimait ce sentiment d'utilité qu'il avait enfin pour quelqu'un. Sa considération lui brûlait les veines de bonheur. Il déposa un léger baiser sur sa tête, heureux et apaisé.

— Si tu en veux d'autres, tout plein, de toutes les façons que tu veux, dans n'importe quelle circonstance, je suis là ! N'hésite pas !

Kaya éclata de rire contre son manteau.

— Monsieur Connard qui devient altruiste ! On aura tout vu ! Je croyais que tu ne fonctionnais que par le sexe ?

Elle se dégagea de lui et recula.

— Mais c'est très mignon ! finit-elle par ajouter, amusée. Rentrons ! Tu mérites un chocolat chaud pour la peine ! Ça nous réchauffera !

Ethan eut un moment d'absence, le temps de reconsidérer tout ce qui venait de se passer pendant qu'elle s'éloignait de lui.

— Si tu préfères le sexe, je ne suis pas contre non plus ! lui cria-t-il, réalisant qu'elle partait vraiment sans lui alors qu'il estimait la discussion loin d'être finie.

Kaya ne se retourna même pas, amusée par sa rengaine de dévotion.

— Tout mon corps est à toi ! ajouta-t-il, tout sourire et le cœur bondissant, tout en scrutant le moindre signe de sa part pouvant montrer des émotions à ce nouvel argument.

Tout mon corps est à toi ? Tu es vraiment prêt à dire tout et n'importe quoi pour l'avoir ! Mon pauvre gars, tu fais pitié !

Il courut pourtant à sa suite sans aucun remord et la souleva une nouvelle fois, juste pour la faire râler.

17
CICATRISANT

Ethan et Kaya franchirent le seuil de l'appartement de la jeune femme, trempés. Une nouvelle averse avait fini de les mouiller entièrement. Ethan s'empressa d'enlever sa veste et Kaya de se déshabiller pour ne pas mettre de l'eau partout. Elle courut alors, en t-shirt et petite culotte, chercher des serviettes dans la salle de bain. Amusé et à la fois hébété par son manque de pudeur, Ethan ne perdit pas une miette du joli spectacle, même s'il connaissait déjà bien son postérieur. Elle revint rapidement et lui essuya la tête énergiquement au point qu'il se mit à rire.

— Tu te prends pour un lave-linge en plein essorage ? lui demanda-t-il tout en sentant sa tête être secouée dans tous les sens.

— Tomber malade ne serait pas la meilleure idée du siècle et je m'en voudrais si je devais rejouer l'infirmière avec toi !

Ethan se dégagea énergiquement et la fixa sérieusement.

— Je vote pour l'infirmière ! déclara-t-il alors, avant de lui offrir un grand sourire.

— Enlève tes vêtements plutôt ! lui ordonna-t-elle en réponse, sans sourciller à son vote qu'elle devait juger obsolète.

— Kaya, tu deviens très indécente ! susurra-t-il tout en faisant sauter ses sourcils. Veux-tu un strip-tease aussi ?

— Non, pas de strip-tease, merci ! Pas besoin non plus que tu minaudes pour me montrer ta peau nue. Je t'ai déjà vu à poil, pas de quoi jouer les prudes ! Dépêche-toi ! Hop ! L'indécence n'est que pour celui qui a des pensées libidineuses et là, ce n'est pas du tout mon cas !

Elle l'aida à retirer un à un ses vêtements. Exit le strip-tease. Retour à la réalité ! Pas de jeu de séduction, visiblement, entre eux cette fois-ci. Ethan se laissa faire cependant, ne pouvant détacher son sourire de son visage. Il avait envie de follement l'embrasser, mais aussi de la prendre dans ses bras. Leurs derniers baisers sous le porche l'avaient gonflé d'espoir et d'attentes. Pourtant, il préférait se laisser manipuler comme une marionnette par Kaya. Elle prit bien soin de l'essuyer avec la serviette, l'obligeant même à retirer son maillot de corps, laissant ainsi son torse à nu, puis courut à nouveau dans sa chambre lui trouver une couverture qu'elle mit rapidement sur ses épaules. Elle le choyait et il adorait ça. La hâte avec laquelle elle exécutait ses gestes était finalement mignonne. Elle alla même jusqu'à le guider vers le canapé pour le faire asseoir, la couverture sur sa tête et ses épaules.

— Je vais te sécher les cheveux, ce sera plus sûr ! lui dit-elle sérieusement en ramassant toutes les affaires, l'air décidé.

Ethan se mit à rire devant tant de précautions.

— Tu vas me donner aussi la becquée pour le chocolat chaud ?

Kaya se redressa et le fixa, tandis qu'il porta le revers de ses doigts devant sa bouche pour pouffer à nouveau devant sa façon d'être aux petits soins avec lui.

— Ne rigole pas ! Je suis très sérieuse ! Sans notre visite au cimetière, tu n'aurais pas été trempé ! Si tu tombes malade, je m'en voudrais vraiment, car ce sera de ma faute ! Donc, arrête de te moquer de moi !

— C'est juste que je trouve ça bizarre de voir une Princesse aussi attentionnée pour le connard que je suis. C'est assez inhabituel pour être presque louche. Attention ! Je ne dis pas que je n'aime pas ! Au contraire ! Juste que ce n'est pas dans tes habitudes d'être ainsi, si dévouée et attentionnée avec moi. Par ailleurs, Kaya, je te le redis : je ne suis pas Adam. Ne te culpabilise pas sur mon sort, surtout avec ce genre de considération... Je suis assez grand et mature pour être responsable de mes décisions. Si je suis malade, ce ne sera pas de ta faute, juste que mon corps n'est pas disposé à résister aux microbes !

Kaya se rapprocha de lui et le fixa. Elle tenait tous leurs vêtements dans les bras et resta quelques instants, silencieuse, devant lui.

— Tu fais des entorses à tes règles, tes habitudes aujourd'hui. Il est normal que j'en fasse... lui dit-elle alors. Je ne veux pas être ingrate avec toi. Je ne veux pas que tu sois déçu par mon attitude alors que tu fais d'énormes efforts pour moi en cette journée si particulière. Je ne veux pas que tu souffres de quelque façon que ce soit, à cause de moi. Si tu es malade, alors j'aurais échoué. Donc, laisse-moi faire, du moins aujourd'hui...

Ethan soupira. Ses mots lui réchauffaient le cœur. Elle s'ouvrait à lui. Enfin.

— Alors à la vue de toutes ces attentions si spéciales en cette journée qui l'est tout autant, si je suis ton raisonnement... tu vas conclure tes petits soins en me réchauffant entièrement par un méga câlin avec pleins d'étoiles, comme quand on regarde le ciel ensemble ? lui demanda-t-il complètement emballé et pour vérifier les limites de ses dires. Souffrir de froid, c'est aussi grave que d'être trempé ! Tout mon petit corps a besoin de chaleur et rien de mieux qu'un corps à corps pour... Aïe !

Kaya lui donna une pichenette sur le haut du crâne pour clore ses idées lubriques et le remettre sur orbite.

— Continue et j'efface toutes mes bonnes intentions du jour ! lui déclara-t-elle, boudeuse. Tu as une couverture, c'est déjà pas mal ! Pourquoi faut-il que tu dévies sur ce genre de choses, comme s'il n'y avait que ça qui te faisait vivre ?

Lentement, un nouveau sourire apparut sur le visage d'Ethan.

— Parce que c'est la vérité ! Le sexe domine ce monde !

Celle-ci leva les yeux, désabusée par son sourire provocateur et plein de malice, et fonça dans la buanderie, reprendre ses occupations : faire sécher tout ce linge.

— Sinon tu peux prendre une douche chaude si tu as froid ! lui cria-t-elle tandis qu'elle mettait ses habits dans le sèche-linge. C'est tout aussi efficace !

— Évidemment... Cela aurait été trop beau que tu me dises : « Oh oui, Ethan ! Tout mon corps est à toi ! ».

Kaya repointa le bout de son nez dans le salon et lui sourit, amusée par ses pitreries et sa voix tout à coup aiguë, mais érotique, la parodiant.

— Arrête de te plaindre et viens dans la salle de bain !

Ethan se leva en soufflant, la couverture autour de lui, et se rendit dans la salle de bain, le pas lourd. Kaya, plus énergique, le fit s'asseoir sur un petit tabouret pliable et attrapa le sèche-cheveux. Elle se plaça devant lui et commença par lui sécher les mèches de devant. Ethan regarda son t-shirt puis sa culotte en coton et ses jolies cuisses avec envie. Le massage crânien qu'elle lui prodiguait lui faisait du bien. Il ferma les yeux un instant et se laissa aller. Il l'attrapa instinctivement par la taille et la ramena à lui pour poser sa tête contre son ventre. Kaya, d'abord surprise, hésita à protester. Ce simple geste lui faisait plaisir, malgré le statut équivoque de leur relation. Une simple étreinte alors qu'elle lui triturait les cheveux et seul le bruit du sèche-cheveux relâchaient toute tension entre eux. Ethan respira un bon coup pour s'enivrer de son odeur si douce et familière puis resta immobile et silencieux plusieurs minutes, à se laisser faire.

— Tu me sèches mes cheveux ? lui demanda-t-elle tout

doucement au bout d'un moment.

— Tu te rends compte de ce que tu me demandes ? lui répondit-il, la joue scotchée à son ventre et les yeux toujours fermés. Tu me demandes de quitter une position très agréable, pour m'éloigner de toi…

Kaya éteignit le sèche-cheveux et le posa. Elle lui massa un peu plus le cuir chevelu, lentement et avec minutie, pour achever ce moment tel un bouquet final. Cet instant de douceur, sans piques ni ton agressif, était une nouveauté. Ils s'étaient déjà étreints, ils avaient déjà eu des gestes doux, sans autre prétention que d'être l'un contre l'autre, mais c'était bien la première fois que Kaya était autant volontaire, qu'elle acceptait de tomber autant ses défenses pour un simple moment câlin qu'il lui réclamait. Elle s'étonna de cette ambiance si calme, mais simple, de son refus de le repousser, de son envie d'accéder si facilement à plus d'intimité.

— Ce n'est peut-être pas cool, mais tu me tripoteras les cheveux ! lui dit-elle doucement. C'est pas mal aussi… et j'adore ça !

Ethan décolla sa joue de son ventre et la regarda, surpris par son aveu. Elle lui rendit un sourire espiègle.

— Tu es là pour me cajoler, non ?

Ethan réalisa la demande implicite qu'elle venait de faire. Une belle récompense pour le confident qu'il avait décidé d'être aujourd'hui.

Tu aimes te faire toucher les cheveux… et tu veux que ce soit moi, juste moi qui le fasse ?!

C'était mignon, imprévisible et touchant. Son cœur montrait des faiblesses par toute cette ambiance cocooning. Il battait fort. Ethan voulait encore de ces révélations anecdotiques sur elle, dont il serait le seul confident. C'était une sensation insidieuse. Il craignait ces moments intimes, car ils l'affaiblissaient. Mais dès qu'ils apparaissaient, il ne voulait plus que ça s'arrête. Il devenait maintenant avide de ces moments de douceur et de langueur entre eux beaucoup trop rares à son goût, en dehors de leur besoin sexuel réciproque. C'était quelque chose de nouveau, agréable, qui trouvait écho à un vide en lui. Et maintenant qu'il avait la possibilité d'en vivre un, il avait du mal à en réaliser sa valeur. Du mal à croire qu'il pouvait l'apprécier sans crainte.

Il se leva d'un bond et déglutit, le regard vif, comme si on l'assignait d'une mission qu'il acceptait sans hésitation, tel un bon soldat. Il la fit asseoir sans attendre à sa place. Kaya se mit à rire, touchée par sa subite attitude volontaire. Elle lui montra le fonctionnement du sèche-cheveux et il se mit au travail. Les mains sur les genoux, Kaya se laissa faire, telle une cliente dans un salon de coiffure. Ethan s'étonna de la voir si amusée, comme s'ils jouaient tous les deux à la poupée. Il tenta de démêler ses cheveux, de les sécher mèche après mèche. Il repensa au nombre de fois où il avait aimé ces cheveux longs et doux, où il avait caressé ses mèches, sa déception quand elle les avait coupés. Il se pencha au-dessus de sa tête pour vérifier s'ils avaient toujours ce parfum abricot.

— Qu'est-ce que tu fais ? lui demanda Kaya, interpellée par son geste.

Ethan éteignit l'appareil pour faciliter la communication.

— Tu n'utilises vraiment plus ton shampooing abricot ? Je t'ai dit que si c'était trop cher, je pouvais te le payer !

— Ce n'est pas une question de sous… j'avais juste envie de changer de parfum et voir le résultat dessus !

Ethan grogna pour la forme. Il aimait cette habitude toute personnelle de sentir son odeur abricot et il avait l'impression qu'on lui enlevait son plaisir.

— C'est quoi comme parfum ? On dirait de la fraise…

— Myrtille ! lui répondit-elle alors, toute fière.

— Myrtille ? déclara-t-il presque avec autant de dégoût que de stupeur en entendant le parfum. Eh bien, j'aime pas !

Kaya se retourna vers lui, sidérée par sa franchise.

— Ah bon ? fit-elle alors, étonnée, tout en s'attrapant une mèche de cheveux pour vérifier en reniflant le parfum. Moi, j'aime bien. C'est sympa aussi.

— Demain, je te rachète ton shampooing à l'abricot ! dit-il alors fermement, tout en réajustant sa position sur le tabouret pour reprendre son séchage.

— Depuis quand tu choisis mon shampooing !? se retourna-t-elle à nouveau vers lui pour montrer que la discussion n'était pas close, comme son geste le suggérait. Tu as déjà choisi mon maquillage ! C'est déjà pas mal, non ?

— J'ai plus de goûts que toi ! La myrtille, beurk ! L'abricot, c'est ce qui te va le mieux. C'est tout.

— Et donc, Dieu a parlé et je dois l'écouter fidèlement ?

— Si seulement tu pouvais aussi m'écouter pour tout le reste !

Kaya posa ses mains sur ses hanches et le regarda sévèrement.

— Bah quoi ? Tu peux bien me laisser ce plaisir, à défaut de mieux ! lui répondit-il en haussant les épaules. Je préfère l'abricot, c'est mon droit !

— Je peux quand même finir ce shampooing, que je ne le paie pas pour rien ?

Ethan fit une moue récalcitrante, mais accéda à sa requête malgré tout en hochant la tête. Il ralluma le sèche-cheveux et reprit sa mission avec un petit sourire.

Discussion aussi futile qu'improbable, mais tout aussi charmante.

Ethan pouvait sentir son cœur se gonfler de fierté devant cette petite bataille gagnée avec autant de facilité. Elle râlait, mais ne se braquait pas. Elle lui accordait même le droit d'agir sur une partie de sa vie. Certains auraient pu en rire, d'autres trouveraient ça futile comme plainte, mais pour lui le gain était déjà énorme. Il observa les mèches de cheveux sans trop les voir. Il réalisa surtout qu'il était devenu extrêmement sensible au moindre détail la concernant, à la moindre réponse de sa part, à la plus subtile émotion qu'elle pouvait insuffler en lui. Il serra la mâchoire. L'angoisse l'envahit. Maintenant, il en était au point de s'imposer dans des détails de son quotidien. Jusqu'où irait-il pour qu'elle le regarde ? Pour qu'il trouve le repos de son esprit la concernant ? Il repensa à ce qu'il avait vécu avec sa mère. Avait-il véritablement trouvé ce repos de l'âme avec elle ? L'avait-il obtenu alors, après avoir coupé les ponts ? Le constat était évidemment non. Son besoin d'affection, ces limites qu'il avait du mal à s'imposer, son besoin permanent de paraître important aux yeux de quelqu'un, l'avaient détruit et encore aujourd'hui, il perdait tout repère avec Kaya. Il ressentait ce même désir d'être reconnu à sa juste valeur. Rien n'avait changé finalement. Il pouvait porter un masque, cela ne changerait rien à sa nature profonde. Il se mettait en danger. Il jouait beaucoup trop avec le vide. La branche sur laquelle il était assis et qu'il avait mis tant de mal à consolider était en train de sécher et craquer.

À quand ma chute ? Je suis en train de me perdre dans ta chevelure, Kaya... Où m'emmènes-tu ?

Il éteignit le sèche-cheveux avec une sensation d'amertume. Il aimait ce qu'il vivait depuis qu'il avait franchi le seuil de cet appartement ce matin, mais il avait l'impression de voir au ralenti l'inéluctable accident d'une voiture de Formule 1 arriver contre un bord de circuit, sans pouvoir trouver la solution pour l'éviter et rester serein et heureux. Il posa le sèche-cheveux en silence et attrapa la brosse à cheveux. Lentement, il coiffa les cheveux de Kaya, dans un état second, se demandant ce dont il était encore capable pour avoir droit à ses attentions, ce qui lui arriverait s'il les obtenait toutes. Il aimait voir leur relation évoluer en quelque chose de bien plus complice qu'avant, mais sa peur ne cessait de croître sur ce qu'il pourrait encore aimer au point de ne plus pouvoir s'en passer. L'addiction pouvait ravager un homme, les sentiments l'anéantir. Et son cœur battait bien trop souvent, trop anarchiquement pour qu'il ne considère pas ces alertes comme dangereuses. Il laissa glisser les cheveux entre ses doigts.

Est-ce que la promesse de bonheur que j'ai l'impression de voir en toi va m'échapper, Kaya, comme tes cheveux entre mes doigts ?

Il agrippa ses cheveux fermement, par réflexe.

— Aïe ! cria Kaya, surprise.

— Pardon ! paniqua Ethan, lui-même surpris par la violence de son geste inconscient. J'ai… euh… pardon…

Kaya se tourna vers lui en se frottant la tignasse.

— Quelque chose ne va pas ? lui demanda-t-elle alors, étonnée par son geste brusque et par son trouble.

— Je… Non, tout va bien… déclara-il tout en déglutissant. J'ai fini…

Il baissa les yeux, encore perturbé par ses pensées et ses actes incontrôlés. Il avait même maintenant peur d'agir maladroitement. Il posa rapidement la brosse à cheveux, évitant ainsi toute possibilité d'usage violent avec. Kaya l'observa, intriguée. Elle se releva et lui attrapa la main.

— Ce n'est pas grave… Merci… lui déclara-t-elle, malgré son dérapage.

Elle lui déposa un bisou sur la joue et le guida hors de la pièce. Ethan la suivit, encore plus abasourdi par son comportement trop conciliant à son goût. Elle l'invita à s'asseoir sur le canapé puis alla s'activer dans la cuisine. Elle revint très vite avec deux chocolats chauds. Ethan récupéra son mug et souffla dessus. Kaya alla s'asseoir à côté de lui, mal à l'aise.

— Je n'ai pas encore touché de salaire pour pouvoir prévoir un budget pour chaque chose, mais je me suis dit que je te donnerai l'équivalent d'un petit loyer comme mensualité de remboursement de mes dettes, puisque Richard me propose ce logement gratuitement. Bien évidemment, je ne pourrai pas te donner ce que vaut cet appartement, mais je peux déjà essayer de te reverser ce que je payais pour mon ancien studio...

Ethan posa son mug sur la petite table du salon.

— OK, fais comme ça t'arrange.

Kaya regarda sa tasse, confuse. Ethan était encore à réfléchir sur son comportement dans la salle de bain et se détestait de son attitude si perturbée. Aussi, son bilan sur ses méthodes de remboursements l'indifférait totalement.

— Je ne peux pas te laisser ainsi, sans possibilité de projets d'avenir ! continua-t-elle. Te rembourser le maximum rapidement est une évidence. Que tu m'aides, c'est une chose, mais te mettre aussi dans la merde, ce n'est pas envisageable pour moi.

— Kaya ! l'interrompit-il sévèrement. Je ne suis pas Adam ! J'ai un bon salaire, une entreprise florissante. Pas de crédits. Tout va bien. Prends le temps de te retourner et arrête de te prendre la tête.

Le visage sévère d'Ethan éteignit toute volonté chez la jeune femme de contester ses propos. Kaya se sentit mal à l'aise. Elle se contenta de hocher la tête en silence. Ethan se rendit compte qu'il avait été un peu trop dur avec elle tout à coup. Il se passa la main sur le visage pour se calmer. Il devait reprendre rapidement contenance. Il perdait ses moyens et n'arrivait pas à en trouver les raisons. Il se sentait à fleur de peau depuis son incident dans la salle de bain. Il ressentait l'envie d'effacer toute distance, toute convenance entre eux, de se rassurer sur le fait que rien ne pourrait lui échapper la concernant maintenant. Kaya ne lui appartenait pas. Elle était aussi insaisissable que dangereuse. Mais contre toute attente, perdre leur relation lui semblait inenvisageable. Le sujet de ses dettes lui déplaisait. C'était repartir sur un rapport de créancier à cliente qui l'énervait profondément. N'étaient-ils pas plus que ça ?

— Kaya ne t'inquiète pas, lui déclara-t-il alors plus délicatement malgré tout, je gère. Occupe-toi d'abord de toi. Règle d'abord tes problèmes, puis tu verras pour les miens.

Kaya lui rendit un sourire soulagé et reconnaissant. Ethan sentit ses angoisses s'effacer un peu. Elle ne semblait pas trop heurtée par son ton sévère juste avant.

— Pardon encore pour les parents d'Adam. Tu as assisté à une scène vraiment nulle ! fit-elle alors, éprouvant visiblement le besoin de poser au clair chaque point noir de sa vie avec lui.

Ethan inspira fortement, agacé par cette nécessité à s'excuser.

— Ce qui est nul, c'est cette façon de t'accabler ! Eux comme toi ! Je comprends leur amertume d'avoir perdu leur fils, mais Adam avait fait ses choix. On ne l'a pas obligé à quoi que ce soit. Tu as même voulu le quitter. S'il est revenu, c'était en toute connaissance des faits et conséquences. Ils n'ont pas à être si désobligeants envers toi. Et tu n'as pas à te rabaisser devant eux non plus ! Il était responsable de ses actes. Nous le sommes tous. Nous avons tous des décisions à prendre qui détermineront la valeur de nos actes. Nous sommes ce que nous sommes... Nous faisons tous des déçus...

Ethan regarda le sol, comme si ce discours faisait écho à ses propres expériences. Kaya posa son mug à côté du sien sur la table.

— Si seulement j'avais pu savoir si mes choix étaient pertinents ou non ! s'esclaffa-t-elle, désenchantée. J'aurais fait beaucoup de choses différemment.

— Personne n'est parfait. On se trompe tous... toi, moi... même ton Adam peut faillir.

— C'est assez drôle de t'entendre dire cela, toi qui sembles être si infaillible.

— Je ne suis pas infaillible. Je suis même loin de l'être.

Ethan regarda ses doigts, le visage fermé. Kaya s'étonna de sa réaction si vive et amère sur le sujet. Elle détailla sa posture, comme s'il se mettait en boule pour cacher ses propres doutes, ses propres responsabilités et meurtrissures. Elle tenta d'examiner alors ses cicatrices sur son torse plus ou moins cachées par la couverture, si saillantes, si vilaines. Elles exprimaient à elles seules la souffrance de celui qui les portait, la portée de ses choix. Elle se demanda quelle était sa responsabilité dans ces cicatrices. Elles l'affectaient encore au quotidien au point de les cacher sous un maillot de corps et le conduisaient à cette posture si méfiante, si impénétrable.

— Tes cicatrices sont les preuves de ta faiblesse ? lâcha-t-elle, désireuse de comprendre cette partie de lui qu'il se refusait de commenter jusque-là.

Ethan écarquilla les yeux, surpris par sa question. Il la dévisagea et blêmit. Kaya avait conscience de parler d'un sujet sensible, mais c'était plus fort qu'elle. Il tourna pourtant une nouvelle fois la tête, fixant à nouveau le sol et serrant la mâchoire. Il porta sa main sur son torse. Les stigmates de son passé glissaient sous ses doigts et augmentaient les réminiscences de ses peurs. Son silence montrait son malaise à répondre.

— Elles... te font encore mal ? ajouta-t-elle, hésitante, en le voyant se toucher le torse avec peine.

La mâchoire d'Ethan palpita légèrement, les veines de ses tempes apparurent. Ses questions l'incommodaient. Elle sentait bien qu'il n'aimait pas les évoquer. Elle posa alors sa main sur la sienne pour le rassurer, pour ne pas qu'il se sente accablé par sa curiosité. Il contempla sa main avec prudence.

— Kaya, ne me parle pas de ce sujet, s'il te plaît...

Kaya se trouva désolée par sa réponse. Était-ce trop tôt pour qu'il se livre à elle davantage que ce qu'il avait fait sur le toit ? Elle se positionna alors à genoux au sol devant lui, entre ses jambes. Ethan, pris entre hébétement et panique, s'agita sur le canapé.

— Qu'est-ce que tu fais ? l'interrogea-t-il, encore plus sceptique, défiant.

Elle glissa ses mains dans les siennes et le regarda droit dans les yeux.

— Tu me demandes d'avoir confiance en toi, alors toi aussi, aies confiance en moi. Si ta proposition de réconfort marche pour moi, elle marche aussi pour toi, pas vrai ? C'est ce que tu m'as proposé. « Consolons-nous mutuellement. ». Mutuellement, c'est le mot que tu m'as dit, n'est-ce pas ? Pourtant, tu ne me montres pas tes zones de trouble, de souffrance, de manque. Tu t'occupes de moi, mais moi, je dois te réconforter de quoi en échange ? Tu pallies l'absence d'Adam et mes tristesses, mais moi, je pallie quoi chez toi ? L'impossibilité d'aller voir ailleurs si on met en œuvre cet accord ? Il y a autre chose. Tu ne me dis pas tout. Tu restes très distant sur ce qui te concerne. Tu me demandes d'accepter un deal dont je ne connais pas toutes les modalités. J'en ai découvert un peu sur toi sur le toit de l'immeuble, mais je ne sais rien sur ces marques sur ton torse. Je ne peux même pas poser mes mains sur toi, comme toi tu le fais pour moi.

Ethan s'enfonça dans le canapé, embarrassé par ses mots.

— Tu as accès à toutes les autres parties de mon corps ! protesta-t-il, aussi gêné qu'amusé par sa façon de se plaindre de ce qu'elle n'avait pas. C'est suffisant, non ?

Kaya fronça les sourcils, lui montrant bien qu'elle n'était pas dupe de ses tentatives d'esquive.

— Oui, mais ce ne sont pas ces parties-là, au fond de toi, qui demandent le plus de réconfort, pas vrai ? C'est ici que tes besoins sont les plus importants ! lui déclara-t-elle en montrant de son index son torse.

Ethan déglutit et referma la couverture un peu plus sur lui, pour cacher sa fragilité.

— Tu vois ! Instinctivement, tu te refermes ! ajouta Kaya, encore plus déterminée à percer le mystère Ethan.

Ethan tenta de se détendre pour ne pas lui donner raison et trouver de quoi lui donner envie de partir sur un autre sujet. Feignant une nouvelle assurance et bien décidé à couper court à cette discussion, il posa ses coudes sur ses genoux et se pencha sur elle.

— Kaya, aujourd'hui, on n'est pas là pour moi, mais pour toi.

Kaya lui sourit à nouveau, se rendant bien compte qu'il tentait de masquer maintenant sa gêne en reprenant le contrôle de ses émotions et en s'habillant de son assurance de PDG.

— Effectivement. Donc je décide de ce qui me fait du bien, me fait plaisir, me fait envie puisque c'est mon jour. Montre-les-moi, Ethan. Montre-moi tes faiblesses. Partage-les avec moi comme je partage les miennes avec toi aujourd'hui ! Jouons le jeu jusqu'au bout.

Ethan la fixa droit dans les yeux, mais son assurance s'estompait dans le vert noisette des prunelles de Kaya. Il voulait être son confident, mais réalisait qu'il devait pour cela donner de lui-même pour que cela fonctionne.

— Voir mes cicatrices te fait envie ? Cela te ferait plaisir ? Laisse-moi rire ! Il n'y a pas de plaisir à les regarder ! Tu les as déjà vues, il n'y a rien d'esthétiquement beau... Tu les as eues contre ta poitrine. Qu'est-ce qu'il te faut de plus ? N'est-ce pas suffisant ?

— Je n'aime pas que tu arrives à m'atteindre dans mes faiblesses et moi, pas ! Ton deal, c'est donnant-donnant ! Si tu veux que ça marche, alors laisse-moi t'atteindre dans ce qui te blesse le plus et laisse-moi te soulager, te réconforter. Et ne me dis pas que de les ignorer te soulagerait davantage, car toi comme moi, on ne peut les ignorer ! Si tu ne t'ouvres pas à moi, je ne te dirai plus rien dorénavant sur moi !

Le ton sévère de Kaya refroidit toute résistance chez Ethan qui se trouva complètement perdu. Kaya avait revêtu son armure de guerrière et partait au front. Rien ne l'arrêterait et encore moins ses subterfuges pour détourner le sujet. Elle osait même poser un ultimatum pour le pousser dans ses retranchements et le faire céder.

— Qu'est-ce qui te prend tout à coup ? s'esclaffa-t-il, cherchant désespérément la moindre possibilité pour fuir. Depuis quand tu t'intéresses autant à moi, le connard de service ?

— Ce n'est pas ce que tu voulais ? lui rétorqua-t-elle. Que je te regarde plus qu'Adam ? Que je te console dans tes blessures, comme toi tu le fais avec les miennes ? Je n'ai pourtant rien inventé. Tu te défiles ?

— Et tu vas me dire que tu vas le faire ? Là ? Maintenant ? Le jour de l'anniversaire de la mort de ton fiancé ? lui répondit-il pour ne pas tomber dans sa provocation et lui renvoyer droit dans la figure ses hésitations qu'elle avait depuis le début.

Kaya regarda ses mains dans les siennes. Elle chercha en elle les sentiments qu'il lui inspirait. Trouver les bons mots à ce qui se bousculait dans son cœur.

— Ethan, je ne suis pas si insensible à tout ce que tu m'apportes... Je sais que l'on n'est pas les meilleurs amis du monde, que l'on s'engueule plus que l'on se complimente, mais dernièrement, on arrive quand même à se mettre un peu d'accord sur certaines choses...

Ethan leva un sourcil, complètement halluciné par ses propos.

— Je veux te rendre ce que tu me donnes... C'est vrai que j'ai été longtemps réticente, que je reste très accrochée à Adam, qu'aujourd'hui n'est sans doute pas le meilleur jour pour devenir plus conciliante avec toi, mais la vérité c'est que, malgré mes incertitudes, depuis l'autre soir sur le toit, je n'ai plus vraiment envie de me battre avec toi pour tout et n'importe quoi. J'ai aimé ce que tu m'as proposé là-haut, nos confidences, tes étoiles et tes sushis. J'ai même espéré te voir venir aujourd'hui, et le truc de dingue : tu es venu ! J'avais envie que tu me changes les idées, que tu m'embêtes comme à ton habitude, que tu t'amuses encore à me séduire pour ne pas tomber dans une profonde déprime et ressasser seule ma vie pourrie. Et jusqu'à maintenant, tu as réussi ce tour de force. Tu l'as fait ! Tu me fais du bien. Tu as raison. Si j'avais du mal à croire que tu puisses me faire du bien lors de la soirée à l'orphelinat, aujourd'hui, j'en saisis bien mieux les retombées. Cette journée aurait pu être très dure pour moi, mais ta présence m'aide à la passer plus sereinement. J'ai envie de te rendre ces instants de paix que tu m'offres. Est-ce si mal ? N'est-ce pas le but de notre situation ? N'est-ce pas ce que tu voulais ?

Devant le silence hébété d'Ethan à se rendre compte que son insistance payait enfin réellement, elle posa ses mains sur les épaules de celui-ci et le poussa sur le fond du canapé. Elle le fixa intensément, tout en laissant glisser la couverture le long des bras de ce dernier. Ethan ne savait plus comment réagir. La voir prendre autant les devants le déstabilisait, d'autant plus qu'elle fonçait droit dans ses pires angoisses. Pourtant, ses paroles venaient de le réconforter plus que n'importe quel geste affectueux. Il réalisait qu'elle désirait sa présence à ses côtés et ce simple fait faisait bouillir ses veines, palpiter son cœur, décupler son envie de se lover contre elle.

— Fais-moi confiance, Ethan. S'il te plaît.

Elle lui montra ostensiblement ses mains qu'elle posa sur les genoux de celui-ci. Lentement, elle approcha son visage de son torse. Instinctivement, Ethan posa ses mains sur ses épaules pour l'empêcher de continuer sa progression.

— Kaya, qu'est-ce que tu comptes faire ?

Sa voix devenait grave, limite menaçante.

— Je vais soulager tes blessures.

Ethan se trouva complètement perdu par sa réponse. Pourtant, il ne retira pas ses mains.

— Comment ? En faisant quoi ? On ne peut rien pour elles.

— Pour elles non, mais pour toi oui.

Elle avança son visage vers le sien. Ethan plia lentement ses bras sous sa pression. Elle posa ses lèvres doucement sur les siennes. Ce simple contact soulagea instantanément les craintes de ce dernier.

— Regarde-moi, Ethan. Regarde mes yeux. Je ne vais pas te faire mal, je ne vais pas te blesser. Je te le promets. Suis-je dangereuse au point que tu ne puisses pas me faire confiance ?

Ethan s'esclaffa à nouveau.

— Kaya, tu es ma pire ennemie. Tu ne te rends pas compte de tous les dangers que tu incarnes... lui souffla-t-il entre leurs lèvres, complètement chamboulé par l'approche de Kaya si avenante et déterminée contre ses propres failles.

— Tu joues pourtant avec moi depuis le début, non ? Donc c'est que le danger que je représente a des avantages. Je ne poserai pas mes mains sur ton torse, juste mes lèvres. Juste un peu de douceur dessus. Pour les soulager. Comme toi, tu l'as fait sur mon corps quand Phil et Al m'ont agressée...

Ethan contempla ses prunelles vert noisette et n'avait qu'une envie : se noyer dedans.

De la douceur sur mon torse ? Est-ce possible ? Elles sont si laides...

— Tu n'y trouveras aucun plaisir, Princesse. Elles... ne peuvent prétendre à de la douceur. Elles ne la méritent pas.

Kaya lui caressa le bout du nez du sien et sourit.

— Moi, je décide qu'elles méritent la mienne, même si elles ne méritent pas la douceur des autres personnes.

Lentement, elle descendit sa tête le long de son cou, puis de sa clavicule. Ethan ferma les yeux et se concentra sur sa respiration pour ne pas paniquer. Il garda ses mains sur les épaules de Kaya, comme un cran de sécurité qu'il pouvait actionner s'il sentait la situation devenir critique. Accepter sa tête contre lui par-dessus ses vêtements était une chose, la voir poser directement ses lèvres à même sa peau en était une autre. Kaya déposa un baiser sur sa clavicule et jeta un œil vers le visage d'Ethan. Elle pouvait le sentir tendu, inquiet. Il prenait sur lui. Ses mains sur ses épaules se resserraient au fur et à mesure qu'elle se rapprochait de son torse. Elle remonta alors vers son cou, nicha son visage dans celui-ci et se colla contre son corps. Cette position ne lui serait pas étrangère et Ethan relâcherait la pression.

— Tu as peur ? lui demanda-t-elle. De quoi as-tu peur, Ethan ? Dis-moi…

Ethan garda ses yeux fermés. Il ne voulait pas voir. Ouvrir les yeux signifierait affronter ses angoisses. Sa respiration se faisait plus forte, plus anarchique.

— Ethan, ouvre les yeux et regarde-moi. Ne me fuis pas. Regarde, je te fais un simple câlin. Je n'ai rien fait sur ton torse. Il n'y a pas de panique à avoir. On a déjà fait des câlins comme ça.

— Tu veux toucher mes cicatrices…

Kaya lui posa un baiser plus fort dans le cou pour le sortir de sa hantise. Ethan ouvrit les yeux et regarda Kaya. Son sourire mutin, mais doux le rassura un peu.

— Tu as peur que je te morde ? se mit-elle à rire légèrement. Je te promets de me retenir et de ne pas te les mordre ! Je ne suis pas vorace à ce point ni en extrême manque de chair masculine à dévorer !

— Pourquoi veux-tu autant t'en occuper ? lui murmura-t-il, la voix tremblante, mal à l'aise, malgré les traits d'humour qu'elle tentait d'avoir pour dédramatiser ses intentions.

— Parce que c'est ce dont tu as besoin, même si c'est douloureux, non ? Le plus efficace est d'aller là où ça fait le plus mal. C'est comme ça que tu fonctionnes aussi. C'est comme ça que tu as soigné mes maux dans le vestiaire du club ou dans mon ancien appartement. Il n'y a pas de demi-mesure entre nous. Et puis... Si tu es mon baume sur mes lèvres toutes gelées quand j'ai froid, je peux être ton baume cicatrisant quand tes cicatrices te tirent trop.

Kaya lui sourit, fière de trouver des réparties qui aient pu avoir du sens. Ethan, moins confiant, concéda toutefois à son argument.

— Ça veut dire qu'on y est vraiment ? À t'entendre, tu acceptes ma proposition. Tu veux vraiment la mettre en application. On n'est plus en période de test ?

— Si ! Je suis toujours en période de test ! Je veux simplement vérifier si je peux vraiment t'être bénéfique comme tu le penses.

— Pourquoi en doutes-tu ? C'est quoi encore cette esquive ! marmonna-t-il, suspicieux de sa nouvelle entourloupe.

— Parce que je n'ai pas la certitude que cette situation, ce type de relation entre nous, me convienne. Je n'ai pas ton point de vue si détaché sur une relation intime. Je suis bien plus entière que toi. J'ai mis mes tripes avec Adam. Là, je ne dois rien mettre de mes sentiments. C'est juste un échange de bons procédés pour satisfaire un manque. Il n'y a rien de plus. Ta conception me paraît très difficile à mettre en application de mon point de vue. Donc, je ne veux pas te promettre des choses que je ne me sentirai pas capable de faire.

— Tu veux pouvoir m'aimer pour y arriver ? lui demanda-t-il alors, franchement inquiet du devenir de leur relation, mais surtout de son devenir s'il cédait aux sentiments. Tu veux... qu'on s'aime ?

— Certainement pas ! J'aime Adam ! Tu rêves si tu crois que je peux tomber amoureuse de toi !

Ethan se mit à sourire. Premier sourire depuis plusieurs longues minutes où seul son teint pâle lui répondait avec difficulté.

Évidemment ! Quelle drôle d'idée ai-je pu avoir ? Pourquoi changer ses convictions ?

Quelque part, sa réponse le rassura. Tant qu'elle continuerait dans cette optique, il pourrait peut-être contenir ses envies bizarres d'affection de sa part.

— OK. Vas-y… soupira-t-il. Mais doucement ! Si je te dis « stop », tu arrêtes immédiatement. Et uniquement tes lèvres !

Kaya lui sourit tendrement.

— Uniquement mes lèvres ! Promis !

Ethan la fixa fermement, pour lui signifier que la moindre incartade de sa part risquait vraiment de lui déplaire. Kaya se redressa et déposa un nouveau baiser léger sur ses lèvres pour le déstresser. Cette tendre attention si facile, si simple, ne faisait que confirmer son envie de croire qu'elle pourrait réussir ce tour de force, qu'elle pourrait vraiment soulager ses blessures les plus profondes. Ethan pouvait sentir sa poitrine faire des bonds de dingue. Il avait l'impression de subir la pire torture au monde, mais se trouvait finalement entre panique totale et extrême hâte d'être soulagé, qu'on prenne soin de lui là où sa peine se mélangeait au dégoût le plus profond. C'était assez paradoxal comme impression. Les propos de Kaya résonnaient en lui comme une vérité qu'il avait toujours tentée de nier, mais qui s'affirmait vraiment depuis qu'il avait rencontré la jeune femme.

Soulager mes blessures… y arriveras-tu ?

Kaya reprit sa lente avancée en déposant un baiser sur sa clavicule. Ethan ne ferma pas les yeux, mais avait du mal à contenir son angoisse. Son cœur se compressait dangereusement sous l'effet de la panique. Comment allait-il réagir ? Allait-il tenir jusqu'au bout ? Les lèvres de Kaya réussiraient-elles à vraiment l'apaiser ? Pourront-elles même lui apporter du plaisir ? Kaya regarda ses deux cicatrices traverser son torse de gauche à droite de façon plus ou moins parallèle. Pouvoir les détailler ainsi la mettait presque mal à l'aise. Toutes les suppositions sur leur origine lui faisaient mal indirectement. Qu'avait-il pu vivre pour arriver à un tel résultat ? Pour qu'il soit autant en panique ? Elle imaginait sans mal sa souffrance, sa honte, sa vie avec leurs présences quotidiennes sur lui. Elle jeta un regard sur Ethan qui la fixait avec intérêt.

— Elles te dégoûtent, pas vrai ? lui déclara-t-il, amer.

— Ce n'est pas la première fois que je les vois... mais j'avoue qu'elles m'impressionnent à chaque fois que mon regard se pose dessus. Je ne peux pas te mentir et minimiser mon ressenti. Ce ne serait pas honnête si on doit finir par mettre en œuvre ta proposition. Elles ne sont pas jolies. On dirait qu'elles ont mal cicatrisé.

La mâchoire d'Ethan palpita à nouveau. Kaya comprit que ses mots le blessaient.

— En même temps, ce n'est pas parce que ce n'est pas joli à voir qu'il faut tout dénigrer ! ajouta-t-elle hésitante, peu sûre de ce qu'elle voulait dire. Elles font l'homme que tu es...

Ethan haussa un sourcil, essayant de comprendre où elle voulait en venir.

— Je ne serais pas là, à genoux devant toi, pour te soulager si elles n'existaient pas... Mon dieu, dit comme ça, la représentation de nous deux ainsi sonne très bizarrement ! On dirait une soumise devant son dominant !

Kaya s'empourpra tout à coup et mit ses mains devant son visage, morte de honte. Le doute apparut sur le visage d'Ethan avant qu'il pouffe devant leurs positions vraiment incongrues. Il n'était pas plus dominant qu'elle était soumise. Il avait même parfois la sensation que c'était plutôt l'inverse ! Ethan lui sourit tendrement devant cette belle image de femme soumise à lui.

— Belle soumise, ne te force pas si ça te dégoûte. Je ne me vexerai pas.

Kaya le regarda et pencha la tête, sceptique.

— Bien sûr que si, tu te vexeras. Je te propose une chose et je me rétracte ensuite ? Parce qu'elles sont si moches qu'elles peuvent me dégoûter ? Comment pourrais-tu encaisser cela sereinement ? Comment ne pas ressentir de la tristesse ?

— Te forcer me gênerait tout autant... Faire les choses à contrecœur n'a rien d'honnête.

Kaya lui sourit alors. Un sourire serein et franc qui désarma Ethan.

— Tu me prends un peu trop pour une Princesse chochotte, là ! Ne me sous-estime pas !

Cette fois-ci, Ethan se trouva complètement décontenancé par sa remarque.

— Je ne suis pas une sainte-nitouche qui peut se choquer du moindre truc dérangeant !

Ethan se mit à sourire. Sa moue un peu vexée lui faisait du bien.

— Non, c'est vrai. Tu es une amazone, une guerrière avec un grand bouclier et une magnifique épée. Tu serais même le dragon du château où se cache la princesse !

Il se mit à rire devant toutes les appellations pouvant faire référence à sa pugnacité. Kaya lui frappa sur le genou. Il imita alors le grognement du dragon prêt à cracher toutes les flammes de sa colère et éclata de rire. Agacée par ses moqueries, Kaya lui sauta dessus, se mettant à califourchon pour tenter de le faire taire en posant sa main sur sa fichue bouche railleuse. Ethan tenta de se défaire de son attaque tout en rigolant et criant « Au feu ! Le dragon se réveille ! ». Son rire communicatif eut raison de Kaya qui se mit à rire aussi, mais continua de l'acculer. Finalement, Ethan l'attrapa par la taille et la renversa sur lui sur le canapé. Leurs rires cessèrent instantanément.

— En fait, j'ai un hybride… commenta ce dernier, plus détendu. Une princesse guerrière capable de se métamorphoser en dragon ! Avec des yeux verts noisette et des cheveux… qui puent le shampooing myrtille !

Il lui caressa une mèche de cheveux tandis qu'elle grimaçait une nouvelle fois. Il leva alors légèrement sa tête pour retrouver ses lèvres. Il avait besoin de se rassurer dans ses bras, contre elle. Kaya se laissa faire, touchée contre toute attente par son descriptif moqueur, mais mignon.

— Ça craint quand même ! ajouta-t-il entre ses lèvres. Je réclame en plus tes baisers ! Je suis vraiment suicidaire de vouloir embrasser un dragon !

— Chacun ses faiblesses ! Moi, je me laisse embrasser par un connard ! Ce n'est pas mieux !

Elle se mit à rire et l'embrassa à nouveau. Ethan pouffa et demanda plus, en glissant sa langue dans sa bouche. Leur baiser devint instantanément plus engagé. Ethan la serra dans ses bras un peu plus fort et posa sa main sur l'arrière de sa tête pour qu'elle ne lui échappe pas. Son cœur demandait cette étreinte, son esprit ne voulait qu'être apaisé par son contact contre elle. Cicatrices ou pas, il ressentait le besoin de la toucher partout, de la faire sienne à nouveau, de se caler contre elle et ne faire qu'un. C'était une attente intense et douloureuse. Son inquiétude autour de ses balafres avait fait émerger tous ses besoins de tendresse. Kaya se détacha de lui malgré tout, au bout de plusieurs longs baisers. Il voulait plus de réconfort, elle voulait lui en donner à sa façon. Elle le regarda un instant de façon entendue et se déporta plus bas pour poser ses lèvres d'abord sur sa jugulaire, puis entre la thyroïde et le sternum. Les pectoraux d'Ethan se soulevèrent de plus en plus.

Il garda sa main sur la tête de Kaya et contempla le plafond, pour tenter de garder son plaisir à la retrouver contre lui et non à se perdre dans ses peurs. Kaya se déporta encore un peu plus bas sur lui et posa lentement ses lèvres sur sa cicatrice du haut. Ethan se crispa et prit une grande inspiration. Kaya jeta un coup d'œil sur les réactions de son visage. Il avait fermé les yeux.

— Ethan, regarde-moi ! lui demanda-t-elle fermement. Regarde mes lèvres sur toi. Rien que mes lèvres sur toi.

Ethan ouvrit ses yeux et la regarda. Son regard était devenu plus dur. Kaya déposa un nouveau baiser sur un autre point de sa cicatrice tout en le fixant. Elle leva ses mains pour lui montrer où elles se trouvaient et qu'elles resteraient tranquille de part et d'autre de ses hanches. Lentement, elle se décala sur la gauche et en fit un troisième, le regard transperçant toujours celui d'Ethan. Ce dernier ne lâcha pas son regard. D'abord en réponse à sa provocation, par colère aussi de l'obliger à la regarder alors que son calvaire était bien présent, puis à chaque nouveau contact de ses lèvres, chaque avancée, son regard évolua en quelque chose de plus doux et meurtri. La tension en lui se relâcha progressivement. Une fois la première cicatrice parcourue de baisers, Kaya se déporta encore plus bas et entama son action bénéfique sur la seconde. Ethan se crispa à nouveau, la respiration à nouveau retenue dès qu'il sentit le contact de sa bouche sur sa peau abîmée.

— Respire ! Tout va bien, Ethan ! Regarde, je suis même sûre que je te chatouille un peu !

La remarque taquine de Kaya fit tiquer Ethan qui se concentra alors sur cette sensation de chatouillement. Chaque bruit sorti de ses baisers était autant de touches instaurant sa guérison, comme un acte purifiant et redonnant vie à ce qui avait été détruit, ce qu'il avait perdu il y a longtemps. Ethan se laissa porter par l'observation de son geste à la fois déterminé, mais doux. Investi, mais sans exagération. Il ne voyait plus que ses lèvres sur lui, son aptitude à le réconforter en appliquant son charme sur lui comme une fée brisant un sortilège ou une malédiction. Ses lèvres caressaient délicatement la peau stigmatisée d'Ethan et la torture se transforma pernicieusement en frustration. Son appréhension s'allégea en réalisant que Kaya jouait avec les sensations plus coquines qu'il devait réellement ressentir sous ses baisers. La voir ainsi à califourchon sur lui, son regard intense et terriblement envoûtant ancré sur lui, ainsi que la douceur de ses baisers, étaient en train de réveiller autre chose que de la peur. Son désir d'elle revint à la charge encore plus fort. Outre l'idée de ressentir ses lèvres sur cette partie sensible de son anatomie, Kaya se rapprochait dangereusement d'une autre partie de lui tout aussi réceptive aux attentions

Jugeant que ses baisers arrivaient finalement à agir sur le mental d'Ethan, Kaya se mit à sourire, heureuse de voir qu'elle pouvait, elle aussi, guérir ses tristesses. Sa méthode de réconfort semblait avoir son effet, à l'instar des mains d'Ethan sur elle quand il l'avait réconfortée. Ethan la fixait sans rien perdre de ses gestes. Ses yeux étaient chargés d'une lueur plus sérieuse, plus investie et sa respiration retrouvait un semblant de normalité.

— Dis-moi quel effet te font mes lèvres sur elles, Ethan… Ça te fait mal ? lui demanda-t-elle tout en continuant à s'appliquer à ne pas le brusquer.

Ethan la sentit déposer un nouveau baiser et laissa perdre son regard sur cette étrange sensation.

— Non… lui déclara-t-il difficilement.

Il lui caressa alors la tête et souffla un grand coup pour laisser échapper son reste de stress. Il regarda le plafond et se sentit plus serein.

— C'est doux.

Kaya ferma les yeux, soulagée de le voir se détendre et apprécier un minimum ses baisers. Elle posa alors lentement sa langue sur ses stigmates et ponctua la chose par un baiser, puis recommença entre caresses avec sa langue et caresses avec ses lèvres. Ethan ferma les yeux et se laissa aller à cette nouvelle sensation. Sa poitrine se souleva avec calme, mais force, se laissant porter par les bienfaits de Kaya.

— Kaya...
— Humm ?
— Stop !

Kaya se redressa, surprise qu'il prononce le mot de sécurité alors qu'il semblait aimer ses attentions, puis arrêta tout geste sur lui. Elle l'interrogea du regard, perplexe. Ethan la contempla puis se rassit avec elle. Il passa ses bras autour de sa taille et fonça sur ses lèvres. Kaya put sentir à travers ce baiser bien plus qu'une quelconque gêne ou irritabilité de la part d'Ethan.

— Arrête-toi, Kaya... Tu as gagné. J'en peux plus ! Là, c'est sur autre chose que tu agis ! C'est moi qui vais t'embrasser la poitrine ! Je te veux, Kaya. Là. Maintenant. Apaisons nos âmes par nos corps. Consolons-nous mutuellement...

18
AMOUREUX

— Arrête-toi, Kaya… Tu as gagné. J'en peux plus ! Là, c'est sur autre chose que tu agis ! C'est moi qui vais t'embrasser la poitrine ! Je te veux, Kaya. Là. Maintenant. Apaisons nos âmes par nos corps. Consolons-nous mutuellement… Je sais que ce n'est pas forcément le meilleur moment pour te demander cela, que c'est même déplacé, mais moi, là… j'ai besoin… de plus. Je veux tout de toi.

Kaya le dévisagea, surprise par sa demande soudaine alors qu'il semblait si affecté par son angoisse à propos de ses cicatrices plus tôt. Ethan attendait à présent son accord impatiemment. Elle ne pouvait plus retarder l'échéance ; elle devait donner une réponse à sa proposition de réconfort physique pour calmer leurs douleurs mentales. Elle regarda ses prunelles marron chocolat lui faire face avec un espoir non dissimulé. Puis elle contempla un instant ces lèvres qui n'aspiraient qu'à retrouver les siennes et ne plus s'en décoller. Son cœur cognait contre sa poitrine en imaginant la suite si elle cédait. Elle ne doutait pas que, cette fois-ci, les sentiments seraient différents des autres fois ; l'enjeu était différent, leur implication plus sincère. Elle posa sa bouche contre la sienne sans vouloir vraiment réfléchir davantage aux conséquences. Elle avait juste envie de ses bras la serrant contre lui. Elle désirait simplement les lèvres d'Ethan sur elle, tout comme il désirait les poser aussi sur sa peau. Et par-dessus tout, elle voulait éteindre cette détresse dans son regard par son contact contre lui. Détresse qui la troublait et faisait écho à ses propres besoins.

— Alors, commence par poser tes mains sur moi, Ethan... lui souffla-t-elle alors que leurs respirations devenaient plus lourdes à chaque nouvelle phrase prononcée.

Ce dernier pressa alors ses lèvres sur celles de sa princesse pour symboliser un geste d'extrême gratitude à la voir céder à sa plainte explicite. Les mains d'Ethan ne se firent pas attendre et glissèrent sous le t-shirt de Kaya tandis que celles de la jeune femme vinrent se perdre dans les cheveux d'Ethan. Emportée par ses caresses, elle leva sa tête pour mieux apprécier le frisson qui parcourait son échine au contact des mains d'Ethan dévalant son dos nu. Son cou à la merci de son partenaire, celui-ci put déposer ses baisers à l'aube du menton et enserrer sa taille un peu plus contre lui. Elle laissa échapper un spasme quand il appuya sur sa carotide et qu'elle sentit l'agrafe de son soutien-gorge lâcher sous les doigts experts de ce dernier. C'était à la fois puissant et tellement prometteur.

D'un geste vif, ne pouvant contrôler davantage ses envies, elle allongea Ethan sur le canapé en poussant ses épaules et s'étala sur lui. Ses lèvres retrouvèrent leur place contre celle de son partenaire qui grogna devant sa fougue inédite. Le cœur d'Ethan se serra un peu plus par le désir sournois que la nouvelle attitude provocante de Kaya entraînait chez lui. Ses mains redescendirent au creux des reins de sa belle et se faufilèrent sous sa culotte. La tension entre eux augmenta d'un cran avec cette folle initiative. Leurs langues s'entremêlèrent sans relâche, ne souhaitant laisser aucune chance à l'autre de gagner du terrain. Ethan joua volontiers à lui happer ses lèvres, tout en serrant dans ses mains ses fesses. Kaya tenta alors une nouvelle excursion vers son torse, beaucoup moins hésitante que la première fois. Elle suçota alors le téton d'Ethan qui ne put réprimer la douloureuse érection dans son boxer. Il devait calmer tout le désir qui le consumait au plus vite, prendre son temps.

Merde, impossible de rester concentré !

N'en pouvant plus, il la fit alors basculer pour reprendre l'avantage, mais ils finirent par se retrouver tous deux par terre, hors du canapé. Pouffant comme deux gamins devant leur maladresse, Ethan ne cacha pourtant pas la suite de ses intentions et l'écrasa complètement au sol. Sa langue retrouva celle de Kaya sans ménagement. Ses hanches s'appuyèrent un peu plus contre la jeune femme pour qu'elle comprenne l'urgence qui le rongeait. Le message fut tellement clair qu'elle donna un coup de reins pour répondre à leur envie réciproque d'appartenir à l'autre. Ethan grogna à nouveau, heureux de la retrouver enfin, comme lors leur première nuit chez lui, et de la voir si réceptive et complice. D'un geste sec, il souleva son t-shirt et attaqua sa poitrine, libérée de son soutien-gorge. Kaya se mordit la lèvre, à la fois impatiente de ressentir encore plus de plaisir et déjà complètement consumée par le désir qui l'habitait. Pourtant, elle réalisa qu'elle ne pouvait continuer dans ces conditions lorsqu'elle anticipa mentalement la suite.

— Ethan, attends ! s'exclama Kaya, tout à coup inquiète.

Ethan se contenta de grommeler, mais ne lâcha pas son téton de ses dents. Kaya se tordit devant la douce douleur qu'il prodiguait sur son sein devenu sensible.

— Ethan... bredouilla-t-elle sous la sensuelle torture qu'elle souhaitait pourtant voir continuer. On a un problème...

Ethan lâcha son téton maintenant bien durci et la contempla avec ardeur alors qu'il s'apprêtait à rendre la pareille au second téton en laissant traîner ses lèvres le long de sa poitrine.

— Ethan, je n'ai pas de préservatif ici. Tu en as un ?

Ethan s'arrêta net. Il jaugea un instant ses mots puis se redressa.

— Non, je n'ai pas pensé à remplacer dans mon portefeuille celui qu'on a utilisé à l'orphelinat.

Kaya se pinça la lèvre, réalisant la frustration qui était maintenant la leur et posa ses deux mains sur son visage pour masquer son sentiment de poisse. Ethan lâcha un « merde » et pesta contre son manque de prévoyance. Il la regarda alors, allongée au sol à moitié nue et offerte à lui, et gémit.

— Putain ! Fais chier ! s'agaça-t-il. C'est quoi ce mauvais karma qu'on a tous les deux ?

Ethan se releva et fit quelques pas pour tenter d'évacuer sa colère et sa frustration. Kaya se rassit et le regarda s'agiter, peinée.

— Je suis désolée… tenta-t-elle de dire pour le calmer.

Ethan s'arrêta alors et fixa son visage, comme s'il cherchait la solution en elle. Il sonda ses prunelles vert noisette pour comprendre ce qu'elle pensait de cette situation et surtout si elle pensait la même chose que lui à présent. Un regard entre eux et tant de demandes implicites.

— Tu as confiance en moi, Kaya.

Kaya serra ses mains et baissa les yeux. Sa demande était claire, même si aucun mot n'avait été prononcé. Elle secoua néanmoins la tête négativement, embêtée et navrée.

— Ethan… La confiance que tu me demandes, c'est…

— Je sais, je peux en dire autant. Les risques de le faire sans, sont des deux côtés.

— Hééé ! Je n'ai pas ton carnet de conquêtes alors, le plus méfiant des deux devrait être moi, tu ne crois pas ? De toute façon, la question ne se pose pas. C'est hors de question, je ne prends aucun contraceptif à côté, donc il manquerait plus que je sois enceinte de toi et là, je touche le pompon !

Ethan écarquilla les yeux, aussi stupéfait par l'idée d'être père à l'issue d'une envie incontrôlable que par le fait que depuis le début, le risque était présent sans qu'il ne sache quoi que ce soit.

— Attends, tu es en train de me dire que tu ne prends pas la pilule ?

— Pourquoi devrais-je la prendre, sachant que le seul avec qui je le faisais est mort ? rétorqua-t-elle sèchement en voyant le reproche venir. Pourquoi payer la pilule maintenant qu'il est mort ?

— Et moi alors ? Je compte pour du beurre ! s'agaça-t-il alors.

— Je te signale que je n'étais pas censée coucher avec toi, que les choses sont arrivées sans que je ne les prévoie ! Mais promis, la prochaine fois qu'il me vient l'idée de te voir juste pour coucher avec toi, j'y songerai.

Ethan encaissa sa brimade, perplexe. L'idée qu'elle vienne le trouver exprès pour un cinq à sept sous la couette ne lui déplaisait pas et donnait même encore plus d'intérêt à leur situation actuelle.

— OK... Bon... On n'a pas le choix... souffla-t-il, vaincu.

— Je suis désolée, vraiment... déclara Kaya, comprenant bien que leur besoin mutuel ne serait pas comblé cette fois-ci. Ce n'est que partie remise !

Elle tenta la touche d'humour, mais Ethan ne sembla pas y adhérer.

— Il est hors de question que je remette ça à plus tard.

Il se leva alors et fonça dans la buanderie éteindre le sèche-linge pour récupérer ses affaires et s'habiller. Kaya le suivit, alarmée par ses intentions.

— Qu'est-ce qu'il te prend ? Tu pars ? demanda-t-elle, inquiète.

— Où est la pharmacie ou le supermarché le plus proche ? Si tu crois que je vais me la mettre derrière l'oreille, c'est non. Je te veux, Kaya, et c'est non reportable à une prochaine fois. Je prends le risque ! On fera en sorte que la capote ne perce pas.

Ethan lui lança un regard déterminé qui fit rougir la jeune femme.

— Mais il pleut dehors. Tu vas être à nouveau trempé… annonça-t-elle, aussi inquiète des retombées de leur folie que de son objectif inconsidéré pouvant le rendre vraiment malade.

Ethan soupira et prit son visage en coupe pour lui déposer un nouveau baiser afin de la faire taire.

— Où est le point de vente le plus proche ? lui murmura-t-il alors qu'elle réalisait que le voir partir lui était difficilement acceptable maintenant.

— Tu as une supérette en bas de l'avenue.

— Attends-moi ici sagement, je n'en ai pas pour longtemps. Garde bien ton envie de moi intacte et ne te touche pas en mon absence. Je ne veux pas en perdre une miette !

Il enfila ensuite ses chaussures et sa veste, et disparut rapidement. Kaya se retrouva comme une idiote, toute seule, le rose aux joues à repenser à ses derniers mots aussi coquins que prometteurs. Elle regarda la pluie battre contre la fenêtre et se sentit mal à l'aise.

Que vas-tu encore faire pour moi à l'avenir, Ethan ?

Ses yeux firent un panoramique de son appartement maintenant silencieux. Instinctivement, elle se frotta les bras pour retrouver un peu de chaleur, mais son cœur montrait des signes de faiblesse lorsqu'elle posa son regard sur un des cadres sur une étagère où Adam et elle, étaient représentés. Elle s'approcha lentement et l'attrapa délicatement. Ses doigts se mirent à caresser la photo où ils étaient sur un cheval, tous deux souriant.

— Pardon Adam. Je ne suis sans doute pas digne de toi, mais… il me fait tellement de bien. J'ai besoin de donner et recevoir, plus que je ne le pensais. Il me sort la tête de l'eau et me redonne foi en la vie. Est-ce si mal ?

Une larme tomba sur la vitre du cadre. Kaya reposa le cadre et mit sa main devant sa bouche, pour tenter de retenir le sanglot qui ne demandait qu'à sortir. Elle respira un grand coup et repensa aux directives d'Ethan.

« Garde bien ton envie de moi intacte… »

Tout à coup, elle se mit à rire, réalisant qu'il avait prémédité ce qu'il se passerait dès son départ.

Tu le savais, Ethan. Tu savais que je douterais…

Elle fonça alors vers la fenêtre pour guetter son retour, se forçant à s'éloigner d'Adam et de son devoir de veuve. Ne pas réfléchir semblait la meilleure solution. Ne penser à rien. Ni au passé ni à l'avenir.

— Il me fait confiance. Je lui ai promis d'être là pour lui, aujourd'hui. Je ne dois pas douter.

Au bout de dix minutes, elle le vit alors au loin revenir en courant malgré la pluie. Elle s'étonna de sa détermination à toute épreuve juste pour être contre elle, pour avoir ses attentions. Flattée, elle posa son front contre la vitre glacée et sourit. Elle prit même le temps de le détailler avant de le voir franchir la porte cochère de son immeuble. Très rapidement, la porte d'entrée s'ouvrit et Ethan apparut, essoufflé. Il était trempé de la tête aux pieds une nouvelle fois, mais ne semblait pas s'en formaliser plus que ça. Son sourire coquin effaçait toute négativité autour. Kaya pouffa alors en constatant la boîte de préservatifs qu'il secouait dans sa main comme s'il avait trouvé la clé du bonheur. Il retira à la hâte sa veste et ses chaussures qu'il jeta négligemment.

— Dis-moi que je t'ai manqué ! lui demanda-t-il alors, le cœur gonflé d'espoir et d'impatience.

— J'ai failli pleurer, mais j'ai pensé à toi. Je crois que j'ai été forte… Mon envie est intacte !

Elle lui offrit un grand sourire avant de retirer lentement son t-shirt et son soutien-gorge dégrafé. Ethan la contempla un instant, partagé entre hallucination et rêve. Il se tourna alors vers la porte d'entrée et frappa sa tête plusieurs fois dessus plus ou moins fort tout en marmonnant une sorte de remerciement aux entités supérieures. La jeune femme s'interrogea un instant. Ethan l'observa alors, le regard aussi déterminé que fiévreux, et fonça sur Kaya. Il l'attrapa rapidement par la taille et écrasa ses lèvres sur les siennes. Kaya se mit alors à gémir.

— Tu as les mains et le bout du nez gelés !

— Pardon… Réchauffe-moi, Princesse !

Il la souleva alors et la porta jusqu'à sa chambre. Son empressement fit rire Kaya. Il la précipita sur le matelas sans ménagement. La jeune femme laissa échapper un « Oh ! » offusqué, mais garda son sourire. Ethan se déshabilla et ne se fit pas attendre pour s'inviter contre elle, puis se glisser sous les draps à ses côtés.

— Bonjour Mademoiselle Levy. Je pense que nous devons nous entretenir tous les deux…

— Bonjour Monsieur Abberline. Effectivement, j'ai un problème. Mon téton droit a eu des faveurs plus tôt, mais pas mon téton gauche. Ceci est très embêtant.

— Tsss… Il va falloir y remédier.

— Tout à fait ! Et vous, quel est votre problème ?

— J'ai une femme qui me torture de toutes les façons possibles ! Elle est terriblement diabolique avec moi. Encore à l'instant, elle a osé se déshabiller devant moi sans la moindre pudeur et avec une provocation évidente à laquelle je me sens forcé de répondre rapidement. Vous voyez un peu sa fourberie !

Kaya grimaça, faussement peinée par ses propos.

— Je vois, nous sommes mal lotis. De vrais pantins face à la tentation.

— Consolez-moi, Mademoiselle Levy, et j'essaierai de voir ce que je peux faire pour votre pauvre téton gauche languissant.

Kaya répondit à cet accord et lui attrapa la lèvre inférieure et tira légèrement.

— Avec plaisir, Monsieur Abberline. En plus, vos lèvres sont violettes ! Il est impératif de les réchauffer !

Amusé par sa répartie si touchante, Ethan réajusta la couverture au-dessus de sa tête et plongea sa langue dans la bouche de la jeune femme. La terrible attente et leur interminable frustration allaient enfin pouvoir être comblées. L'excitation de cette issue gonfla leur poitrine de bonheur. Leur respiration se fit plus forte. Leur empressement de se retrouver prenait le pas sur la raison. Ethan se laissa enfin aller à apprécier pleinement ce moment qu'il attendait depuis des jours. Il bombarda Kaya de petits baisers dans le cou et descendit rapidement s'occuper du téton de la discorde. Kaya retint son souffle lorsqu'elle sentit la bouche d'Ethan le saisir sans retenue et l'asticoter encore et encore au point de ne plus savoir si cela était appréciable ou douloureux. La main d'Ethan, refroidie par les intempéries, massa l'autre sein. Le second téton de Kaya se durcit immédiatement entre le jeu du chaud de ses massages et du froid du bout de ses doigts. Cette charmante attention ajouta un cran de plus à l'alanguissement de la jeune femme qui ne savait plus réellement ce qu'elle voulait. Lorsqu'il dévala son ventre de petits baisers, elle sut qu'elle était perdue. L'incendie prenait de la force en elle et son corps se consumait bien trop rapidement de désir. Elle le poussa sur le côté et s'allongea sur lui. La fièvre la gagnait plus que de raison et Ethan répondait outrageusement à ses attentes tacites en lui caressant les fesses et en demandant constamment ses lèvres. Chacun voulait tout de l'autre, mais à ce jeu, ce fut Ethan qui affirma sa domination lorsqu'il la rebascula contre le matelas et qu'il lui retira sa culotte. Kaya se mordit les lèvres d'impatience. Sa culotte vola à travers la pièce, suivie de près par le boxer de son partenaire. Ethan retrouva aussitôt les lèvres de

Kaya, ne voulant plus s'en défaire. Leurs sexes se frottaient l'un à l'autre et pourtant aucun des deux n'avait encore posé leurs mains dessus, comme s'ils repoussaient volontairement l'inévitable, juste pour gagner en frustration et donc en plaisir une fois leur envie assouvie. Ethan se déporta d'elle légèrement et attrapa la boîte de préservatifs.

— Kaya, pardonne-moi, mais là, ça urge. Je vais aller à l'essentiel. J'ai trop envie de toi.

Kaya pouffa devant sa remarque.

— Alors, c'est à ça que ressemble une consolation, un réconfort chez vous, monsieur Abberline ? Un léchage de tétons en préliminaire et passons direct au rodéo !

Ethan déchira l'étui du préservatif tout en la fixant ardemment, nullement troublé par ses mots.

— Kaya, ne me dis pas des trucs comme ça, putain ! Maintenant, je ne vais rêver que d'une seule chose : c'est que tu me chevauches ! Effectivement, là je suis très loin des préliminaires !

Il enfila le préservatif rapidement sur son membre grossi par le désir et s'étala sur elle sans attendre. Ses lèvres retrouvèrent vite celles de sa belle, mais n'y restèrent qu'un bref instant. Kaya le retourna pourtant une nouvelle fois en le poussant sur ses épaules et se posa à califourchon sur lui avec hâte.

— Quelle bonne idée, Monsieur Rodéo. Voilà donc les véritables préliminaires que vous suggérez ? Chevauchons dans ce cas ce bel étalon !

Ethan eut à peine le temps de réaliser les propos de la jeune femme, qu'elle s'enfonça sur lui lentement, mais sûrement. Kaya se tendit sous l'effet procuré par ce geste libérateur tandis qu'Ethan attrapa instinctivement ses fesses pour apprécier la profondeur du mouvement. Un râle de plaisir s'échappa respectivement de leur bouche une fois l'un bien dans l'autre.

Lentement, Kaya bougea son bassin et se redressa. Lorsqu'elle ferma les yeux, Ethan prit alors le temps de l'admirer en train de prendre son plaisir sur lui et se surprit d'aimer autant son impulsivité nouvelle. Sa poitrine offerte à lui, ses cuisses de part et d'autre de son bassin, la courbe de ses hanches laissant deviner ses magnifiques fesses, ses lèvres rosies et gonflées par ses assauts fougueux étaient autant de détails qu'il imprégnait dans sa mémoire comme de magnifiques souvenirs de ce moment caché du reste du monde.

Tu es tellement belle ainsi, Kaya...

Il posa ses mains sur ses seins qu'il serra avec hargne, avec la ferme intention de les posséder comme le reste de son corps. Kaya inspira sous la poigne douloureuse, mais vivifiante d'Ethan, puis expira lorsque la douleur fit place au plaisir de possession qu'insufflait Ethan par ce simple geste. Bien qu'elle orchestrât la symphonie, c'était Ethan qui donnait le ton de leurs désirs. Elle continua alors ses mouvements de façon plus emportée, en écho au besoin sauvage que lui inspiraient les gestes abrupts d'Ethan sur elle. Ethan serra les dents devant la sensualité débridée qu'elle lui montrait. Son objectif était dorénavant clair : tout découvrir d'elle, la moindre de ses réactions, le moindre effet ressenti à chacun de ses gestes intrusifs et primitifs, le moindre détail indiquant son lâcher-prise complet. Il fit alors glisser sa main droite le long de sa gorge et remonta ses longs doigts vers son menton. La jeune femme eut un instant l'impression d'être entièrement à sa merci, comme s'il pouvait décider de vie ou de mort juste en pressant sa gorge. Et pourtant, cette sensation la grisa davantage au point qu'elle ne veuille qu'une chose, le rendre aussi fou de désir qu'il ne la rendait folle. Les doigts d'Ethan touchèrent bientôt sa bouche et Kaya rouvrit ses yeux puis le fixa. Le désir réciproque qu'ils lisaient en l'autre ne faisait aucun doute. Lascivement, elle suça l'index et le majeur d'Ethan, mimant les gestes qu'elle exerçait sur lui avec son bassin. Ethan inspira profondément, réagissant vivement au contact à la fois humide et chaud de sa bouche sur ses doigts. Son excitation prenait des proportions ingérables. Son regard se faisait aussi ardent que celui qui lui faisait face. Pourtant, sa torture était loin d'être finie lorsqu'elle attrapa son autre main libre et prit appui dessus pour accélérer la cadence et l'impact. Ce fut Ethan qui ferma alors les yeux un instant, contrôlant de plus en plus difficilement tout le plaisir qui le submergeait. Il avait envie d'elle encore et encore. Il voulait la toucher, mais elle l'en empêchait. Il voulait l'embrasser, mais elle voulait le dominer. Il voulait la pénétrer toujours plus profondément, mais elle gérait leurs va-et-vient à sa façon. Lorsque ses paupières se levèrent à nouveau, son cœur ne voulait qu'une chose : battre contre le sien. Il retira ses mains de celles de Kaya et se redressa pour la serrer contre lui, stoppant net l'activité de la jeune femme. Sa bouche retrouva celle de sa partenaire sans hésitation. Avec détermination, il la ramena avec lui contre le matelas, puis bascula sur elle. Kaya se laissa faire, heureuse de cette nouvelle étreinte. Leurs langues ne se chamaillèrent plus, elles se caressaient à présent dans un élan de tendresse qu'aucun des deux ne se pensait être capable. La main gauche d'Ethan dévala sa hanche pour finir sur sa cuisse qu'il attrapa pour mieux se caler contre elle. Un nouveau va-et-vient commença, où Ethan mesura chaque enfoncée en elle, appréciant chaque sensation avec toujours plus de bonheur. Leurs souffles erratiques masquaient difficilement leurs souffrances à ne pas être libérés de ce besoin atroce de l'autre. Ethan parsema le cou de Kaya de baisers. Il ne voulait plus rien contrôler, juste satisfaire toutes ses envies du moment. Les coups de reins s'accélérèrent et Kaya y participa volontiers, de plus en plus gémissante, mais toujours dans cette frustration de plus. Les caresses devinrent frénétiques, avec ce besoin absolu de tout découvrir, tout connaître de l'autre en survolant un maximum de centimètres de peau en peu de temps : cheveux, visages, bras, hanches... Ethan grogna de bonheur et d'excitation. Plus il s'enfonçait en elle, plus il l'embrassait, plus son besoin de la posséder s'accentuait. C'était à la fois effrayant et électrisant. La tension sexuelle ne cessait pas d'augmenter entre eux, au point que la peur de l'orgasme jouait avec celle que tout s'arrête en même temps.

Au bout de plusieurs minutes à tenter de calmer la fièvre qui le dévorait, Ethan ne tint plus. Il se redressa et d'un geste vif, attrapa les jambes de Kaya pour la tourner sur le ventre. Il souleva son bassin et l'emplit à nouveau. L'accélération qu'il entama eut finalement raison d'eux deux. Kaya ne fut alors que sensations sous la prise ferme d'Ethan sur ses hanches. Elle était devenue son pantin, son corps ne répondait plus à sa raison. Elle haleta encore et encore sous ses coups de reins, encore plus profonds et maîtrisés, ce qui déclencha la jouissance dévastatrice d'Ethan. Sa crispation marqua la peau de Kaya qui se raidit un peu plus, augmentant la durée de l'orgasme. L'un voyait des étoiles pendant que l'autre ne savait plus où il campait. Leurs corps restèrent un moment ainsi, figés et engourdis, cherchant à vérifier que tout était encore fonctionnel après la déflagration ressentie dans chaque pore de leur peau, sur chaque muscle de leur corps. Ethan se retira lentement et s'écroula à côté d'elle, complètement assommé par les battements de son cœur qui allait le rendre dingue. Kaya, quant à elle, se mit sur le dos et ne quitta pas des yeux le plafond, tentant de revenir à la réalité sans vraiment arriver à analyser ce qu'il venait de se passer. Plusieurs minutes s'écoulèrent en silence avant que Kaya daigne le regarder à nouveau et lui sourire. Ethan y répondit de la même façon, même s'il avait encore du mal à réaliser ce qu'il venait de vivre.

— J'ai des fourmis dans les jambes ! lui déclara-t-elle doucement, comme une confidence. Il n'y a pas à dire, ça tue le rodéo !

Tous deux se mirent à rire.

— Je ne sais pas ce que je préfère le plus... commenta alors Ethan. Que tu me chevauches ou que je te chevauche... En tout cas, ça m'a tué aussi !

Kaya le contempla un instant et regarda à nouveau le plafond.

— Drôle de consolation en tout cas... je ne pensais pas que c'était si... sportif !

— Tu t'attendais à quoi ? demanda alors Ethan tout en retirant son préservatif. Moi, j'aime bien ton impulsivité. Tu es une sacrée coquine, en fait !

Aussi gênée que choquée par les propos qui, malgré tout, parlaient pour lui, Kaya retira l'oreiller qui tenait sa tête et le balança dans la figure d'Ethan qui se mit à rire à nouveau.

— Je ne suis pas coquine... J'ai juste répondu à ta provocation.

Ethan lui sourit et s'approcha d'elle pour la coller à lui.

— J'aime bien te provoquer... surtout si j'obtiens de tels résultats ! Ma Princesse devient tigresse pour mon plus grand plaisir. Grrr !

Kaya se mit à rougir alors qu'il gardait cet air à la fois amusé et tendre avec elle dans son regard.

— Pour ton deal de consolation, je m'attendais à quelque chose de plus tendre, posé, réfléchi. Quand on console, on pense à des gestes doux, non ? Des trucs chargés de plus grandes doses de sensibilité ? Mais je me rends compte qu'on est tous les deux assez sanguins, en fait.

— Tu regrettes que ce ne fût pas plus doux ?

Kaya loucha sur lui, troublée par sa demande.

— Non ! La douceur, c'est une affaire de sentiments, donc ça me va puisqu'on est d'accord de ne pas en ressentir pour l'autre.

Ethan ne détacha pas son regard du sien et finalement, posa délicatement ses lèvres sur les siennes.

— Tu as raison, la fougue, c'est moins conventionnel. Ça nous ressemble davantage.

Ethan prit Kaya délicatement dans ses bras. Cette dernière posa ses mains sur chaque côté de sa taille. Elle avait encore beaucoup de mal à retrouver le parfait usage de son corps, mais son cœur restait toujours très réceptif aux attentions de son partenaire. Les pincements qu'elle ressentait dans sa poitrine se succédaient avec autant d'inquiétude que d'espoir. Un baiser en appelant un autre, difficile à réprimer, leurs lèvres se frôlèrent à nouveau avant de ne plus se détacher. Leurs mains demandaient la peau de l'autre et leurs langues se mêlèrent une nouvelle fois très naturellement au point de refuser l'idée de tout arrêter. Ethan se rendit compte que sa soif d'elle était loin d'avoir disparu. Il n'arrivait pas à se satisfaire de simples galipettes et encore moins de ces simples baisers en conclusion. Il voulait tout. Il voulait plus. Toujours plus. Une escalade incontrôlable qui le rendait aussi déterminé que fébrile. Tout son corps la réclamait encore, même endolori après leur super câlin. Sa bouche désirait encore se poser sur elle, son sexe encore entrer en elle. Sa poitrine le brûlait, tellement le contact de son corps contre le sien lui manquait déjà. Il déposa lentement une vague de baisers sur son visage puis son cou, dans l'espoir de calmer cette sourde envie d'elle qui reprenait vie en lui, plus forte que jamais. Kaya lui caressa sa tignasse et se cambra sous ses baisers qui rallumaient insidieusement la flamme de son désir. Ethan revint coller ses lèvres sur les siennes, la tentation trop grande, le besoin trop insistant. Il avait besoin de l'embrasser. Toujours plus. Comme s'il lui manquait encore quelque chose pour être vraiment satisfait de leur compromis. Il la regarda et comprit qu'il avait envie de cette tendresse entre eux. Que malgré l'évidence de leurs caractères explosifs, il avait besoin de douceur, de sa douceur. Il ne pouvait s'en passer. Elle était là, quelque part en elle.

— Kaya... gémit Ethan, attentif à son souffle chaud contre son oreille.

Il suçota alors le lobe de son oreille et se sentit à nouveau emporté par les tiraillements de son cœur. La jeune femme lui caressa les épaules en réponse, tout en tentant de contenir ce nouveau caprice qu'exerçait son corps contre sa volonté, sa conscience.

— Et si on instaurait un service après-vente spécial ?

Kaya tenta de voir s'il plaisantait ou pas en sondant son regard, mais Ethan cacha volontairement son visage alors qu'il embrassait son cou.

— Je croyais que tu étais contre ? déclara-t-elle alors, fébrile.

— Oui, mais là c'est différent, vu qu'il faut s'assurer que l'autre est bien consolé. J'aime bien cette idée.

Il releva alors sa tête et lui sourit de façon coquine. Kaya s'esclaffa, sidérée par son changement de cap selon les circonstances.

— Et tu vois cela de quelle façon ?

Ethan respira un bon coup, se replaça face à elle et lui caressa les cheveux. Il toucha une nouvelle fois ses lèvres des siennes délicatement.

— Au feeling...

— Au feeling ? répéta-t-elle, sceptique.

— Oui, au feeling. Par exemple si j'estime qu'il me manque un petit truc pour me sentir pleinement rassuré malgré nos actes précédents, et bien le service après-vente sert à cela.

— Et il t'a manqué quoi à nos actes précédents pour te sentir pleinement consolé ?

Ethan lui sourit et fonça sur ses lèvres.

— J'ai beau les embrasser, j'ai toujours envie d'elles ! lui susurra-t-il contre celles-ci. C'est très problématique !

Kaya pouffa contre sa bouche et passa ses bras autour de son cou.

— OK et je dois en faire, je suppose, jusqu'à épuisement de Monsieur ou dois-je m'attendre à les voir usées jusqu'au sang ?

Tout sourire, Ethan déposa plusieurs baisers sur sa bouche. Son cœur palpitait toujours plus face à ces petits moments partagés sans retenue.

— Ne t'inquiète pas, je trouverais une parade si cela venait à devenir ingérable !

— Bah voyons... J'ai une meilleure idée !

Elle le déporta alors sur le côté et posa sa tête sur son torse. Se serrant contre lui, elle ferma les yeux et sourit.

— Ça aussi, ça peut être un bon service après-vente !

— Tu as ta tête sur mon torse, Kaya ! C'est loin d'être reposant.

— Oui et j'ai même mis mes lèvres sur ton torse et tu es toujours vivant, donc habitues-y toi, car moi, je ne bouge plus ! Trop bien calée comme ça !

— Ce service après-vente n'arrange que toi ! Je suis contre !

Kaya lui embrassa subrepticement le torse avant de lui sourire de façon entendue et se reposa contre lui à nouveau.

Tu es en train de me faire fermer ma bouche, là ? Je rêve ! Madame décide et j'applique ?

Ethan s'esclaffa, sidéré par la force de caractère de Kaya.

— C'est dégueulasse ! Je ne tire aucun avantage à ça ! insista-t-il, malgré le silence de sa belle, bien déterminée à avoir le dernier mot. Je ne vois pas en quoi c'est agréable !

D'abord tendu, Ethan relâcha progressivement son appréhension. Son agacement à se voir manipulé de la sorte prit le pas sur ses angoisses primaires et il réalisa finalement que ce contact n'était pas une si grande catastrophe. Il contempla la tête de Kaya se soulever puis retomber au rythme de sa respiration, puis sourit. Elle était en train de se greffer à lui d'une façon aussi

touchante que désarmante. Il aimait tout de ce qui se passait entre eux. Il aimait leurs prises de risques, il aimait leurs prises de becs. Rapidement, il entendit la respiration de Kaya s'alourdir. Il constata alors qu'elle avait fini par s'endormir contre lui.
Comment fais-tu pour t'endormir à chaque fois contre moi, aussi vite ? C'est fou, ça !
Était-ce sa façon à elle de se sentir entièrement réconfortée ? Il regarda le plafond avec angoisse. Rester l'un contre l'autre, dormir dans ses bras, s'abandonner à la vigilance de l'autre… Il ferma les yeux un instant. Il ne doutait pas qu'il puisse y arriver sans problème avec elle. Une suite logique à tout ce qu'il pouvait faire en sa présence. Il repensa aux mots de sa mère adoptive à propos de l'amour qu'elle éprouvait pour son mari.

« Tu sais, une femme a besoin avant tout d'attentions. Le sexe, comme je te l'ai déjà dit, n'est qu'une cerise sur le gâteau pour une femme. Elle a besoin de pouvoir se reposer sur une épaule qui la comprenne avant tout. Je pense que c'est ce qui m'a fait tomber amoureuse de ton père. Sa présence dévouée à mon bien-être, sans arrières pensées, ses mots doux et posés, ses sourires sans plus de critiques, sa façon de parler de choses anodines pour égayer mon visage… C'est devenu mon confident. Avec le temps, je voulais plus de lui, j'avais besoin de plus et seulement là, les choses sont vraiment devenues intimes. »

Ethan déglutit. Les propos de sa mère trouvaient un écho étrange en lui. Il s'identifiait dans les sentiments de Cindy autant qu'il comprenait un peu mieux les attentes féminines. Kaya illustrait à elle seule tant de petits riens qui faisaient tout. Elle était vraiment capable de tout avec lui et il acceptait tout d'elle. C'était la conclusion de toute leur histoire depuis le début. Il voulait tout d'elle, et finalement c'était lui qui donnait sans concession. Et il savait qu'il était encore capable de donner encore et encore s'il continuait ainsi.

Tu as, toi aussi, besoin de te reposer sur mon épaule ? En tout cas, tu te reposes bien sur mon torse ! Pas de doute !

Il soupira, mais entoura malgré tout le corps de Kaya de ses bras, comme s'il avait peur que tout finisse, comme si en un claquement de doigts il pouvait tout perdre. Il réalisa alors l'importance qu'il accordait à leur relation, l'investissement qu'il était prêt à mettre dessus. Tout ce qu'il était capable de sacrifier pour cette femme. Il observa encore Kaya, le visage serein contre lui. Il contempla chaque courbe de son visage, chaque sursaut, chaque réaction. Rêvait-elle ? Était-il dans ce rêve ? Quelle place y avait-il alors dedans ? S'il venait à s'assoupir, viendrait-il la retrouver ? S'il était certain d'une chose, c'est qu'il rêverait d'elle immanquablement. Il ferma les yeux, ne voulant pas écouter les battements désordonnés de son cœur qui insufflaient en lui la peur d'après. Cette sournoise peur de l'après qui résonnait comme un écho de son passé.

Kaya se réveilla avec la sensation de flotter dans du coton. Outre le fait qu'elle se sentait tout engourdie, elle avait superbement bien dormi. C'était à chaque fois le cas lorsqu'elle s'endormait contre Ethan. Il y avait quelque chose de sécurisant en lui qui la faisait basculer dans le sommeil sans crier gare. Dire qu'il était soporifique serait exagéré, mais elle ne niait pas que tout lui semblait tellement plus facile une fois contre lui. Leur après-midi ensemble avait eu cet effet. Être capable de s'abandonner sans penser à rien, juste perdre pied quelques heures et se réveiller ainsi, avec le sourire, avec l'insouciance de vivre comme bon lui semblait. Elle regarda par la fenêtre de sa chambre et constata qu'il faisait déjà nuit. Bien que les journées s'avérassent courtes en décembre, elle n'arrivait pas à estimer le temps qu'elle avait passé endormie. Elle se redressa alors pour vérifier l'heure sur son réveil, mais constata rapidement qu'Ethan était parti. Il n'était plus là, contre elle. Une nouvelle fois, elle se réveillait sans lui. Elle se rappela la dernière fois où elle s'était retrouvée dans cette situation : quelques heures plus tard, elle lui disait adieu dans une lettre. Si à l'époque, elle avait trouvé que c'était la seule solution, aujourd'hui elle ne pouvait l'envisager. Son besoin de lui devenait addictif. Elle acceptait difficilement son absence. Elle se leva et alla rapidement dans le salon, espérant le trouver devant la télé ou en train de se préparer quelque chose dans la cuisine. Seul le silence répondait à son espoir. Sa gorge se serra à l'idée qu'il soit parti sans l'avoir prévenue. Elle fonça dans la salle de bain, vérifia la buanderie, alla jusqu'à ouvrir la porte des WC, mais Ethan restait invisible. Elle respira un bon coup. Partir ne signifiait pas quitter définitivement. Pourtant, un pressentiment ne la lâchait pas. Elle chercha le moindre indice justifiant son absence. Elle retourna vers la chambre et trouva un bout de papier tombé au sol.

« Je te rappelle. À plus tard. »

Kaya grimaça devant ce message laconique. Même pas une vanne, un petit mot gentil.

Il me prend pour une de ses employées ou quoi ?

Très vite, son pressentiment se renforça. L'homme qui avait passé la journée avec elle avait refait place au connard de service.

Et en plus, la journée n'est pas finie, idiot. Pourquoi m'as-tu laissée si vite ?

Elle s'accroupit devant sa table de chevet, ne cessant de relire ce message pour tenter de comprendre ce qu'il pouvait penser en ce moment et si quelque chose clochait chez elle, à présent qu'elle avait accepté sa proposition. Elle soupira et regarda la pluie qui continuait de battre le carreau de la fenêtre malgré la nuit.

Tu as intérêt à vite rappeler, sinon je ne donne pas cher de ta peau ! En attendant, tu me laisses seule avec mes interrogations sur mon comportement. Je te déteste !

Oliver écoutait la pluie frapper sa fenêtre avec dépit. Il avait plu toute la journée. Autant dire que question déprime, il était servi. Sa bouilloire indiquait que son eau était chaude et qu'il pouvait se servir son thé. Pourtant, il ne put finir son action qu'on sonna à sa porte.

Dix-huit heures trente… Qui peut venir me voir à cette heure-ci ?

Il soupira et alla trouver l'importun.

— Oula ! Toi, tu as pris la saucée dehors ! commenta Oliver, amusé par la dégaine d'Ethan. Tu ne devais pas être aux States ? Qu'est-ce que tu fous là ?

— J'ai passé une partie de la journée avec Kaya.

— Oh ! Et vous vous êtes disputés, c'est ça ? À voir ta tronche, elle t'en a mis encore plein la vue, non ?

— Oliver, je suis dans la merde.

Oliver grimaça.

— Ce n'est pas nouveau, ça fait un moment que tu nous sors cette rengaine avec elle !

Ethan le fixa gravement, ne voulant pas répondre à sa boutade, puis s'agita tout à coup avant de se lancer.

— Je suis en train de tomber raide dingue amoureux de Kaya.

D'abord surpris par l'aplomb d'Ethan sur son aveu, Oliver lui sourit, heureux de l'entendre enfin prononcer l'évidence.

— Il était temps que tu t'en aperçoives !

— Comme tu dis, il était temps. Je ne dois plus la revoir. Il me faut absolument rompre tant qu'il en est encore temps…

19
MEURTRIS

Oliver observa Ethan un instant, désabusé. On y était. Ce moment critique où son ami commençait à entretenir un rapprochement trop évident avec une personne et où il reculait finalement. C'était chronique chez lui, cette peur de s'engager au risque de ne pas assumer ou de souffrir. Oliver avait connu pas mal des conquêtes d'Ethan. Très peu avaient eu le droit à un traitement de faveur. Kaya était la plus grosse des exceptions en matière d'attentions, mais déjà avec certaines ex, Ethan avait préféré rompre plutôt que prendre le taureau par les cornes. Dès que cela devenait trop engagé, que la fille partait trop dans le sentimentalisme et dans les projets d'avenir, Ethan noyait le poisson et mettait une distance définitive.

— Tu ne crois pas que tu t'alarmes un peu vite. Prends le temps de la réflexion.

Ethan s'essuya son visage dégoulinant de pluie et soupira.

— Puis-je entrer ?

Oliver grimaça en le voyant trempé, mais accepta sa demande.

— Enlève tes chaussures et ton manteau !

Il se rendit dans la cuisine afin de récupérer sa bouilloire qui sifflait à présent et sortit deux tasses.

— T'aurais pas quelque chose de plus fort ? J'en ai besoin, je crois…

Oliver leva les yeux et dit alors adieu mentalement à son petit thé du soir. Il l'invita à s'asseoir sur son canapé et récupéra la bouteille de whisky cachée dans sa table basse avec deux verres.

— « On the rocks » ?

— Non, merci. Je te dis que j'ai besoin d'un truc qui me lamine direct ! Pas de glaçons pour adoucir ma décision !

Oliver s'exécuta tranquillement, tentant par son attitude cool de la répercuter sur Ethan, visiblement à cran.

— Que s'est-il passé ? demanda-t-il alors de but en blanc à son ami.

Ethan se tortilla les doigts le temps qu'Oliver finisse son service, puis attrapa hâtivement son verre pour laisser glisser l'alcool fort le long de sa gorge. L'effet fut immédiat, comme s'il imaginait désinfecter toute cette affection pour Kaya qui s'accumulait en lui. Pourtant, très vite, sa gorge se réchauffa, son apaisement s'effaça et une nouvelle gorgée s'imposa. Oliver le regarda faire avec tristesse. Son seul soulagement était qu'il ne se soit pas réfugié dans un bar pour faire ce qu'il faisait devant ses yeux. Au moins, il pouvait garder un œil sur lui et éviter tout débordement avec une autre viande saoule. Ethan lui tendit à nouveau son verre.

— Tu comptes boire jusqu'à t'étaler au sol sans rien me dire ? continua Oliver tout en lui resservant son whisky.

— Je ne sais pas… finit par répondre Ethan, visiblement affecté. Je veux tout avec elle, mais plus elle me donne et plus je flippe sur ce que je ressens…

— Et tu en viens donc à te dire que tu es amoureux ?

— J'en viens à me dire que j'aime coucher avec elle, mais pas que… j'aime son sourire, j'aime sa répartie, j'aime son air polisson, j'aime son altruisme, j'aime sa sensibilité… J'aime !

Ethan s'enfonça dans le canapé et respira un bon coup,

complètement défaitiste. Oliver s'esclaffa. Jamais son ami n'avait été aussi loquace sur ses sentiments et encore moins sur les qualités d'une femme.

— Tu sais que ce n'est pourtant pas nouveau chez elle. Depuis le début, c'est comme ça entre vous ! Vous n'arrêtez pas de vous courir après, au point que personne n'arrive à vous suivre ! C'est ça qui t'a même plu en premier, je suis sûr. Donc, qu'est-ce qui a changé pour que tu en viennes à penser que tu l'aimes ?

Oliver se mit à sourire, dépité par son manque de pertinence sur sa conduite envers elle depuis le début. Il porta son verre à la bouche pour marquer le coup et finalement fêter enfin sa révélation improbable sur ses sentiments déjà présents depuis un moment.

— Elle a… embrassé mes cicatrices.

Oliver recracha son whisky dans son verre. C'était la deuxième fois qu'Ethan lui faisait le coup. La dernière fois il avait craché son champagne à l'annonce de sa volonté d'être consolé et de consoler en retour. Devant le regard ahuri de son ami, Ethan but cul sec le reste de son whisky. Il le posa ensuite sur la table et se cacha son visage de ses mains, complètement paniqué par ce qu'il vivait et ne sachant quoi faire pour remédier à son angoisse.

— Tu es donc allé si loin avec elle…

Ethan prit sa remarque comme une conclusion consternante qui amplifia son humeur grognon.

— Oui, tu comprends pourquoi je m'alarme ! Aucune femme, je dis bien aucune, n'avait réussi ce tour de force ! Elle, elle arrive et c'est parti ! Je te provoque, je ne te laisse pas le choix, je m'impose sous couvert de sourires et je fais ce que je veux de ton torse ! Et le pire dans tout ça, c'est que j'ai aimé ! J'ai aimé, tu entends ! Atrocement ! J'en veux encore ! Je veux qu'elle me câline toujours plus, qu'elle prenne soin de moi, qu'elle calme mes blessures, qu'elle anesthésie mes peurs et qu'elle…

Ethan soupira enfin après le flot rapide de mots qu'il venait de débiter.

— Et qu'elle ne puisse plus se passer de moi.

La colère, puis l'amertume qu'exprimait Ethan ne faisaient que refléter son inquiétude et son impuissance. Oliver eut un peu de peine à le voir lutter contre plus fort que lui, à le voir si dépassé. En même temps, il ne pouvait que sourire devant l'influence de Kaya sur lui. C'était inimaginable. Rien que le fait qu'il vide son compte en banque était étrangement inquiétant. Était-elle vraiment bénéfique pour lui ? Kaya ne semblait pas dangereuse à première vue, mais elle le devenait inexorablement par le comportement qu'Ethan adoptait avec elle.

— Elle arrive même à dormir contre moi… déclara-t-il complètement anéanti par sa faiblesse à lutter en vain contre le charme et l'insouciance de Kaya. Bientôt, elle me les touchera à mains nues, à même la peau, et je ferai quoi ? Bientôt, ma poitrine saignera à nouveau et je deviendrai quoi ?

Oliver lui resservit un verre.

— Kaya n'est pas ta mère. Ce que tu as vécu avec Sylvia n'a rien à voir. Tu n'as aucune raison de les comparer.

Ethan regarda son ami sévèrement, n'aimant pas sa façon de dédramatiser. Son humeur était exécrable et il osait parler de sa mère biologique et de ce qu'il s'était passé alors qu'il tentait vainement de ne pas en mentionner un mot depuis des années. Et pourtant, depuis l'arrivée de Kaya dans sa vie, il n'y avait jamais autant pensé.

— J'ai pourtant couché avec les deux… J'ai couché avec ma mère, puis avec Kaya. En quoi n'est-ce pas comparable ? Ce sont deux femmes ! Les femmes sont toutes pareilles ! Elles ne voient… que leur intérêt. Si je viens à aimer Kaya comme j'ai pu aimer ma mère, je vais me perdre.

Ethan attrapa son verre et le but une nouvelle fois cul sec, comme pour effacer cet aveu si douloureux, comme pour s'accabler un peu plus de sa culpabilité à être si naïf devant elles. Le problème restait le même. Deux femmes pour qui il éprouvait des sentiments, deux femmes qui jouaient avec son cœur.

— C'est vrai… commenta Oliver calmement, mais le contexte est différent. Kaya est une femme que tu as le droit d'aimer comme une amante. Avec ta mère, tout était biaisé. Ta mère se servait de toi. Elle n'a pas su gérer les choses correctement.

Ethan serra la mâchoire à cette idée. Si difficile soit-elle à entendre, chaque fois, elle lui entaillait le cœur. La trahison était la pire des souffrances.

— J'ai tout donné pour ma mère. Je lui ai donné tout l'amour que je pouvais lui donner. Je pensais qu'elle m'aimait, que c'était comme ça qu'on se montrait notre amour, et regarde où ça nous a menés. Regarde mon torse, regarde ma souffrance encore vingt ans après. Je la déteste au point de refuser de la revoir, au point de nier carrément son existence. Je pourrais finir par détester Kaya, si je venais à laisser parler mes sentiments.

— Mais tu l'as déjà détestée ! s'amusa à rétorquer son ami, malgré la gravité de la conversation.

Ethan tiqua à sa remarque.

— Tu as commencé par la détester et ça n'a pas marché ! Donc, maintenant, tu peux te permettre de l'aimer, ne crois-tu pas ?

Ethan regarda son verre, complètement perturbé par les propos de son ami.

— L'amour est quelque chose qui m'est maintenant interdit. On ne change pas le passé. Il fait votre avenir. Je suis un monstre. J'ai couché avec ma mère. J'ai pris mon pied avec celle qui m'a mis au monde. J'ai enfreint tous les codes moraux et sociaux par simple égoïsme. Qui pourrait estimer qu'une personne ayant commis un inceste a le droit d'être heureuse après un tel acte ? Qui pourrait accepter de voir cet ignoble individu que je suis, aimer quelqu'un ? Quelle crédibilité espérer dans ce cas ? Je n'ai pas le droit d'aimer et on ne peut aimer un gars comme moi en retour.

— Ce n'était pas de l'égoïsme, mais de la naïveté et tes parents croient à ta rédemption... Eddy peut-être... et puis moi ! Tu sais très bien que l'on ne te juge pas pour ce qui s'est passé, mais pour la personne que tu es. Pourquoi serait-ce différent avec les autres ?

— Parce que j'ai couché avec ma mère ! Quelle femme sensée accepterait de coucher avec un homme qui a couché avec sa propre mère ? Quelle femme ferait fi de cela une vie entière ? Quelle femme accepterait un homme qui n'a pas de limites ? Qui a été capable d'une telle offense ? Si je continue à laisser parler mes sentiments pour Kaya, je vais droit dans le mur, car quoiqu'il arrive, cela mènera à un échec !

Ethan posa son verre comme si toute lutte était vaine pour lui. Les choses étaient ainsi. Il était un connard, un monstre doublé d'un idiot, un être perdu. Un homme sans limites tentant de duper les autres en se montrant carré, rigoureux. Il était simplement un manipulateur.

— Il vaut mieux arrêter toute cette histoire tant qu'il en est encore temps. Je vais la blesser, mais ce ne sera rien comparé à la suite, si je la laisse rentrer davantage dans ma vie. Tu m'as dit de ne pas déconner avec elle, de ne pas la blesser avec mes conneries. C'est ce que je vais faire. S'il y a bien une chose pour laquelle je te suis, c'est que c'est une chouette femme et qu'elle ne mérite pas que je m'acharne sur elle, au point de détruire son cœur déjà meurtri et lui faire songer à quelque chose de particulier entre nous, car je sais que si je continue avec elle, de mon point de vue tout sera particulier entre nous, encore et encore. Je pensais pouvoir gérer ma relation avec elle, je pensais pouvoir mettre en œuvre cette idée saugrenue de consolation sans me laisser impacter par ses simagrées, mais je l'ai sous-estimée. J'ai surestimé ma force et j'ai sous-estimé la sienne. Elle m'a pris à mon propre piège. Elle a touché mes failles et m'a visé droit au cœur. Si je n'arrête pas tout immédiatement, qui sait ce qui se passera ? Mon cœur… ne se relèvera pas cette fois, je ne me relèverai pas, Oliver.

Oliver but plusieurs gorgées de whisky, triste pour son ami de le voir sur la touche une nouvelle fois, mais en même temps fier de son intégrité.

— Et tu penses pouvoir te passer d'elle aussi facilement ? demanda-t-il, maintenant inquiet pour son mental.

— Non, mais j'ai l'habitude de souffrir en silence…

Il attrapa la bouteille de whisky et la porta direct à sa bouche. Il avala plusieurs gorgées, se forçant à supporter la teneur d'alcool élevée qui se déversait en lui. Oliver finit son verre, trinquant à la fatalité d'un avenir sombre.

— L'habitude peut être ta pire ennemie. Parfois, il faut savoir profiter de ce qu'on vit pour ne pas avoir de regrets. Crois-tu que mettre fin à ta relation avec Kaya ne te fera pas plus souffrir que si tu restais avec elle ?

Ethan contempla son ami avec un air hébété sur le moment. La perspective de bonheur que pouvait lui offrir Kaya brûlait sa poitrine, nourrissait un espoir qu'il refoulait volontairement et pourtant Oliver insistait sur la réussite de leur relation.

— Oliver, je meurs et revis à chaque fois dans ses bras. Que ferais-tu, toi, à part fuir ? Il y a un jour où forcément je ne renaîtrai plus… Et là, que se passera-t-il ? Là, au moins, je suis toujours en vie. Ce sera peut-être dur un temps, mais bien moins que si j'attends que l'inévitable arrive. Je le sens, Oliver. Kaya m'est dangereuse.

L'excitation de Kaya était telle que son impatience lui faisait défaut. Les heures ne passaient pas assez vite, le métro n'arrivait pas assez rapidement, l'arrivée à la station souhaitée était trop loin, les gens étaient trop lents à se déplacer. Elle était pressée de le retrouver. Elle était pressée de le voir et de l'entendre. Ethan avait mis trois jours avant de lui envoyer un message. Trois jours d'angoisse où elle ne savait quoi dire ou faire, où elle jonglait entre déprime et courage, entre déception et confiance, entre tentations et résolutions. Elle savait que leur accord n'incluait aucune obligation de bienveillance envers l'autre en dehors de leurs moments de consolation.

Pas de copinage, pas de sentiments, pas de promesses. Tout va bien !

Ils n'étaient pas concrètement ensemble et ça lui convenait parfaitement. Elle savait aussi que si elle se pliait à ce jeu de la jeune ado émoustillée, elle perdrait à la fois Ethan, bien trop frileux des facéties des femmes énamourées, mais aussi Adam. Or, il était hors de question d'effacer Adam de sa vie pour un compromis bizarre avec un autre homme. Ses extravagances avec Ethan ne devaient en rien perturber son amour pour Adam. Même si Ethan s'avérait plus efficace qu'elle ne l'aurait pensé dans leur deal de réconfort mutuel, elle ne devait pas succomber à la facilité de se complaire dans ses bras. Tous les termes de ce contrat tacite n'avaient pas été vraiment actés entre eux et elle comptait sur ce rendez-vous pour éclaircir tout ça. En attendant, elle souhaitait garder un certain recul sur les possibles sentiments qui se bousculaient en elle lorsqu'il était présent.

Leur dernière entrevue avait eu un effet bénéfique, mais tout aussi effrayant quant à la dépendance qu'elle pouvait développer pour Ethan. Aussi, elle avait essayé de ne pas se formaliser de son manque de communication des derniers jours. Garder une distance, une froideur était une bonne solution pour rétablir les choses dans sa tête et son cœur, pour repartir du bon pied et ne pas s'inventer des espoirs qui la rendraient triste. Les dernières actions d'Ethan auraient pu faire chavirer le cœur de beaucoup de femmes. Sa gentillesse n'avait d'égale que son attitude de connard quand il se braquait. Elle savait qu'elle ne devait pas se fier à toutes ses révérences pour elle. Le côté chevaleresque d'Ethan n'était qu'un leurre qui pouvait finir aussi rapidement qu'il avait commencé. Tout n'était que pour servir ses intérêts. Même si tout ceci était appréciable, cela ne devait pas être pris pour acquis ou pour une sincérité avérée. Il restait un homme à femmes, refusant tout sentiment, toute charge mettant à mal son indépendance. Pourtant, son nouveau message fut aussi stressant que salvateur lorsqu'il arriva sur son téléphone. Un énorme soulagement saisit sa poitrine quand elle vit son nom sur l'écran. Un peu comme s'ils partaient sur un jeu malsain entre attente et assouvissement de l'autre et qu'à ce jeu, rien ne devait transparaître de ses émotions.

Lun. 29 Déc.2014 20:37, Ethan
Peut-on se voir demain au restaurant en bas de chez moi à 12 h 15 ?

Sa réponse ne s'était pas fait attendre. Elle avait accepté et avait même osé la boutade.

Lun. 29 Déc.2014 20:38, Kaya
Je me suis desséchée à attendre ton message ou ton appel. Je suis momifiée sur mon lit. Je ne sais pas si je pourrais, du coup !

Lun. 29 Déc.2014 20:43, Ethan
Je t'offrirai à boire une fois sur place. Ça te réhydratera.

Lun. 29 Déc.2014 20:45, Kaya
Je n'attendais que vous pour revivre ! Ouf ! Je n'avais plus de bouteilles d'eau chez moi !

Elle avait pouffé comme une gamine devant sa réponse et aujourd'hui, elle franchissait la porte de ce restaurant avec légèreté. L'effet Ethan Abberline ressortait par tous les pores de sa peau. Elle voulait encore jouer avec lui, le décontenancer et être décontenancée en réponse. Elle balaya le restaurant du regard ; Ethan n'était pas encore arrivé. Elle s'assit à une table, retira sa veste et commanda un verre d'eau. Le serveur ne tarda pas à revenir avec un verre et une carafe. Il s'occupa d'elle puis repartit. Elle regarda alors les gens passer devant la vitrine du restaurant. Autant de personnes aux vies différentes, mais pourtant ressentant les mêmes doutes, les mêmes joies, les mêmes tristesses. Autant de gens qui étaient comme Ethan et elle, et qui cherchaient du réconfort comme ils pouvaient. Même dans ce restaurant, il y avait ce monsieur au comptoir, un habitué sans nul doute, pétri d'habitude et qui tutoyait tout le monde pour tenter d'exister. Il y avait ce serveur qui souriait à tous les clients sans laisser voir la difficulté de son travail ni même ses soucis en dehors. Et puis il y avait elle, cherchant une échappatoire à une vie qui l'écrasait et qui trouvait un répit auprès d'un homme qui se faisait attendre. Elle soupira. Elle ne savait plus trop quoi penser d'Ethan. Elle se sentait emplie d'une nouvelle énergie depuis la dernière fois, mais les doutes continuaient de l'assaillir. Faisait-elle bien de continuer dans cette lancée ? N'allait-elle pas trop vite en besogne ? Pourrait-elle bien séparer ses sentiments et ses objectifs concernant les deux hommes et s'y tenir ? Elle avait besoin de réponses. Il devait par ses réponses la rassurer. Ce rendez-vous était une façon de faire une mise au point qui lui semblait nécessaire. Mieux définir où ils allaient, comprendre les attentes de chacun et les limites, se donner une échappatoire au cas où... autant de points à évoquer qui combleraient ses doutes. Elle ne pouvait qu'admettre que la journée passée avec Ethan avait changé la donne. Une nouvelle complicité se révélait, une autre intimité aussi. Ce n'était plus vraiment un besoin primaire de coucher ensemble comme les premières fois. Il y avait autre chose, de plus cachée entre eux, de plus confidentielle. Comme un secret qu'ils partageaient maintenant et qui les liait. Son vide sans Adam et les cicatrices d'Ethan toujours ouvertes malgré les apparences les réunissaient dans leur mélancolie.

— Désolé du retard !

La voix d'Ethan fit sursauter la jeune femme. Ce dernier passa à côté d'elle et prit place rapidement sur la chaise en face. Il retira son manteau en silence. Aucun regard gentil ni aucune attention tendre à son égard n'étaient apparus. Il semblait agacé.

En même temps, il te serait malvenu de croire qu'il pourrait t'embrasser sur la bouche ou te caresser la tête, crétine. Nous ne sortons pas ensemble et il n'est en rien ton petit ami. Il ne faut surtout pas qu'il le soit d'ailleurs !

— Tout va bien ? osa-t-elle l'interroger, gênée de se demander comment elle devait se comporter maintenant avec lui.

— Ouais... répondit-il, laconique.

Kaya se sentit tout à coup maladroite et ridicule. Elle était la seule tendue et inquiète visiblement et l'attitude froide aux premiers abords d'Ethan ne l'aidait pas à se rassurer.

Plus bavard que ça, tu meurs ! Et sinon ? M. Connard a des pustules sur la langue ?

Elle trouva malgré tout le courage de déclencher une nouvelle conversation, bien décidée à débrider cette ambiance tendue d'emblée.

— Tu es... bien rentré après notre dernière entrevue ?

C'était plus fort qu'elle de poser ce genre de question, mais elle avait trouvé son départ, la dernière fois, un peu brutal face au comportement serviable qu'il avait eu toute la journée. Ethan soupira, visiblement peu enjoué par sa demande.

— J'ai passé la soirée avec Oliver. Tu veux aussi les détails des autres jours ?

Le ton un peu froid d'Ethan surprit Kaya. Il n'y avait aucune provocation dans son regard, aucune envie de la taquiner. C'était bien un reproche qui la piqua dans son amour propre à être la seule ici à faire un effort de convivialité.

— Non, ça ira. Tu fais ce que tu veux de ta vie… rétorqua-t-elle du coup, sèchement.

— Encore heureux ! lui répondit-il rapidement, ce qui énerva encore plus la jeune femme.

Ethan croisa les bras et la fixa de façon hautaine.

— Je ne pense pas être devenu ton esclave ! ajouta-t-il, sévèrement. Je n'ai aucun compte à te rendre.

— Eh bien, je vois que tu es de charmante humeur aujourd'hui ! Sympa, la rencontre ! La prochaine fois, abstiens-toi de m'envoyer un message si c'est pour obtenir ce résultat.

— Si ça ne te plaît pas, tu peux partir. Mais ne t'inquiète pas, j'y songerai. Je n'aime pas les femmes qui me fliquent de toute façon.

OK ! Mode Connard ON !

Kaya croisa ses bras à son tour et le fusilla du regard. Elle scruta la prunelle marron caca de ses yeux avec agacement, cherchant à comprendre quelle mouche l'avait piqué.

— Dis-moi plutôt ce qui se passe au lieu de faire ta tête de connard fini ! Pourquoi tu t'en prends à moi tout à coup ? Je ne pense pas être ce que tu dépeins. Je fais juste la conversation et je ne t'ai pas fliqué comme tu dis durant ces trois derniers jours, alors arrêtes de me prendre pour ce que je ne suis pas ! Ne confonds pas tout. Je ne suis pas accro à toi au point de vouloir tout savoir de tes faits et gestes. Et tu le sais très bien. Je ne t'aime pas. Tu ne m'aimes pas. On est bien d'accord sur ce point, alors arrête de me cataloguer comme l'une de tes bimbos et dis-moi pourquoi tu te la joues connard avec moi. Qu'est-ce qui te tracasse au point que j'en paie les pots cassés devant toi ?

Ethan s'esclaffa. Il posa ses avant-bras sur la table et se pencha vers elle pour répondre à son regard fusillant.

— Pourquoi crois-tu qu'il se passe quelque chose en particulier ? Parce que je ne te donne pas les réponses que tu attends de moi ? Parce que tu voudrais que je sois plus mielleux avec toi ? Parce que tu te penses légitime à avoir plus de faveurs ? Désolé, Princesse, mais j'ai encore le pouvoir de faire comme bon me semble et ne pense pas avoir ce pouvoir sur moi, de prétendre connaître tous mes secrets et de pouvoir diligenter ma vie de tes conseils !

Kaya posa également ses avant-bras sur la table et sourit, désabusée par le ton que prenait leur conversation. Cela partait en vrille et elle ne pouvait désamorcer la bombe.

— Tu essaies de te conforter dans ces mots ou tu y crois vraiment ? lui demanda-t-elle avec un sourire provocateur. À quoi joues-tu ? On dirait que tu fais un plaidoyer pour ta défense, comme si je t'avais agressé. Je n'ai jamais contrôlé ta vie. Qui voudrait contrôler la vie d'un connard ? Même si, effectivement, j'en connais un rayon grâce au cas devant moi !

Ethan se mit à rire et secoua sa tête, comme s'il hallucinait de l'arrogance de la jeune femme. Son regard se fit tout à coup plus dur et sa voix plus caverneuse.

— Pour qui tu te prends ? Celle qui me connaît mieux que personne ? La bonne blague !

— Et toi alors ? rétorqua-t-elle, plus fort qu'elle ne l'aurait souhaité. Tu me considères ainsi ? Je suis loin de comprendre les arcanes « Ethan Abberline ». Et je me demande vraiment ce qu'il y a à découvrir. Ça ne peut que me déplaire, en effet. À vrai dire, oui, je croyais qu'on avait dépassé le stade des piques acerbes et gratuites, mais je pense que je me suis trompée.

— Effectivement, ne prends pas pour acquis ce qui ne l'est pas !

Leurs voix montèrent avec la dispute. Les gens se retournèrent pour assister plus directement au spectacle, mais les deux concernés ne semblaient pas s'en formaliser.

— Je ne pense pas avoir pris beaucoup chez toi pour avoir ce traitement ! Je n'ai rien demandé, même ! C'est toi qui as voulu plus que moi ! Alors, garde ta méchanceté !

— Effectivement, et aujourd'hui, je réalise que je n'ai plus besoin de vouloir plus.

— Quoi ? répondit Kaya, d'une voix étranglée par le coup bas qu'elle devinait.

Ethan recula son dos contre le dossier de sa chaise et lui sourit, visiblement heureux d'en venir aux faits.

— Tu as très bien compris. J'ai eu ce que je voulais, tu as cédé, tu ne m'intéresses plus.

Kaya fut soufflée par les mots durs et dénués de toute compassion d'Ethan. Elle n'osait croire ce qu'elle venait d'entendre. Son cœur se serra. Ils y étaient. Ce qu'elle avait tenté de nier depuis le début arrivait : il la mettait au même rang que les autres, il la traitait comme un banal bout de viande, comme les autres. Il n'éprouvait aucuns remords à la jeter comme un vulgaire kleenex qu'il venait d'utiliser.

— Tu… tu me fais marcher ? lui demanda-t-elle, la voix tremblante alors que ses yeux s'humidifièrent sans qu'elle n'arrive à en contrôler l'effet.

— Regarde-moi bien ? répondit Ethan, l'air assuré et vainqueur. Tu crois que je plaisante ? Mon objectif était que tu cèdes à tous mes délires et ça a fonctionné. Qu'est-ce que j'irai m'emmerder avec un accord bizarre avec une femme, alors que je peux me faire plusieurs femmes en même temps et sans tergiversations ? Tu as été difficile à convaincre, à mettre à mes genoux, mais j'ai réussi. J'ai dû la jouer fine en jouant sur ton sentimentalisme à deux balles et vois aujourd'hui où il te mène. Tu auras appris au moins cette leçon !

— Tu... me mens.

Les larmes coulaient à présent le long de ses joues. Kaya refusait de croire ce qu'elle voyait et entendait. Elle avait l'impression de vivre un cauchemar dont elle n'arrivait pas à se réveiller.

— Crois ce que tu veux ! fit-il d'un ton distant et las. Tu as pourtant constaté par toi-même mon téléphone et tout mon répertoire de femmes n'attendant que moi. Tu as été témoin au Delicatessen de ma façon de procéder. Aurais-tu oublié ? Pourquoi serais-tu différente ? Parce que j'ai réglé tes dettes ? Voyons, nous savons tous les deux que je t'ai juste mise à ma merci. Te convaincre du contraire fut aussi facile que toi de croire que tu avais raison.

— Tu m'as... menti ? Depuis le début ? Tout ce que tu m'as dit...

— Du vent, oui ! Kaya, moi, je n'oublie pas. Je n'oublie jamais. Tu m'as fait l'affront de me provoquer par deux fois et j'ai eu ma vengeance.

Kaya baissa la tête, réalisant à quel point Ethan pouvait être aussi tordu que méchant. Tout simplement pour une claque ou un coup de genou.

— Tu m'avais promis que tu ne te vengeais pas... déclara-t-elle pour elle-même en se remémorant toutes les paroles qu'il avait pu tenir pour lui ôter ses doutes sur ses intentions qui, aujourd'hui, se justifiaient.

Ethan se mit à rire.

— Les femmes sont si naïves, on peut leur faire gober un paquebot !

Le verre d'eau quitta la table soudainement. Kaya aspergea son contenu sur la tête d'Ethan, suivant de près celui de la carafe.

— Tu es ignoble. Ne croise plus jamais ma route.

Kaya quitta le restaurant sans en dire plus. Ethan s'esclaffa, amer. Il s'essuya le visage de sa main lentement, l'esprit déjà ailleurs, meurtri par la façon dont tout se finissait, écœuré par son propre aplomb à tenir de tels propos alors qu'il n'en pensait pas un mot. Son cœur n'avait pas montré de signe de douleur de la sorte depuis longtemps.

— Oui, je suis un monstre. Un connard sans scrupules.

Le serveur vint pour lui proposer de quoi s'essuyer, mais Ethan refusa d'un signe de main. Il réalisa que tout le monde avait assisté à leur scène de ménage sans en rater une miette. Il pouvait bien subir cette situation ridicule, vu ce qu'il venait d'infliger à Kaya. Il se mit à rire, désabusé de tout ça.

Et on se quitte de la même façon que l'on s'est rencontré. Si ce n'est pas beau ! Avec une carafe d'eau en pleine gueule…

Il posa ses bras sur la table et cacha sa tête dedans pour espérer ne plus exister dans ce monde de malheur. Il devait encore garder une certaine contenance, mais cela lui semblait insupportable. Il attrapa son manteau et quitta le restaurant, le pas lourd. Il retrouva une *Twingo* garée en bas de la rue et entra s'asseoir sur la place du passager avant. Oliver le regarda un instant, surpris de le voir trempé et visiblement déjà triste pour son ami.

— Ça va aller ? osa-t-il lui demander, même si le teint pâle d'Ethan répondait déjà à sa demande.

Ethan appuya son coude contre la portière et se cacha le visage dans sa main.

— Non. Je suis le pire connard au monde et je dois vivre avec ça. Ça ne peut pas aller bien.

Oliver soupira et démarra la voiture.

— Où veux-tu qu'on aille ? Je te ramène chez toi ? Je suppose que tu veux encore te soûler jusqu'à mourir.

— Non, j'ai besoin de réconfort… J'ai envie d'un brownie.

— Je croyais que tu n'aimais pas le chocolat ! s'étonna Oliver devant cette demande pour le moins surprenante de sa part à un tel moment.

Ethan s'esclaffa pour masquer la rancœur qui le bouffait.

— Effectivement, mais cela sera toujours plus doux que ce que je vis en ce moment.

Je te veux !
-5-
... rien qu'à moi

Ethan a décidé de tout arrêter avec Kaya. Rompre de façon abrupte semblait être la meilleure solution sur le moment pour lutter contre les sentiments amoureux qu'il éprouvait pour elle et pour la tenir définitivement à distance, mais tenter de l'oublier devint vite aussi douloureux pour lui que de l'aimer, comme le lui avait prédit Oliver.

En proie à la fois à ses convictions liées à son passé et aux sentiments vivifiants que Kaya instille malgré tout en lui, Ethan se sent désormais perdu. Mais lorsque le destin s'acharne à les mettre à nouveau l'un face à l'autre pour le Nouvel An, seul l'instinct trouve un écho à ses questions, seul son cœur vient à guider ses actes…

JORDANE CASSIDY

Je te veux !

5 Rien qu'à moi...

Postface

Et voilà ! Le tome 4 s'achève.

Il s'est passé deux ans entre la publication du tome 3 et celle du tome 4 de *Je te veux !*.

Ce tome a été écrit un peu plus dans la douleur. Beaucoup de questions se sont posées sur ce que j'allais faire pour le devenir de cette saga : la clore rapidement ou la continuer comme je le voulais à la base. Mon épanouissement éditorial et d'auteur n'était plus aussi évident qu'à mes débuts. 2016 a été une année de réflexion sur ce que je voulais ou pas, ce qui me ressemblait ou pas, sur là où je voulais aller et ce que je ne souhaitais plus rencontrer. Le recul et l'expérience m'ont fait pas mal cogiter. Quand ça ne va pas, le plaisir d'écrire s'en ressent. Écrire dans des conditions où l'on ne se retrouve pas au niveau des objectifs, des envies et des convictions, devient compliqué. C'est le mental qui ne suit plus, le côté humain ressort. Quand vous vous sentez prisonnier, l'espoir peut vite vous quitter. Bien évidemment, l'écriture de JTV a été en première ligne de mire. C'est ma première histoire. J'ai commencé JTV fin décembre 2013 et la lassitude peut vite arriver lorsque vous faites quelque chose depuis longtemps. Cette saga est toujours en cours à l'heure où j'écris ces lignes et je grandis encore avec elle. J'en saisis les avantages et les déconvenues. Je vois tout ce qui fait que le métier d'écrivain est difficile. Suis-je une écrivaine ? Suis-je faite pour cela ? Beaucoup d'interrogations qui me construisent encore aujourd'hui.

Deux ans entre deux tomes, c'est long. Deux années qui ont impliqué des choix difficiles pour ma minuscule carrière, des changements de plan d'un point de vue éditorial, des besoins différents dans mon écriture. Cela fait aussi deux ans que ce tome 4 est fini. Il y a eu les premiers chapitres du tome 5 au milieu, puis mon choix de stopper *Je te veux !* à cause de mes problèmes avec mon ancien éditeur, le besoin d'écrire autre chose et de souffler avec mon autre saga *À votre service !*. Il y a eu la récupération de mes droits, puis le choix évident pour moi de l'autoédition. En regardant bien, pour moi, ces deux années sont passées vite. En général, c'est quand on se retourne qu'on voit le chemin parcouru. Même s'il y a eu deux ans entre le tome 3 et le tome 4, il y a eu des événements positifs qui m'ont permis de m'épanouir un peu plus dans mon travail de romancière.

La seule difficulté réside dans le fait que les lecteurs ne voient pas forcément tous ces aléas et qu'ils m'ont un peu perdu pendant deux ans. Retrouver l'effervescence d'avant s'avère compliqué. Remettre tout le monde dans le bain paraît fastidieux. Pourtant, retrouver Ethan et Kaya lors de mon travail éditorial m'a aussi donné cette impression que ces deux ans n'ont pas eu lieu. Je me suis vite remise dedans. Sans doute parce que ces deux personnages sont hauts en couleur. Sans doute, aussi, parce que cette histoire reste la première histoire entièrement de mon cru.

Ma décision a finalement été d'aller jusqu'au bout de mes idées, et non de tronquer la saga. D'une part, car la relation d'Ethan et Kaya a son rythme et l'accélérer tout à coup n'aurait pas de sens ni de cohérence. Je ne veux pas bâcler ma fin. Mes personnages ne méritent pas ça. Vous, non plus. D'autre part, sacrifier ma saga à cause de problèmes liés à la façon dont j'imaginais l'édition me fait mal au cœur. Ça fait cinq ans que je suis dessus. C'est mon bébé, c'est votre bulle d'air qui vous sort du quotidien. La création de ce récit, c'est comme une histoire d'amour pour moi, pour vous, pour nous. J'ai donc fait le choix de prendre sur moi, de continuer d'avancer et de préparer la suite, l'après JTV. Envisager une renaissance selon mes envies, mes valeurs en sondant, en me projetant.

Il est toujours difficile de voir les limites d'une histoire sans qu'elle tombe dans la lourdeur. En même temps, je persiste à penser que le nombre de tomes peut se justifier s'il sert une logique et une histoire particulière, une histoire qui le permet. Tout ne va pas de source dans la vie. Tout n'est pas écrit à l'avance et le nombre de tomes de JTV est l'illustration de ces avancées et de ces reculs, des chemins qu'on emprunte et qu'on regrette, des attentes inassouvies et des surprises qui relancent la donne. Ethan et Kaya sont humains et leurs actions peuvent être en contradiction avec ce qu'ils ressentent au plus profond d'eux-mêmes. Rien n'est clair ni cohérent lorsque l'on parle de sentiments. Tout le monde peut se contredire pour se protéger ou, à l'inverse, obtenir quelque chose.

La fin de ce T4 en est le plus bel exemple. J'ai créé volontairement un parallélisme avec la fin du T3. Dans le T3, Kaya fuyait son bonheur, ne voulant croire cela possible ; dans le T4, c'est Ethan. Ethan fuit alors qu'il devrait être encore plus derrière Kaya. L'amour est compliqué. Ethan réalise enfin que tous ses actes sont dictés davantage par son cœur que par sa raison, mais il n'écoute pas son cœur pour autant. Entre le réaliser et l'accepter, il y a encore un grand pas à faire. Il faut digérer cet état de fait. Être amoureux peut être aussi une plaie. C'est ce que pense Ethan, car il voit le verre à moitié vide là où Kaya revendique le verre à moitié plein. Elle est plus positive que lui concernant l'amour. C'est malgré tout un bien plutôt qu'un mal que d'être amoureux et il va devoir se faire à cette idée, d'accepter ce que ça apporte en tristesse, déception, souffrance, mais surtout en bonheur, joie et apaisement. La suite va être axée dans cette dynamique. Accepter son amour, l'assumer puis le partager, le revendiquer. Avec le temps, je me rends compte que c'est surtout l'histoire d'Ethan avant d'être celle de Kaya. C'est Ethan qui donne le ton depuis le début. J'aime raconter l'histoire de sa rédemption, celle d'un écorché vif qui a perdu l'espoir, qui s'est muré dans un idéal qui ne le ferait pas souffrir. Ethan est tellement complexe. C'est vraiment un personnage intéressant à exploiter. Toutes ses failles, ses fêlures, mais aussi ses espoirs, ses craintes permettent de mettre en avant son caractère attachant. C'est un puzzle complexe à monter. On se demande à quoi servent certaines pièces, puis le puzzle prend forme quand on les rassemble et le dessin devient magnifique.

Ce tome 4 est un tome dense. La relation entre Ethan et Kaya prend de la profondeur et des voiles se lèvent. Il y a encore beaucoup à dire, mais on avance. Le dernier chapitre fut un chapitre difficile à écrire. Outre la rupture, il y a surtout la révélation d'Ethan à propos de sa relation avec sa mère biologique. On est dans le choquant, le tabou, l'impensable. On se demande comment, pourquoi. On s'interroge sur Ethan. On s'enfonce un peu plus dans le brouillard de son passé.

Bizarrement, je voulais parler de ce tabou. C'était prévu depuis le début. C'est un fait qui interroge. Un cas faisant appel à la psychologie et j'aime me pencher sur la psychologie des personnages. Comment vivre l'inceste ? Comment l'accepter ? Comment se résoudre à faire face aux opinions des autres ? Cette relation toxique avec sa mère a construit Ethan. Elle est à la fois positive et négative, troublante et obsessionnelle. Elle est bien plus envahissante que l'amour de Kaya pour Adam. Le tome 5 va nous permettre de rentrer dans ce second arc où, finalement, le véritable ennemi à leur relation n'est pas celui que l'on pense.

Cette autre personne qu'est Sylvia, invisible elle aussi, et pourtant si présente, va être un obstacle bien plus compliqué à franchir. Les émotions vont monter crescendo. Nos héros ont encore du chemin avant de trouver le bonheur simple à deux.

Mais on y croit ! Croire, c'est donner un espoir à ce qui semble perdu d'avance. Rendez-vous au tome 5 !

JORDANE CASSIDY
20 Décembre 2018

Bonus

OLIVER

Nom : DUMONT
Prénom : Oliver

Age : 33ans
Taille : 1m78
Poids : 83kg
Groupe sanguin : A+

Situation professionnelle : Comptable pour Abberline Cosmetic

Qualités : calme, patient, perspicace
Défauts : solitaire, discret, maniaque
Ce qu'il aime : sa chatte, Mirabelle
Ce qu'il n'aime pas : qu'on lui demande s'il compte avoir un jour une petite amie
Petites manies : boire di thé en caressant Mirabelle devant la TV.
Dicton : " mieux vaut être seul que mal accompagné "
Objet fétiche : une mini Mirabelle sur son porte-clés de maison pour ne pas oublier qu'il doit rentrer au plus vite parce qu'elle l'attend !

EDDY

Nom : Eddy
Prénom : plutôt mourir que de le dire !

Age : 43 ans
Taille : 1m88
Poids : 90kg
Groupe sanguin : O-

Situation professionnelle : espion industriel pour Ethan, babbysitter de Kaya, chef des Blue Wolf
Qualités : loyal, pédagogue
Défauts : nonchalant, voyou
Ce qu'il aime : les Blue Wolf, sa vie de loubard, appeler Ethan " le Bleu "
Ce qu'il n'aime pas : les gens guindés, travailler
Petites manies : se ronge les ongles
Dicton : " Doucement le matin, pas trop vite l'après-midi, lentement le soir ! "
Objet fétiche : sa moto !

CINDY

Nom : Abberline
Prénom : Cindy

Age : 67ans
Taille : 1m61
Poids : 57kg
Groupe sanguin : A+

Situation professionnelle : psychologue à la retraite
Qualités : à l'écoute, perspicace, génereuse
Défauts : s'inquiète vite pour ses enfants, mais le garde pour elle
Ce qu'il aime : ses enfants, Charles
Ce qu'il n'aime pas : les mensonges, les silences
Petites manies : préparer le plat préféré de chacun lorsque la famille se réunit
Dicton : " Un pour tous, tous pour un ! "
Objet fétiche : son alliance

CONFIDENCES

Blue wolf ou Blue Wolves ?

TATOUAGE DES BLUE WOLVES

Durant l'écriture des tomes, vous avez pu voir l'orthographe Blue Wolf ou Blue Wolves (soit le pluriel de blue wolf). Donc, qu'en est-il vraiment sur le gang d'Eddy ?
En vérité, il s'agit du gang du Blue Wolf, donc du Loup Bleu. Chaque membre en arbore le tatouage ci-dessus. Ce qui veut dire que ceux qui font partie du gang sont devenus par extension les Blue Wolves, donc les loups bleus. Cependant, dans le milieu, tout le monde sait que le gang est le gang Blue Wolf. Les chefs ont ce loup sur le dos de leur veste également, ce qui permet de montrer qui est le chef dans la bande et de dire aux ennemis qui ne voient pas les tatouages, qui ils sont, et que les chefs sont toujours là.

CONFIDENCES

Pourquoi Blue wolf ?

Parce que le tout premier chef du gang était, avant de devenir chef du gang, un solitaire. Un loup qui aimait rester dans son coin. Un peu comme Ethan, il faisait partie de la bande de zonards, mais ne s'y impliquait pas plus que ça. C'est lorsque les premières guerres de territoires ont commencé qu'il a fallu désigner un chef et former veritablement un gang reconnu. Tous les voyous de la bande se battaient pour être celui qui dirigerait la troupe. Chacun donnait de sa petite envie pour nommer cette bande.

Ce fut ce loup solitaire qui mit fin aux disputes en se mettant à rire. Un rire qui stoppa net toute engueulade, tant chacun pouvait sentir la dérision dans ce rire. Lorsqu'on lui demanda pourquoi il riait, il répondit : " J'essaie de rire comme les hyènes ! C'est très difficile de vous imiter ! ". L'un de la bande lui répondit :" C'est nous que tu traites de hyènes ? ". Le loup solitaire s'avança vers eux et leur répondit : " Oui, on dirait des hyènes en train de se battre pour un bout de viande ! Plus franchement, élire une personne, c'est complètement idiot. C'est comme ça que naissent les individualités et l'égocentrisme. Le principe d'une bande, d'un gang, n'est-il pas de former qu'une seule et même entité ? Un peuple à nous seul ? Élisons plusieurs personnes pour ne former qu'un chef, qu'une voix exécutive. Des chefs encensés par tout le groupe."

CONFIDENCES

C'est ainsi que la hiérarchie du gang est née. Et le loup solitaire fut élu comme premier chef de la bande. Son prénom était Chris. Les membres furent d'accord que le nom du gang soit en rapport avec son premier chef et c'est ainsi que Blue Wolf est né. Chris avait les yeux bleus. Il fut donc évident que le loup ait les yeux bleus. Chris resta très longtemps chef des Blue Wolves. Il était la voix de la sagesse et très respecté par ses frères. Les générations qui suivirent eurent systématiquement un sage parmi les chefs, pour perpétrer l'âme de Chris pour son gang.

Vous avez aimé votre lecture, dites-le !

Laissez votre avis soit sur :
- sur les plate-formes de ventes sur internet où vous avez acheté le livre
- sur les sites communautaires de lectures tels que booknode, babelio, goodreads
- sur les réseaux sociaux
- sur la page fb, instagram, twitter de l'auteur

Soutenez les auteurs, aidez-les à agrandir leur communauté de fans !

JORDANE CASSIDY

De formation littéraire, c'est en écrivant des fanfictions pour un manga que Jordane Cassidy s'est essayée à l'écriture. Avoir un cadre déjà défini lui permet alors de prendre confiance et d'acquérir l'engouement de lecteurs saluant son style : entre familier et soutenu, mélangeant humour, amour et action.

Après une pause de quelques années, elle revient sur son clavier, mais cette fois-ci pour écrire une histoire sortant entièrement de son imagination. Une comédie sentimentale érotique en 6 tomes : "Je te veux !", où elle prend le temps de développer les sentiments de ses personnages, entre surprises, déceptions, interrogations, joies, colères, culpabilité, égoïsme, etc. C'est une réussite ! Première sur le classement toutes catégories confondues sur le site MonBestseller.com, elle signe en maison d'édition et confirme le succès.

Aujourd'hui, elle continue d'écrire des romances contemporaines en autoédition.

OÙ LA CONTACTER :

Site web : www.jordanecassidy.fr
Facebook : https://www.facebook.com/JordaneCassidyAuteur/
Twitter : https://twitter.com/JordaneCassidy
Instagram : https://www.instagram.com/jordane.cassidy/

TABLE DES MATIERES

CHAPITRE 1 : TÉMÉRAIRE — 9
CHAPITRE 2 : GLACIAL — 31
CHAPITRE 3 : BUTÉS ! — 55
CHAPITRE 4 : ORPHELIN — 79
CHAPITRE 5 : COUPABLE — 103
CHAPITRE 6 : ÉGOÏSTE — 129
CHAPITRE 7 : EMPRESSÉ — 149
CHAPITRE 8 : VACILLANT — 175
CHAPITRE 9 : GÉNÉREUX — 199
CHAPITRE 10 : TERRORISÉE — 221
CHAPITRE 11 : MALHONNÊTE — 239
CHAPITRE 12 : HUMAIN — 261
CHAPITRE 13 : BIENVEILLANT — 283
CHAPITRE 14 : ÉCLATANT — 307
CHAPITRE 15 : PRÉSENT — 331
CHAPITRE 16 : PLUVIEUX — 355
CHAPITRE 17 : CICATRISANT — 375
CHAPITRE 18 : AMOUREUX — 401
CHAPITRE 19 : MEURTRIS — 423
BONUS — 471

Dépôt légal : Décembre 2018